渭南文集箋校

〔宋〕陸游 著

朱迎平 箋校

三

上海古籍出版社

渭南文集箋校卷第二十

記

【釋體】 本卷文體同卷十七，收録記十首。

居室記

陸子治室於所居堂之北，其南北二十有八尺，東西十有七尺。東、西、北皆爲窗，窗皆設簾障，視晦明寒燠爲舒卷啓閉之節〔一〕。南爲大門，西南爲小門。冬則析堂與室爲二，而通其小門以爲奥室〔二〕，夏則合爲一，而闢大門以受凉風。歲暮必易腐瓦，補罅隙〔三〕，以避霜露之氣。朝晡食飲〔四〕，豐約惟其力，少飽則止，不必盡器；休息取調節氣血，不必成寐〔五〕；讀書取暢適性靈，不必終卷。衣加損，視氣候，或一日屢變。行不過數十步，意倦則止。雖有所期處，亦不復問。客至，或見或不能見。間與人論説古事，或共杯酒，倦則亟捨而起。四方書疏，略不復遣，有來者，或亟報，或守累日不能報，皆適逢其會，無貴賤疏戚之間。足迹不至城市者率累年。少不治生事〔六〕，舊食奉祠之禄以自給。秩滿，因不復敢請〔七〕，縮衣節食而已。又二年，遂請老〔八〕。法當得分司禄〔九〕，亦置不復言。舍後及旁，皆有隙地，蒔花百餘本。當敷榮時，或至其下，方羊坐起〔一〇〕，亦或零落已盡，終不一往。有疾，亦不汲汲近藥石，久多自平。家世無年，自曾大父以降，三世皆不越一甲子〔一一〕，今獨幸及七十有六，耳目手足未廢，可謂過其分矣。然自記平昔於方外養生之説〔一二〕，初無所聞，意者日用亦或默與養生者合，故悉自書之，將質於山林有道之士云。慶元六年八月一日，山陰陸某務觀記。

【題解】 陸游於乾道元年（一一五六）用京口俸禄在鏡湖邊修築三山别業，次年七月免歸，「始卜居鏡湖之三山」。三山成爲陸游一生，尤其是晚年家居的主要地方。本文爲陸游爲自己居室所作的記文，叙述居室的位置、規模、環境和在其中的日常起居生活，書寫自己清逸高雅的情趣。

本文據篇末自署，當作於慶元六年（一二〇〇）八月一日。時陸游致仕家居。

參考卷十八書巢記、本卷東籬記。

【箋注】

〔一〕寒燠：冷暖。漢書天文志：「故日進爲暑，退爲寒。若日之南北失節，晷過而長爲常寒，退而短爲常燠。此寒燠之表也，故曰爲寒暑。」

〔二〕奥室：内室。後漢書梁冀傳：「堂寢皆有陰陽奥室，連房洞户。」

〔三〕罅隙：縫隙，裂縫。姚合拾得古硯：「背面生罅隙，質狀樸且醜。」

〔四〕朝晡：指一日兩餐之食。王翰古娥眉怨：「朝晡泣對麒麟樹，樹下蒼苔日漸斑。」

〔五〕成寐：入睡。杜甫東屯月夜：「天寒不成寐，無夢寄歸魂。」

〔六〕生事：即生計。常璩華陽國志蜀志：「山原肥沃，有澤漁之利……土地易爲生事。」

〔七〕「舊食」三句：劍南詩稿卷三七病雁（自注：祠禄將滿，幸粗支朝夕，遂不敢復有請，而作是詩）：「東歸或十載，四忝侍祠官。雖云幸得飽，早夜不敢安。」時在慶元四年九月。

〔八〕「又二年」二句：陸游致仕在慶元五年五月。請老：請求退休養老。

〔九〕分司禄：指分穀米。司禄原爲官名，周禮地官序官「司禄」，鄭玄注：「主班禄。」

〔一〇〕敷榮：開花。方羊：即彷徉。徘徊。左傳哀公十七年：「如魚竀尾，衡流而方羊。裔焉大國，滅之將亡。」

〔二〕家世無年：家族壽命不長。宋書謝莊傳：「家世無年，亡高祖四十，曾祖三十二，亡祖四十七。」陸游曾祖陸珪生卒年不詳，祖父陸佃（一〇四二—一一〇二）、父親陸宰（一〇八八—一一四八）均享年六十。

〔三〕方外：世外。楚辭遠遊：「覽方外之荒忽兮，沛罔象而自浮。」此指佛教和道教。

邵武縣興造記

太平興國五年，詔即建州邵武縣置邵武軍，而縣爲屬，其治在軍之東〔一〕。建炎三年，盜起閩縣〔二〕，邵武亦被兵，焚官寺民廬略盡。紹興十年，作譙門〔三〕。十六年，作守丞治所〔四〕。於是學宮軍壘，囹圄倉廥〔五〕，以次皆復其舊。獨縣故地廢爲教場，而縣寓尉廨〔六〕。至二十一年，知縣事葉邃始復縣治，未及成，安撫使用兵官王存之請〔七〕，即日撤除，滌地皆盡，而縣徙寓武陽驛。乾道六年，知縣事尤昂始作縣門，它猶未暇及。慶元四年，宣義郎史君定之來爲縣〔八〕，始至而歎曰：「縣，古子男國也〔九〕。因時之治忽〔一〇〕，政之善否，以爲盛衰。自建炎己酉，訖今歲在戊午〔一一〕，凡七十年。自高宗皇帝至今天子，歷四聖，寬賦薄征，休養元元，歲且屢豐，公饒私餘，生齒繁滋〔一二〕，考之九域圖〔一三〕，郡户八萬七千九百有奇，今增五萬四千二百有奇，爲户十四萬二千一百有奇，可謂盛矣。而邵武一邑，獨當户五萬六千四百有奇，爲郡境十之四，則吾邑顧不又盛哉！而反寓其治於傳舍，詔敕法令，圖志符檄，護藏不嚴，棲列無所；決訟問囚，延見丞佐與賓客之來者，其地皆褊迫庳陋〔一四〕，仰漏旁穿，非所以宣布德澤、示民以上下之分也。」念非所先，姑置弗議。比爲政期年，家無弗伸之冤，庭無弗直之訟，善無濫刑，惡無佚罰〔一五〕。太守趙侯不讁知君爲深，君所設施，郡未嘗以勢撓焉。以故君之政成，民之俗變，有所爲輒共成之，於是始有意於新縣治矣。會得吏蠹與用度之餘〔一六〕，爲錢百餘萬。自五年七月甲午鳩工〔一七〕，至十月己巳落成。出令有所，燕息有次〔一八〕，勞賓有館，胥吏徒役，咸有寧宇〔一九〕，貨布器物，各司其局，事立令行，老稚舞歌，視承平舊觀有加焉。而木章竹箇，瓦甓髹丹，悉視時低昂，交手畀予〔二〇〕。梓匠、杇鏝、百工之來者〔二一〕，得直皆如私家。訖事，民不及知，吏不得沿以爲姦，非君之才有餘，顧能若是哉！堂之名有九：曰晝簾，曰無私，曰近民，曰仁平，曰居敬樓，曰瞻雲軒，曰讀書，曰如水亭，曰海棠。其扁牓多君自書〔二二〕，有筆法。其命名之意，即其地可知，故不詳著。君蓋故丞相、太師魏公之孫〔二三〕。予魏公客也，故君與趙侯皆以記縣之興造爲請。予受知魏公時甫壯歲爾〔二四〕，俯仰四十餘年〔二五〕，同時賓客凋喪略盡，而予偶獨後死，見君以才稱於世，且猶能秉筆有所紀述，亦可謂幸矣，故不復辭。慶元六年九月癸酉，中大夫、直華文閣致仕陸某記并書。

【題解】

邵武縣南宋時隸屬福建路邵武軍，縣城建炎年間毁於兵火。紹興後逐漸恢復，但仍不成規模。慶元四年史定之出任知縣，始全力興造縣治，於慶元五年落成。史定之爲故丞相史浩之孫，陸游曾受知於史浩，故史定之求記於陸游。本文爲陸游爲邵武縣興造落成所作的記文，考述邵武沿革，記述縣治興造始末，稱贊史定之之才幹。

本文據篇末自署，當作於慶元六元年（一二〇〇）九月癸酉（二十）日。時陸游致仕家居。

【箋注】

〔一〕「詔即」三句：宋代地方行政區有府、州、軍、監之稱，其中「軍」起源於五代時期藩鎮節度使管轄的縣一級行政區，至宋代部分上升到州一級。邵武縣升置邵武軍，邵武軍下轄邵武、光澤、泰寧、建寧四縣，即是其例。其治在軍之東，指縣政府在軍政府之東。

〔二〕閩縣：屬福州府，在邵武東南。

〔三〕譙門：建有瞭望樓的城門。漢書陳勝傳：「攻陳，陳守令皆不在，獨守丞與戰譙門中。」顔師古注：「譙門，謂門上爲高樓以望者耳。」

〔四〕守丞：輔助縣令的主要官吏。

〔五〕學宮：指縣里的孔廟，爲儒學教官的衙署。　軍壘：軍營。　囹圄：監獄。禮記月令：「命有司，省囹圄，去桎梏。」孔穎達疏：「囹，牢也；圄，止也，所以止出入，皆罪人所舍也。」倉廥：貯藏糧食和草料的倉庫。參見卷十九會稽縣新建華嚴院記注〔六〕。

〔六〕縣寓尉廨：縣衙署寄寓在縣尉的官署内。

〔七〕兵官：軍官。晉書職官志：「武帝甚重兵官，故軍校多選朝廷清望之士居之。」

〔八〕宣義郎：宋代文臣階官名之二十七級，從八品。　史定之：字子應，自號月湖老樵，鄞縣（今浙江寧波）人。以祖恩補修職郎，授豫章丞。慶元四年知邵武縣，改知蘭溪縣。開禧三年知吉州。嘉定間知饒州、池州。有月湖集，已佚。鄞縣通志文獻志有傳。

〔九〕子男：子爵和男爵。國語鄭語：「是其子男之國，虢、鄶爲大。」

〔一〇〕治忽：治理或忽怠。書益稷：「予欲聞六律五聲八音，在治忽，以出納五言。」孔安國傳：「言欲以六律和聲音，在察天下治理及忽怠者。」

〔一一〕建炎己酉：即建炎三年（一一二九）。　歲在戊午：即慶元四年（一一九八）。

〔一二〕生齒：人口，人民。權德輿司徒贈太傅馬公行狀：「生齒益息，庶物蕃阜。」

〔一三〕九域圖：九州地圖。劍南詩稿卷書歎：「書生有淚無揮處，尋見祥符九域圖。」原注：「祥符中，曾詔王曾等修九域圖。」

〔一四〕褊迫：狹窄，不寬廣。封演封氏聞見記第宅：「高宗時，中書侍郎李義琰亦至褊迫。」庳陋：矮小簡陋。新唐書盧懷慎傳：「望懷慎家，環堵庳陋。」

〔一五〕濫刑：過量的刑罰，任意判罪或施刑。　佚罰：指罰而失當。書盤庚上：「邦之不臧，惟予一人有佚罰。」孔安國傳：「佚，失也。」蔡沈集傳：「惟我一人失罰其所當罰也。」

〔一六〕吏蠹：指吏胥的弊害。黄庭堅次韻吴可權題餘干縣白雲亭：「弦歌解民愠，根節去吏蠹。」

〔一七〕鳩工：聚集工匠。黄滔泉州開元寺佛殿碑記：「乃割俸三千緡，鳩工度木。」

〔一八〕燕息：安息。語本詩小雅北山：「或燕燕居息。」毛傳：「燕燕，安息貌。」

〔一九〕寧宇：指固定的住所。曾鞏瀛洲興造記：「賓屬士吏，各有寧宇。」

〔二〇〕木章竹箇，瓦甓髹丹：木料、竹材、磚瓦、塗料，泛指各種建材。　低昂：指價格高低。王充論衡變動：「故穀價低昂，一貴一賤矣。」　交手畀予：拱手給予。交手，拱手，形容恭敬。漢書燕刺王劉旦傳：「前高后時，僞立子弘爲皇帝，諸侯交手事之八年。」顏師古注：「交手，謂拱手也。」

〔二一〕杇鏝：塗飾，粉刷。此指粉刷匠。白居易修香山寺記：「大小屋共七間，凡支壞補缺，壘隤覆漏，杇鏝之功必精。」

〔二二〕扁牓：即匾額。掛在廳堂、亭榭上的題字横額。

〔三〕故丞相、太師魏公：指史浩。曾任右丞相，封太師、魏國公。參見卷七謝參政啓題解。

〔四〕「予受知」二句：陸游於紹興三十二年（一一六二）得史浩薦舉，遷樞密院編修官，及被賜進士出身，時年三十八歲。參見卷七謝參政啓、謝賜出身啓。

〔五〕俯仰：比喻時間短暫。

諸暨縣主簿廳記

建炎、紹興間，予爲童子，遭中原喪亂，渡河沿汴，涉淮絶江，間關兵間以歸〔一〕。方是時，天子暴衣露蓋，櫛風沐雨，巡狩四方，曾不期月休也〔二〕。大臣崎嶇於山海阻險之地，草行露宿，不敢告勞，亦宜矣。况於州牧郡守以降，籧篨一厦以治其事者相望，又况降而爲縣令丞簿者哉〔三〕！及王室中興，内外粗定，然郡縣吏寓其治於郵亭民廬、僧道士舍者〔四〕，尚比比皆是。積累六七十年，四聖相授〔五〕，天下日益無事，兵寢歲登，用度饒餘，然後皆得稍復承平之舊。至於縣，則有迨今苟且因循者。主簿在縣官中，卑於令丞，而冷於尉〔六〕，非甚有才，則其舉事爲尤難。若諸暨主簿丁君宻者，可謂才矣。君海陵人也，今居吴，世有顯人，爲吏精察而平恕，學工文辭，而不忽簿書期會之事〔七〕。嘗兼攝丞，久之，得添給〔八〕，不取一錢，皆用以新主簿之廨。諸暨舊無丞，元豐間置丞，徙主簿以居之。而主簿更得廨，乃故鹽廥，藉濕支傾〔九〕，殆不可居。然閲百二十年〔一〇〕，爲主簿者凡幾人，至君乃更新之，不亟不徐，不侈不陋，不費於公，不斂於民，竹箇木章，瓦甓丹堊，不蠹，不苦窳，不漫漶〔一一〕。堂後舊有池，自君來，比二歲，産異蓮駢蔕〔一二〕，邑人歡傳，以爲君且通貴之祥〔一三〕，相與名其池上之亭曰雙蓮。君故不喜怪，而邑人之意如此，亦足知其得民也。君與予之子子虡遊〔一四〕，乃因子虡請記歲月，予不得辭也。昔我藝祖肇造區夏，當乾德六年二月癸亥，嘗詔郡縣吏代歸者，皆上其官舍廨壞或興葺之數於有司，以爲殿最〔一五〕。於虖！祖宗明詔，具在汗簡，而近世乃有相戒以爲非急務，且徒速謗者〔一六〕，獨安取此哉！予嘗備太史牛馬走，獲窺金匱石室之藏〔一七〕，故敢并記之，以曉他在仕者。嘉泰元年十月二十七日，中大夫、直華文閣、山陰縣開國男、食邑三百户致仕陸某記。

【題解】

諸暨縣爲紹興府下屬八縣之一。主簿爲宋代州縣設置的掌文書之官。朱熹建陽縣主簿廳記云：「縣之屬有主簿，掌縣之簿書。凡民租之版，出納之會，符檄之要，獄訟之成，皆總而治之。勾檢其事之稽遲與財之亡失，以贊令治。」南渡以後，州縣治所敝壞難修，主簿廳舉事尤難。諸暨縣主簿丁宻努力更新，且因陸游之子子虡請爲記。本文爲陸游爲諸暨縣主簿廳作所的記文，記叙南宋官舍變遷及丁宻更新主簿廳始末，追述太祖重視官舍興葺詔令以曉時人。

本文據篇末自署，當作於嘉泰元年（一二〇一）十月二十七日。時陸游致仕家居。

【箋注】

〔一〕間關：即輾轉。漢書王莽傳：「王邑晝夜戰，罷極，士死傷略盡，馳入宫，間關至漸臺。」顔師古注：「間關猶言崎嶇輾轉也。」

〔二〕暴衣露蓋：日曬衣裳，露濕車蓋。參見卷十六德勳廟碑注〔一二〕。櫛風沐雨：風梳髮，雨洗頭。形容奔波勞苦。語本莊子天下：「沐甚雨，櫛急風。」巡狩：即巡守。指天子出行視察邦國州郡。書舜典：「歲二月，東巡守，至於岱宗，柴。」孔傳：「諸侯爲天子守土，故稱守。巡，行之。」孟子梁惠王下：「天子適諸侯曰巡狩。巡狩者，巡所守也。」不期月休：指整年無休。期月，一整年。論語子路：「子曰：『苟有用我者，期月而已可也，三年有成。』」邢昺疏：「期月，周月也，謂週一年之十二月也。」

〔三〕籧篨一厦：以粗竹席搭成一屋。籧篨，粗竹席。方言第五：「簟，其粗者謂之籧篨。」縣令丞簿：縣令和縣丞、主簿，後二者均佐令治縣。

〔四〕郵亭：驛館，遞送文書者休止之所。漢書薛宣傳：「過其縣，橋梁郵亭不修。」顔師古注：

「郵，行書之舍，亦如今之驛及行道館舍也。」

〔五〕四聖：指高宗、孝宗、光宗、寧宗。

〔六〕冷於尉：比縣尉更不受重視。縣尉掌一縣治安。

〔七〕海陵：古縣名，南宋爲淮南東路泰州治所，今屬江蘇泰州。　精察：精細明察。韓愈、孟郊征蜀聯句：「石潛設奇伏，穴覷騁精察。」　平恕：持平寬仁。吴兢貞觀政要公平：「古稱至公者，蓋謂平恕無私。」　期會：在規定期限内實施政令，多指財物之類出入。漢書王吉傳：「公卿幸得遭遇其時，言聽諫從，然未有建萬世之長策，舉明主於三代之隆替也。其務在於期會簿書，斷獄聽訟而已，此非太平之基也。」

〔八〕兼攝丞：兼代理縣丞。　添給：指俸禄之外的補貼。沈括夢溪筆談故事：「元豐中，改立官制，内外制皆有添給，罷潤筆之物。」

〔九〕故鹽廥：存放鹽的舊倉庫。　藉濕支傾：指襯墊潮濕，支撑傾斜。

〔一〇〕閱：經歷。

〔一一〕苦窳：粗糙質劣。苦，通「盬」。韓非子難一：「東夷之陶者器苦窳，舜往陶焉，期年而器牢。」　漫漶：模糊不可辨别。韓愈新修滕王閣記：「於是棟楹梁桷板檻之腐黑撓折者，蓋瓦級磚之破缺者，赤白之漫漶不鮮者，治之則已，無侈前人，無廢後觀。」

〔一二〕駢跗：雙萼，并蒂。跗，同「柎」。李石芝草：「駢跗兼紅紫，合蓋暈黄白。」

〔一三〕通貴：通達貴顯。南史沈慶之傳：「慶之既通貴，鄉里老舊素輕慶之者，後見皆膝行而前。」

〔一四〕子虡：陸游長子，字伯業。歷官縣簿、六安令、通判、知江州。曾與修會稽志。

〔一五〕藝祖：此指宋太祖。　區夏：諸夏之地，指華夏。書康誥：「用肇造我區夏。」孔安國傳：「始爲政於我區域諸夏。」「嘗詔」句：宋大詔令集卷一九〇令外郡官罷任具官舍有無破損及增修文帳詔：「郡國之政，三年有成；官次所居，一日必葺。如聞諸道藩鎮郡邑府署倉庫等，凡有損庳，多不繕修，因循歲時，漸至頹圮。及僝工而庀役，必倍費以勞民。自今節度、觀察、防禦、團練、刺史、知州、通判等罷任日，具官舍有無破損及增修文帳，仍委前後政各件以聞。其幕職、州縣官候得替，據增葺及創造屋宇，對書新舊曆子，方許給付解由。損壞不完補者殿一選；如能設法不擾人整葺或創造舍宇，與減一選；無選可減者取收。」殿最：古代考核政績，下等稱殿，上等稱最。漢書宣帝紀：「其令郡國歲上繫囚以掠笞瘐死者所坐名、縣、爵、里，丞相御史課殿最以聞。」顏師古注：「凡言殿最者，殿，後也，課居後也；最，凡要之首也，課居先也。」

〔一六〕速謗：招致譭謗。張説進白烏賦：「恐同類之見嫉，畏不才之速謗。」

〔一七〕備太史牛馬走：自謙曾任史官。太史牛馬走，語本文選司馬遷報任少卿書：「太史公牛馬走司馬遷再拜言。」李善注：「走，猶僕也……自謙之辭也。」金匱石室：古時保存書契文獻之處。漢書高帝紀下：「又與功臣剖符作誓，丹書鐵契，金匱石室，藏之宗廟。」顏師古

注：「如淳曰：『金匱，猶金縢也。』以金爲匱，以石爲室，重緘封之，保慎之義。」

婺州稽古閣記

大觀二年九月乙丑，天子既大興學校，舉經行之士，於是詔天下州學經史閣，皆賜名「稽古」〔一〕。婺州稽古閣者，本以閣之下爲講堂，而閣用大觀詔書易名。紹興中，學廢於火，及再建講堂，雖復其故，不暇爲閣。至嘉泰元年，太守丁公逢乃即講堂後得舊直舍地以爲閣，而請於今參知政事許公大書其顔〔二〕。公書宏偉有漢法，於是閣一日而傳天下。丁公既代去，曾公㮚來爲郡〔三〕，閣之役尚未既也。於是窗户闌楯〔四〕，瓦甓髹丹，粲然皆備。又爲兩廡，達於講堂，高廣壯麗無遺力。南山在其上，雙溪繚其下，烟雲百變，朝莫獻狀〔五〕。閣之後有仰高堂，舊祠資政宗公澤、尚書梅公執禮、中書舍人潘公良貴〔六〕。三公皆郡人，有忠義大節，而祠庳陋且弗葺，曾公徹而大之，始奕奕與閣稱〔七〕。曾公以邦人之請，及州學教授潘君夢得所叙，移書史官山陰陸某，顧記其始末。時方修孝宗、光宗兩朝實録，業大事叢，而奏篇有程，久乃能如曾公之請。夫堯、舜、禹、臯陶，書紀其事雖不同，然未嘗不同者，稽古也。稽古必以書，前乎堯舜之書，其易之始畫與典墳乎〔八〕？易之畫幸在至今，而三墳、五典自楚倚相以後〔九〕，不聞有能盡讀者，世所共歎也。雖然，今讀易不能知伏羲之心，讀典謨不能知堯、舜、禹、皋陶之心〔一〇〕，雖典墳盡在，亦何益於稽古？故予以爲士能玩易之畫，與身親見虙羲等；反覆盡心於典謨，與身親見堯、舜、禹、皋陶等。能親見聖人，而不能佐其君，興聖人之治理，豈有是哉！士之放逸惰偷〔一一〕，不力於學者，固所不論。學而不親見聖人，猶未學也；親見不疑而不用於天下，則有命焉。進則不負所學，退則安吾命而無愠，斯可仰稱大觀詔書，與賢守復閣之意矣。士尚勉之。嘉泰二年閏月二十五日，中大夫、直華文閣、提舉佑神觀、兼實録院同修撰、兼同修國史陸某謹記。

【題解】

稽古，指考察古事。書堯典：「曰若稽古。帝堯曰放勳。」婺州於南宋屬兩浙路。婺州州學稽古閣因徽宗大觀詔書而命名。紹興中廢於火，嘉泰初始重建。曾㮚知婺州後完成建閣，且增建仰高堂，并移書陸游求記。本文爲陸游爲婺州稽古閣所作的記文，追述稽古閣命名緣起及婺州稽古閣重建始末，發揮「稽古」之義，勉勵士大夫「進則不負所學，退則安吾命而無愠」。

本文據篇末自署，當作於嘉泰二年（一二〇二）閏十二月二十五日。時陸游在直華文閣提舉佑神觀、兼實録院同修撰兼同修國史任上。

【箋注】

〔一〕「大觀」五句：宋大詔令集卷一七九賜諸路州學經閣名：「比聞諸路州學有閣藏書，皆以經史爲名。方今崇八行以迪多士，尊六經而黜百家，史何足言？應已置閣處，可賜名『稽古』。」徽宗大觀二年，即一一〇八年。經行：經術品行。漢書師丹傳：「丹經行無比，自近世大臣能若丹者少。」

〔二〕丁公逢：即丁逢，慶元四年曾以司農少卿兼知臨安府，五年六月除宮觀。嘉泰元年知婺州。直舍：當值辦事之處。　今參知政事許公：即許及之，字深甫，温州永嘉人。隆興元年進士。因諂事韓侂冑，慶元四年同知樞密院事。嘉泰二年十一月，拜參知政事，進知樞密院事兼參政。宋史卷三九四有傳。　書其顔：爲稽古閣書寫匾額。

〔三〕曾公槱：即曾槱，爲曾幾孫。

〔四〕闌楯：欄杆。梁元帝攝山棲霞寺碑：「七重闌楯，七寶蓮花，通風承露，含香映日。」

〔五〕朝莫：同「朝暮」。

〔六〕資政宗公澤：即宗澤（一〇六〇—一一二八）字汝霖，婺州義烏人。元祐進士。靖康元年知磁州，阻金兵南下。建炎元年爲東京留守，屢敗金兵。先後上書二十餘道，奏請高宗還都，以圖恢復。受權臣所抑，憂憤成疾，臨終連呼過河者三。謚忠簡。宋史卷三六〇有傳。尚書梅公執禮：即梅執禮（一〇七九—一一二七）字和勝，婺州浦江人。崇寧進士。靖康元年任户部尚書。金兵南下，勸帝親征。次年京城失守，謀集兵夜襲金帥帳，迎二帝歸，謀泄而敗。金人命搜刮金銀，以數不足被殺。宋史卷三五七有傳。中書舍人潘公良貴：即潘良貴（一〇九四—一一五〇），字子賤，婺州金華人。政和五年以上舍釋褐爲太學博士。高宗即位，召爲左司諫，首請殺叛國之臣，被權臣排擠而去。累官中書舍人，奉祠歸里，十年不出。家居貧甚，秦檜諷令求郡，不從。宋史卷三七六有傳。

〔七〕庳陋：矮小簡陋。徹：治，開發。奕奕：高大貌。詩大雅韓奕：「奕奕梁山，維禹甸之。」毛傳：「奕奕，大也。」

〔八〕典墳：即三墳五典。傳説中的古書名。文選張衡東京賦：「昔常恨三墳五典既泯，仰不睹炎帝帝魁之美。」薛綜注：「三墳，三皇之書也；五典，五帝之書也。」

〔九〕楚倚相：指春秋時楚靈王左史倚相。左傳昭公十二年：「左史倚相趨過，王曰：是良史也，是能讀三墳、五典、八索、九丘。」

〔一〇〕典謨：尚書中堯典、舜典、大禹謨、皋陶謨等篇並稱，亦代指尚書。

〔一一〕放逸：放縱逸樂。逸周書時訓：「蜩不鳴，貴臣放逸。」惰偷：懈怠苟且。蘇軾謝館職啓：「遇寵知懼，庶不至於惰媮。」

智者寺興造記

婺州金華山智者廣福禪寺，浮圖氏所謂梁樓約法師道場〔一〕，國朝開寶九年，始爲禪寺〔二〕。自浄悟禪師全肯傳三十七代〔三〕，二百餘年，至慶元之五年，而仲玘實來。方是時，事廢不舉，地茀不糞，棟橈柱腐，垣斷甃缺，若不可復爲者〔四〕。玘植杖而四顧曰〔五〕：「智者之爲寺，天造地設者至矣，而人事不能充焉，故寢壞至於此〔六〕。天其使我興此地歟？」乃諏諸爲地理學者〔七〕，則其言與玘略合。蓋寺在金華山之麓，峰嶂屹立，林岫間出〔八〕，日月映蔽，風雲吞吐，而前之形勢無以留之。如王公大人南嚮坐帷幄中，宜其前有列鼎大牲之養，盛禮備樂之奉，賓客進趨，擯相襜翼，將吏武士，執檛執何，然後爲稱〔九〕。今乃巍然獨坐，而侍衛者皆奔趨而去，則其威重無乃少損乎？於是始議鑿大池，瀦水於門，梁其上，通大路，而增門之址，高於故三之一，異時所謂奔趨而去者，皆肅然就列，恪然執事〔一〇〕，則王公大人之尊，於是始全，則其施置建立，號令賞罰，亦何可少訾耶〔一一〕？方議之初，或謂門有大木數十，必盡去乃可興池役，而木所從來久，以是未決。忽一夕大風，木盡拔，若有鬼神相其役者，其亦異矣！玘之來，百役皆作，修廊傑閣，虛堂廣殿〔一二〕，至於棲衆養老之室，庖湢帑庾之所〔一三〕，繚爲垣墻，引爲道路，莫不美於觀而便於事。後雖有能者，無以加焉。玘有道行，爲其徒所宗，而才智器局，又卓然不凡如此〔一四〕，故薦紳多喜道之。予又與有夙昔[一五]，且嘗記其嚴州南山興造之盛。故玘今又從予求作智者興造記，而予友人寧遠軍節度使、提舉佑神觀姜公邦傑[一六]，復以手書助之請。未及屬稿，而邦傑歿，予尤感焉。雖耄，不敢詞也[一七]。今茲之役池爲大，故書之特詳。嘉泰三年十月二十九日記。

【題解】

婺州金華山智者寺歷史悠久，北宋起始爲禪寺，其後漸趨頹圮。慶元五年，仲玘禪師來爲住持，重新興造寺院殿閣。仲玘曾於紹熙四年請陸游爲重修嚴州報恩寺作記，智者寺竣工後，再請陸游爲記。本文爲陸游爲智者寺興造所作的記文，詳述興造始末，稱道仲玘才智器局卓然不凡。後陸游將本文親爲書丹，仲玘將陸游寺記及致其書信八首均刻石勒碑，留存至今。陸游書劄及相關考證參見于譜嘉泰三年注[一九]。

本文據篇末自署，當作於嘉泰三年（一二〇三）十月二十九日。時陸游修史完畢去國家居，轉太中大夫。

參考渭南集外文與仲玘書。

【箋注】

〔一〕智者廣福禪寺：位於今浙江金華北郊五公里左右的金華山南麓，尖峰山（芙蓉峰）以西。梁樓約法師道場，法師俗姓樓，名慧約，字德素，金華義烏人。十七歲於上虞東山寺出家爲僧，與太守沈約同游金華山赤松澗後，即留山結庵修行。天監十一年（五一二），梁武帝召樓約法師至京爲其受菩薩戒，并親執弟子禮，并賜號「智者國師」。普通七年（五二六）梁武帝於金華山芙蓉峰麓爲其敕建智者寺。

〔二〕「國朝」二句：宋太祖開寶九年（九七六）智者寺始稱智者廣福禪寺。

〔三〕浄悟禪師全肯：天台韶國師法嗣。見五燈會元卷十智者全肯禪師條。

〔四〕苐：雜草叢生。糞：掃除，清理。棟橈：屋樑脆弱曲折。易大過象：「棟橈，本末弱也。」

〔五〕植杖：倚仗，扶杖。語本論語微子：「子路從而後，遇丈人，以杖荷蓧。子路問曰：『子見夫子乎？』丈人曰：『四體不勤，五穀不分，孰爲夫子？』植其杖而芸。」

〔六〕寖壞：逐漸衰敗。舊唐書郭子儀傳：「自兵亂以來，紀綱寖壞，時多躁競，俗少廉隅。」

〔七〕諏：詢問。地理學：指風水之術。韓琦誌石蓋記：「得釋保聰善地理學，遣任公彦同往視焉。」

〔八〕林岫：泛指山林。世説新語言語：「（道壹道人）從都下還東山，經吴中，已而會雪下，未甚寒。諸道人問在道所經，壹公曰：『風霜固所不論，乃先集其慘澹；郊邑正自飄瞥，林岫便已皓然。』」

〔九〕列鼎：陳列盛有盛饌的鼎器。孔子家語致思：「從車百乘，積粟萬鍾，累茵而坐，列鼎而食。」大牲：供祭祀用的牛。易萃：「用大牲，吉，利有攸往，順天命也。」李鼎祚集解引鄭玄曰：「大牲，牛也。」擯相：導引賓客，執贊禮儀。周禮秋官司儀：「掌九儀之賓客擯相之禮，以詔儀容辭令揖讓之節。」鄭玄注：「出接賓曰擯，入贊禮曰相。」襜翼：襜帷羽翼，比喻圍繞四周的侍臣。執檛：執鞭。孰何：即誰何。指詰問。

〔一〇〕「於是」九句：此指智者寺原在山麓，位置較低，所見景物皆「奔趨而去」，現擬提高寺門位置三分之二，則所見兩邊山峰皆「肅然就列，恪然執事」。瀦，聚積。梁其上，在水池上架橋。恪然，恭敬貌。

〔一一〕訾：批評，議論。

〔一二〕虛堂：高堂。蕭統示徐州弟：「屑屑風生，昭昭月影。高宇既清，虛堂復靜。」

〔一三〕庖湢：廚房和浴室。帑庾：儲藏錢、糧的倉庫。

〔一四〕道行：僧道修行的工夫。支遁五月長齋詩：「淵汪道行深，婉婉化理長。」器局：器量，度量。晉書何充傳：「何充器局方概，有萬夫之望。」

〔一五〕夙昔：指昔時交情。

〔一六〕姜公邦傑：即姜特立，字邦傑，號梅山老人，處州麗水人。以父恩補承信郎。淳熙中還福建兵馬副都監。趙汝愚薦於朝，召見獻詩，除閤門舍人，充太子宮左右春坊。孝宗即位，除知閤門事。恃恩縱恣，被劾罷。復除浙東副總管。寧宗時，官終寧遠軍節度使。特立工於詩，意境超曠。有梅山集、梅山續稿。傳列宋史卷四七〇佞幸傳。

〔七〕詞：通「辭」，違也。

常州奔牛閘記

岷山導江，行數千里，至廣陵、丹陽之間，是爲南北之衝，皆疏河以通餫餉〔一〕。北爲瓜州閘〔二〕，入淮、汴以至河、洛。南爲京口閘，歷吴中以達浙江〔三〕。而京口之東，有吕城閘〔四〕，猶在丹陽境中。又東有奔牛閘〔五〕，則隸常州武進縣。以地勢言之，自創爲餫河時〔六〕，是三閘已具矣。蓋無之，則水不能節，水不節，則朝溢暮涸，安在其爲餫也？蘇翰林嘗過奔牛，六月無水，有仰視古堰之歎〔七〕。則水之苦涸固久，地志概述本末而不能詳也。今知軍州事趙侯善防，字若川，以諸王孫來爲郡，未滿歲，政事爲畿内最〔八〕。考古以驗今，約己以便人，裕民以束吏，不以難止，不以毁疑，不以費懼。於是郡之人僉以閘爲請，侯慨然是其言。會知武進縣丘君壽雋來白事〔九〕，所陳利病益明。侯既以告於轉運使，且亟以其役專畀之丘君〔一〇〕。於是凡閘前後左右受水之地，悉伐石於小河元山〔一一〕。爲無窮計，舊用木者皆易去之。凡用工二萬二千，石二千六百，錢以緡計者八千，米以斛計者五百，皆有奇〔一二〕。又爲屋以覆閘，皆宏傑牢堅〔一三〕。自鳩材至訖役，閱三時〔一四〕，其成之日，蓋嘉泰三年八月乙巳也。明年正月丁卯，侯移書來請記。予謂方朝廷在故都時，實仰東南財賦，而吴中又爲東南根柢〔一五〕，語曰：「蘇、常熟，天下足。」故此閘尤爲國用所仰。遲速豐耗，天下休戚在焉。自天子駐蹕臨安，牧貢戎贄〔一六〕，四方之賦輸，與郵置往來、軍旅征戍、商賈貿遷者〔一七〕，途出於此，居天下十七，其所繫豈不愈重哉！雖然，猶未盡見也。今天子憂勤恭儉〔一八〕，以撫四海，德教洋溢，如祖宗時。齊、魯、燕、晉、秦、雍之地〔一九〕，且盡歸版圖，則龍舟仗衛，復泝淮汴以還故都，百司庶府，熊羆貔虎之師，翼衛以從〔二〇〕，戈旗蔽天，舳艫相銜，然後知此閘之功，與趙侯爲國長慮遠圖之意，不特爲一時便利而已。侯，吾甥也，請至四五不倦，故不以衰耄辭〔二一〕。三月丙子，太中大夫、充寶謨閣待制致仕、山陰縣開國子、食邑五百户、賜紫金魚袋陸某記〔二二〕。

【題解】常州奔牛閘是大運河江南水閘之一，地處江南水路要衝，但長期乾涸缺水。嘉泰三年，宋宗室趙善防知常州，支持武進縣令重修奔牛閘成，并請記於陸游。本文爲陸游爲常州奔牛閘所作的記文，記述奔牛閘沿革及重修始末，闡述奔牛閘「爲國用所仰」，關係「天下休戚」的重要地位，稱贊趙侯爲國「長慮遠圖」。

本文據篇末自署，當作於嘉泰四年（一二〇四）三月丙子（十三）日。時陸游致仕家居。

參考卷十八常州開河記。

【箋注】

〔一〕疏河：指疏通運河河道。餫餉：運送糧餉。餫，運糧贈送。

〔二〕瓜州閘：在大運河與長江交匯處江北側。與江南側京口閘隔江相望。王安石詩稱「京口瓜州一水間」。

〔三〕吴中：即吴縣。今蘇州吴中。

〔四〕吕城閘：大運河江南水閘之一，在今江蘇丹陽東部。因三國時東吴大將吕蒙在此屯兵築城而得名。

〔五〕奔牛閘：咸淳毗陵志卷十五引輿地志：「漢有金牛出茅山，經曲阿至此驟奔，故名。」東坡有『卧看古堰横奔牛』之句。」

〔六〕餫河：即運河。

〔七〕蘇翰林：指蘇軾，曾任翰林學士。蘇軾次韻答賈耘老詩：「東來六月井無水，卧看古堰横奔牛。」

〔八〕趙善防：字若川，漢恭靖王趙元份裔孫。紹熙四年進士。嘉泰三年知常州。開禧元年知臨安府，二年除福建路轉運判官。畿内：指京城管轄地區。常州與臨安府同屬兩浙路，故稱。

〔九〕白事：禀告公務。三國志董卓傳「睚眥之隙必報」，裴松之注引王粲英雄記：「卓欲震威，侍御史擾龍宗詣卓白事，不解劍，立撾殺之。」

〔一〇〕其役：指重修工程。畀：給予。

〔一一〕伐石：採石料。

〔一二〕有奇：有餘。漢書食貨志：「而罷大小錢，改作貨幣，長二寸五分，廣一寸，首長八分有奇。」顔師古注：「奇，音居宜反，謂有餘也。」

〔一三〕宏傑：即宏偉。舊唐書李華傳：「華文體温麗，少年宏傑之氣。」

〔一四〕閲三時：經歷春、夏、秋三季農作之時。左傳桓公六年：「絜粢豐盛，謂其三時不害而民和年豐也。」杜預注：「三時，春、夏、秋。」

〔一五〕故都：指北宋都城汴京。根柢：比喻根基，基礎。後漢書王充王符傳論：「百家之言政者尚矣，大略歸乎寧固根柢，革易時敝也。」

〔一六〕牧貢戎贄：指四周邦國的貢品、獻禮。

〔一七〕郵置：驛站。後漢書郭太傳：「又識張孝仲芻牧之中，知范特祖郵置之役。」李賢注：「廣雅曰：『郵，驛也。』風俗通曰：『漢改郵爲置。置者，度其遠近之間而置之也。』」貿遷：販運買賣。荀悦申鑒時事：「貿遷有無，周而通之。」

〔一八〕憂勤：多指帝王爲國事憂慮勤勞。史記司馬相如列傳：「且夫王事固未有不始於憂勤，而終於佚樂者也。」

〔一九〕「齊魯」句：泛指北方失地。

〔二〇〕熊羆貔虎：均爲猛獸，比喻勇士或雄師勁旅。書牧誓：「尚桓桓，如虎如貔，如熊如羆。」貔，傳説中的一種野獸，似熊，一説似虎。翼衛：護衛。逸周書大明武：「陣若雲布，侵若風行，輕車翼衛，在戎二方。」

〔二一〕衰髦：衰老，年老糊塗。劉向九歎逢盼：「顔黴黧以沮敗兮，精越裂而衰髦。」

〔二二〕太中大夫：宋代文臣階官名之十一級，從四品。開國子食邑：參見卷十九重修天封寺記注〔一三〕。

盱眙軍翠屏堂記

國家故都汴時，東出通津門，舟行歷宋、亳、宿、泗〔一〕，兩堤列植榆、柳、槐、楸，所在爲城邑。行千有一百里，汴流始合淮以入於海〔二〕。南舟必自盱眙絶淮，乃能入汴；北舟亦自是入楚之洪澤，以達大江〔三〕。則盱眙實梁、宋、吴、楚之衝，爲天下重地，尚矣。粤自高皇帝受命中興，駐蹕臨安，歲受朝聘，始詔盱眙進郡，除館治道，以爲迎勞宿餞之地〔四〕。而王人持尺一牘，懷柔殊鄰者〔五〕，亦皆取道於此。於是地望益重〔六〕，城郭益繕治，選任牧守，重於曩歲。及吴興施侯之來爲知軍事也，政成俗阜〔七〕，相地南山，得異境焉。前望龜山，下臨長淮，高明平曠，一目千里，草木蔽虧，鳧雁翔泳〔八〕，蓋可坐而數也。乃築傑屋，衡爲四楹〔九〕，縱爲七架，前爲陳樂之所，後有更衣之地，而傍又有麗牲擊鮮，與夫吏士更休之區〔一〇〕。翼室修廊，以陪以擁，斲削髹丹，皆極工緻，最二十有六間〔一一〕。而堂成，既取米禮部芾之詩，名之曰翠屏〔一二〕，且疏其面勢於簡，繪其棟宇於素〔一三〕，走騎抵山陰澤中，請記於予。侯與予故相好也。

予聞方國家承平時，其邊郡遊觀，有雅歌之堂、萬柳之亭〔一四〕，以地勝名天下，雖區區脱間猶能詠歎〔一五〕，以爲盛事。然嘗至其地者，皆謂不可與淮水、南山爲比。翠屏之盛，又非雅歌、萬柳可及，則亦宜有雄文傑作以表出之〔一六〕，而予之文不足稱也。雖强承命，終以負愧。侯名宿，字武子，於是爲朝散郎、直祕閣。開禧元年春正月癸酉記。

【題解】盱眙軍，本屬淮南東路泗州，南宋升軍，下轄天長、招信二縣，後入金。今爲江蘇盱眙。盱眙爲交通要衝，天下重地。嘉泰末，吴興施宿知軍事，在南山築翠屏堂，并請陸游爲記。本文爲陸游爲盱眙軍翠屏堂所作的記文，記述盱眙地望之重及翠屏堂修築始末，稱頌翠屏之盛，勝於雅歌、萬柳。

本文據篇末自署，當作於開禧元年（一二〇五）正月癸酉（十五）日。時陸游致仕家居。

參考卷十五施司諫注東坡詩序。

【箋注】

〔一〕宋、亳、宿、泗：宋州（今河南商丘），北宋屬京東路，後升爲應天府及南京。亳州（今安徽亳州）、宿州（今安徽宿州）、泗州（在今安徽泗縣），宋代均屬淮南東路。

〔二〕汴流始合淮：汴水即隋代開鑿的通濟渠東段，自汴京往東，經宋亳宿泗至盱眙與淮河合流。

〔三〕「南舟」四句：盱眙處於淮河下游，洪澤湖南岸，爲隋唐大運河的轉折處，聯通長江、淮河、黄河三大水系，是南北舟船必經之地。

〔四〕朝聘：原指古代諸侯派使臣按期朝見天子。此實指南宋時期宋、金間使臣來往。盱眙進郡，盱眙縣建炎三年升軍，後再爲縣，紹興十二年復升軍。迎勞宿餞：迎接慰勞，住宿餞别，即宿歇迎送。

〔五〕王人：周王室之微官。春秋莊公六年：「六年春正月，王人子突救衛。」杜預注：「王人，王之微官也。雖官卑，而見授以大事，故稱人而又稱字。」後因以稱天子使臣。　尺一牘：古時詔板長一尺一寸，故用以稱天子詔書。　懷柔：指籠絡、安撫外國或外族。語本禮記中庸：「送往迎來，嘉善而矜不能，所以柔遠人也。繼絶世，舉廢國，治亂持危，朝聘以時，厚往以薄來，所以懷諸侯也。」　殊鄰：遠方異域。漢書揚雄傳：「是以遐方疏俗殊鄰絶黨之域，自上仁所不化，茂德所不綏，莫不蹻足抗手，請獻厥珍。」

〔六〕地望：指地理位置。

〔七〕吴興施侯：即施宿（一一六四—一二二二），字武子，長興人。紹熙四年進士。慶元二年任餘姚令。嘉泰間遷紹興府通判、知盱眙軍。嘉定間提舉淮東常平。晚年還居餘姚施家山。著有嘉泰會稽志，又爲其父施元之注東坡詩作補注，復撰東坡年譜。宋史翼卷二九有傳。　俗阜：指民衆富庶。崔鉉進宣宗收復河湟：「共遇聖明千載運，更覩俗阜與時和。」

〔八〕蔽虧：指因遮蔽而半隱半現。孟郊夢澤行：「楚山争蔽虧，日月無全輝。」　鳧雁：野鴨和大雁。　翔泳：升沉。劉禹錫酬令狐相公見寄：「翔泳各殊勢，篇章空寄情。」

〔九〕衡：横。

〔一〇〕麗牲：祭祀時將所用牲口繫在石碑上。語本禮記祭義：「祭之日，君牽牲，穆答君，卿大夫序從。即入廟門，麗於牲。」　擊鮮：宰殺活的牲畜。漢書陸賈傳：「數擊鮮，毋久溷女爲也！」顔師古注：「鮮爲新殺之肉也。」更休：輪番休息。陳亮酌古論四：「節制之兵，其法繁，其行密……前者鬥，後者息力；後者進，前者更休。」

〔一一〕最：總計。

〔一二〕米禮部芾，即米芾，字元章，曾任禮部員外郎。北宋著名書畫家。米芾盱眙第一山：「京洛風塵千里還，船頭出汴翠屏間。莫論衡霍撞星斗，且是東南第一山。」

〔一三〕「且疏」二句：指安排周邊的景物尚簡，描繪廳堂的欂柱尚素。

〔一四〕邊郡：邊境地區。盱眙在南宋時爲宋、金轄地交界處，故稱。遊觀：供遊覽的樓臺。史記李斯列傳：「治馳道，興遊觀，以見主之得意。」雅歌之堂、萬柳之亭：均在盱眙縣。乾隆盱眙縣志載，雅歌堂在縣西山下淮水濱，萬柳亭在雅歌堂下。

〔一五〕區脱：匈奴語，指漢代與匈奴交界處設立的土堡哨所。漢書蘇武傳：「區脱捕得雲中生口。」顔師古注引服虔曰：「區脱，土室，胡兒所作以候漢者也。」此指邊境地區。

〔一六〕雄文傑作：北宋趙鼎臣有詞詠雅歌、萬柳。其念奴嬌送王長卿赴河間司録云：「舊游何處，記金湯形勝，蓬瀛佳麗。渌水芙蓉，元帥與賓僚，風流濟濟。萬柳庭邊，雅歌堂上，醉倒春風裏。十年一夢，覺來煙水千里。　惆悵送子重游，南樓依舊不，朱闌誰倚。要識當時，惟是有明月，曾陪珠履。量減杯中，雪添頭上，甚矣吾衰矣。酒徒相問，爲言憔悴如此。」趙鼎臣，元祐進士。紹聖中登宏詞科。宣和中以右文殿修撰知鄧州。召爲太府卿。與蘇軾、王安石諸人交好，相與酬倡。

上天竺復庵記

嘉泰二年，上天竺廣慧法師築退居於寺門橋南〔一〕，名之曰復庵。後負白雲峰，前直獅子、乳竇二峰，帶以清溪，環以美箭嘉木〔二〕，凡屋七十餘間。寢有室，講有堂，中則爲殿，以奉西方像設〔三〕。殿前辟大池，兩序列館，以處四方學者。炊爨湢浴，皆有其所，床敷巾鉢，雲布鱗次〔四〕。又以爲傳授講習梵唄之勤〔五〕，宜有遊息之地，以休其暇日，則又作園亭流泉，以與學者共之。既成，命其弟子了懷走山陰鏡湖上，從予求文，以記歲月。予告之曰：進而忘退，行而忘居，知趨前而昧於顧後者，士大夫之通患也。故朝廷於士之告歸，每優禮之，而又命有司察其尤不知止者，以勵名節而厚風俗，士猶有不能決然退者。又況物外道人，初不踐是非毁譽之途，名山大衆，以説法爲職業，愈老而愈尊，愈久而人愈歸之，雖一坐數十夏，何不可者？如法師道遇三朝，名蓋萬衲〔六〕，自紹熙至嘉泰十餘年間，詔書褒録，如日麗天〔七〕，學者歸仰，如泉赴壑，非有議其後者。而法師慨然爲退居之舉，傾竭槖裝，無所顧惜。雖然，以予觀之，師非獨視天竺之衆，不啻弊屣〔八〕，加以歲年，功成行著，遂爲西方之歸〔九〕，則復庵又一弊屣也。死生去來無常，予老甚矣，安知不先在寶池中俟師之歸〔一〇〕，語今日作記事，相與一笑乎？開禧元年三月三日記。

【題解】

上天竺在杭州靈隱寺南，爲天竺三寺之一，供奉觀音大士。嘉泰二年，廣慧法師在寺門橋南築居所復庵，環境優美，設施齊全，向陸游求記。本文爲陸游爲上天竺復庵所作的記文，記述復庵周邊環境及設施，對比士大夫，稱贊廣慧法師慨然退居，視天下爲弊屣的胸懷。

本文據篇末自署，當作於開禧元年（一二〇五）三月三日。時陸游致仕家居。

【箋注】

〔一〕退居：指退位移居。莊子天道：「以此退居而閒遊，江海山林之士服。」亦指寺院中方丈之居所。

〔二〕美箭：美竹。杜甫石龕：「爲官采美箭，五歲供梁齊。」

〔三〕西方：佛教的極樂世界。　像設：供奉的佛像。參見卷十九法雲寺觀音殿記注〔一一〕。

〔四〕炊爨：燒火煮飯。東觀漢記第五倫傳：「倫性節儉，作會稽郡，雖爲二千石，臥布被，自養馬，妻炊爨。」　湢浴：洗浴。　床敷：床鋪。王安石半山春晚即事：「床敷每小歇，杖屨或幽尋。」巾鉢：洗滌用品和器具。雲布：形容極多。文選班固西都賦：「列卒周匝，星羅雲布。」呂延濟注：「星羅雲布，言衆也。」鱗次：魚鱗般排列。潘岳射雉賦：「緑柏參差，文翮鱗次。」

〔五〕梵唄：佛教作法事時歌詠贊歎之聲。高僧傳經師論：「原夫梵唄之起，亦造自陳思。」

〔六〕三朝，指孝宗、光宗、寧宗三朝。萬衲，衆僧。

〔七〕麗天：附著於天。語本易離：「日月麗乎天。」孔穎達疏：「日月麗乎天，百穀草木麗乎土者，此廣明附著之義。」

〔八〕弊屣：破舊之鞋。喻無用之惡物。太平御覽卷六九八引孟子：「舜視棄天下猶棄弊屣也。」今本孟子盡心上作「敝蹝」。

〔九〕西方之歸：指去到西方極樂世界。

〔一〇〕寶池：即七寶池。佛教西方浄土中由七寶構成的蓮花池。往生浄土的人在該池蓮花中化生。阿彌陀經：「極樂國土有七寶池，八功德水充滿其中。」

東籬記

放翁告歸之三年，闢舍東茀地〔一〕，南北七十五尺，東西或十有八尺而贏，或十有三尺而縮，插竹爲籬，如其地之數。埋五石瓮，瀦泉爲池，植千葉白芙蕖〔二〕，又雜植木之品若干，草之品若干，名之曰「東籬」。放翁日婆娑其間〔三〕，掇其香以嗅，擷其穎以玩，朝而灌，莫而鉏。凡一甲坼，一敷榮，童子皆來報惟謹〔四〕。放翁於是考本草以見其性質，探離騷以得其族類，本之詩、爾雅及毛氏、郭氏之傳，以觀其比興，窮其訓詁〔五〕。又下而博取漢、魏、晉、唐以來，一篇一詠無遺者，反覆研究古今體制之變革〔六〕，間亦吟諷爲長謡短章、楚調唐律，酬答風月煙雨之態度〔七〕，蓋非獨娱身目、遣暇日而已。昔老子著書，末章自「小國寡民」至「甘其食，美其服，安其居，樂其俗，鄰國相望，鷄犬之聲相聞，民至老死不相往來」〔八〕，其意深矣。使老子而得一邑一聚〔九〕，蓋真足以致此。於虖！吾之東籬，又「小國寡民」之細者歟？開禧元年四月乙卯記。

【題解】東籬爲陸游山陰三山别業中的小圃。劍南詩稿卷六四讀吕舍人詩追次其韻其三有云：「言歸鏡湖上，日日醉東籬。」自注：「東籬，予小圃名。」語本陶淵明詩名句「采菊東籬下，悠然見南山」。本文爲陸游爲自建的小圃東籬所作的記文，記述在圃中廣植草木、考據訓詁、吟詠比興的閒適生活，抒發對「小國寡民」、桃花源式的社會的嚮往。

本文據篇末自署，當作於開禧元年（一二〇五）四月乙卯（二十八）日。時陸游致仕家居。

參考本卷居室記、劍南詩稿卷六二東籬雜題五首。

【箋注】

〔一〕告歸之三年：陸游自嘉泰三年（一二〇三）五月完成修史，去國返鄉，至開禧元年（一二〇五），恰是三年。 苐地：長滿雜草的荒地。

〔二〕瀦泉：匯聚泉水。 千葉：形容花瓣重疊繁多。 芙蕖：荷花的别名。爾雅釋草：「荷，芙渠。其莖茄，其葉蕸，其本密，其華菡萏，其實蓮，其根藕，其中的，的中薏。」郭璞注：「（芙蕖）别名芙蓉，江東呼荷。」

〔三〕婆娑：盤桓，逗留。杜摯贈毋丘儉：「騏驥馬不試，婆娑槽櫪間。壯士志未伸，坎軻多辛酸。」

〔四〕甲坼：指草木發芽時種子外皮開裂。易解：「天地解而雷雨作，雷雨作而百果草木皆甲坼。」孔穎達疏：「雷雨既作，百果草木皆孚甲開坼，莫不解散也。」 敷榮：開花。嵇康琴賦：「迫而察之，若衆葩敷榮曜春風，既豐贍以多姿，又善始而令終。」 惟謹：謹慎小心。

〔五〕「放翁」五句：指遍考記叙草木名稱、性質等的典籍。本草，即神農本草經。古代藥書，記草類爲多，故名。阮孝緒七録著録，收藥三百六十五種。離騷：屈原作。詩中大量描寫衆芳草木，以爲比喻。宋人吴仁傑有離騷草木疏。詩經中多寫到草木，論語陽貨稱讀詩可「多識於鳥獸草木之名」，魯人毛亨的毛詩詁訓傳是現存最早的詩經注本。爾雅是古代第一部詞典，漢語訓詁的開山之作，被列入十三經，其中有釋草、釋木等篇。晉人郭璞有爾雅注，是現存最早最完整的注本。

〔六〕「又下」三句：指博取歷代歌詠草木的篇章無遺漏。體制，此指詩文的體裁、格調。

〔七〕長謡短章：指長短不同的歌謡詩章。楚調唐律：指楚辭騷體和唐代今體格律詩。酬答風月煙雨之態度：指應答自然界千姿百態的狀貌。

〔八〕「昔老子」二句：通行本老子共八十一章。第八十章云：「小國寡民。使有什伯之器而不用，使民重死而不遠徙。雖有舟輿，無所乘之；雖有甲兵，無所陳之。使民復結繩而用之。甘其食，美其服，安其居，樂其俗。鄰國相望，雞犬之聲相聞，民至老死不相往來。」

〔九〕聚：聚落，人群聚集處。説文：「聚，會也。邑落云聚。」

嚴州釣臺買田記

嘉泰四年，詔以嚴州久不治，命朝散郎、直祕閣、浙西路安撫司參議孫公叔豹爲知州事。公至數月，州以大治聞。獄無淹繫，庭無滯訟〔一〕，幕府閒暇，符檄簡少，榜笞之聲不聞於屏外。向之逋賦佚罰〔二〕，皆以時舉，倉有餘粟，府有餘帛。公天資近道，不樂燕遊歌舞優戲之奉，又不喜以土木無益之事勞其民〔三〕。治事少休，則宴坐別室，自夜至旦，盥靧而出〔四〕，終歲如一日。獨念初赴郡，過七里瀨漢嚴先生釣臺下，讀唐興元中崔儒釣臺記，以爲上有平田百畝，足以力耕，下臨清流，足以垂釣〔五〕。今投釣之地具在，而田則亡有。乃以屬縣令訪之，則田亦具在，旁有流泉，雖大旱不竭，可給灌溉。而或者輒有之〔六〕。公乃遺語以當歸田直而取田，以爲先生歲時祭享之奉〔七〕，其人難之。公歎曰：「光武欲與先生共天下，而先生不屑也。千有餘歲後，吾乃欲必取百畝之田以奉祀事乎？且吾教化未孚，而遽望人以輟耕遜畔，難矣〔八〕。」因置不問。會有没官田，又從傍買民田足百畝，除其泛科斂，以畀浮屠之奉祠者〔九〕。又即祠之右創爲佛院，棲鍾於樓，櫝經於室，僧廬客館，略皆有所。度歲入可以食其徒七人，而樵汲之役，又在其外。則先生之祠，可以永世不廢。乃礱美石〔一〇〕，請記於予。予曰：「嚴，名城也。自大駕巡幸臨安，以朝士出守者，與夫入對行殿被臨遣而來者〔一一〕，大抵多取道於富春。入謁祠下，有高山仰止之歎，而恨祠屋弊壞，椒桂不以時薦〔一二〕，往往咨嗟躊躇，久而後去。及其下車，則日困於簿書米鹽、將迎燕勞之事〔一三〕，忽焉忘前日之言。寒暑再更，復上車去，則又過祠下，負初心、戴愧面而去者，袂相屬也〔一四〕。聞孫公之舉，得無少自咎哉？」予二十年前，蓋嘗來爲此邦，亦自咎者之一也，故喜道孫公之舉，且以勵來者云。開禧元年十二月辛未，太中大夫、寶謨閣待制致仕、山陰縣開國子、食邑五百户賜紫金魚袋陸某記。

【題解】

嚴州釣臺即東漢隱士嚴子陵釣魚臺。後漢書嚴光傳：「嚴光字子陵，一名遵，會稽餘姚人也。少有高名，與光武同遊學。及光武即位，乃變名姓，隱身不見。帝思其賢，乃令以物色訪之。後齊國上言：『有一男子，披羊裘釣澤中。』帝疑其光，乃備安車玄纁，遣使聘之。三反而後至。……除爲諫議大夫，不屈，乃耕於富春山，後人名其釣處爲嚴陵瀨焉。」後代文人多有詩文題詠，唐人崔儒嚴先生釣臺記稱其上有平田百畝，足以力耕。南宋嘉泰四年，孫叔豹知嚴州，尋訪平田不得，從傍另購民田百畝，又建佛院，以爲祠堂，并請陸游爲記。本文爲陸游爲孫公釣臺買田所作的記文，詳述買田始末，慨歎歷任官員多有心而來、懷愧而去者，勉勵士大夫發揚孫公之舉。

本文據篇末自署，當作於開禧元年（一二〇五）十二月辛未（十九）日。時陸游致仕家居。

參考卷五十鵲橋仙（一竿風月）詞。

【箋注】

〔一〕淹繫：拘禁，關押。滯訟：積壓的訟案。陸機晉平西將軍孝侯周處碑：「轉爲廣漢太守，郡多滯訟，有經三十年不决者，處立評其枉直。」

〔二〕逋賦：拖欠的賦税。漢書武帝紀：「行所巡至，博、奉高、蛇丘、歷城、梁父，民田租、逋賦貸，已除。」顔師古注：「逋賦，未出賦者也。」佚罰：指罰而失當。書盤庚上：「邦之不臧，惟予一人有佚罰。」孔安國傳：「佚，失也。」蔡沈集傳：「惟我一人失罰其所當罰也。」

〔三〕土木：指建築工程。吴兢貞觀政要論務農：「若兵革屢動，土木不息，而欲不奪農時，其可得乎！」

〔四〕盥頮：洗手和洗臉。説文：「盥，澡手也。」禮記内則：「其間面垢，潭潘清頮。」陸德明釋文：「頮，洗面。」

〔五〕七里瀨：在桐廬富春江上，其下數里即嚴陵瀨。謝靈運赴任永嘉太守時，有七里瀨詩。崔儒嚴先生釣臺記，見董弅嚴陵集卷七，其云：「觀其兩峰相嶔，群木茂植，上有平田，足以力耕，下臨清流，可以垂釣，乃嘉遁之勝境，舍此何居？則吕尚父不應餌魚，任公子未必釣鼇，世人名之耳，釣臺之名亦猶是乎？」該文作於唐興元元年（七八四）夏四月。

〔六〕或者：某人，指田主。

〔七〕遺語：贈言。歸田直而取田：指出價購買此田。祭享：陳列祭品祭祀。逸周書周月：「至於敬授民時，巡狩祭享，猶自夏焉。」

〔八〕孚：使人信服。遜畔：即讓畔，推讓田界。陳堯叟題義門胡氏華林書院：「田里從來應逐畔，兒孫遊戲亦成行。」

〔九〕泛：不切實。　科斂：即科派，指攤派力役、賦税或索取錢財。蘇洵重遠：「方今賦取日重，科斂日煩。」　畀：給予。　奉祠：此指祭祀。史記封禪書：「杜主，故周之右將軍，其在秦中，最小鬼之神者。各以歲時奉祠。」

〔一〇〕礱：打磨。

〔一一〕入對行殿：臣下進入皇帝行宫回答提問或質問。　臨遣：臨軒派遣。

〔一二〕高山仰止：指崇敬仰慕。語出詩小雅車舝：「高山仰止，景行行止。」　椒桂：椒漿桂酒。李百藥登葉縣故城謁沈諸梁廟：「椒桂奠芳樽，風雲下虛室。」　薦：進獻，祭獻。

〔一三〕下車：指官員到任。上車爲離任而去。　將迎燕勞：送往迎來，設宴慰勞。

〔一四〕負初心、戴愧面：違背初心，面有愧色。　袂相屬：衣袂相接，比比皆是。

渭南文集箋校卷第二十一

記

【釋體】　本卷文體同卷十七，收録記十首。

仁和縣重修先聖廟記

聖人之道，位天地，育萬物，可謂大矣。然常寓之於宫室、祭祀、器服、度數之間〔一〕，非如後世佛、老子，廢禮棄樂，掃除名分，務爲玄默寂滅，浩然不可致詰也〔二〕。夫子生於周，故其尊以爲師者，文王、周公也。使夫子生於今，有不奉孔子、顔子、孟子以爲先聖先師者乎？則今之即學校以春秋舍奠於先聖先師者，非獨甲令也〔三〕。

方先朝學校盛時〔四〕，縣有學，與郡等。後以海内多事，縣學往往廢壞，而所以奉先聖先師者，亦苟而已。知臨安府仁和縣事謝君庭玉，獨慨然以爲急務重責，寢食不敢安，捐己之公租錢二十萬以經始〔五〕。會得廢寺當没官錢以佐其費，又取吏舍以益其址。自開禧元年十二月，至二年正月，廟乃告成，最其費爲錢五十萬〔六〕。吾夫子被衮服冕，巍然當坐，既悉如舊制，配享從祀，亦皆就列〔七〕。出入有門，陟降有階，設燎有庭〔八〕，三獻及受胙瘞幣皆有位，儲峙祭器則又有庫〔九〕。是歲二月上丁〔一〇〕，將有事於廟。吏言異時惟丞以下執事，令以剸劇〔一一〕，率不行。謝君曰：「豈有是哉！」於是告於府，肅恭齋明，以時訖事〔一二〕，且來告請記其始末。天子中興大業，講太平典禮，方自學校始，學校之設，方自兩赤縣始，則兹廟又學校之權輿也〔一三〕，其可闕書？三年正月戊寅，太中大夫、寶謨閣待制致仕、渭南縣開國伯、食邑八百户、賜紫金魚袋陸某記〔一四〕。

【題解】仁和縣，隸屬兩浙路臨安府，爲京都所治的赤縣。五代時爲錢江縣，北宋太平興國四年改仁和縣。先聖廟，亦稱孔子廟、夫子廟、文廟、孔廟等，紀念和祭祀孔子的祠廟。其中除少數家廟、國廟外，大多爲學廟，即各級學宫與孔廟爲一體。南宋初，各地學宫都遭廢壞，仁和知縣謝庭玉以重修縣學孔廟爲急務，開禧二年正月告成，舉行了祭祀儀式，并請陸游記其始末。本文爲陸游爲仁和縣重修孔廟所作記文，記述仁和縣重修孔廟始末，闡述祭孔和恢復孔廟的意義。

本文據篇末自署，當作於開禧三年（一二〇七）正月戊寅（初二）日。時陸游致仕家居。

【箋注】

〔一〕器服：器物和服飾。詩衛風木瓜序：「齊桓公救而封之，遺之車馬器服焉。」孔穎達疏：「器服謂門材與祭服。」度數：標準，規則。周禮春官墓大夫：「令國民族葬，而掌其禁令。正其位，掌其度數。」鄭玄注：「度數，爵等之大小。」

〔二〕玄默：指清静無爲。文選揚雄長楊賦：「且人君以玄默爲神，澹泊爲德。」李周翰注：「玄默，無事也。」寂滅：佛教語，即謂涅槃，指超脱生死的境界。無量壽經卷上：「超出世間，深樂寂滅。」明劉元卿賢奕編仙釋：「清静無爲者，老氏之説也。佛氏以爲不足爲，而主於寂滅。蓋清静者，求以超出乎仁義禮法；而寂滅者，又求超出乎清静無爲者也。」致詰：推究，詰問。老子：「此三者不可致詰，故混而爲一。」

〔三〕舍奠：即釋奠，指陳設酒食以祭祀的儀式。學宫中有定期的舍奠，又始立學宫必舍奠。舍，通「釋」。周禮春官大祝：「大會同，造於廟，宜於社，過大山川則用事焉，反行舍奠。」甲令：朝廷的重要法令。易蠱「先甲三日，後甲三日」，孔穎達疏：「甲者創制之令者，甲爲十日之首，創造之令，爲在後諸令之首，故以創造之令謂之甲。故漢時謂令之重者，謂之甲令，則此義也。」

〔四〕先朝：前朝。此指北宋。

〔五〕公租錢：即公用錢，指宋代外任官員於俸禄外，按等級隨月給錢，皆如俸禄，可自行支配。略相當於各級機構的日常辦公費用。經始：開始營建。詩大雅靈臺：「經始靈臺，經之營之。」

〔六〕最：總計，合計。

〔七〕被衮服冕：穿戴着禮服和禮冠。周禮春官司服：「享先王則衮冕……公之服，自衮冕而下，如王之服。」配享從祀：合祭，祔祀，指孔子弟子或歷代名儒祔祀於孔廟。享，同饗。清錢大昕十駕齋養新録宣聖配享：「元初，釋奠先聖，以顔、孟配享，蓋用宋、金舊制。至延祐三年，始增曾子、子思配享。」

〔八〕燎：古作「尞」。燒柴祭天。説文火部：「尞，祡祭天也。」段玉裁注：「燒柴而祭謂之祡，亦爲之尞。凡祡尞作柴燎者，皆誤。」

〔九〕三獻：古代祭祀時獻酒三次，即初獻爵、亞獻爵、終獻爵，合稱三獻。儀禮聘禮：「薦脯醢，三獻。」受胙：接受祭祀所用胙肉。瘞幣：即瘞繒，古代埋繒帛以祭地。禮記禮運：「故先王秉蓍龜，列祭祀，瘞繒，宣祝嘏辭説，設制度。」幣，繒帛。儲峙：儲備。書費誓：

「峙乃糗糧，無敢不逮。」孔穎達疏：「峙，具也。預貯米粟謂之儲峙。」

〔一〇〕上丁：農曆每月上旬的丁日。唐代以後，朝廷規定每年仲春（二月）、仲秋（八月）的上丁日爲祭祀孔子之日。

〔一一〕異時：往時，過去。剸劇：剸繁治劇，裁處繁劇之政務。王安石賀運使學士轉官啓：「紬秘延閣，剸劇外司。」

〔一二〕肅恭齋明：端嚴恭敬。史記魯周公世家：「肅恭明神，敬事耆老。」以時訖事：按時完成了祭孔典禮。

〔一三〕赤縣：唐宋京都所治之縣。吴自牧夢粱録兩赤縣市鎮：「杭州有縣者九，獨錢塘、仁和附郭，名曰赤縣。」權輿：起始，開始。詩秦風權輿：「今也每食無餘，于嗟乎！不承權輿。」朱熹集傳：「權輿，始也。」

〔一四〕開國伯：陸游本年晉封渭南伯（正四品）并刻渭南伯印。劍南詩稿卷七一蒙恩封渭南縣伯因刻渭南伯印：「旋著朝衫拜九天，榮光夜半屬星躔。渭南且作詩人伴，敢望移封向酒泉。」（自注：唐詩人趙嘏爲渭南尉時，謂之趙渭南。）

湖州常照院記

昔在高宗受命中興全功至德聖神武文昭仁憲孝皇帝，龍興河朔，克濟大業，祀宋配天，三十有六年〔一〕。涵養生齒〔二〕，其數無量。遺弓故劍〔三〕，群臣皆當追慕號泣，思所以報在天之靈，至千萬世，無怠無斁〔四〕，而況山林外臣，以道藝供奉仗内〔五〕，嘗被異禮厚賜者乎？鎮江府延慶寺僧梵隆，以異材贍學，高操絶藝，自結上知，不由先容，得對内殿〔六〕。先是，隆師固已結廬於湖州菁山〔七〕，號無住精舍。一時名士，如葉左丞夢得、葛待制勝仲、汪内翰藻、陳參政與義〔八〕，皆爲賦詩勒銘，傳於天下矣。至是詔賜庵居於萬松嶺金地山〔九〕，江濤湖光，映帶几席，壽藤老木，岑蔚夭矯〔一〇〕。隆師方力辭，願歸故巢。既至，悦其地，且侈上賜，幡然願留。久之示化〔一一〕，上爲悵然不懌，賜金歸葬故山。及孝宗皇帝嗣位，又命創常照院於無住故址，以隆師弟子上首至叶嗣其事〔一二〕，賜田以贍其徒。又命充丁亥、丁未本命道場，以祈兩殿之福〔一三〕。高宗皇帝御德壽宫，賜御書「寂而常照，照而常寂」八字，以示名院本指〔一四〕，且賜「天申金剛無量壽閣」扁榜及紫檀刻佛號「如來閣」榜〔一五〕，悉御書也。又一再賜萬機暇日所臨晉王羲之帖二十二紙、唐陸柬之蘭亭詩一卷及米芾史略帖一卷、題團扇二柄〔一六〕，又賜白金助建立。於是院悉崇成，有釋迦、文殊、普賢、十六阿羅漢殿〔一七〕，左則觀音大士道場，右則法輪藏室〔一八〕。食息有堂，鐘經有樓，熏浴、炊爨、儲積各有其所，犍椎鼓鐘〔一九〕，器亦備足。至於遊息臨眺，種蓺疏鑿，莫不極思致區處之妙，而西巖尤爲勝絶曠快之地。叶師以老疾請罷院事，屏居西巖，今皇帝詔從之，且命改院爲禪院，專以仰薦高宗神遊〔二〇〕。世擇其徒有道行者嗣住持事，而本澄首被是選，實嘉泰四年甲子歲之四月也。叶師乃來告曰：「願有述焉。」某實紹興朝士，歷事四朝，三備史官，名列策府諸儒之右，則與隆師及其子孫，雖道俗迹異〔二一〕，而被遇則同。今叶、澄父子晨香夜燈，梵唄禪定〔二二〕，雖世外枯槁，亦有以伸其圖報萬一之意。某則不然，飽食而安居，日復一日，飾巾待終而已，視叶、澄豈不有愧哉！故遂秉筆而不敢辭，上以紀三朝眷遇山林學道者之盛德〔二三〕，下以識某愧云。開禧三年二月壬子謹記。

【題解】

湖州屬兩浙路。常照院位於湖州菁山，南宋建炎中，梵隆禪師初建無住精舍，得到高宗眷顧。孝宗時創常照院於無住故址，由至叶禪師住持。寧宗嘉泰四年，至叶退居西巖，詔改院爲禪院，本澄住持。至叶請記於陸游。本文爲陸游爲湖州常照院所作的記文，記述常照院沿革，稱頌高宗、孝宗、寧宗厚遇常照院數代禪師之盛德。

本文據篇末自署，當作於開禧三年（一二〇七）二月壬子（初六）日。時陸游致仕家居。

【箋注】

〔一〕「昔在」五句：指宋高宗即皇帝位共三十六年。受命中興全功至德聖神武文昭仁憲孝皇帝，爲宋光宗紹熙二年給高宗添加的謚號，見宋史高宗本紀。龍興，指王者興起。河朔，古代泛指黄河以北地區。書泰誓中：「惟戊午，王次于河朔。」孔傳：「戊午渡河而誓，既誓而止於河之北。」祀宋配天，接續宋祀爲天子。配天，指受天命爲天子。莊子天地：「齧缺可以配天乎？」郭象注：「謂爲天子。」

〔二〕生齒：人口，人民。權德輿司徒贈太傅馬公行狀：「生齒益息，庶物蕃阜。」

〔三〕遺弓故劍：遺弓劍爲帝王死亡的委婉語。酈道元水經注河水三：「陽周縣故城南橋山……王莽更名上陵時，山上有黄帝冢故也。帝崩，惟弓劍存焉，故世稱黄帝仙矣。」

〔四〕「群臣」四句：追慕，追念仰慕。後漢書皇后紀上：「明帝性孝愛，追慕無已。」無怠，不怠惰。無斁，不厭倦。詩周南葛覃：「爲絺爲綌，服之無斁。」鄭玄箋：「斁，厭也。」

〔五〕外臣：方外之臣，指隱居不仕者。南齊書明僧紹傳：「太祖謂慶符曰：『卿兄高尚其事，亦堯之外臣。朕雖不相接，有時通夢。』」道藝：指學問、技能。周禮地官鄉大夫：「正月之吉，受教法于司徒，退而頒之于其鄉吏，使各以教其所治，以考其德行，察其道藝。」仗内：儀仗之内，指内宫。

〔六〕延慶寺：據鎮江志載，延慶寺在壽丘山巔，原爲南朝宋武帝故宅。陳時建寺名慈和寺，宋代改稱延慶寺，南宋紹興中改名普照寺。梵隆：字茂宗，號無住，吴興人。南宋著名畫僧，擅長佛像、人物，師法李公麟。宋高宗喜愛其畫，召對内殿。先容：先加修飾，引申爲事先介紹、推薦。史記鄒陽列傳：「鄒陽於獄中上梁王書曰：『蟠木根柢，輪囷離詭，而爲萬乘器者，何則？以左右先爲之容也。』」司馬貞索隱：「謂左右先加雕刻，是爲之容飾也。」

〔七〕菁山：位於湖州城南青山鄉，據湖州府志載，晉葛洪種黃菁於此山，至今山多黃菁，故以名山。

〔八〕葉夢得（一〇七七—一一四八）：字少蘊，號石林居士，蘇州吴縣人。紹聖進士，歷官翰林學士兼侍讀、尚書左丞、江東安撫大使兼知建康府、知福州兼福建安撫使等。葛勝仲（一〇七二—一一四四）：字魯卿，丹陽人。紹聖進士，中宏詞科，官至文華閣待制。汪藻（一〇七九—一一五四）：字彦章，饒州德興（今屬江西）人。崇寧進士，歷官太常少卿、起居舍人、中書舍人、給事中、翰林學士、知湖州、顯謨閣學士等。陳與義（一〇九〇—一一三八）：字去非，號簡齋，洛陽人。政和上舍甲科，歷官太學博士、中書舍人、禮部侍郎、翰林學士、參知政事。四人均爲南宋前期著名文人，宋史卷四四五均有傳。

〔九〕萬松嶺金地山：位於杭州西湖東南鳳凰山北。

〔一〇〕岑蔚：草木深茂。禮記大學「詩云：緡蠻黃鳥，止於丘隅」，鄭玄注：「知其所止，知鳥擇岑蔚安閒而止處之耳。」夭矯：屈伸貌。淮南子修務訓：「木熙者，舉梧檟，據句枉，蝯自縱，好茂葉，龍夭矯。」蝯，同猿。

〔二〕示化：即示滅，指高僧圓寂。

〔三〕上首：指寺院中的首座。梁武帝十喻詩夢：「出家爲上首，入寺作梁棟。」

〔三〕丁亥、丁未本命道場：指高宗、孝宗的本命道場。高宗生於丁亥年（一一〇七），孝宗生於丁未年（一一二七）。兩殿：指高宗、孝宗。

〔四〕御德壽宮：指高宗紹興三十二年禪位於孝宗後移居德壽宮。寂而常照，照而常寂：佛教稱寂、照二者的體用關係。真理之體云寂，真智之用云照。正陳論曰：「真如照而常寂爲法性，寂而常照是法身，義雖有二名，寂照亦非二。」名院本指：常照院命名的本義。

〔五〕天申金剛無量壽：天申，南宋以高宗生日爲「天申節」。金剛，佛教喻堅貞不壞。無量壽，指長生不老。扁榜：匾額。

〔六〕陸柬之（五八五—六三八）：唐吴縣（今蘇州）人。虞世南外甥。官至朝散大夫、太子司議郎、崇文侍書學士。唐代書法家，早年學其舅，晚學「二王」，與歐陽詢、褚遂良齊名。傳世書迹以五言蘭亭詩刻帖與書陸機文賦墨迹最著名。米芾（一〇五一—一一〇七）：字元章，祖籍山西，遷居湖北襄陽，後定居潤州（今江蘇鎮江）。曾任校書郎、書畫博士、禮部員外郎。北宋書法家、畫家，與蔡襄、蘇軾、黄庭堅合稱「宋四家」。宋史卷四四四有傳。史略帖：未詳。

〔一七〕文殊：佛教菩薩名。意譯爲「妙吉祥」。其形頂結五髻，象徵五智；持劍、騎青獅，象徵智慧銳利威猛。爲釋迦牟尼佛的左脅侍。其説法道場爲五臺山。普賢：佛教菩薩名。意譯爲「遍吉」。其形乘白象，爲釋迦牟尼佛的右脅侍。其道場爲峨眉山。阿羅漢：小乘佛教稱斷絶嗜欲、解脱煩惱，修得最高果位者，其中年長德高者十六位稱十六阿羅漢。

〔一八〕觀音大士：佛教菩薩名。慈悲的化身，救苦救難之神。法輪藏：藏置佛經能旋轉的書架。

〔一九〕犍椎：梵語音譯，意爲聲鳴。指寺院木魚、鐘、磬之類物品。道誠釋氏要覽雜記：「今詳律，但是鐘磬、石板、木板、木魚、砧槌，有聲能集衆者，皆名犍椎也。」

〔二〇〕今皇帝：指宋寧宗。仰薦高宗神遊：進獻專門作爲與高宗神交之地。

〔二一〕道俗迹異：出家和入俗道路不同。

〔二二〕梵唄：佛教作法事時的歌詠贊頌之聲。禪定：坐禪習定。佛教修行方法之一，一心審考爲禪，息慮凝心爲定。

〔二三〕眷遇：殊遇，優待。北史房彦謙傳：「忝蒙眷遇，輒寫微誠，野人愚瞽，不知忌諱。」

法慈懺殿記

東出慶元府五十里曰小溪〔一〕，有僧舍曰法慈院。院創於唐咸通中〔二〕，舊號鳳山院，歷五季至宋興，院常不廢。治平二年，始賜今名。雖世以院僧主之，然其徒多出遊四方，學經論，問祖師第一義〔三〕，或終其身不歸。淳熙十四年，老宿及後來者始議作懺殿〔四〕，而如戒等十輩，願盡力營之。久而不成，十人或死或緣不偶〔五〕，獨如戒、智玻、行慈誓不怠廢，必遂其始願，行乞勞苦，積細微以成高大。於是施者墻立，助者麕至〔六〕，聞者興歎，見者起敬。木章竹箇，山積雲委，伐石於山，陶甓於竈，丹漆黝堊〔七〕，致於四方。以紹熙壬子三月癸酉始土工〔八〕，明年八月庚申始匠事，十一月土木皆告成。南北八丈六尺，東西五丈八尺，而棟之高四丈一尺。眈眈奕奕〔九〕，窮極藝巧。雖慶元多名山巨刹，然懺堂之盛，未有加法慈者。奉釋迦於中，而左則彌勒，右則無量壽〔一〇〕，又以天地鬼神之像陪擁四旁。於虖亦盛矣！院僧因餘姚普明院僧則華求予爲記〔一一〕。則華嘗游蜀，予識之於成都，今三十餘年〔一二〕，以故舊不忍拒也，乃爲之書，而刻施者姓名於碑陰云〔一三〕。

【題解】法慈院，寶慶四明志卷十三（鄞縣志卷二）寺院甲乙律院：「法慈院，縣西南七十里，舊號鳳山院，唐咸通七年建，皇朝治平三年賜今額。常住田八十畝，山無。」懺殿，寺院中專供懺悔的佛殿。

佛教規定，出家人每半月集合舉行誦戒，給犯戒者説過悔改的機會。後成爲自陳己過、悔罪祈福的宗教儀式。法慈院懺殿建成於紹熙四年（一一九三）十一月，院僧因普明院僧則華向陸游求記。本文爲陸游爲法慈院懺殿所作的記文，記述懺殿興建始末，表達對故舊的留戀之情。

本文未署作年。歐譜繫於開禧三年（一二〇七），并稱「此文無著作月日，以原編於本年所作記文中，故繫於是」。歐説是。時陸游致仕家居。文末稱「則華嘗遊蜀，予識之於成都，今三十餘年」，陸游成都任職在淳熙二年（一一七五）至三年，加上三十餘年，亦當此時，此亦可爲證。

【箋注】

〔一〕慶元府：本爲兩浙路明州，紹熙五年（一一九四）七月寧宗即位，因明州曾爲其潛邸，升爲慶元府。治鄞縣，奉化等六縣。

〔二〕咸通：唐懿宗年號，共十四年（八六〇—八七三）。

〔三〕經論：佛教指三藏中的經藏和論藏。梁書謝舉傳：「爲晉陵郡時，常與義僧遞講經論。」

祖師：佛教中創立宗派者。第一義：佛教指最上至深的妙理。

〔四〕老宿：釋道中年老而有德行者。杜甫岳麓山道林二寺行：「依止老宿亦未晚，富貴功名焉足圖。」

〔五〕不偶：不遇，不合。王充論衡命義：「行與主乖，退而遠，不偶也。」

〔六〕墻立：如牆環立，比喻衆多。麕至：亦作麇至。群集而來。左傳昭公五年：「求諸侯而麇至。」

〔七〕陶甓於竈：砌爐灶以燒磚。丹漆黝堊：紅色和黑色。黝堊，塗以黑色和白色。禮記喪服大記：「既祥，黝堊。」孔穎達疏：「黝，黑色，平治其地令黑也。堊，白也，新塗堊於牆壁令白。」

〔八〕紹熙壬子：即紹熙三年（一一九二）。

〔九〕耽耽：深邃貌。文選張衡西京賦：「大夏耽耽，九户開闢。」薛綜注：「耽耽，深邃之貌也。」奕奕：高大貌。詩大雅韓奕：「奕奕梁山，維禹甸之。」毛傳：「奕奕，大也。」

〔一〇〕彌勒：佛教菩薩名，意譯「慈氏」。爲未來佛，其形胸腹袒露，面帶笑容。無量壽：佛教菩薩名，阿彌陀佛的譯名。净土宗的信仰對象。

〔一一〕餘姚：縣名，隸屬紹興府。普明院：嘉泰會稽志卷八：「普明院，在縣西北三十五里。漢乾祐元年建，號松山報恩院。大中祥符元年改賜今額。」漢乾祐元年，指五代後漢隱帝乾祐元年（九四八）。

〔一二〕「則華」三句：老學庵筆記卷二：「射洪陸使君廟以杜子美詩爲籤，亦驗。予在蜀，以淳熙戊戌春被召，臨行，遣僧則華往求籤，得遣興詩曰：『昔在龐德公，未曾入州府。襄陽耆舊間，處士節獨苦。豈無濟時策，終竟畏網罟。林茂鳥有歸，水深魚知聚。舉家隱鹿門，劉表焉得取？』予讀之惕然。」劍南詩稿卷四七亦有相關詩篇。

〔一三〕碑陰：古代名家之記文往往刻石立碑，碑陰即碑之背面。

東陽陳君義莊記

東陽進士陳君德高，因吾友人吕君友德來告曰〔一〕：「德高不幸，早失先人，舉進士又輒斥。念昔先人進德高輩於學，蓋將使之事君，使之字民〔二〕，以廣我先人之志。今雖自力，而不合於有司之繩尺〔三〕，如其遂負所期望付托，生何面以奉祭享，死何辭以見吾親於地下？不獲施於仕進，爲時雨爲豐年矣，獨不可退而施於宗族乎〔四〕？於是欲爲義莊，略用范文正公之矩度〔五〕，而稍增損之，以適時變。敢求文於執事者，且載其凡於碑陰〔六〕。」予復之曰：「美哉吾子之志也！人之情，於其宗族，遠則疏之，彌遠則益疏，而至於忘之。蓋以身爲親疏，而不以先人爲親疏也。視兄之子，已或不若己之子。己之子與兄之子，自吾父視之有異乎？能以父之心爲心，則己之子與兄之子，且不知其同異矣。推而上之，大父之孫爲從父兄弟，曾大父之曾孫爲從祖兄弟。又推而上之，至於無服〔七〕，雖天下長者，不能無親疏之殺矣〔八〕。於虖！制服不得不若是也〔九〕。若推上世之心，愛其子孫，欲使之衣食給足，婚嫁以時，欲使之爲士，而不欲使之流爲工商，降爲皂隸，去爲浮圖、老子之徒〔一〇〕，則一也。死而有知，豈以遠而忘之哉？義莊之設，蓋基於是〔一一〕。然舉天下言之，能爲是者有幾？非以爲不美而不爲也，力不足也。若陳君者，自其先人勤勞節約以致饒餘，而陳君不敢私有之。其地在塍頭昭福寺之傍，初期以千畝〔一二〕，今及十之七，而吾地在塍頭者止此。比鄰感其義，皆欲期年間貿易以成之〔一三〕。又植桑、畜牛、築陂，以豐衣食之源，其詳見碑陰。又有最當慮者：吾子之心則盡矣，後人或貪而專利，或嗇而吝出，或夸而廣費，或挾長、挾仕、挾有力之助而敗約〔一四〕，非有司者別白之〔一五〕，則莊且壞不支。府牧、邑長、丞掾、曹吏及鄉之卿大夫、先生、處士①〔一六〕，其必綱維主張之〔一七〕，使久而如一日。陳氏布衣也，其貲産非能絶出一鄉之上，而義倡於鄉如此。吾徒仕於朝、於四方，雖未必皆厚禄，然聞陳氏之風而不知愧且慕者，豈人情也哉！」於是并書以遺焉。君之先君子〔一八〕，蓋諱士澄，字彦清云。開禧三年七月辛丑記。

【題解】東陽爲縣名，南宋隸屬兩浙路婺州（今浙江金華）。義莊爲舊時家族中所置的贍濟族人的田莊。宋史范仲淹傳：「置義莊里中，以贍族人。」北宋仁宗時，范仲淹在蘇州用俸禄置田産，收地租，用以贍族人，固宗族，用租佃制方式經營義莊。此爲義莊之始。南宋東陽人陳德高，仿范仲淹之舉，舉辦義莊，并請記於陸游。本文爲陸游爲陳德高義莊所作的記文，記述陳君辦義莊緣起，闡述其仁愛之心，稱頌其義舉，呼籲官府和地方維繫、扶持好義莊。

本文據篇末自署，當作於開禧三年（一二〇七）七月辛丑（二十七）日。時陸游致仕家居。

【校記】

①「及鄉之」，原脱「鄉」字，據弘治本、汲古閣本補。

【箋注】

〔一〕進士：古代指薦舉的人才。禮記王制：「大樂正論造士之秀者，以告于王，而升諸司馬，曰進士。」鄭玄注：「進士，可進受爵禄也。」此即用此意。　吕君友德：陸游友人。據本集卷三六夫人陳氏墓誌銘載：「紹熙、慶元之間，予以故史官屏居鏡湖上。有東陽進士吕友德，自太學來與予遊問學，議論文辭，皆有源流，而衣冠進趨甚偉，予固異之。訪於東陽人，則曰：是清潭吕君紹義之子。」

〔二〕字民：撫治，管理百姓。逸周書本典：「字民之道，禮樂所生。」

〔三〕不合於有司之繩尺：指不符合朝廷舉進士的標準。

〔四〕不獲施於仕進：不能在仕途中得到任用，即不能進入仕途。　時雨：應時的雨水。書洪範：「曰肅，時雨若。」

〔五〕矩度：規矩法度。

〔六〕凡：大概，要略。　碑陰：參見本卷法慈懺殿記注〔一三〕。

〔七〕無服：古代喪制於五服（高祖、曾祖、祖父、父親、自身）之外無服喪關係。禮記喪服小記：「爲父後者，爲出母無服。無服也者，喪者不祭故也。」

〔八〕殺：等級，差別。禮記中庸：「子曰：『仁者人也，親親爲大。義者宜也，尊賢爲大。親親之殺，尊賢之等，禮所生也。』」

〔九〕制服：指制定服喪之制。

〔一〇〕皂隸：古代賤役。左傳隱公五年：「若夫山林川澤之實，器用之資，皂隸之事，官司之守，非君能及也。」　浮圖、老子之徒：指佛教、道教徒。

〔一一〕基於是：指祖先愛其子孫之心，不以遠而忘之。

〔一二〕初期以千畝：開始希望（義莊之地）有千畝之大。

〔一三〕期年：一年。　貿易以成之：通過買賣來成全他。

〔一四〕挾長：倚仗年長。　挾仕：倚仗做官。　敗約：撕毀義莊的盟約。

〔一五〕別白：分辨明白。漢書董仲舒傳：「辭不別白，指不分明，此臣淺陋之罪也。」

〔一六〕府牧、邑長、丞掾、曹吏：泛指州府以下各級官吏。　鄉之卿大夫、先生、處士：指鄉里的退休高官、有學問者、有才德者。

〔一七〕綱維：維繫，護持。三國志劉放傳：「又深陳宜速召太尉司馬宣王，以綱維王室。」主張：提倡，扶持。歐陽修跋李翰林昌武書：「向時蘇、梅二子，以天下兩窮人主張斯道，一時士人傾想其風采，奔走不暇。」

〔一八〕先君子：舊時稱自己或他人已去世的祖父。禮記檀弓上：「門人問諸子思曰：『昔者子之先君子喪出母乎？』」孔穎達疏：「子之先君子，謂孔子也。」

廬帥田侯生祠記

開禧二年八月，詔以開封田侯琳爲淮南西路安撫使，兼知廬州〔一〕，節制淮西軍馬。時虜方入塞〔二〕，侯既受命，謂廬州爲淮西根本，而古城又爲州之襟要〔三〕。堅守廬州，則淮西有太山之安；修復古城，則廬州有金城湯池之固〔四〕。異時議者知守南城而已，古城不復繕治，一日有警，如有太阿之利而不持鐏柄〔五〕，七尺之軀而授人腰領，幾何其不敗也！古城雖不甓〔六〕，而其實峭堅，利以禦寇。且西北堅城，多止用土，雖潼關及赫連氏統萬城，亦土爾〔七〕。乃躬臨視之，芟夷草棘，則城果屹如石壁，戈戟皆廢，衆始駭服。於是增陴浚濠，大設樓櫓〔八〕。又有月城，亦得地利，而卑不可恃，則又爲築羊馬城，厚六尺，高倍之，且爲重塹，設釣橋，而月城亦不可復犯矣〔九〕。

然自興役至訖事，不三閱月〔一〇〕，將士爭奮，民不與知，一旦巍然，若役鬼神，可謂奇偉不世之功矣。城甫畢，虜果大入，道執鄉民，問知侯在是，相顧曰：「殊不知乃鐵面將軍也。」蓋虜自王師攻蔡州時，已習知侯名，未戰，氣先奪矣。乘城拒守甚力〔一一〕，夜遣偏將自屯所攻其營，殺傷數千人，萬户死者二人〔一二〕。侯聞捷，曰：「是且伏兵東門，夜攻吾水柵，以幸一勝。」乃提親兵隨所向禦之，莫不摧破。虜知廬州不可近，遂解而趨和州。侯又亟遣親信間道督光州戍將，斷橋梁，燒賊艦，絶其餉道〔一三〕，奪俘虜，復取安豐軍。又遣萬騎由梁縣援和州。會和州亦堅壁，虜窮，乃盡遁。侯又出兵濠州，以戰車敗虜屯兵。戰車久不用，侯以意爲之，果取勝。策勳真拜達州刺史，且以車制頒之諸軍〔一四〕。侯猶不敢自以爲功，方益修水門之備，濬河深二丈，乃得昔人撒星樁〔一五〕，横亘兩城間，始知昔固有此舉，遂益植新樁而城之。其崇五丈有奇，樓櫓稱焉。將吏士民聚而謀曰：「侯之所立如此，郡人無以報萬一，則不可。」相與築生祠於城中，而移書於予，請書歲月。予以衰疾辭。比書復來，則侯捐館舍矣〔一六〕。請既益堅，予亦痛若人之不淑，而不獲卒大勳業也，故采之僉論，以叙其始末〔一七〕。昔劉滬城水洛，趙立城山陽，滬所遇非堅敵，立雖死事，而不能全其城，猶皆廟食，載在祀典〔一八〕。况如侯之功，光明卓絶如此，則祀典之請，必有任其事者。尚繼書之，以垂示後世，爲忠義之勸云。嘉定元年春二月己巳謹記。

【題解】

開禧二年五月，在平章軍國事韓侂胄主持下，宋寧宗下詔伐金，拉開了「開禧北伐」的序幕。宋軍雖因準備不足，屢遭敗績，但也湧現出畢再遇等一批名將。建康府副都統田琳收復壽春，堅守廬州，戰功卓著。軍民在廬州城中築紀念活人的生祠紀念田琳，并請陸游爲記。本文爲陸游爲田琳生祠所作的記文，詳細記述田琳堅守廬州的具體戰績和卓絶功勳，稱頌其忠義精神，希望將其載入祀典。

本文據篇末自署，當作於嘉定元年（一二〇八）二月己巳（二十九）日。時陸游致仕家居。

【箋注】

〔一〕淮南西路：簡稱淮西，宋代十五路之一。南渡後轄安慶、壽春二府，廬、蘄、和、舒、濠、光、黄七州，及安豐、鎮巢、懷遠、六安四軍。淮西位於淮河與長江之間，大致包括今安徽中部、湖北東部及河南東南部。南渡後淮河成爲宋、金的邊界線，淮西成爲宋、金交戰的主戰場之一。開禧二年五月，寧宗下詔伐金。六月丁卯，建康副都統田琳收復壽春府（今安徽壽縣）。八月又有此任。廬州，南宋淮南西路治所。今安徽合肥。

〔二〕入塞：此指南侵淮西。

〔三〕襟要：地勢要衝，要害之地。晉書石勒載記下：「勒大怒，名張敬據其襟要以守之。」

〔四〕金城湯池：金屬所造城，沸水充滿的護城河，形容城池堅固。漢書蒯通傳：「必將嬰城固守，皆爲金城湯池，不可攻也。」顔師古注：「金以喻堅，湯喻沸熱不可近。」

〔五〕太阿：古寶劍名。相傳爲春秋時歐冶子、干將所鑄。李斯諫逐客書：「垂明月之珠，服太阿之劍。」　鐔柄：劍柄。

〔六〕不甓：不用磚砌。

〔七〕潼關：位於今陝西渭南。北臨黄河，南踞山腰，是關中東大門，歷來爲兵家必争之地。　赫連氏：源出匈奴，屬於漢化改姓。漢代右賢王劉去卑的後代自稱爲夏王，改爲赫連氏。東晉時，劉虎曾孫勃勃稱大夏天王，建國夏，又改復姓赫連氏。　統萬城：北方名城，在今陝西靖邊。大夏國主赫連勃勃所建，故又稱赫連城。當地人稱白城子。勃勃自稱「朕方統一天下，君臨萬邦，可以統萬爲名。」城建歷時六年，用「蒸土築城」之法，即將白石灰、白粘土以糯米汁攪拌，蒸熟後灌注，城牆堅固異常。參見晉書赫連勃勃載記。

〔八〕陴：城上矮牆，亦稱女牆。　樓櫓：軍中用於瞭望、攻守的高臺。北史王思政傳：「於是修城郭，起樓櫓，營田農，積芻秣，凡可以守禦者皆具焉。」

〔九〕月城：即甕城，城外所築半圓形小城，掩護城門，加强防禦。新唐書李光弼傳：「賊憚光弼，未敢犯宫闕，頓白馬祠，治壍溝，築月城以守。」 羊馬城：古時爲防守禦敵而在城外所築類似城圈的工事。通典兵五：「於城外四面壕内，去城十步，更立小隔城，厚六尺，高五尺，仍立女牆，謂之羊馬城。」 釣橋：吊橋。古代護城河上可以吊起的橋。陳規守城録守城機要：「城門外壕上，舊時多設釣橋，本以防備奔衝，遇有寇至，拽起釣橋，攻者不可越壕而來。」

〔一〇〕不三閲月：不到三個月。

〔一一〕乘城：登城。國語晉語一：「郤叔虎將乘城。」韋昭注：「乘，升也。」

〔一二〕萬户：官名。金初設置，爲萬夫之長，總領於中央樞密院。

〔一三〕間道：取道偏僻小路。陸賈楚漢春秋亞父碎玉斗：「沛公脱身鴻門，從間道至軍，張良、韓信乃謁項王。」 餉道：運軍糧之道。史記樊酈滕灌列傳：「受詔别擊楚軍後，絶其餉道。」

〔一四〕策勳：用策書記載勳勞。左傳桓公二年：「凡公行，告于宗廟；反行，飲至、舍爵、策勳焉，禮也。」杜預注：「既飲置爵，則書勳勞於策，言速紀有功也。」 真拜：實授官職。韓愈唐故國子司業竇公墓誌銘：「八遷至檢校虞部郎中，元和五年，真拜尚書虞部郎中。」 車制，指上述戰車之制。

〔一五〕撒星樁：古代水中防禦裝置，如星散般設置。宋史張順傳：「北兵增守益密，水路連鎖數十里，列撒星樁，雖魚蝦不得度。」

〔一六〕捐館舍：拋棄館舍。死亡的婉辭。戰國策趙策二：「今奉陽君捐館舍。」

〔一七〕若人：此人。不淑：不幸。吊問之辭。禮記雜記上：「寡君使某，如何不淑。」陳澔集說：「如何不淑，慰問之辭，言何爲而罹此凶禍也。」僉論：衆人之議論。

〔一八〕劉滬城水洛：北宋將軍劉滬守水洛城，以千人擊退氐族萬人之兵。後築城水洛，病卒葬水洛，居民立祠祀之。事詳宋史卷三二四劉滬傳。水洛城在今甘肅莊浪。趙立城山陽：南宋初將軍趙立，以勇戰金兵聞名，爲徐州觀察使兼知楚州，堅守楚州孤城數月，飛砲中其首而亡，城始陷。後立顯忠祠祀之。事詳宋史卷四四八趙立傳。山陽：楚州治所，今江蘇淮安。廟食：指死後立廟，受人奉祀，享受祭饗。史記滑稽列傳：「廟食太牢，奉以萬户之邑。」祀典：記載祭祀儀禮的典籍。國語魯語上：「凡禘、郊、祖、宗、報，此五者國之典祀也……非是，不在祀典。」

吴氏書樓記

天下之事，有合於理而可爲者，有雖合於理而不可得爲之者。士於可爲者，不可不力；力不足，則合朋友鄉閭之力而爲之；又不足，告於在仕者以卒成之。成矣，又慮其壞，則吾有子，子又有孫，孫又有子，雖數十百世，吾之志猶在也，豈不賢哉！彼不可得爲之者，則有命焉，有義焉，不知命義，徒呶呶紛紛奚益〔一〕？故君子不爲也。然爲此者寡也，或易之爲彼者，輒可以得名於流俗，故士之爲此者寡也。吾友南城吴君仲與其弟倫，初以淳熙之詔建社倉，其詳見於侍講朱公元晦所爲記〔二〕。其後又以錢百萬創爲大樓，儲書數千卷，會友朋，教子弟，其意甚美。於是朱公又爲大書「書樓」二字以揭之。樓之下曰讀書堂，堂之前又爲小閣，閣之下曰和豐堂。旁復有二小閣，左則象山陸公子静書其顏曰「南窗」〔三〕，右則艮齋謝公昌國書其顏曰「北窗」〔四〕。堂之後榮木軒〔五〕，則又朱公實書之。於虖，亦可謂盛矣！蓋吴君，未命之士爾〔六〕，爲社倉以惠其鄉，爲書樓以善其家，皆其力之所及。自是推而上之，力可以及一邑一郡一道，以至謀謨於朝者，皆如吴君自力而不愧，則民殷俗美，兵寢刑厝〔七〕，如唐虞三代，可積而至也。吴君兄弟爲是，迨今已十五六年，使皆壽考康寧〔八〕，則倉與樓皆當益治，鄉之民生業愈給足安樂，日趨於壽富，而君之子弟孝悌忠信，亦皆足以化民善俗，是可坐而俟也。然年運而往，天人之際，有不可常者，則又當有以垂訓於無窮。予讀唐李衛公文饒平泉山居記有曰：「鬻平泉者，非吾子孫也。以平泉一木一石與人者，非佳子弟也。」〔九〕平泉特燕遊地，木石之怪奇者，亦奚足道，而其言且如此，况義倉與書樓乎？後之人讀吾記至此，將有涣然汗出、霰然涕下者〔一〇〕，雖百世之後，常如吴君時，有不難者矣。嘉定元年五月甲子記。

【題解】

吴氏，即吴伸兄弟。兄吴伸，字子直；弟吴倫，字子常。江西南城上唐鎮蛤蟆窩村富户。紹熙五年應朝廷之令，建社倉以濟饑民，名動一時。江西通志卷八三引人物志：「吴伸，南城人。與弟倫俱太學生。立社倉以周貧乏。朱子記略云：『紹興（當作紹熙）甲寅之歲，發私穀四千斛以應詔旨，民有所仰食，無復死徙之虞，咸德於吴。而伸與倫不敢當，曰：是倉之立，君師之教，祖考之澤，而鄉鄰之功也。』」吴氏兄弟建社倉後，又建大樓儲書數千卷，朱熹爲題「書樓」二字。本文爲陸游爲吴氏書樓所作的記文，記述書樓之盛，稱贊吴氏「爲社倉以惠其鄉，爲書樓以善其家」，努力爲其力之所及而可爲者，告誡後人效仿吴君則世事不難。

本文據篇末自署，當作於嘉定元年（一二〇八）五月甲子（二十六）日。時陸游致仕家居。

參考卷三十跋南城吴氏社倉書樓詩文後。

【箋注】

〔一〕呶呶紛紛：指喋喋不休。

〔二〕「吾友」三句：社倉是古代爲防止荒年而在鄉社設置的糧倉。始於隋代，歷代體制不一。據朱熹建昌軍南城縣吳氏社倉記（晦庵先生朱文公文集卷八十）載，乾道四年，建昌大饑，朱熹請於官，始作社倉於崇安縣開耀鄉。淳熙八年，朱熹上奏設置社倉的經驗，孝宗頒其法於四方，下詔鼓勵民間效仿。吳仲兄弟因之開始建設社倉。慶元二年，朱熹應吳仲兄弟之邀，到該村講學，爲吳氏廳堂書寫「榮木軒」、「書樓」二匾，并爲社倉撰寫了吳氏社倉記，還在該村寫下了觀書有感詩。（有「問渠那得清如許，爲有源頭活水來」之句）朱熹離村後，村民將蛤蟆窩村改爲源頭村。

〔三〕象山陸公子静：即陸九淵（一一三九—一一九三），字子静，號象山翁，世稱象山先生，撫州金溪（今屬江西）人。乾道進士，官至知荆門軍。南宋理學家，與朱熹齊名，并會於鵝湖，争論學術。宋史卷四三四有傳。南窗：陶淵明問來使詩：「我屋南窗下，今生幾叢菊。」

〔四〕艮齋謝公昌國：即謝諤（一一二一—一一九四），字昌國，人稱艮齋先生，臨江軍新餘（今江西新餘）人。紹興進士，官至工部尚書。南宋理學家。宋史卷三八九有傳。北窗：晋書陶潛傳：「嘗言夏月虚閑，高卧北窗之下，清風颯至，自謂羲皇上人。」

〔五〕榮木軒：陶淵明榮木詩：「采采榮木，結根于兹。晨耀其華，夕已喪之。」逯欽立注：「榮木，木槿。其花朝生暮落。」

〔六〕未命之士：未取得科名的讀書人。朱熹朱子語類卷八六：「上士、中士、下士，是有命之士，已有禄。如管子『士鄉十五』，是未命之士。若民皆爲士，則無農矣，故鄉止十五。亦受田，但不多，所謂『士田』者是也。」

〔七〕兵寢：戰争止息。刑厝：亦作刑錯、刑措。刑法置而不用。荀子議兵：「傳曰：『威厲而不試，刑錯而不用。』」

〔八〕壽考康寧：長壽安康。書洪範：「五福：一曰壽，二曰富，三曰康寧，四曰攸好德，五曰考終命。」

〔九〕「予讀」五句：唐代李德裕在伊洛築平泉别墅，廣植草木，又作平泉山居記述之，告誡子孫不得鬻賣與人，言辭懇切。李衛公文饒，即李德裕（七八七—八五〇）字文饒，趙郡贊皇（今屬河北）人。以門蔭入仕，兩度爲相，封衛國公，世稱李衛公，後在牛李黨争中失勢，貶死崖州。舊唐書卷一七四、新唐書卷一八〇有傳。

〔一〇〕涣然：汗出貌。嵇康養生論：「夫服藥求汗，或有弗獲；而愧情一集，涣然流離。」霰然：如小冰粒貌。

靈秘院營造記

出會稽城西門，舟行二十五里，曰柯橋靈秘院。自紹興中，僧海净大師智性築屋設供〔一〕，以待遊僧，名「接待院」，久而寖成，始徙廢寺故額名之。海净年九十，坐八十三夏而終〔二〕，以其法孫德恭領院事〔三〕。恭少嘗學於四方，有器局〔四〕，迨今二十年，食不過一簞，衣不加一稱〔五〕，而惟衆事是力。夕思晝營，心揆手畫，施者自至，魔事不作〔六〕，用能於二十年間，或改作，或增葺，光明偉麗，毫髮無憾，上承先師遺志，下爲子孫基業。閎堂傑閣，房奥廊序，棲鐘之樓，櫝經之堂，館客之次，下至庖厨湢浴〔七〕，無一不備。爲屋僅百間，自門而出，直視旁覽，道路繩直，而原野砥平。一遠山在前，孤峭奇秀，常有煙雲映帶其傍。卜地者以爲在法百世不廢〔八〕，且將出名僧。今院纔一傳，其興如此，後烏可量哉！院之崇成也〔九〕，恭來請記曰：「先師之塔，公實與之銘〔一〇〕。今院當有記，非公誰宜爲哉？」予報之曰：「子廬於此，凡東之會稽、四明與西入臨安者，風帆日相屬也〔一一〕。彼其得志於仕宦，獲利於商賈者，寧可計耶？有能家世相繼，支久不壞，如若之爲父子者乎？有能容衆聚族，爕和安樂〔一二〕，如若之處兄弟者乎？至於度地築室，以奢麗相誇，斤斧之聲未停，丹堊之飾未乾，而盛衰之變已遽至矣，亦有如若之安居奠處〔一三〕，子傳之孫、孫又傳之子者乎？此無他，彼其初與若異也。雖曰有天數，然人事常參焉，人事不盡而諉之數，於虖其可哉？」嘉定元年夏五月庚申記。

【題解】

靈秘院位於山陰縣以西柯橋旁。嘉泰會稽志卷七：「靈祕院，在縣西三十里柯橋館之旁。紹興中僧智性創柯橋接待院，初惟蘧蒢一厦，日益增葺，請於府，移江北安昌鄉靈祕廢院額。智性年九十餘，精神不衰，猶能領院事。淳熙十六年九月，準尚書禮部符甲乙住持。」智性圓寂後，由德恭領院事，二十年間，靈秘院面貌煥然一新。營造功成，德恭求記於陸游。本文爲陸游爲靈秘院營造成功所作的記文，叙述靈秘院沿革及營造始末，感慨佛徒的家世相繼、燮和安樂，與仕宦商賈的盛衰之變形成鮮明對照，指出「雖曰有天數，然人事常參焉」，表明對時局的看法。

本文據篇末自署，當作於嘉定元年（一二〇八）五月庚申（二十二）日。時陸游致仕家居。

參考卷四十海净大師塔銘。

【箋注】

〔一〕海净大師智性（一一〇二—一一九二）：山陰人，俗姓蔡。七歲出家，九歲賜紫方袍，號海净大師。住靈秘院五十一年，卒年九十。陸游爲撰海净大師塔銘。

〔二〕坐八十三夏：坐夏爲佛教語，指僧人於夏季三個月中安居不出，坐禪静修，稱坐夏。因正當雨季，亦稱坐雨安居。玄奘大唐西域記印度總述：「故印度僧徒，依佛聖教，坐雨安居，或前三月，或後三月。前三月當此從五月十六日至八月十五日，後三月當此從六月十六日至九月十五日。前代譯經律者，或云坐夏，或云坐臘。」坐夏一年一次，坐八十三夏，即出家爲僧八十三年。

〔三〕法孫：指佛教法師的第二代弟子。

〔四〕器局：器量，度量。晉書何充傳：「何充器局方概，有萬夫之望。」

〔五〕稱：古代計算衣服的量詞。

〔六〕魔事：佛教指稱道德障礙。梁武帝斷酒肉文：「酒是惡本，酒是魔事，檀越今日幸不可飲。」

〔七〕奥：房屋角落。説文：「室之西南隅。」序：牆壁。説文：「東西牆也。」次：旅行所居止之處所。庖厨湢浴：廚房、浴室。

〔八〕卜地：選擇居住之地。趙曄吴越春秋勾踐歸國外傳：「唐虞卜地，夏殷封國，古公營城周雒。」

〔九〕崇成：終於成功。崇，通「終」。

〔一〇〕「先師」二句：指陸游爲海浄大師撰寫塔銘。見本集卷四十。

〔一一〕相屬：相繼，相連接。史記孟子荀卿列傳：「荀卿嫉濁世之政，亡國亂君相屬。」

〔一二〕燮和：協和。書顧命：「燮和天下，用答文、武之光訓。」

〔一三〕奠處：穩固居處。

橋南書院記

吾友西安徐載叔，豪隽人也〔一〕，博學善屬文，所從皆知名士。方其少壯時，視功名富貴猶券内物，一第直浼我爾〔二〕。然出遊三十年，蹭蹬不偶〔三〕，異時知己，零落且盡。家貲本不薄，載叔常糞壤視之，權衡仰俯，算籌衡縱〔四〕，一切不能知，惟日夜從事於塵編蠧簡中〔五〕，至食不足，不問也。中年，卜居城中，號橋南書院，地僻而境勝，屋庳而人傑，清流美竹，秀木芳草，可玩而樂者，不一而足。載叔高卧其中，裾不曳，刺不書〔六〕，客之來者日益衆。行者交迹，乘者結轍，呵殿者籠坊陌〔七〕，雖公侯達官之門，不能過也。名不可妄得，客不可强致，載叔蓋有以得此於人矣。乃者數移書於予，請記所謂橋南書院者。嗟乎！漢梁伯鸞入吴，賃舂於臯伯通廡下，至今吴有臯橋，蓋以伯鸞所寓得名〔八〕。載叔之賢，不減伯鸞，而橋南乃其居，則後世不蘙没決矣，尚何待記？然載叔之請，不可終拒也，乃爲之書。嘉定元年夏六月庚寅，山陰陸某務觀記。

【題解】

橋南書院爲陸游友人徐載叔居所。徐載叔名賡，衢州西安人，爲豪雋名士。中年卜居城中橋南書院，聲名鵲起，移書陸游求記。本文爲陸游爲橋南書院所作的記文，記叙徐載叔豪雋人品和橋南隱居生活，慨歎其如東漢隱士梁鴻必傳後世。

本文據篇末自署，當作於嘉定元年（一二〇八）六月庚寅（二十二）日。時陸游致仕家居。

參考劍南詩稿卷二一寄題徐載叔秀才東莊（東莊乃藏書之所）。

【箋注】

〔一〕西安：縣名，南宋隸兩浙路衢州，民國始稱衢縣，今浙江衢州衢江。豪雋：亦作豪儁、豪俊。謂氣魄大，行爲特出。新五代史劉旻傳：「旻欲性豪儁，漢使者至，輒以酒肉困之。」

〔二〕券内：分内。劍南詩稿卷五七送辛幼安殿撰造朝：「功名固是券内事，且葺園廬了婚嫁。」一第直浼我：指及第只是玷污了我。浼，玷污。孟子公孫丑上：「雖袒裼裸裎於我側，爾焉能浼我哉？」

〔三〕蹭蹬不偶：困頓失意。

〔四〕「權衡」二句：指重量高低，數量多少。權衡，稱量輕重的器具，權爲秤錘，衡爲秤桿。仰俯，即俯仰，指高低。算籌，計算數目的器具。衡縱，即縱横，指雜亂貌。

〔五〕塵編蠹簡：指古舊破書。唐彦謙題宗人故帖詩：「所忠無處訪相如，風笈塵編迹尚餘。」劉知幾史通惑經：「徒以研尋蠹簡，穿鑿遺文，菁華久謝，糟粕爲偶。」

〔六〕高卧：安卧，悠閒地躺著。晉書陶潛傳：「嘗言夏月虚閒，高卧北窗之下，清風颯至，自謂羲皇上人。」裾不曳：衣襟不拖。指穿着隨便。陶潛勸農詩：「矧伊衆庶，曳裾拱手。」刺不書：名刺不寫。指禮節不拘。後漢書王符傳：「後度遼將軍皇甫規解官歸安定，鄉人有以貨得雁門太守者，亦去職還家，書刺謁規。」

〔七〕結轍：亦作結徹。指車轍交錯，車輛往來不絕。漢書文帝紀：「故遣使者冠蓋相望，結徹於道，以諭朕志於單于。」顔師古注引韋昭曰：「使車往還，故徹如結也。」訶殿：指官員出行時侍衛大聲呵呼開道，以示威嚴。籠坊陌：遮蓋街巷。

〔八〕「漢梁伯鸞」四句：後漢書梁鴻傳載，梁鴻與妻孟光「遂至吴，依大家皋伯通，居廡下，爲人賃舂。每歸，妻爲具食，不敢於鴻前仰視，舉案齊眉」。梁鴻，字伯鸞，扶風平陵（今陝西咸陽）人，東漢隱士，後漢書卷八十有傳。皋伯通，吴郡富豪。吴郡志卷二十：「皋伯通，漢賢者。居皋橋，梁鴻與孟光偕至吴，爲人賃舂，伯通異之，舍之於家。」

心遠堂記

大卿朱公以開禧元年築第於昭武城東，取陶淵明詩語，名其堂曰「心遠」〔一〕。既成，與士大夫落之，而以書來告，曰：「子爲我記。」始嘉泰壬戌，予蒙恩召爲史官，朱公丞秘書〔二〕，日相從甚樂。公去爲御史，予領監事，閒劇異趣〔三〕，會見甚疏，然每與同舍焚香煮茶於圖書鐘鼎之間，時時言及公，未嘗不相與興懷絶歎也〔四〕。明年，國史奏御之明日，予乞骸骨而歸〔五〕。俄而公亦自寺卿得請外補〔六〕，不復相聞者累歲。比書來，予方卧病，作而言曰：「朱公真可人哉〔七〕！」士得時遇主，施其才於國。退居閭里，閒暇之日爲多，樽俎在前，琴弈迭進〔八〕，欣然自得，悠然遐想。問饋宴樂〔九〕，以修親舊夙昔之好；講解誦説，以垂後進無窮之訓。進退兩得，可謂賢矣。予獨相望累千里，不得持一觴爲公壽，且慶斯堂之成，顧方以爲歉。今乃得以不腆之文〔一〇〕，自托於後世，亦可謂幸矣夫！嘉定元年秋七月甲子記。

【題解】

心遠堂，爲陸游在秘書省時同僚朱欽則在家鄉邵武城東所建宅第，取陶淵明飲酒「心遠地自偏」詩意命名，并移書陸游求記。本文爲陸游爲心遠堂所作的記文，追憶與朱公相處始末，遥寄對朱公新居的祝福。

本文據篇末自署，當作於嘉定元年（一二〇八）七月甲子（二十七）日。時陸游致仕家居。

參考本卷萬卷樓記。

【箋注】

〔一〕大卿朱公：即朱欽則，字敬父，一字敬之，邵武軍邵武（今福建邵武）人。乾道八年進士。慶元中幹辦諸司糧料院。嘉泰二年三月除秘書丞，八月改監察御史。出知寧國府。嘉定元年爲臣僚奏劾，放罷。見全宋文卷六二七一小傳、南宋館閣續録卷七。大卿，宋代俗稱中央各寺的正職長官。趙與時賓退録卷三：「世俗稱列寺卿曰大卿，諸監曰大監，所以别於少卿監。」昭武：三國時所置縣名，西晉避司馬昭諱改稱邵武，後沿用。此用古名。陶淵明詩語：陶淵明飲酒五：「結廬在人境，而無車馬喧。問君何能爾，心遠地自偏。」

〔二〕「始嘉泰」三句：指陸游嘉泰二年（一二〇二）五月召爲實録院同修撰兼同修國史，時朱欽則任秘書丞。

〔三〕領監事：指陸游嘉泰二年十二月除秘書監。閒劇：清閒和繁忙。隋書后妃傳序：「女使流外，量局閒劇。多者十人已下，無定員數。」

〔四〕興懷：引起感觸。王羲之蘭亭集序：「俯仰之間，已爲陳迹，猶不能不以之興懷。」絶歎：極爲感歎。晉書劉毅傳：「毅驕縱滋甚，每覽史籍，至藺相如降屈於廉頗，輒絶歎以爲不可能也。」

〔五〕乞骸骨：指退休。意爲使骸骨得歸葬故鄉。晏子春秋外篇上：「臣愚不能復治東阿，願乞骸骨，避賢者之路。」

〔六〕寺卿：指監察御史任。

〔七〕可人：有才德之人，可愛之人。禮記雜記下：「其所與遊辟也，可人也。」孔穎達疏：「可人也者，謂其人性行是堪可之人也。」

〔八〕樽俎：指宴席。樽以裝酒，俎以盛肉。琴弈：彈琴下棋。

〔九〕問饋：同問遺。親友相饋贈。史記酷吏列傳：「（郅）都爲人勇，有氣力。公廉，不發私書，問遺無所受，請寄無所聽。」

〔一〇〕不典：謙詞，指淺薄。柳宗元送蕭鍊登第後南歸序：「僕不典，見邀爲序，狂夫之言非所以志君子也。」

萬卷樓記

學必本於書。一卷之書，初視之若甚約也。後先相參，彼是相稽〔一〕，本末精粗，相爲發明，其所關涉，已不勝其衆矣。一編一簡，有脱遺失次者，非考之於他書，則所承誤而不知。同字而異詁，同辭而異義，書有隸、古，音有楚、夏〔二〕，非博極群書，則一卷之書，殆不可遽通，此學者所以貴夫博也。自先秦兩漢，訖於唐五代以來，更歷大亂，書之存者既寡，學者於其僅存之中，又莽鹵焉以自便，其怠惰因循，曰吾懼「博之溺心」也〔三〕，豈不陋哉！故善學者通一經而足，藏書者雖盈萬卷，猶有憾焉。而近世淺士，乃謂藏書如鬥草〔四〕，徒以多寡相爲勝負，何益於學。嗚呼！審如是説，則秦之焚書，乃有功於學者矣。昭武朱公敬之，粹於學而篤於行，早自三館爲御史，爲寺卿，出典名藩〔五〕，尊所聞，行所知，亦無負於爲儒矣。然每悒然自以爲歉〔六〕，益務藏書，以棲於架、藏於櫝爲未足，又築樓於第中，以示尊閣傳後之意，而移書屬予記之。予聞故時藏書，如韓魏公萬籍堂、歐陽兖公六一堂，司馬温公讀書堂〔七〕，皆實萬卷，然未能絶過諸家也。其最擅名者，曰宋宣獻、李邯鄲、吕汲公、王仲至〔八〕，或承平時已喪，或遇亂散軼，士大夫所共歎也。朱公齒髮尚壯，方爲世顯用，且澹然無財利聲色之奉，儻網羅不倦，萬卷豈足道哉！予聞是樓南則道人三峰，北則石鼓山，東南則白渚山，烟嵐雲岫，洲渚林薄〔九〕，更相映發，朝暮萬態。公不以登覽之勝名之，而獨以藏書見志，記亦詳於此略於彼者，蓋朱公本志也。嘉定元年秋七月甲子記。

【題解】

萬卷樓，爲朱欽則在邵武宅第所建之藏書樓，以示尊閣傳後之意。朱氏藏書萬卷，有其傳統。南唐藏書家朱遵度，青州書生，人稱「朱萬卷」；宋初文人朱昂好學，被目爲「小萬卷」。（見宋史卷四三九朱昂傳）樓主取名「萬卷」，或亦有步武前賢之意。朱氏移書陸游求記，本文爲陸游爲萬卷樓所作的記文，記叙築樓緣起，闡述「學者貴博」、「藏書見志」的意義。

本文據篇末自署，當作於嘉定元年（一二〇八）七月甲子（二十七）日。時陸游致仕家居。

參考本卷心遠堂記。

【箋注】

〔一〕相參：相互參證。墨子號令：「遣他候，奉資之如前候，反，相參審信，厚賜之。」相稽：相互稽查，稽考。

〔二〕書有隸、古：書體有隸書、科斗的區别，謂今文、古文。老學庵筆記卷三：「孔安國尚書序言：『爲隸古定，更以竹簡寫之。』隸爲隸書，古爲科斗。蓋前一簡作科斗，後一簡作隸書，釋之以便讀誦。近有善隸者，輒自謂所書爲隸古，可笑也。」音有楚、夏：語音有南楚和中原的區分。荀悦申鑒時事：「文有磨滅，言有楚夏，出有先後……孰不俱是，比而論之，必有可參者焉。」夏，諸夏，指中原地區諸國。

〔三〕莽鹵：粗疏，馬虎。寒山詩：「男兒大丈夫，做事莫莽鹵。」博之溺心：博學會沉溺心靈。莊子繕性：「文滅質，博溺心，然後民始惑亂，無以反其性情而復其初。」

〔四〕鬥草：亦作鬥百草。古代遊戲之一。競採花草，比賽多寡優劣，常於端午節舉行。宗懔荆楚歲時記：「五月五日，四民并蹋百草，又有鬥百草之戲。」

〔五〕「早自」三句：參見本卷心遠堂記注〔一〕。三館，宋初承唐制，以史館、昭文館、集賢院爲三館，掌修史、藏書、校書。元豐改制，罷三館，職事歸秘書省。此指任秘書丞。出典，指出任某官職。

〔六〕悒然：鬱悶貌。韓詩外傳卷七：「宣王悒然，無以應之。」

〔七〕韓魏公萬籍堂：韓魏公即韓琦，李清臣韓忠獻公琦行狀：「家聚書萬餘卷，悉經簽題點勘，列屋貯之，目曰『萬籍堂』。」歐陽兖公六一堂：歐陽兖公即歐陽修，撰有六一居士傳，自稱吾家藏書一萬卷，集録金石遺文一千卷，有琴一張，有棋一局，常置酒一壺，再加老翁一個，是爲「六一」。後人在其出生地綿州（今四川綿陽）建「六一堂」以紀念。司馬温公讀書堂：司馬温公即司馬光，費袞梁溪漫志卷三：「司馬温公獨樂園之讀書堂，文史萬餘卷，而公晨夕所常閲者，雖累數十年，皆新若手未觸者。嘗謂其子公休曰：『賈豎藏貨貝，儒家惟此耳，然當知寶惜。』」

〔八〕宋宣獻：即宋綬（九九一—一〇四〇）字公垂，趙州平棘（今河北趙縣）人。因平棘爲漢代常山郡治所，故稱常山宋氏，後人稱宋常山公。大中祥符元年賜同進士出身，官至參知政事。謚宣獻。北宋藏書家，至其子宋敏求，藏書達三萬卷。宋史卷二九一有傳。李邯鄲：即李淑（一〇〇二—一〇五九）字獻臣，號邯鄲，徐州豐人（今江蘇豐縣），天聖五年賜進士，一生多在館閣任職。家富藏書，編有邯鄲圖書志十卷，著録二萬三千餘卷。宋史卷二九一有傳。呂汲公：即呂大防（一〇二七—一〇九七）字微仲，京兆藍田（今陝西藍田）人，其先汲郡人。皇祐元年進士，官至尚書左僕射兼門下侍郎，爲相八年。博學，長於經學。宋史卷三四〇有傳。王仲至（生卒不詳）：北宋藏書家，元祐間提舉太平興國宮，賜紫金魚袋，與蘇軾、晁補之等遊。

〔九〕煙嵐：山林間蒸騰的霧氣。宋之問江亭晚望：「浩渺浸雲根，煙嵐出遠村。」雲岫：指雲霧繚繞的峰巒。語本陶淵明歸去來辭「雲無心以出岫」。唐中宗石淙：「霞衣霞錦千般狀，雲峰雲岫百重生。」洲渚：水中小塊陸地。左思吴都賦：「島嶼緜邈，洲渚馮隆。」林薄：交錯叢生的草木。楚辭涉江：「露申辛夷，死林薄兮。」王逸注：「叢木曰林，草木交錯曰薄。」

渭南文集箋校卷第二十二

銘

【釋體】劉勰文心雕龍銘箴:「銘者,名也,觀器必名焉,正名審用,貴乎慎德。」又:「夫箴誦於官,銘題於器,名用雖異,而警戒實同。箴全禦過,故文資確切;銘兼褒贊,故體貴弘潤。其取事也必核以辨,其摛文也必簡而深,此其大要也。」徐師曾文體明辨序説:「考諸夏商鼎、彝、尊、卣、盤、匜之屬,莫不有銘……其後作者寖繁,凡山川、宫室、門井之類皆有銘詞,蓋不但施之器物而已。然要其體不過有二:一曰警戒,二曰祝頌,故今辯而列之。陸機云:『銘貴博文而温潤。』斯言得之矣。此外又有碑銘、墓碑銘、墓誌銘,則各爲類,不并列於此云。」陸游所作,多爲器物銘,亦有水泉之銘。

本卷收録銘七首。

梅子真泉銘

距會稽城東北七里有山，曰梅山〔一〕。山之麓有泉，曰子真泉。遊者或疑焉，智者及道人求笠澤漁父爲之銘〔二〕。銘曰：

梅公之去漢，猶鴟夷子之去越也〔三〕。變姓名，棄妻子，舟車所通，何所不閱？彼吴市門人偶傳之，而作史者因著其説。儻信吴市而疑斯山，不幾乎執一而廢百？梅公之去，如懷安於一方，則是以頸血丹莽之斧鉞也〔四〕。山麓之泉，甘寒澄澈，珠琲玉雪，與子徘徊〔五〕。酌泉飲之，亦足以盡公之高而歎其決也。

【題解】

梅子真，即梅福，西漢九江壽春（今安徽壽縣）人。少年求學長安，通尚書和穀梁春秋。爲郡文學，補南昌尉。後去官歸壽春。屢次上書言政，不被採納。王莽專政，梅福一朝棄妻子，去九江，人傳以爲仙。其後，人有見福於會稽者，變名姓，爲吴市門卒。漢書卷六七有傳。梅子真泉，即子真泉。嘉泰會稽志卷七：「本覺寺，在（山陰）縣西北一十五里梅山後……又有子真泉。」又卷十一：「子真泉，在梅山本覺寺，泉味甘寒。廉博士布嘗爲書『子真泉』三大字。或疑子真隱吴市門，不應在會稽。然子真方避禍，棄妻子，變姓名，豈常在吴市門者。故今會稽多有子真遺迹。」本文爲陸游爲梅子真泉所作的銘文，辨析梅山及泉之真僞，稱頌梅公的隱逸高風，贊歎梅公的決絶態度。

本文原未繫年。歐譜列於不繫年文。因編於銘文之首，據下篇司馬温公布被銘自注作於二十歲，則本文當作於二十歲前。鄒志方認爲本文與復齋記同作於隆興元年去國返鄉之時，見陸游研究第二章第三節梅山寓所。

參考劍南詩稿卷十九胸次鬱鬱偶取枯筆作狂草遂成長句。

【箋注】

〔一〕梅山：嘉泰會稽志卷九：「梅里尖山，其陰爲梅仙塢，多桃李梨梅來禽，以梅福里得名。」越中雜識：「今山陰有梅山、梅市、梅里，皆以福得名。」

〔二〕笠澤漁父：陸游别號。陸游視晚唐陸龜蒙爲祖上賢人，崇敬有加。陸龜蒙隱居笠澤（今蘇州吴江），其文集名笠澤叢書。又唐人張志和辭官隱居，以漁釣自適，作漁父詞，陸游對其十分仰慕。陸游還曾自號笠澤漁隱、笠澤漁翁、笠澤老漁等。

〔三〕鴟夷子：即范蠡。史記越王勾踐世家載，范蠡助勾踐滅吴稱霸，乘舟去越，「浮海出齊，變姓名，自謂鴟夷子皮」，止於陶，自謂陶朱公。未幾，致貲累巨萬，成爲天下巨富。

〔四〕懷安：苟且安逸。三國志魏書管寧傳：「徒欲懷安，必肆其志，不惟古人亦有翻然改節以隆斯民乎！」丹莽之斧鉞：指染紅王莽的暴政。

〔五〕珠琲玉雪：指泉水如珠串，潔白晶瑩。文選左思吴都賦：「金鎰磊砢，珠琲闌干。」劉逵注：「琲，貫也。珠十貫爲一琲。」徘徊：流連，留戀。曹植上責躬詩表：「是以愚臣徘徊於恩澤，而不敢自棄者也。」

司馬温公布被銘

公孫丞相布被，人曰詐〔一〕；司馬丞相亦布被，人曰儉〔二〕。布被，可能也；使人曰儉不曰詐，不能也。此銘予二十歲時作，今傳以爲秦少游〔三〕，非也。

【題解】

司馬温公，指司馬光。因光卒贈太師、温國公，謚文正。本文爲陸游爲司馬光布被所作的銘文，對比公孫弘與司馬光同用布被故事，説明儉、詐出於本性，世人自有定評，用於自我警戒。

本文據篇末自注，當作於紹興十四年（一一四四）。時陸游二十歲。

【箋注】

〔一〕「公孫」二句：公孫丞相指公孫弘。史記平津侯主父列傳：「（公孫）弘爲人恢奇多聞，常稱以爲人主病不廣大，人臣病不儉節。弘爲布被，食不重肉。……汲黯曰：『弘位在三公，奉禄甚多。然爲布被，此詐也。』上問弘。弘謝曰：『有之。夫九卿與臣善者無過黯，然今日庭詰弘，誠中弘之病。夫以三公爲布被，誠飾詐欲以釣名。且臣聞管仲相齊，有三歸，侈擬於君，桓公以霸，亦上僭於君。晏嬰相景公，食不重肉，妾不衣絲，齊國亦治，此下比於民。今臣弘位爲御史大夫，而爲布被，自九卿以下至於小吏，無差，誠如汲黯言，且無汲黯忠，陛下安得聞此言。』天子以爲謙讓，愈益厚之。卒以弘爲丞相，封平津侯。」

〔二〕「司馬」二句：司馬丞相指司馬光。司馬光性不喜華靡，亦以布被蔽寒。其訓儉示康稱：「吾本寒家，世以清白相承。吾性不喜華靡，自爲乳兒，長者加以金銀華美之服，輒羞赧棄去之。二十忝科名，聞喜宴獨不戴花。同年曰：『君賜不可違也。』乃簪一花。平生衣取蔽寒，食取充腹，亦不敢服垢弊以矯俗干名，但順吾性而已。衆人皆以奢靡爲榮，吾心獨以儉素爲美。人皆嗤吾固陋，吾不以爲病。」

〔三〕秦少游：即秦觀（一〇四九—一一〇〇），字少游，揚州高郵（今屬江蘇）人。元豐八年進士。少從蘇軾遊，爲蘇門四學士之一。歷官太學博士、秘書省正字兼國史院編修官。坐元祐黨籍，出通判杭州，又被劾貶監處州酒税，編管雷州。徽宗即位，被召回，卒於途。宋史卷四四四有傳。

金崖硯銘

我遊三峽，得硯南浦〔一〕。西窮梁益，東掠吴楚〔二〕。揮灑淋漓，鬼神風雨〔三〕。

百世之下，莫予敢侮〔四〕。

【題解】

金崖硯，指重慶萬州金崖石所製之硯。宋人朱長文墨池編卷六：「萬州懸金崖石，其色正黑，體雖潤密，而色晻昧，其間亦有文如銅屑，或時有如楚石大點，如荳，此最佳者。其發墨在歙石之下，扣之無聲。」本文爲陸游爲金崖硯作所作的銘文，叙述得硯經歷及用筆豪情。

本文原未繫年。歐譜列於不繫年文。據文意，當作於淳熙五年（一一七八）蜀地東歸之後。

【箋注】

〔一〕南浦：縣名。蜀漢建興八年（二三〇）始置，南宋隸夔州路萬州。今重慶萬州。

〔二〕梁益：指蜀地。蜀漢有梁、益等州。晉張載劍閣銘：「勒銘山阿，敢告梁益。」吴楚，泛指長江中下游一帶，春秋時爲吴、楚故地。

〔三〕淋漓：形容酣暢。李商隱韓碑詩：「公退齋戒坐小閣，濡染大筆何淋漓。」鬼神風雨：杜甫寄李十二白二十韻：「筆落驚風雨，詩成泣鬼神。」

〔四〕莫予敢侮：石介宋頌九首聖神：「二國之君，各保爾土。虎憑於山，莫予敢取。蛟憑於淵，莫予敢侮。萬斯年兮，關鑰以固。」

延平硯銘

延平雙龍去無迹，收斂光氣鍾之石〔一〕。聲如浮磬色蒼璧〔二〕，予文日衰愧匪敵。

【題解】

延平，即延平津，古津渡名，在今福建南平東南。延平硯，延平津所出之硯。本文爲陸游爲延平硯所作的銘文，描述雙龍傳説和寶硯聲色，感慨文章日衰。

本文原未繫年。歐譜列於不繫年文。據文意，當作於淳熙五年（一一七八）秋陸游任職提舉福建常平茶事之後。

【箋注】

〔一〕雙龍去無迹：據晉書張華傳載，晉代張華見斗、牛二宿間常有紫氣，推知豫章豐城有寶劍。遂派雷焕到豐城尋得寶劍兩把，焕與張華各得其一。後張華被誅，寶劍頓失。雷焕卒，其子持劍行經延平津，寶劍忽於腰間躍出墮水。使人入水取之，惟見兩龍各長數丈，蟠縈有文章，光彩照水。於是失劍。鍾之石：指匯聚雙龍寶劍之精氣集中於石硯。

〔二〕浮磬：水邊能製磬之石。書禹貢：「泗濱浮磬。」孔穎達疏：「石在水旁，水中見石，似若水中浮然，此石可以爲磬，故謂之浮磬也。」蒼璧：深青色的玉璧。

蠻溪硯銘

斯石也，出於漢嘉之蠻溪，蓋夷人佩刀之礪也〔一〕；琢於山陰之鏡湖，則放翁筆墨之瑞也〔二〕。質如玉，文如縠〔三〕，則黟龍尾之群從，而淄韞玉之仲季也①〔四〕。

【題解】

蠻溪硯，即思州石硯。石呈黛青色，内含金星，又稱「金星石硯」。産地思州爲「五溪」蠻地，故又稱「蠻溪硯」。古思州於唐、宋間時設時廢，在今貴州岑鞏縣思陽鎮一帶。蠻溪硯在宋代已十分出名。黄庭堅答王道濟寺丞觀許道寧山水圖詩云：「往逢醉許在長安，蠻溪大硯磨松煙。」王安石元珍以詩送緑石硯所謂玉堂新樣者詩云：「玉堂新樣世珍傳，況以蠻溪緑石鐫。」均可爲證。本文爲陸游爲蠻溪硯所作的銘文，稱贊蠻溪硯與名硯同類，爲放翁祥瑞。

本文原未繫年。歐譜列於不繫年文。據文意，當作於淳熙五年（一一七八）蜀地東歸之後。

【校記】

①「淄」，原作「溜」，各本同，據校注改。淄，淄川，地名，參箋注〔四〕。

【箋注】

〔一〕漢嘉：古地名。東漢時設漢嘉縣，屬益州。轄境相當今四川雅安、蘆山、名山、天全、滎經、漢源等地。後改郡。西晉時廢。礪：粗磨刀石。

〔二〕瑞：祥瑞，吉祥物。

〔三〕縠：有皺紋的紗。

〔四〕黟龍尾：安徽黟縣産龍尾歙硯。歐陽修硯譜：「歙石出於龍尾溪，其石堅勁，大抵多發墨，故前世多用之。以金星爲貴，其石理微粗，以其手摩之，索索有鋒芒者尤佳。」群從：指堂兄弟及侄子輩。陶淵明悲從弟仲德詩：「禮服名羣從，恩愛若同生。」淄韞玉：山東淄川産韞玉硯。高似孫硯箋卷三：「淄石韞玉硯，發墨損筆。」仲季：長幼排行。此言相當。班固白虎通姓名：「以時長幼，號曰伯仲叔季也。伯者，子最長，迫近父也。仲者，中也。叔者，少也。季者，幼也。」

錢侍郎海山硯銘

雲濤三山〔一〕，飾此怪珍。誰其實之？天子侍臣。煌煌繡衣，福我遠民〔二〕。一字落紙，活億萬人。勿謂器小，其重千鈞。從公遄歸〔三〕，四海皆春。

【題解】

錢侍郎，即錢伯言（一〇六六—一一三八），字遜叔，錢勰子，錢彦遠孫。臨政有風采。建炎元年知開封府尹，旋任尚書吏部侍郎，後以龍圖閣直學士知杭州、鎮江府。紹興八年卒於嚴州任上。海山硯，指有海山圖案之硯。宋杜綰雲林石譜卷上：「蜀水永康軍産異石。錢遜叔遺余一石，平如板，厚半寸，闊六七寸，於面上如鋪一紙許，甚潔白。上有山一座，高低前後凡數十峰，劇有佳趣。回邊不脱其底，山色皆青黑。温潤而堅，利刃不能刻。扣之有聲清越，目爲江山小平遠。遜叔得自蜀中部使者，云出自永康軍。後未見偶者。」海山硯即用此永康石製成。本文爲陸游爲錢伯言的海山硯所作的銘文，稱頌錢公爲民造福的功績。

本文原未繫年。歐譜列於不繫年文。據文意，或作於淳熙十三年（一一八六）嚴州任上。

【箋注】

〔一〕雲濤三山：指硯面似有雲濤、三山的圖案。三山，蓬萊、方丈、瀛洲，傳説中海上三神山。

〔二〕繡衣：即繡衣直指。漢武帝時，曾派直指使者衣繡衣，持斧仗節，鎮壓民衆，督察官員。後稱特派官員爲「繡衣直指」。繡衣表地位尊貴，直指謂處事無私。此指錢氏位尊。遠民：指外地或境外之人。謝伯初走筆寄夷陵歐陽永叔：「絶境化成儒雅俗，遠民争識校讎郎。」

〔三〕遄歸：速歸。

桑澤卿磚硯銘

古名硯以瓦，今名硯以磚。瓦以利於用，磚以全其天〔一〕。磚乎磚乎，寧用之鈍

而保其全乎〔二〕？尚無愧之，日陳於前。放翁銘桑甥澤卿硯磚，紹熙二年六月九日老學庵書。〔三〕

【題解】

桑澤卿，即桑世昌，字澤卿，自號莫庵。淮海（今江蘇揚州）人，陸游甥。博雅工詩，極喜王羲之蘭亭序，庋藏數百本，著有蘭亭考十二卷，另輯有回文類聚等。磚硯，又有瓦硯，指唐宋時利用秦漢宫殿所遺留的磚瓦改製成的硯。二者均屬陶硯，磚瓦均用澄泥製法而成。唐人吴融古瓦硯賦有云：「勿謂乎柔而無剛，土埏而爲瓦；勿謂乎廢而不用，瓦斷而爲硯。」歐陽修古瓦硯歌云「巍然銅雀高岧岧」，「此瓦一墜埋蓬蒿。苔文半滅荒土蝕」，「誰使鐫鑱成凸凹」。可見磚硯、瓦硯的由來。本文爲陸游爲桑世昌所藏磚硯所作的銘文，稱道磚硯雖使用笨拙，但保全了自然天性。

本文據篇末自署，當作於紹熙二年（一一九一）六月九日。時陸游奉祠家居。

【箋注】

〔一〕「瓦以」三句：瓦硯是利用其潛在價值（細密品質），磚硯是保全其自然形態（長方形狀）。

〔二〕鈍：笨拙，不靈活。

〔三〕老學庵：此陸游詩文中首次出現「老學庵」之稱，則陸游自號「老學庵」當在紹熙二年六月或稍前。

贊

【釋體】劉勰文心雕龍頌贊：「贊者，明也，助也。……本其爲義，事生獎歎，所以古來篇體，促而不廣，必結言於四字之句，盤桓乎數韻之辭，約舉以盡情，昭灼以送文，此其體也。發源雖遠，而致用蓋寡，大抵所歸，其頌家之細條乎？」徐師曾文體明辨序説：「按字書云：『贊，稱美也。字本作讚。』……其體有三：一曰雜贊，意專褒美，若諸集所載人物、文章、書畫諸贊是也。二曰哀贊，哀人之没而述德以贊之者是也。三曰史贊，詞兼褒貶，若史記索隱、東漢、晉書諸贊是也。」陸游所作多爲畫像贊，包括自贊。

本卷收録贊二十四首。

崔伯易畫像贊

崔公名公度，字伯易，高郵人。劉相沆舉賢良方正，不赴，以任爲三班差使〔一〕。韓魏公薦之，詔易文資，爲國子監直講〔二〕，亦辭。元祐中，再召爲郎，又皆固辭。補外郎，諸公力白於朝，强起爲國子司業〔三〕，訖不肯。復出爲郡，以起居郎、秘書少監召〔四〕，亦不肯起。紹聖中，復以爲秘書少監，辭如初。遂請宫觀，尋致仕。予喜其白首一節〔五〕，乃求畫像於高郵，而爲贊曰：

古之君子，學以爲己〔六〕。可行則行，可止則止。仕以行義，止以遠耻。世衰道微，豈復知此？蚩蚩始學，青紫思拾〔七〕。萬馬並馳，孰能獨立？始雖弗急，後亦汲汲〔八〕。我思崔公，涕泗横集〔九〕。

【題解】

崔伯易，即崔公度。宋史卷三五三本傳：「崔公度字伯易，高郵人。口吃不能劇談，而内絶敏，書一閲即不忘。劉沆薦茂才異等，辭疾不應命。用父任，補三班差使，非其好也，益閉户讀書。歐陽修得其所作感山賦，以示韓琦，琦上之英宗，即付史館。授和州防禦推官，爲國子直講，以母老辭。王安石當國，獻熙寧稽古一法百利論，安石解衣握手，延與語。召對延和殿，進光禄丞，知陽武縣。京官謁尹，故事當拜庭下，公度疑尹辱己，徑詣安石訴之，安石使鄧綰薦爲御史。未幾，爲崇文校書，删定三司令式，於是誦言京官庭謁尹非宜，安石爲下編敕所更其制。加集賢校理，知太常理院。公度起布衣，無所持守，唯知媚附安石，晝夜造請，雖踞廁見之，不屑也。嘗從後執其帶尾，安石反顧，公度笑曰：『相公帶有垢，敬以袍拭去之爾。』見者皆笑，亦恬不爲耻。請知海州。

元祐、紹聖之間，歷兵、禮部郎中，國子司業，除秘書少監、起居郎，皆辭不受。知潁、潤、宣、通四州。以直龍圖閣卒。」陸游此文所載崔公生平，與宋史本傳多有出入。陸游突出其屢召屢辭，且有「請宮觀，尋致仕」情節，并强調其「白首一節」；本傳則詳載其仕履，及媚附王安石細節。二者不知孰是。畫像，指畫成的肖像。本文爲陸游爲崔公度畫像所作的贊文，稱頌其不汲汲於富貴、遺世獨立、白首一節的精神。

本文原未繫年。歐譜列於不繫年文。待考。

【箋注】

〔一〕劉相沆：即劉沆（九九五—一〇六〇），字沖之，吉州永新（今屬江西）人。天聖進士。皇祐三年參知政事，至和元年同中書門下平章事，嘉祐初罷相。宋史卷二八五有傳。　舉賢良方正：舉薦參加制科考試。「賢良方正能直言極諫」爲仁宗時制舉「天聖九科」之一，熙寧後成爲宋代制舉的唯一科目。　三班差使：全稱三班院差使，北宋無品武階官名，後改名爲進武校尉。

〔二〕韓魏公：即韓琦（一〇〇八—一〇七五），字稚圭，相州安陽（今屬河南）人。天聖進士。與范仲淹共同防禦西夏，時並稱「韓范」。嘉祐元年任樞密使，三年拜同中書門下平章事。英宗時拜右僕射，封魏國公。宋史卷三一二有傳。　文資：文職。曾鞏代翰林侍讀學士錢藻遺表：「伏望聖慈，并於文資内安排。」　國子監：宋代最高學府，掌管全國學校，負責訓導學生，薦送學生應舉，修建校舍，建閣藏書，并刻印書籍。内設判監事、直講、丞、主簿等職。

〔三〕國子司業：學官名。北宋元豐改制後，國子監始設國子司業一員，掌國子監及各學的教法、政令，爲祭酒的副手。

〔四〕起居郎：官名。與起居舍人共同記載皇帝言行、朝廷大事，以授著作官。　秘書少監：秘書省副長官。協助秘書監掌管古今經籍圖書、國史、實録、天文曆數等事。

〔五〕白首一節：指年雖老而志節不衰。後漢書吴良傳：「竊見臣府西曹掾齊國吴良資質敦固，公方廉恪，躬儉安貧，白首一節。」李賢注：「言雖耆耄，志節不衰。」

〔六〕「古之」二句：論語憲問：「古之學者爲己，今之學者爲人。」

〔七〕蚩蚩：無知貌。詩衛風氓：「氓之蚩蚩，抱布貿絲。」朱熹集傳：「蚩蚩，無知之貌。」　青紫思拾：想要獲取高官顯位。周書儒林傳論：「前世通六藝之士，莫不兼達政術，故云拾青紫如地芥。」

〔八〕汲汲：急切追求貌。漢書揚雄傳：「不汲汲於富貴，不戚戚於貧賤。」

〔九〕横集：縱横交集。漢書中山靖王劉勝傳：「今臣心結日久，每聞幼眇之聲，不知涕泣之横集也。」

東坡像贊

我遊鈞天〔一〕，帝之所都。是老先生，玉色敷腴〔二〕。顧我而歎，閔世垢濁〔三〕。

笑謂侍仙，畀以靈藥。稽首徑歸〔四〕，萬里天風。碧山巉然〔五〕，月墮江空。

【題解】

東坡，即蘇軾。本文爲陸游爲蘇軾畫像所作的贊文，稱頌蘇軾閔世垢濁、欲以靈藥救之的品格。

本文原未繫年。歐譜列於不繫年文。待考。

【箋注】

〔一〕鈞天：天之中央。傳説中天帝所居之處。吕氏春秋有始：「中央曰鈞天。」高誘注：「鈞，平也。爲四方主，故曰鈞天。」

〔二〕玉色：尊稱容顔。敷腴：喜悦貌。鮑照擬行路難之五：「人生苦多歡樂少，意氣敷腴在盛年。」

〔三〕垢濁：污穢。詩唐風揚之水「揚之水，白石鑿鑿」，鄭玄箋：「激揚之水，波流湍疾，洗去垢濁，使白石鑿鑿然。」

〔四〕稽首：古代的一種跪拜禮，叩頭至地。史記趙世家：「公子成再拜稽首曰：『臣固聞王之胡服也。』」

〔五〕巉然：高峭陡削貌。蘇軾峻靈王廟碑：「有山秀峙海上，石峰巉然，若巨人冠帽。」

王仲信畫水石贊

亡友王仲信爲予作水石一壁，仲信下世二十年，乃爲之贊，恨仲信之不及見也。

其詞曰：

導江三峽，神禹之迹〔一〕。王子寫之，洶洶撼壁〔二〕。後三十年〔三〕，塵暗苔蝕。澹墨色之欲盡，尚觀者之慘慄〔四〕。或曰：是學蜀兩孫者，非耶〔五〕？放翁曰：吾但見其有歐陽信本、柳誠懸之筆力也〔六〕。

【題解】

王仲信，即王廉清（一一二五—一一六七？），字仲信，潁州汝陰（今安徽阜陽）人。王銍長子。其弟王明清揮麈録餘話卷二載廉清所作慈寧殿賦，并云：「伯氏天才既高，輔以承家之學，經術文章，超邁今古；真草篆隸，沉著痛快；天文地理，星官曆翁之所歎服；肘後卜筮，三乘九流無不玄解；丹青之妙，模寫煙雲，落筆人藏以爲寶。奏賦之時，與范致能成大詔俱赴南宮，其後致能登第，名位震耀，而伯氏坎壈以終，興言流涕。」可知其才高命蹇，鬱鬱以終。厲鶚宋詩紀事卷五八稱其「問學該博，與弟明清齊名。著有京都歲時紀、廣古今同姓名録、補定水陸章句、新乾曜真形圖」。王銍家富藏書，逮數萬卷，陸游老學庵筆記卷二載，王銍「既卒，秦熺方恃其父氣焰熏灼，手書移郡，將欲取其所藏書，且許以官其子。長子仲信名廉清，苦學有守，號泣拒之曰：『願守此書以死，不願官也。』郡將以禍福誘脅之，皆不聽。熺亦不能奪而止」。可見其氣骨。仲信善畫，與陸游交好，曾爲陸游作石門瀑布圖；又爲畫水石，陸游常掛於庵中。劍南詩稿卷三八庵中晨起書觸目稱「廉宣卧壑松楠老，王子穿林水石幽」。自注：「唐希雅畫鵲，易元吉畫猿，廉宣仲老木，王仲信水石，皆庵中所掛小軸。」又題王仲信畫水石横幅：「王郎書逼楊風子，畫亦憑陵蜀兩孫。豈是天公憎絶藝，一生憔悴向衡門。」水石，指流水與水中之石。本文爲陸游爲王廉清畫水石所作的贊文，稱贊其畫作歷久韻存，有歐陽詢、柳公權筆力。

本文原未繫年。歐譜繫於淳熙十年，不知何據。據小序稱作於「仲信下世二十年」，仲信卒於乾道三、四年間，則本文約作於淳熙十四、五年。

參考劍南詩稿卷十五紹興庚辰余遊謝康樂石門與老洪道士痛飲賦詩既還山陰王仲信爲予作石門瀑布圖今二十有四年開圖感歎作、卷三八題王仲信畫水石横幅、卷六三天王寺迪上人房五十年前友人王仲信同題名尚在。

【箋注】

〔一〕「導江」二句：相傳大禹鑿通三峽，疏導大江。書禹貢：「岷山導江。」郭璞江賦：「若乃巴東之峽，夏后疏鑿，絶岸萬丈，壁立赧駁。」

〔二〕洶洶撼壁：形容畫面水勢騰湧，摇撼掛畫之壁。

〔三〕後三十年：指仲信爲陸游畫水石後三十年。

〔四〕憯慄：悲痛之極。王褒九懷思忠：「感余志兮憯慄，心愴愴兮自憐。」

〔五〕蜀兩孫：即蜀中畫家孫位、孫知微。孫位，後改名遇，原籍會稽（今浙江紹興），故又號會稽山人，後入蜀。唐末書畫家，擅畫人物、鬼神、松石、墨竹，所作皆筆精墨妙，雄壯奔放，情高格逸。尤以畫水著名，與張南本善畫火並稱於世。孫知微，字太古，眉州彭山（今四川眉山）人。北宋畫家。善畫山水人物，用筆放逸，不蹈襲前人筆墨畦畛。蘇軾書蒲永昇畫後載兩孫畫水稱：「古今畫水多作平遠細皺……唐廣明中，處士孫位始出新意，畫奔湍巨浪，與山石曲折，隨物賦形，盡水之變，號爲神逸。其後蜀人黄筌、孫知微皆得其筆法。始知微欲於大慈寺壽寧院壁作湖灘水石四堵，營度經歲，終不肯下筆。一日，倉皇入寺，索筆墨甚急，奮袂如風，須臾而成，作輸瀉跳蹙之勢，洶洶欲崩屋也。知微既死，筆法中絶五十餘年。」

〔六〕歐陽信本：即歐陽詢（五五七—六四一），字信本，潭州臨湘（今湖南長沙）人。唐初著名書法家，其書於平正中見險絶，最便於初學者，號爲「歐體」，并有書論著述傳世。與同代的虞世南、褚遂良、薛稷並稱「初唐四大家」；後世又將其與顏真卿、柳公權、趙孟頫合稱「楷書四大家」。柳誠懸：即柳公權（七七八—八六五），字誠懸，京兆華原（今陝西耀縣）人。唐代著名書法家。元和三年進士及第，官至太子少師。其楷書吸取顏真卿、歐陽詢之長，融會新意，自創「柳體」，以骨力勁健見長。與顏真卿齊名，人稱「顏柳」。

鍾離真人贊

五季之亂〔一〕，方酣於兵。叱嗟風雲，卓乎人英〔二〕。功雖不成，氣則莫奪。煌煌金丹，粃糠陶葛〔三〕。

【題解】

真人，道家稱存養本性或修真得道之人。鍾離真人，即鍾離權，字雲房，一字寂道，號正陽子，又號和谷子，東漢咸陽人。相傳身長八尺，官至大將軍。因兵敗入終南山，遇東華帝君引導其修道飛升。全真道尊其爲正陽祖師，後列爲全真第二祖。又爲民間傳説中「八仙」之一，受鐵拐李點化，上山學道。下山後又飛劍斬虎，點金濟衆。最後與兄簡同日上天，度吕洞賓而去。其傳説始於五代、宋初。胡應麟少室山房筆叢正集描繪其狀稱「作偉岸丈夫，或峨冠紺衣，或虬髯蓬鬢，不冠巾而頂雙髻，文身跣足，頎然而立，睥睨物表」。本文爲陸游爲鍾離權畫像所作的贊文，稱贊鍾離權卓然人英，兵敗修道，氣奪陶葛。

本文原未繫年。歐譜列於不繫年文。待考。

【箋注】

〔一〕五季：指五代十國時期。

〔二〕人英：俊傑，英傑。文子上禮：「明於天地之道，通於人情之理，大足以容衆，惠足以懷遠，智足以知權，人英也。」

〔三〕秕糠：輕視，視爲秕糠。北齊書王晞傳：「雖執謙挹，秕糠神器，便是違上玄之意，墜先帝之基。」陶葛：指陶弘景、葛洪，二人均以煉丹著稱。陶弘景（四五六—五三六）字通明，丹陽秣陵（今江蘇南京）人。南齊武帝永明十年，辭官隱居句容茅山，修道煉丹，尋仙訪藥。卒謚貞白先生。梁書卷五一、南史卷七六有傳。葛洪（二八四—三六四）字稚川，自號抱朴子。丹陽句容（今江蘇句容）人。東晉道教學者、煉丹家。曾受封關内侯，後隱居羅浮山煉丹。著有抱朴子、肘後方等。晉書卷七二有傳。

呂真人贊 二

一粒之粟，有國有民。二升之釜，浩渺嶙峋〔一〕。我遊巴陵〔二〕，始識公面。青蛇鏗然〔三〕，求之不見。

又

天下家家畫呂公，衣冠顔鬢了無同。勸君莫被丹青誤，那有長繩可繫風〔四〕？

【題解】

呂真人，即呂洞賓（七九八—？）名巖，字洞賓，道號純陽子，自稱回道人。據説本姓李，蒲州永樂（今山西芮城）人。舉進士，任縣令，棄官隱居深林山洞，改名呂洞賓。於長安遇仙人鍾離權結爲知交，隨其遁入終南山修煉成真。遍遊天下，濟世化人。道教全真教奉其爲北五祖之一。呂洞賓又是民間傳説中的八仙之一，影響最大，集劍仙、酒仙、詩仙於一身，是個放浪形骸的神仙。本文爲陸游爲呂洞賓畫像所作的贊文，化用呂祖詩句，表達景仰呂祖、難得真容的遺憾。

本文原未繫年。歐譜列於不繫年文。據「我遊巴陵，始識公面」，當作於入蜀後。

【箋注】

〔一〕「一粒」四句：宋朝事實類苑卷四三仙釋僧道呂先生：「洞賓詩什，人間多傳寫，有自詠曰：『朝辭百越暮三吴，袖有青蛇膽氣粗。三入岳陽人不識，朗吟飛過洞庭湖。』又有『飲海龜兒人不識，燒山符子鬼難看』，『一粒粟中藏世界，二升鐺内煮山川』之句，大率詞意多奇怪類此，世所傳者百餘篇，人多誦之。」有國有民，指世界。浩渺嶙峋，形容山川。

〔二〕巴陵：山名。在岳陽縣西南，洞庭湖之濱。元和郡縣圖志卷二七：「昔羿屠巴蛇於洞庭，其骨若陵，故曰巴陵。」

〔三〕鏗然：聲音響亮貌。

〔四〕長繩繫風：即長繩繫日。指留住時光。傅玄九曲歌：「歲暮景邁時光絶，安得長繩繫白日。」

僧師源畫觀音贊

三世如來同一関，大士亦作補陀夢〔一〕。佛子無財可修供，尺紙寸毫俱妙用〔二〕。寶纓天冠儼四衆〔三〕，長年造極筆愈縱。唯師魯公爲作頌，十方世界俱震動〔四〕。

【題解】

僧師源，爲誰不詳。本文爲陸游爲僧師源畫觀音像所作的贊文，稱贊觀音寶纓天冠、面對四衆的莊嚴形象。

本文原未繫年。歐譜列於不繫年文。待考。

【箋注】

〔一〕三世如來：佛教稱過去、現在、未來三世，各有千佛出世。過去佛爲迦葉諸佛，現在佛爲釋迦牟尼佛，未來佛爲彌勒諸佛。法華經方便品：「如三世諸佛，説法之儀式。」一関：衆聲喧擾貌。大士：即觀音菩薩。補陀：即普陀。趙彦衛雲麓漫鈔卷二：「補陀落迦山，自明州定海縣招寶山泛海東南行，兩潮至昌國縣。自昌國縣泛海到沈家門，過鹿獅山，亦兩潮至山下。」普陀洛迦新志卷二：「普陀落迦山，在浙江定海縣治東百里許海中，爲華嚴經善財第二十八參觀世音菩薩説法處。」

〔二〕佛子：佛教信徒。修供：向佛貢獻物品。尺紙寸毫：指用紙筆描畫觀音畫像。

〔三〕寶纓天冠：帶纓絡的冠冕。儼：莊重（面對）。四衆：即四部衆，指比丘、比丘尼、優婆塞、優婆夷。梁書武帝紀下：「（中大通三年十月）行幸同泰寺，高祖升法座，爲四部衆説大般若涅槃經義。」

〔四〕魯公：即顔真卿（七〇九—七八四）字清臣，京兆萬年（今陝西西安）人。唐代宗時官至吏部尚書、太子少師，封魯郡公，人稱顔魯公。唐代著名書法家。舊唐書卷一二八、新唐書卷一五三有傳。曾作大唐中興頌，刻於湖南祁陽浯溪摩崖之上。十方世界：佛教稱十方無量無邊世界。

宏智禪師真贊

死諸葛走生仲達〔一〕，死姚崇賣生張説〔二〕。看渠臨了一着子，諸方倒退三千里〔三〕。

【題解】

宏智禪師（一〇九一—一一五七）俗姓李，法號正覺，隰州（今山西臨汾）人。十一歲出家，十四歲受戒具。入丹霞淳禪師門下。此後七坐道場，名振叢林，建炎三年應請住天童寺。紹興八年被旨住靈隱寺，復還舊山。二十七年十月六日圓寂，詔謚宏智禪師。事迹見寶慶四明志卷九。大正藏卷八二建康面山和尚普説：「按宏智臨歿，請妙喜主後事。喜至，問：『師安否？』侍者曰：『師無恙也。』喜笑曰：『鈍鳥。』宏智聞，遽以偈達之，有『鈍鳥離巢易，靈龜脱殼難』之語，同一胠篋遺之，并誡曰：『有急當啓之。』宏智遂化去。無何，喜患背疽潰決，憶宏智言，啓篋視之，乃木棉花也。用以塞瘡，花盡而喜乃卒。時以定兩師優劣。故陸務觀作宏智贊曰云云。」本文爲陸游爲宏智禪師的寫真所作的贊文，鋪陳典故，贊揚宏智禪師的先見之明。

本文原未繫年。歐譜列於不繫年文。待考。

【箋注】

〔一〕「死諸葛」句：諸葛，諸葛亮。仲達，司馬懿，字仲達。晉書卷一：「會亮病卒，諸將燒營遁走，百姓奔告，帝出兵追之。亮長史楊儀反旗鳴鼓，若將距帝者。帝以窮寇不之逼，於是楊儀結陣而去。經日，乃行其營壘，觀其遺事，獲其圖書、糧穀甚衆。帝審其必死，曰：『天下奇才也。』……追到赤岸，乃知亮死審問。時百姓爲之諺曰：『死諸葛走生仲達。』帝聞而笑曰：『吾便料生，不便料死故也。』」

〔二〕「死姚崇」句：姚崇、張説，均爲唐玄宗時名相。鄭處誨明皇雜録卷上：「姚元崇與張説同爲宰輔，頗懷疑阻，屢以事相侵，張銜之頗切。姚既病，誡諸子曰：『張丞相與我不叶，釁隙甚深。然其人少懷奢侈，尤好服玩，吾身殁之後，以吾嘗同寮，當來弔。汝其盛陳吾平生服玩寶帶重器，羅列於帳前，若不顧，汝速計家事，舉族無類矣；目此，吾屬無所虞，便當録其玩用，致於張公，仍以神道碑爲請。既獲其文，登時便寫進，仍先礱石以待之，便令鐫刻。張丞相見事遲於我，數日之後必當悔，若却徵碑文，以刊削爲辭，當引使視其鐫刻，仍告以聞上。』訖姚既歿，張果至，目其玩服三四，姚氏諸孤，悉如教誡。不數日文成，敍述該詳，時爲極筆。其略曰：『八柱承天，高明之位列；四時成歲，亭毒之功存。』後數日，張果使使取文本，以爲詞未周密，欲重爲删改。姚氏諸子乃引使者視其碑，乃告以奏御。使者復命，悔恨拊膺，曰：『死姚崇猶能算生張説，吾今日方知才之不及也遠矣！』」

〔三〕「看渠」二句：渠，方言稱「他」或「它」。一着子：比喻一個計策或手段。倒退三千里：禪宗比喻作家之機鋒不可當，倒戈退走三千里。

大慧禪師真贊

平生嫌遮老子，説法口巴巴地〔一〕。若是靈利阿師，參取畫底妙喜〔二〕。爲昭覺文老作〔三〕。

【題解】

大慧禪師，即徑山宗杲禪師（一〇八九—一一六三），字曇晦，號妙喜，又號雲門。俗姓奚。宣州寧國（今安徽宣城）人。宋代臨濟宗高僧。十七歲出家於慧齊禪師門下，後追隨圓悟克勤禪師，圓悟以其所著臨濟正宗記付囑之，名震京師。靖康元年授紫衣，賜「佛日大師」號。紹興七年，住持徑山能仁寺。十一年遭秦檜陷害，被褫奪衣牒，流放衡州，再貶梅州。二十五年遇赦復僧服，再住徑山，世稱徑山宗杲。晚年住徑山，孝宗皈依之，賜號大慧禪師。隆興元年八月示寂，謚號普覺禪師。著有大慧語録、正法眼藏等，有弟子九十餘人。事迹見五燈會元卷十九。本文爲陸游爲昭覺禪師所作的大慧禪師畫像贊文，稱贊大慧禪師伶俐的形象。

本文原未繫年。歐譜列於不繫年文。待考。

【箋注】

〔一〕遮老子：即這老頭。遮爲代詞。口巴巴：多言貌。

〔二〕靈利：同伶俐。阿師：對和尚的親切稱呼。阿爲發語詞。參取：參酌吸取。妙喜：指大慧禪師。

〔三〕昭覺文老：即昭覺克勤禪師（一〇六三—一一三五），俗姓駱，四川崇寧（今郫縣）人。宋代臨濟宗高僧。自幼出家，依成都圓明禪師學習經論。徽宗時敕賜紫服及「佛果禪師」號。後奉召住金陵蔣山，大振宗風。再居金山，高宗時入對，賜號「圓悟」。後歸成都昭覺寺。紹興五年示寂，謚號「真覺禪師」。編有碧巖録十卷，世稱禪門第一書。又有圓悟佛果禪師語録。事迹見五燈會元卷十九。文老爲古代對德高望重老者的敬稱。

卍庵禪師真贊　爲處良長老作

灑灑落落五十年，一句不説祖師禪[一]。妙喜堂中正法眼，等閒滅在瞎驢邊[二]。

【題解】

卍庵禪師，即道顔禪師（一〇九四—一一六四），號卍庵，俗姓鮮于，銅川飛烏（今四川射洪）人。宋代臨濟宗高僧。幼年出家。初從圓悟克勤，後依大慧宗杲，朝夕質疑，方大悟。後歸雲頂寺，歷住薦福、報恩等寺，晚年移住江州東林寺。隆興二年示寂。事迹見五燈會元卷二十。處良長老：即良禪師（一一二六—一一八七），字遂翁，俗姓劉，會稽山陰人。初爲大慧禪師侍者，又從道顔禪師爲書記。歷住嘉興法喜院、臨海紫籜寺、崑山薦嚴資福寺，淳熙十四年以疾逝。事迹見陸游良禪師塔銘。本文爲陸游爲良禪師所作的道顔禪師畫像的贊文，稱贊「一句不説祖師禪」的道顔禪師，却得傳大慧禪師的正法眼藏。

本文原未繫年。歐譜列於不繫年文。待考。

參考卷四十良禪師塔銘。

【箋注】

〔一〕灑灑落落：指灑脱飄逸，不受拘束。　祖師禪：亦即南宗禪法，是禪宗初祖菩提達摩傳來，傳至六祖惠能以下五家七宗的禪法。它主張教外别傳，不立文字，不依言語，直接由師父傳給弟子，祖祖相傳，心心相印，見性成佛，故名「祖師禪」。它與「如來禪」相對稱，其區别在於「如來禪」主張先做後悟，通過行爲引導内心，達到解脱，未悟前以行動原則約束身心，直到完全契合如來藏妙心；「祖師禪」强調先悟，遇事而得契合妙心，屬機緣巧合得知無本無性，非從言語約束而是如實無所得，即契合本心。

〔二〕妙喜：指大慧宗杲。　正法眼：又稱正法眼藏。禪宗用正法指全體佛法，朗照宇宙謂眼，包含萬有謂藏。相傳釋迦牟尼以正法眼藏付於大弟子迦葉，是爲禪宗初祖，爲佛教「以心傳心」授法之始。景德傳燈録摩柯迦葉：「佛告諸大弟子，迦葉來時，可令宣揚正法眼藏。」大慧禪師著有正法眼藏六卷。　等閒：輕易，隨便，無端。　滅在瞎驢邊：禪宗公案稱，臨濟禪師將示滅時，對衆人道：「吾滅後，不得滅却正法眼藏。」這時，三聖慧然禪師説：「争敢滅却和尚正法眼藏？」臨濟禪師便問：「以後有人問，你向他道甚麽？」三聖禪師便喝。臨濟禪師道：「誰知吾正法眼藏，向這瞎驢邊滅却。」言訖，端坐而逝。臨濟禪師用「向這瞎驢邊滅却」的反語，表達認可了慧然禪師。　瞎驢：指最愚蠢之人。

塗毒策禪師真贊　二

骨相瓌奇，風神蕭散〔一〕。貌肅而和，語盡而簡。畫得者英氣逼人，畫不得者頂門上一隻眼〔一〕。

又

塗毒不自贊，留待三山老〔三〕。試問卿上人〔四〕，贊好莫贊好？海中忽起劫初風，北斗柄折須彌倒〔五〕。

【題解】

塗毒策禪師，即徑山智策禪師（一一一七—一一九二），號塗毒，俗姓陳，天台（今屬浙江）人。宋代臨濟宗高僧。十六歲依護國寺楚光落髮。後謁國清寺寂室光、萬壽寺大圓、雲岩寺天游諸禪師。歷住黄岩普澤寺、天台太平寺、吉州祥符寺、越州等慈及大能仁寺。淳熙十五年詔住徑山寺。紹熙三年示寂。事迹見五燈會元卷十八。本文爲陸游爲塗毒策禪師畫像所作的贊文，稱贊禪師英氣逼人，洞察力超群，影響巨大。

本文原未繫年。歐譜列於不繫年文。待考。

參考劍南詩稿卷二五哭徑山策老、樓鑰攻媿集卷一一〇徑山塗毒禪師塔銘。

【箋注】

〔一〕「骨相」三句：指相貌奇特，神態瀟灑。

〔二〕畫得者：畫中表現得出的。　頂門上一隻眼：即頂門眼。佛教傳説：摩醯首羅天有三眼，其中一眼，竪生額頭，稱「頂門眼」。高低一顧，萬類齊瞻，徹底明瞭，最超常眼。比喻具有明智徹底的洞察力。續傳燈録蘆山法真禪師：「欲明向上事，須具頂門眼；若具頂門眼，始契出家心。既契出家心，常具頂門眼。」

〔三〕三山老：陸游自稱。鷓鴣天詞：「三山老子真堪笑，見事遲來四十年。」

〔四〕卿上人：不詳。上人，對僧人的尊稱。

〔五〕劫初：世界生成之初。「北斗」句：北斗折柄，神山傾覆。極言威力之大。須彌，原爲印度神話中山名，佛教指小世界之中心。

佛照禪師真贊

名動三朝〔一〕，話行四海。撒手歸來，雲山不改〔二〕。人言大覺同龕，師云老僧掩彩〔三〕。

【題解】

佛照禪師，即佛照德光禪師（一一二一—一二〇三），俗姓彭，名德光，自號拙庵，臨江軍新喻（今江西新餘）人。宋代臨濟宗高僧。二十一歲落髪受戒，初從足庵普吉禪師，後參謁大慧宗杲禪師於明州阿育王寺，隨侍數年。乾道三年起歷住台州天寧等寺。淳熙三年敕住杭州靈隱寺，孝宗屢召入宫，賜號「佛照禪師」。十六年佛照禪師爲阿育王寺買田，落實了高宗當年買田之詔。慶元初歸老阿育王寺，嘉泰三年示寂，謚號「普慧宗覺大禪師」。有佛照光和尚語要一卷傳世。本文爲陸游爲佛照禪師畫像所作的贊文，稱贊佛照禪師名高天下，歸老雲山，掩彩見性。

本文原未繫年。歐譜列於不繫年文。待考。

參考卷十九明州阿育王山買田記。

【箋注】

〔一〕三朝：指高宗、孝宗、光宗三朝。

〔二〕撒手歸來：指分别靈隱寺，歸老阿育王寺。　雲山：遠離塵世之處，指出家人之居處。

〔三〕大覺同龕：與佛同處一龕。大覺，指佛的覺悟，惟有佛徹底覺悟宇宙人生的真理。謝靈運佛贊：「惟此大覺，因心則靈。」阿育王經：「如來大覺於菩提樹下覺諸法。」佛地論：「佛者，覺也。覺一切種智，復能開覺有情。」　掩彩：指隱去世俗光彩，回歸本性。

大洪禪師贊

髮長無心剃，衣破無心補〔一〕。大洪山上有賊，大洪山下有虎〔二〕。非但白刃殺盡兒孫，更能一口吞却佛祖。

【題解】

大洪禪師，即芙蓉道楷禪師（一〇四三—一一一八），俗姓崔，名道楷，沂州費縣（今山東蒼山）人，一説沂水人。宋代曹洞宗高僧。初學道術，後棄而學佛，投義青禪師得法。先後住持洛陽招提寺、隨州大洪山保壽禪院等，弘揚曹洞之法，從者如雲。崇寧三年，徽宗召住京師十方浄因禪院，賜紫衣及「定照禪師」號，禪師却而不受，黥而流放淄州，終不屈，後徽宗聽其自便，禪師於家鄉芙蓉湖上建寺，學者風從。政和八年示寂，臨終書偈云：「吾年七十六，世緣今已足。生不愛天堂，死不怕地獄。撒手横身三界外，騰騰任運何拘束。」有芙蓉道楷禪師語要一卷傳世。事迹見五燈會元卷十四。本文爲陸游爲道楷禪師畫像所作的贊文，稱贊其不拘形迹，追求了無拘束的精神。

本文原未繫年。歐譜列於不繫年文。待考。

【箋注】

〔一〕「髮長」二句：指禪師不拘形迹的形象。髮長，指蓄髮。

〔二〕賊：即賊住，指外道和無信仰者爲了騙取利養，假扮佛徒，混入佛門，這種人被稱爲「賊住比丘」。虎：佛教比喻無常之可畏。

中巖圜老像贊

我遊中巖〔一〕，拜師於床。巍巍堂堂，鳳舉龍驤〔二〕。公住無爲，訪我成都〔三〕。雄辯縱横，玉色敷腴〔四〕。别未十日，梁木告摧〔五〕。我如飛蓬，萬里南來。孰謂窮山，乃瞻儀形〔六〕。牆壁説法，況此丹青。

【題解】

中巖，即中巖寺，在今四川樂山青神東南九公里處，傍岷江東岸，分上、中、下三寺，統稱中巖，以山水奇秀、林壑幽美著稱，有「西南林泉最佳處」之説。祝穆方輿勝覽卷五三眉州：「中巖在青神縣。諾矩羅尊者道場。游者渡江入岩口，有唤魚潭。循山三里許，始至寺中。有羅漢洞，即牛頭以木鑰扣石筍處。」范成大中巖詩序：「去眉州一程，諾詎羅尊者道場。相傳昔有天僧，遇病僧，與之木鑰匙云：『異時至眉州中巖，扣石筍，當再相見。』後果然。」圜老，生平不詳，當爲中巖寺僧，後住持無爲寺。本文爲陸游爲中巖圜老畫像所作的贊文，回顧交往經過，稱贊圜老氣勢不凡。

本文原未繫年。歐譜列於不繫年文。據文意，當在陸游成都任職期間。

【箋注】

〔一〕我遊中巖：陸游遊中巖，約在淳熙二年六月至四年六月間，時范成大知成都府權四川制置使，與陸游多有交遊唱和。范成大有中巖詩，又有次韻陸務觀慈姥岩酌別二絶，稱「不辭更宿中巖下，投老餘年豈再來？」

〔二〕「巍巍」二句：形容圜老高大魁梧，氣勢不凡，有如鳳飛龍騰。

〔三〕「公住」二句：指圜老住持無爲寺，至成都回訪陸游。無爲或即漢州（今四川廣漢）無爲寺。

〔四〕玉色：尊稱他人容顔。敷腴：喜悦貌。鮑照擬行路難之五：「人生苦多歡樂少，意氣敷腴在盛年。」

〔五〕梁木告摧：用梁木折毁比喻賢哲逝世。潘岳楊仲武誄：「魂兮往矣，梁木實摧。」

〔六〕儀形：指圜老畫像中的儀容。

奉聖淳山主年八十有四放翁爲作真贊

兩住名山一老禪，目光如電照人天〔一〕。行藏不用占蓍草，卦氣全來二十年〔二〕。

【題解】

奉，承奉，奉迎。聖淳山主，生平不詳，時年八十四。山主，指寺廟的住持。本文爲陸游爲聖淳山主所作的贊文，稱贊其洞察一切，吉兆連連。

本文原未繫年。歐譜列於不繫年文。待考。

【箋注】

〔一〕目光如電：亦作目光如炬。形容眼光明亮有神，亦比喻見識高明。洞察一切。人天：佛教指留到輪回中的人道和天道，亦泛指世間、衆生。

〔二〕行藏：指出處或行止。語本論語述而：「用之則行，舍之則藏。」著草：古代用來占卦的草莖。卦氣：以周易六十四卦與四時、月令、氣候等相配之法。全來：指全爲吉兆。

芋庵宗慧禪師真贊

煨懶殘芋〔一〕，打塗毒鼓〔二〕。舌本雷霆，毫端風雨〔三〕。

【題解】

芋庵宗慧禪師，生平不詳。本文爲陸游爲宗慧禪師畫像所作的贊文，稱贊禪師機鋒凌厲，筆墨酣暢。

本文原未繫年。歐譜列於不繫年文。待考。

參考劍南詩稿卷三五題慧老芋岩。

【箋注】

〔一〕煨懶殘芋：唐衡岳寺明瓚禪師，性懶而食殘，自號懶殘。李泌異之，夜半往見。時懶殘撥火煨芋，見泌至，授半芋而曰：「勿多言，領取十年宰相。」後果如其言。事見太平廣記卷九六、宋高僧傳卷十九。

〔二〕打塗毒鼓：以毒料塗於鼓上，使人聞聲而即死。景德傳燈録卷十六全豁禪師：「師曰：『吾教意猶如塗毒鼓，擊一聲，遠近聞者皆喪。』」禪宗比喻佛性常住之聲，能超度衆生，使入於佛道。

〔三〕舌本雷霆：形容禪宗的機鋒凌厲，如雷霆霹靂。毫端風雨：形容筆墨酣暢。杜甫寄李十二白二十韻：「筆落驚風雨，詩成泣鬼神。」

廣慧法師贊

東土震旦〔一〕，西方極樂〔二〕。一緉草鞋，到處行脚〔三〕。

【題解】

廣慧法師，杭州上天竺寺禪師。陸游上天竺復庵記稱其「道遇三朝，名蓋萬衲，自紹熙至嘉泰十餘年間，詔書褒録，如日麗天，學者歸仰，如泉赴壑」。本文爲陸游爲廣慧法師畫像所作的贊文，稱贊法師不遠萬里，雲遊天下。

本文原未繫年。歐譜列於不繫年文。待考。

參考卷二十上天竺復庵記。

【箋注】

〔一〕東土震旦：古代印度稱中國爲震旦。翻譯名義集：「東方屬震，是日出之方，故曰震旦。」亦有學者稱：震即秦，乃一聲之轉。旦，即所謂斯坦，於義爲地。「震旦」蓋曰「秦地」。

〔二〕西方極樂：佛經中指阿彌陀佛所居國土，俗稱西天。阿彌陀經：「從是西方過十萬億佛土，有世界名曰極樂……其國衆生，無有衆苦，但受諸樂，故名極樂。」

〔三〕一緉：即一雙。行脚：禪僧爲尋師訪友或求證佛法而四處旅行。祖庭事苑八：「行脚者，謂遠離鄉曲，脚行天下，脱情捐累，尋訪師友，求法證悟也。所以學無常師，遍歷爲尚。」

敷浄人求僧贊

光薙頭，浄洗鉢，頭頭拈起頭頭活〔一〕。有時與，有時奪，受用現前活鱍鱍〔二〕。敷道者〔三〕，一短褐，欠個什麽更要惡水潑。將錯就錯也不妨，只在檀那輕手撥〔四〕。

道敷浄人求伽陀〔五〕，見施主求買度牒〔六〕，爲説此數語。嘉泰辛酉四月十日放翁書。

【題解】 敷净人，即敷姓净人。净人指在寺院擔任勤雜勞務的非出家人員。敷净人欲出家爲僧，向陸游求偈頌。本文爲陸游爲敷净人所作的贊文，稱贊他做事頭頭是道，做人自然真誠，希望施主援手成全。

本文據篇末所署，作於嘉泰辛酉，即嘉泰元年（一二〇一）四月十日。時陸游致仕家居。

【箋注】

〔一〕 薙頭：同剃頭。「頭頭」句：指做事有條不紊，頭頭是道。

〔二〕「有時」二句：指有時賜予（獎勵），有時剥奪（懲罰）。活鱍鱍：生動自然，如魚兒擺尾跳動狀。景德傳燈録無相禪師：「真心者，念生亦不順生，念滅也不依寂……無爲無相活鱍鱍，平常自在。」

〔三〕 道者：佛教指投佛寺求出家而未得度者。

〔四〕 檀那：施主，布施者。

〔五〕 伽佗：即偈頌。佛經中的贊頌之詞。佛陀在説佛法義理時，爲免遺漏忘失，遂以伽陀輔助弘法，以諷誦之法記於心中，遇説法時隨誦隨説。

〔六〕 度牒：僧道出家時由官府發給的憑證。唐宋時官府可出售度牒，以充軍政費用。

錢道人贊

栟櫚冠，青芒屩，上天下天不騎鶴〔一〕。喚作神仙渠不肯〔二〕，道是凡人我又錯，會稽城中且賣藥。

【題解】

錢道人，本姓張，陸游朋友。送巖電道人入蜀序稱其「本張氏子，施藥説相，不受人一錢，乃自稱姓錢，以滑稽玩世」。本文爲陸游爲錢道人所作的贊文，稱贊他亦仙亦凡、滑稽玩世的生活。

本文原未繫年。歐譜列於不繫年文。待考。

參考卷十五送巖電道人入蜀序、劍南詩稿卷四七錢道人不飲酒食肉囊中不蓄一錢所須飯及草屨二物皆臨時乞錢買之非此雖强與不取也。

【箋注】

〔一〕栟櫚冠：用棕毛編織的帽子。　青芒屩：道士所穿用青芒編織的草鞋。　騎鶴：指仙人、道士乘鶴雲遊。賈島遊仙：「歸來不騎鶴，身自有羽翼。」

〔二〕渠：他。

放翁自贊 四

遺物以貴吾身，棄智以全吾真〔一〕。劍外江南，飄然幅巾〔二〕。野鶴駕九天之風，澗松傲萬木之春〔三〕。或以爲跌宕湖海之士，或以爲枯槁隴畝之民〔四〕。二者之論雖不同，而不我知則均也。淳熙庚子務觀自贊〔五〕，時在臨川，年五十有六。

二

名動高皇，語觸秦檜〔六〕。身老空山，文傳海外。五十年間，死盡流輩〔七〕。老子無才，山僧不會。

三

皮葛其衣，巢穴其居，烹不糝之藜羹，駕禿尾之蹇驢〔八〕。聞鷄而起，則和甯戚之牛歌〔九〕；戴星而耕，則稽氾勝之農書〔一〇〕。謂之痒則若腴，謂之澤則若癯。雖不能草泥金之檢〔一一〕，以紀治功；其亦可挾兔園之册〔一二〕，以教鄉閭者乎？周彦文令畫工爲放翁寫真〔一三〕，且來求贊，時年八十。

四

進無以顯於時，退不能隱於酒，事刀筆不如小吏〔一四〕，把鋤犁不如健婦。或問陳子何取而肖其像〔一五〕，曰：是翁也，腹容王導輩數百，胸吞雲夢者八九也〔一六〕。陳伯予命畫工爲放翁記顏，且屬作贊，時開禧丁卯〔一七〕，翁年八十三。

【題解】

自贊，指爲自己的畫像作贊，或用文辭作自畫像并作贊。陸游自贊共四首，作於五十六歲至八十三歲，表達了自己的人生感悟、追求以及自我評價。

據篇末自署，第一首作於淳熙七年（一一八〇）五十六歲，時陸游在臨川江西常平茶鹽公事任上。第二首據「語觸秦檜」後「五十年」計，約在嘉泰四年（一二〇四）。第三首作於嘉泰四年（一二〇四）八十歲，時陸游致仕家居。第四首作於開禧三年（一二〇七）八十三歲，時陸游致仕家居。

【箋注】

〔一〕「遺物」二句：超脱物外而貴惜自身，抛棄智巧而保全天性。文選賈誼鵩鳥賦：「至人遺物兮，獨與道俱。」李善注：「鶡冠子曰：『聖人捐物。』」老子：「故貴身於天下，若可托天下。」

老子：「絶聖棄智，民利百倍；絶仁棄義，民復孝慈；絶巧棄利，盜賊無有。」莊子盜跖：「子之道狂狂汲汲，詐巧虚僞事也，非可以全真也，奚足論哉！」

〔二〕劍外：四川劍閣以南地區。杜甫聞官軍收河南河北：「劍外忽傳收薊北，初聞涕淚滿衣裳。」亦泛指蜀地。江南：指作者東歸之地。飄然幅巾：作者自喻。幅巾爲古代男子所用頭巾，以全幅細絹裹頭。宋代的頭巾爲賤者之服。李上交近事會元襆頭巾子：「今宋朝所謂頭巾，乃古之幅巾，賤者之服。」

〔三〕野鶴：鶴居林野，秉性孤高。比喻隱士。劉長卿送方外上人：「孤雲將野鶴，豈向人間住。」韋應物贈王侍御：「心同野鶴與塵遠，詩似冰壺見底清。」九天：指天空最高處。孫子形篇：「善攻者，動於九天之上。」梅堯臣注：「九天，言高不可測。」澗松：即澗底松。比喻才高位卑之人。左思詠史之二：「鬱鬱澗底松，離離山上苗。」

〔四〕跌宕：放蕩不拘。三國志蜀書簡雍傳：「優遊風議，性簡傲跌宕，在先主坐席，猶箕踞傾倚，威儀不肅，自縱適。」湖海之士：有豪俠氣概者。三國志魏書陳登傳：「陳元龍湖海之士，豪氣不除。」枯槁：即枯槁士。指隱逸之士。莊子徐無鬼：「兵革之士樂戰，枯槁之士宿名。」隴畝之民：草野之民。陶淵明癸卯歲始春懷古田舍：「長吟掩柴門，聊爲隴畝民。」

〔五〕淳熙庚子：即淳熙七年。

〔六〕「名動」二句：指作者紹興二十四年試禮部，遭秦檜黜落事。參見卷六謝解啓題解。

〔七〕流輩：同輩，同流之人。沈約奏彈王源：「而托姻結好，唯利是求，玷辱流輩，莫斯爲甚。」

〔八〕「皮葛」四句：極寫自己家居生活之簡陋。獸皮葛布作衣，構木爲巢，穴居野處；食物粗劣，坐騎疲弱。不糝之藜羹，莊子讓王：「孔子窮於陳蔡之間，七日不火食，藜羹不糝。」成玄英疏：「藜菜之羹，不加米糝。」糝，米粒。

〔九〕甯戚之牛歌：指不遇之士自求用世。楚辭離騷：「甯戚之謳歌兮，齊桓聞以該輔。」王逸注：「甯戚修德不用，退而商賈，宿齊東門外。桓公夜出，甯戚方飯牛，叩角而商歌。桓公聞之，知其賢，舉用爲客卿，備輔佐也。」

〔一〇〕氾勝之農書：西漢末氾勝之著有農書，漢書藝文志著録爲氾勝之十八篇。

〔一一〕泥金之檢：古代帝王行封禪禮所用玉牒有檢（封緘），檢用金縷相纏，再用水銀和金屑泥封，稱泥金之檢。指代重要文書。

〔一二〕兔園之册：原指唐五代時私塾教授學童的課本，内容膚淺，故受士大夫輕視。後泛指淺近書籍。新五代史劉岳傳：「（馮）道行數反顧，贊問岳：『道反顧何爲？』岳曰：『遺下兔園册爾。』兔園册者，鄉校俚儒教田夫牧子之所誦也。」

〔一三〕周彦文：即周紀，字彦文。吉州（今江西吉安）人。周必大之子，陸游子陸子龍之女婿。

〔一四〕事刀筆：從事公案文牘。

〔一五〕陳子：即陳伯予。括蒼（今浙江麗水）人。陸游朋友，劍南詩稿中多有題贈之作。

〔六〕「腹容」二句：指如周顗（字伯仁）和大海般胸懷寬廣。世說新語排調：「王丞相枕周伯仁膝，指其腹曰：『卿此中何所有？』答曰：『此中空洞無物，然容卿輩數百人。』」王導（二七六—三三九），字茂弘，琅玡臨沂（今山東臨沂）人。東晉丞相。晉書卷六五有傳。文選司馬相如子虛賦：「齊東陼巨海，南有琅邪，觀乎成山，射乎之罘，浮勃澥，游孟諸，邪與肅慎爲鄰，右以湯谷爲界，秋田乎青丘，傍偟乎海外，吞若雲夢者八九，其於胸中曾不蔕芥。」

〔七〕開禧丁卯：即開禧三年。

記事

【釋體】

「記事」，此指記載掌故之雜記體。本卷收録記事一首。

記太子親王尹京故事

隋齊王暕尹河南〔一〕，唐秦公世民尹京兆〔二〕，衛王重俊爲洛州牧〔三〕，皆親王尹京故事也，然尚未甚以爲重。後唐秦王從榮以長子爲河南尹，又爲天下兵馬大元帥，故當時遂以尹京爲儲貳之位〔四〕。至晉天福中鄭王重貴、周廣順中晉王榮，皆尹開封，用秦王故事也〔五〕。國朝太祖皇帝建隆二年七月，以太宗皇帝爲開封尹〔六〕。開寶末，太宗嗣位纔八日，即以齊王廷美爲開封尹。後封秦王。太平興國七年，秦王出爲西京留守〔七〕。自是開封不置尹，止命近臣權知府而已。權知府自李符始〔八〕。雍熙二年，始以陳王元僖爲開封尹〔九〕，蓋是時太宗元子楚王元佐被疾廢〔一〇〕，則陳王亦儲君也。淳化三年薨，後二年，真宗皇帝自襄王爲開封尹。後封壽王。至道元年正東宫，議者謂尹有品秩，非太子所宜兼領，乃改判府事〔一一〕。自後唐以來，雖以尹京陰爲儲副之位，然皆藩王〔一二〕。以太子判京府，則自至道始也。故事，開封尹之上有牧，雖具員，而初未嘗置。國朝惟親王乃除尹，餘但爲權知府事。自太祖至徽宗，八朝百七十年，未嘗改。蔡京爲相，始建議置尹，尹非獨故事，須親王乃除；又太宗、真宗潛藩所領〔一三〕，人臣所宜避。天下皆罪京之不學。其後宣和末，欽宗皇帝自東宫爲開封牧〔一四〕。是時已有尹，尹之上惟有牧，故以命之。然牧故事序位在太子少保之下〔一五〕，御史大夫、六曹尚書之上〔一六〕，亦非太子所宜兼，蓋有司失考至道判府之制也。尹之下，故事有少尹〔一七〕，位在少府、將作少監之下，太子少詹事之上〔一八〕。後唐秦王時，嘗以劉陟爲之〔一九〕。而建隆以來，率不置，惟置判官、推官各一員或二員，通掌府事，并以常參官充〔二〇〕。親王爲尹，則判官以給諫充，今太中大夫以上。推官差降焉〔二一〕。真宗爲尹時，判官二員，推官三員，蓋特置也。或問：「太宗以來，尹京則謂之南衙，何也？」曰：開封府治所，本在正陽門南街東〔二二〕。然太宗爲尹，乃就晉邸視事〔二三〕，晉邸又在大内及府治之南，故曰「南衙」，亦曰「南宫」。秦王、許王因之〔二四〕。及真宗爲尹，太宗以秦王、許王皆不利〔二五〕，始命還就府治焉。

【題解】

親王，指皇帝的近支親屬中封王者。唐宋時期以皇帝的兄弟和皇子爲親王。太子親王，即立爲太子的親王。尹京，指擔任京畿府尹。故事，指先例，舊時典章制度。本文歷述隋代至北宋的太子親王以尹京作爲儲君的制度安排，考辨尹京的序位及治所名稱。

本文原未繫年。歐譜列於不繫年文。待考。

【箋注】

〔一〕齊王暕：即楊暕（五八五—六一八），隋煬帝楊廣子，封齊王。暕大業初任豫州牧，後轉雍州牧，再轉河南尹，開府儀同三司。元德太子薨，嗣爲太子。隋書卷五九有傳。

〔二〕秦公世民：即李世民（五九九—六四九），唐高祖李淵次子。隋大業十三年，李淵立代王楊侑爲帝，即隋恭帝。任李世民爲京兆尹，改封秦王。見舊唐書卷一高祖本紀。

〔三〕衛王重俊：即李重俊（？—七〇七），唐中宗第三子。神龍初進封衛王，拜洛州牧。二年立爲皇太子。後兵敗被殺，謚節愍。舊唐書卷八六、新唐書卷八一有傳。

〔四〕後唐秦王從榮：即李從榮（？—九三三），後唐明宗李嗣源次子。長興元年拜河南尹。兄從璟死後，在皇子中最長，封秦王，加天下兵馬大元帥。明宗議立嗣未決，後病，從榮起兵犯宮，兵敗被殺。舊五代史卷五一、新五代史卷十五有傳。文中稱「從榮以長子爲河南尹」，「當時遂以尹京爲儲貳之位」，似有誤。儲貳，即太子。

〔五〕鄭王重貴：即石重貴（九一四—九六四），後晉石敬瑭之侄，收爲養子。天福三年爲開封尹，封鄭王。七年石敬瑭死，重貴即位，即後晉出帝，又稱少帝。在位三年後晉亡。舊五代史卷八一、新五代史卷九有紀。　晉王榮：即郭榮（九二一—九五九），本姓柴，爲郭威内侄，被收爲養子，改姓郭。郭威建後周，廣順三年授郭榮開封尹，封晉王。顯德元年即位，即後周世宗。勵精圖治，在位六年卒。舊五代史卷一一四、新五代史卷十二有紀。

〔六〕太宗皇帝：即趙光義（九三九—九九七），宋太祖趙匡胤大弟。建隆二年七月，太祖以光義爲開封府尹，後封晉王。見宋史卷一太祖本紀。

〔七〕齊王廷美：即趙廷美（九四七—九八四），宋太祖趙匡胤四弟。開寶九年冬，太宗即位，以弟廷美爲開封尹兼中書令，封齊王。太平興國四年冬，以平北漢功，進封秦王。七年三月，出爲西京留守。見宋史卷四太宗本紀。

〔八〕權知府自李符始：宋史卷二七〇李符傳：「（太平興國）七年春，開封尹秦王廷美出守西京，以符知開封府。」

〔九〕陳王元僖：即趙元僖（九六六—九九二），宋太宗次子。太平興國八年冬，封爲陳王。雍熙三年冬，以陳王爲開封尹。端拱元年二月進封許王。淳化三年十一月薨。見宋史卷五太宗本紀。

〔一〇〕楚王元佐：即趙元佐（九六五—一〇二七），宋太宗長子。太平興國八年冬，封爲楚王。雍熙二年廢爲庶人。見宋史卷五太宗本紀。

〔一一〕真宗皇帝：即趙恒（九六八—一〇二二），原名德昌，後改爲元休、元侃，宋太宗第三子。淳化五年九月，以襄王元侃爲開封尹，改封壽王。至道元年八月，立壽王元侃爲皇太子，改名恒，兼判開封府。見宋史卷五太宗本紀。

〔一二〕藩王：擁有封地或封國的親王、郡王。

〔一三〕潛藩：指尚未即位的帝王。

〔一四〕欽宗皇帝：即趙桓（一一〇〇—一一六一），宋徽宗長子。宣和七年十二月，皇太子桓爲開封牧。隨後即皇帝位。見宋史卷二二徽宗本紀。

〔一五〕序位：安排位次。董仲舒春秋繁露天辨在人：「天下之尊卑隨陽而序位。」太子少保：輔導太子的官。東宫官職之一，皆以他官兼。

〔一六〕御史大夫：御史臺官員。宋代御史大夫爲加官，御史臺長官爲御史中丞。六曹尚書：尚書省所屬吏、户、禮、兵、刑、工六部長官。

〔一七〕少尹：宋代京城開封府、臨安府及陪都河南、應天、大名府等設少尹，爲副長官，不常置。

〔一八〕少府：少府監長官，掌百工伎巧政令，供應皇帝服御、寶册、符印、旌節、度量衡標準及祭祀、朝會所須器物。將作少監：將作監副長官，掌營繕宫室、城郭、橋樑、舟車等。太子少詹事：東宫詹事府長官，設太子詹士、少詹事各一人，掌東宫内外庶務。

〔一九〕劉陟：後唐秦王曾以劉陟爲河南府少尹。舊五代史卷四四載秦王犯宫兵敗後，秦王府官屬均遭流配，「河南少尹劉陟配均州」。

〔二〇〕判官、推官：均爲宋代官府屬官名。開封府設判官二員，左右廳推官各一員，分日輪流審判案件。常參官：常朝日參見皇帝的高級官員。

〔二一〕給諫：給事中和諫議大夫的合稱。韓愈崔十六少府攝伊陽以詩及書見投因酬三十韻：「才名三十年，久合居給諫。」差降：按等地遞降。

〔二二〕正陽門：宋代汴京宫城門名，原名宣德門，明道元年改名正陽門。

〔二三〕晉邸：即晉王府。

〔二四〕秦王：即趙廷美。見本篇注〔七〕。許王：即趙元僖，見本篇注〔九〕。因之：因襲以王府視事。

〔二五〕不利：指未能即帝位。

渭南文集箋校卷第二十三

傳

【釋體】徐師曾文體明辨序說：「按字書云：『傳者，傳也，記載事迹以傳於後世也。』自漢司馬遷作史記，創爲『列傳』以紀一人之始終，而後世史家卒莫能易。嗣是山林里巷，或有隱德而弗彰，或有細人而可法，則皆爲之作傳，以傳其事，寓其意，而馳騁文墨者，間以滑稽之術雜焉，皆傳體也。」陸游所作共三首。

本卷收録傳三首。

姚平仲小傳

姚平仲字希晏，世爲西陲大將〔一〕。幼孤，從父古養爲子〔二〕。年十八，與夏人戰臧底河〔三〕，斬獲甚衆，賊莫能枝梧〔四〕。宣撫使童貫召與語〔五〕，平仲負氣不少屈，貫不悦，抑其賞，然關中豪傑皆推之，號「小太尉」。睦州盗起〔六〕，徽宗遣貫討賊。貫雖惡平仲，心服其沉勇，復取以行。及賊平，平仲功冠軍，乃見貫曰：「平仲不願得賞，願一見上耳。」貫愈忌之。他將王淵、劉光世皆得召見〔七〕，平仲獨不與。欽宗在東宫知其名，及即位，金人入寇，都城受圍，平仲適在京師，得召對福寧殿〔八〕，厚賜金帛，許以殊賞。於是平仲請出死士斫營擒虜帥以獻。及出，連破兩寨，而虜已夜徙去。平仲功不成，遂乘青騾亡命，一晝夜馳七百五十里，抵鄧州〔九〕，始得食。入武關〔一〇〕，至長安，欲隱華山，顧以爲淺，奔蜀，至青城山上清宫，人莫識也。留一日，復入大面山〔一一〕，行二百七十餘里，度採藥者莫能至，乃解縱所乘騾，得石穴以居。朝廷數下詔物色求之〔一二〕，弗得也。乾道、淳熙之間始出，至丈人觀道院〔一三〕，自言如此〔一四〕。時年八十餘，紫髯鬱然長數尺，面奕奕有光，行不擇崖塹荆棘，其速若奔馬。亦時爲人作草書，頗奇偉，然秘不言得道之由云。

【題解】

姚平仲，字希晏，五原（在今陝西）人。世爲西陲大將。十八歲與西夏人大戰，後參與討平方臘。靖康元年，金人圍攻開封，宋欽宗召對，平仲請斫營擒帥以獻功，不成，遂亡命奔蜀。入大面山得石穴以居。朝廷數下詔求之弗得。乾道、淳熙間始出，至丈人觀道院。時年八十餘，善行走，及爲人作草書。姚平仲爲兩宋之交傳奇人物，其斫營失敗之事，史書、筆記多有記載。宋史种師道傳載：「帝日遣使趣師道戰，師道欲俟其弟秦鳳經略使師中至，奏言過春分乃可擊。時相距才八日，帝以爲緩，竟用平仲斫營，以及於敗。」又姚古傳載：「靖康元年，金兵逼京城，古與秦鳳經略种師中及折彥質、折可求等俱勒兵勤王。……欽宗拜師道同知樞密院，宣撫京畿、河北、河東，平仲爲都統制。上方倚師道等却敵，而种氏、姚氏素爲山西巨室，兩家子弟各不相下。平仲恐功獨歸种氏，忌之，乃以士不得速戰爲言，欲夜劫斡离不營。謀泄，反爲所敗。」李綱靖康傳信録卷二載：「姚平仲者，古之子，屢立戰功，在道君朝爲童貫所抑，未嘗朝見。至是，上以驍勇，屢召見內殿，賜予甚厚，許以功成有茅土、節鉞之賞。平仲武人，志得氣滿，勇而寡謀，謂大功可自有之。先期於二月一日夜，親率步騎萬人以劫金人之寨，欲生擒所謂斡离不者，取今上皇帝以歸。种師道宿城中，弗知也。余時以疾給假，臥行營司。夜半，上遣中使降親筆曰：『平仲已舉事，決成大功，卿可將行營司兵出封邱，爲之應。』余具劄子，辭以疾……是夜，宿於城外。而平仲者，前一夕劫寨，爲虜所覺，殺傷相當，所折不過千餘人，既不得所欲，恐以違節制爲种師道所誅，即遁去。而宰執、臺諫閧然，謂西兵勤王之師及親征行營司兵爲金人所殲，無復存者。上震恐，有詔不得進兵。」

本文爲陸游爲姚平仲所作的小傳，記述其生平戰鬥事迹及亡命蜀中得道始末。

本文原未繫年。歐譜列於不繫年文。據文意，陸游似與晚年姚氏相見，故本文或作於淳熙年間陸游在蜀中時。

參考老學庵筆記卷四、劍南詩稿卷七姚將軍靖康初以戰敗亡命……將軍倘見之乎、卷十九青城大面山中有二隱士……托上官道人寄之。

【箋注】

〔一〕西陲：西部邊疆。張説贈郭君神道碑：「鎮西陲，信國之藩屏；坐北落，亦王之爪牙。」

〔二〕從父古：伯父姚古。古，五原人。姚兕次子，姚雄弟。以邊功任熙河經略使。靖康元年參與起兵勤王。宋史卷三四九有傳。

〔三〕臧底河：即臧底河城（在今陝西志丹一帶）。政和四年（一一一四），西夏人築臧底河城。六年，种師道攻克之。

〔四〕枝梧：指對抗，抵擋。史記項羽本紀：「當是時，諸將皆慴服，莫敢枝梧。」

〔五〕童貫（一〇五四—一一二六）：字道夫，開封人。北宋權宦。性巧媚。初任供奉官，助蔡京爲相，任西北監軍，領樞密院事，掌兵權二十年，權傾内外。參與平定方臘。欽宗即位，被處死。宋史卷四六八有傳。

〔六〕睦州盜起：指方臘起義。方臘爲睦州青溪（今浙江淳安）人。

〔七〕王淵（一〇七七—一一二九）：字幾道，熙州（今甘肅臨洮）人。兩宋之交名將。官至簽書樞密院事。後爲苗傅等所殺。宋史卷三六九有傳。劉光世(一〇八九—一一四二):字平叔,保安軍(今陝西志丹)人。「中興四將」之一,官至少師。宋史卷三六九有傳。

〔八〕福寧殿:北宋皇宫中的寢宫。

〔九〕鄧州:地處豫、鄂交界。今屬河南南陽。

〔一〇〕武關:古代晉楚、秦楚交界處。位於陝西丹鳳東武關河北岸,與函谷關、蕭關、大散關並稱「秦之四塞」。

〔一一〕大面山:位於四川達州萬源市東南,爲道教聖地。

〔一二〕物色:訪求,尋找。劉向列仙傳關令尹喜:「老子西遊,喜先見其氣,知有真人當過,物色而遮之,果得老子。」

〔一三〕丈人觀:宫觀名,在今四川灌縣。輿地紀勝:「丈人觀,在青城山,即建福宫也。」又:「建福宫,即丈人觀,乃寧真君道場也。在青城縣北二十里。」青城山記:「昔寧封先生棲於此巖之上,黄帝築壇,拜爲五嶽丈人。晉置觀焉。」劍南詩稿卷六有丈人觀、題丈人觀道院壁、自上清延慶歸過丈人觀少留諸詩。

〔一四〕自言如此:指上述行迹皆姚平仲在丈人觀自述。

族叔父元燾傳

族叔父元燾名宧,一字居安,自山陰徙家餘姚〔一〕。性恭謹純厚,閉門力學,不妄與人交。尤好樂律，每言樂所以成人才，今世所用皆胡部，雖鄭、衛亦不得聞，况韶、濩乎〔二〕。因考按古關雎、鹿鳴諸詩，抑揚皆合音律，時時自歌之，中正簡古，聞者興起。欲上書請用之鄉飲酒〔三〕，會疾病不果。所居瀕江，一室蕭然，數十年間，几席、書册、琴樽之屬，皆未嘗易。好飲酒，然不肯自釀，或饋以家所醖，亦辭不取，曰：「法不可也。」其謹如此。有子洙，登進士第，爲鹽官尉〔四〕，迎養官舍。期年洙卒，元燾護其喪歸，亦能自釋〔五〕。久之，以疾卒，年七十。

與元燾同時有鄭從革者，名鼎之，丹徒人〔六〕，自三舍法行，已在鄉校〔七〕。能自刻苦，口誦手鈔，日常兼數人，然試有司輒黜。從革亦不以黜故少怠，終始如一日。事父篤孝。建炎中，客山陰，遇寇，從革欲奉父避之，父不聽。從革乃束帶立牀前，煮糜粥，奉湯液，悉如平時。寇至，則迎門拜泣曰：「父老不能去，惟哀憐之。」寇爲感動，乃署其門，使其屬勿犯。終亂定，父子俱得全。年六十餘，貧益苦，比卒，衣衾不能具，而一鄉皆推其賢云。

【題解】

族叔父元燾，陸游同族叔父陸寘，字元燾，一字居安，移家餘姚。本文爲陸游爲族叔父元燾所作的傳文，記述其精於樂律、甘於淡泊的平凡生涯。附傳鄭從革，記述其刻苦至孝、感動盜寇的事迹。

本文原未繫年。歐譜列於不繫年文。待考。

【箋注】

〔一〕餘姚：今屬浙江，位於山陰以東寧紹平原，毗鄰上虞、慈溪、寧波。

〔二〕胡部：指北方少數民族音樂，從西涼一帶傳入，含有西涼樂等成分，當時稱「胡部新聲」。新唐書禮樂志十二：「開元二十四年，升胡部於堂上。」沈括夢溪筆談樂律一：「外國之聲，前世自別爲四夷樂。自唐天寶十三載，始詔法曲與胡部合奏。自此樂奏全失古法，以先王之樂爲雅樂，前世新聲爲清樂，合胡部者爲宴樂。」鄭、衛：指春秋時鄭、衛兩國的音樂，當時的流俗之樂。

〔三〕鄉飲酒：即鄉飲酒禮。周代鄉學三年業成大比，考其德行道藝優異者，薦於諸侯。將行之時，由鄉大夫設宴以賓禮相待。後演變爲地方官設宴招待應舉之士。韶、濩：均商湯時樂名，指高雅之樂。

〔四〕鹽官：鎮名，在今浙江海寧，歷來爲觀潮勝地。

〔五〕自釋：自我寬解。顏氏家訓勉學：「元帝在江荆間，復所愛習，召置學生，親爲教授，廢寢忘食，以夜繼朝，乃至倦劇愁憤，輒以講自釋。」

〔六〕丹徒：縣名，宋時屬兩浙路鎮江府，今爲江蘇鎮江市轄區。

〔七〕三舍法：北宋王安石變法措施之一，用學校教育取代科舉考試。分太學爲外舍、内舍、上舍，别生員爲三等置之。依一定年限和條件，依次由外舍升入内舍，再升入上舍，最終按科舉法分别規定其出身并授以官職。後來地方官學也推行此法。這一方法將學校變成了選官制度的組成部分。紹聖中，曾一度廢科舉，專以三舍法取士。宣和三年，詔罷此法。鄉校：指地方官學。

陳氏老傳

會稽五雲鄉陳氏老，年近八十，生三子，有孫數人，皆業農。惟力耕致給足，凡兼并之事，抵質賈販以取贏者〔一〕，一切不爲。耕桑之外，惟漁樵畜牧而已。子孫但略使識字，不許讀書爲士。婚姻悉取農家，非其類皆拒不與通。室廬不妄增一椽，器用皆朴質堅壯，不加漆飾。衣惟布襦裙〔二〕，取適寒暑之宜。行之四五十年如一日，子孫亦皆化之無違〔三〕。陳氏所居，在剌涪山下〔四〕，地名曰南溪云。

陸子曰：予嘗悲士之仕者，若苟名位而已，則爲負國〔五〕。必無負焉，則危身害家，憂其父母，有所不免。耕稼之業，一捨而去之，復其故甚難。予先世本魯墟農家，自祥符間去而仕〔六〕，今且二百年，窮通顯晦所不論，竟無一人得歸故業者。室廬、桑麻、果樹、溝池之屬，悉已蕪没。族黨散徙四方〔七〕，蓋有不知所之者。過魯墟，未嘗不太息興懷，至於流涕也。聞陳氏事，因爲述其梗概傳之，庶觀者有感焉。

【題解】

本文爲陸游爲普通農家陳氏老人所作的傳文，記述其淳樸簡單的農耕生活，并對照自己家族，感慨士宦之家已難以回歸故業。

本文原未繫年。歐譜列於不繫年文。待考。

【箋注】

〔一〕兼并：指土地侵并。墨子天志下：「今天下之諸侯，將猶皆侵凌攻伐兼并。」抵質：指以土地、房屋等財產進行抵押交换。

〔二〕襦裙：上身所穿短衣和下身所束裙子，是宋代婦女普通的衣著。賈販：經商販賣。

〔三〕化之無違：教化成俗，無有違背。

〔四〕刺涪山：山名。嘉泰會稽志卷九：「刺涪山，在雲門南山。不甚高，而登其上，則見雲門、陶宴諸山林立在下。又山頂有池，大旱不涸。」

〔五〕苟名位：貪求職務地位。負國：對不起國家。漢書王嘉傳：「嘉喟然卬天歎曰：『幸得充備宰相，不能進賢退不肖，以是負國，死有餘責。』」

〔六〕「予先世」二句：陸游先世本居吴郡，唐末，一支遷嘉興。又徙錢塘。吴越時，再徙山陰魯墟。陸游高祖陸軫於北宋大中祥符五年中進士，進入仕途。魯墟，嘉泰會稽志卷十一：「魯墟橋，在縣西北一十三里。南爲漕河，北抵水鄉，如三山、吉澤、南莊之屬。又北復爲漕河，漕河之北，復爲水鄉，渺然抵海，謂之九水鄉，蓋大澤也。曾文清詩云：『談誇水鄉勝，謂不減吴松』，即此是也。」

〔七〕族黨：聚居的同族親屬。左傳襄公二十三年：「晉人克欒盈于曲沃，盡殺欒氏之族黨。」

青詞

【釋體】李肇翰林志：「凡太清宫道觀薦告詞文，用青藤紙、朱字，謂之青詞。」徐師曾文體明辨序説：「按陳繹曾云：『青詞者，方士懺過之詞也，或以祈福，或以薦亡，唯道家用之。』……詞用儷語，諸集皆有。」陸游所作多爲祈雨、謝雨、保安而作。

本卷收録青詞六首。

紹興府衆會黄籙青詞

上帝福善禍淫，雖各繇於類應〔一〕；大道回骸起死，或俯徇於哀祈〔二〕。敢露忱詞，仰干聰鑒〔三〕。伏念臣等所居紹興府，地連三輔，人雜五方〔四〕。任職居官，當閭閻之太半〔五〕；鮮衣美食，味稼穡之所從〔六〕。習俗莫還，神明積譴，方凶饑之薦至，加疫癘之相乘〔七〕。疾痛呻吟，未及三醫之謁〔八〕；焄蒿凄愴〔九〕，已悲萬鬼之鄰。念升濟之無方〔一〇〕，敢號呼而有請。伏望少回洪造〔一一〕，一洗衆辜，逝者脱泉路之冥冥，生者安王民之皞皞〔一二〕。天職生覆，地職形載〔一三〕，敢忘夙夜之歸；冬無愆陽，夏無伏陰〔一四〕，永冀生成之賜。

【題解】

黄籙，指道教的道場。因道士設壇祈禱所用符籙均爲黄色，故稱黄籙。本文爲陸游爲紹興府道衆所設道場撰寫的青詞，敷陳饑荒瘟疫之害，祈禱天地諧和，生民安居。

本文原未繫年。歐譜列於不繫年文。待考。

【箋注】

〔一〕福善禍淫：指賜福於爲善之人，降禍於作惡之人。書湯誥：「天道福善禍淫。」孔安國傳：

「政善，天福之；淫過，天禍之。」類應：指分類感應。

〔二〕回骸起死：同起死回生。 徇：順從，曲從。 哀祈：哀告，祈禱。

〔三〕干：冒犯。 聰鑒：明鑒，英明的識察。

〔四〕三輔：指輔助京師的三個職官，亦泛指京城周邊地區。太平御覽卷一六四引三輔黃圖：「武帝太初元年改内史爲京兆尹，以渭城以西屬右扶風，長安以東屬京兆尹，長陵以北屬左馮翊，以輔京師，謂之三輔。」 五方：東、南、西、北和中央，亦泛指各方。禮記王制：「五方之民，衍於不通，嗜欲不同。」孔穎達疏：「五方之民者，謂中國與四夷也。」

〔五〕當：面對。 閭閻：里巷内外之門，借指里巷。史記平準書：「守閭閻者食粱肉，爲吏者長子孫，居官者以爲姓號。」

〔六〕昧：隱藏，隱瞞。

〔七〕凶饑：災荒。 薦至：接連而來。史記曆書：「少皡氏之衰也，九黎亂德，民神雜擾，不可放物，禍菑薦至，莫盡其氣。」 疫癘：瘟疫。 相乘：相加，相繼。漢書王莽傳：「政令煩多，當奉行者，輒質問乃以從事，前後相乘，憒眊不渫。」顔師古注：「乘，積也，登也。」

〔八〕三醫：指古代名醫矯氏、俞氏、盧氏。列子力命：「季梁得疾，七日大漸……終謁三醫：一曰矯氏，二曰俞氏，三曰盧氏，診其所疾。」後泛指名醫。

〔九〕焄蒿：祭祀時祭品所發出的氣味。亦借指祭祀。禮記祭義：「其氣發揚于上，爲昭明、焄蒿、悽愴，此百物之精也，神之著也。」鄭玄注：「君爲香臭也，蒿謂氣蒸出貌也。」

〔一〇〕升濟：超度。晉書王坦之傳：「貧道已死，罪福皆不虚。惟當勤修道德，以升濟神明耳。」

〔一一〕洪造：即洪恩。常衮謝賜鹿狀：「上戴洪造，内愧素餐。」

〔一二〕泉路：指地下，陰間。張説馮府君神道碑：「朱幡象服，寵及泉路，榮其親兮。」王民之皞皞：王者之民心情舒暢。孟子盡心上：「霸者之民，驩虞如也；王者之民，皞皞如也。」朱熹集注：「廣大自得之貌。」

〔一三〕「天職」二句：天之職在生長覆蓋，地之職在成形載物。語出列子天瑞。

〔一四〕「冬無」二句：冬天没有陽氣過盛（冬温），夏天没有寒氣潛伏（夏寒）。語出左傳昭公四年。

江西祈雨青詞

天惟至仁，久寬水旱之譴；吏實有罪，仰累陰陽之和。既閔雨之歷時，敢叩閽而請命〔一〕。伏念臣濫膺上指，出使近畿〔二〕，深惟冥頑固陋之資，莫副惻怛丁寧之訓，徒積勤於夙夜，冀無負於幽明〔三〕。然而風采不足以讋服豪强，惠愛不足以撫綏鰥寡〔四〕。政媮愒日〔五〕，田疇曠陂澤之修；訟積淹時，囹圄困桁楊之繫〔六〕。務均力役，而或蔽於所見；思廣賑恤，而或緣以爲姦。既莫致於善祥〔七〕，懼卒罹於饑饉。

是用諏辰之吉〔八〕，稽首以陳：伏望推善貸之慈，需曲成之惠〔九〕。雖有司曠職，宜伏雷霆之誅；然比屋何辜〔一〇〕，流爲溝壑之瘠。若復未回於洪造，遂將絶望於有秋〔一一〕。敢殫皇皇哀迫之誠，冒貢懇懇吁嗟之禱。庶格九霄之澤，少紓一道之憂〔一二〕。稼穡順成，儻僅蒙於中熟〔一三〕；里閭疾苦，誓靡壅於上聞〔一四〕。

【題解】

陸游蜀中東歸後，於淳熙六年十二月至淳熙七年十一月任江西常平茶鹽公事。本文爲陸游在江西任上爲祈雨所作的青詞，自責政倫訟積，祈禱上天降雨，紓解民憂。

本文原未繫年。歐譜繫於淳熙七年（一一八〇），是。當作與該年春夏。時陸游在江西常平茶鹽公事任上。

參考本卷下文謝雨青詞。

【箋注】

〔一〕歷時：經歷四時。穀梁傳文公二年：「歷時而言不雨，文不憂雨也。」范甯注：「今文公歷四時乃書，是不勤雨也。」叩閽：指吏民因冤屈等直接向朝廷申訴。

〔二〕上指：同上旨。皇帝的意旨。近畿：京師附近地區。此指江西。

〔三〕幽明：人與鬼神。李白溧陽瀨水貞義女碑銘：「皇唐葉有六聖，再造八極，鏡照萬方，幽明咸熙。」

〔四〕讋服：使之畏懼服從。　撫綏：安撫，安定。書太甲上：「天監厥德，用集大命，撫綏萬方。」

〔五〕婾：同偷。苟且，怠惰。　愒日：荒廢光陰。左傳昭公元年：「主民，翫歲而愒日，其與幾何？」

〔六〕淹時：移時，過一段時間。謝靈運酬從弟惠連：「洲渚既淹時，風波子行遲。」　桁楊：套在脚上或頸上的枷鎖，亦泛指刑具。莊子在宥：「今世殊死者相枕也，桁楊者相推也，刑戮者相望也。」成玄英注：「桁楊者，械也。夾脚及頸，皆名桁楊。」

〔七〕善祥：吉祥的徵兆。漢書禮樂志：「至成帝時，犍爲郡於水濱得古磬十六枚，議者以爲善祥。」

〔八〕諏辰：即諏吉。挑選吉日。宋祁上夏太尉啓：「諏辰前定，樹政允和。」

〔九〕善貸：善於寬假，善於施與。老子：「夫唯道，善貸且成。」　霈：大雨。比喻降恩澤。　曲成：委曲成全。易繫辭上：「曲成萬物而不遺。」孔穎達疏：「言聖人隨變而應，屈曲委細，成就萬物。」

〔一〇〕比屋：家家户户，借指百姓。舊五代史唐書末帝紀：「由是文武百辟，岳牧群賢，至於比屋之倫，盡祝當陽之位。」

〔二〕有秋：有收成，豐收。書盤庚上：「若農服田力穡，乃亦有秋。」

〔三〕格：感通。書説命下：「佑我烈祖，格于皇天。」紓：解除。一道：一路，指江西。

〔四〕靡壅：不遮蔽。上聞：向朝廷呈報。

謝雨青詞

旱大甚以是虞，不遑啓處〔一〕；天蓋高而可叩，思罄精誠。方祇祓於齋場，已亟需於膏澤〔二〕。尚懼豐凶之未決，敢忘祈報之交修〔三〕？仰企叢霄，少回冲馭。伏願哀黎民之匱食，有衆吏之瘝官〔四〕，申敕有神，更終大惠〔五〕。一穀不升謂嗛〔六〕，豈勝夙夜之憂；三日以往爲霖〔七〕，實賴乾坤之造。

【題解】本文爲陸游在祈雨成功後爲謝雨所作的青詞，感謝天降膏澤，企盼再賜甘霖。

本文原未繫年。歐譜繫於淳熙七年（一一八〇），是。當作與該年春夏。時陸游在江西常平茶鹽公事任上。

參考本卷江西祈雨青詞。

【箋注】

〔一〕不遑啓處：無暇過安寧日子。詩小雅采薇：「王事靡盬，不遑啓處。」

〔二〕祗祓：恭敬地祓祀。國語周語上：「王其祗祓，監農不易。」膏澤：滋潤作物的雨水。曹植贈徐幹：「良田無晚歲，膏澤多豐年。」

〔三〕祈報：古代祈社，春夏祈而秋冬報。禮記郊特牲：「祭有祈焉，有報焉。」交修：指交替祭祀。

〔四〕瘝官：曠廢職守，不能稱職。王安石陳奇太子中允致仕制：「爾年尚强，而疾不至乎瘝官。」

〔五〕申敕：告誡。有神：指雨神。更終大惠：指再賜大雨。

〔六〕「一穀」句：一種穀物無收成就叫歉收。語本穀梁傳襄公二十四年：「一穀不升謂之嗛，二穀不升謂之饑。」不升，即不登。嗛，歉收。

〔七〕「三日」句：三天以上的大雨就叫甘霖。語本左傳隱公九年：「凡雨，自三日以往爲霖。」

嚴州祈雨青詞

歲律肇新，農功伊始。居者慮陰淫陽伏之寇，耕者懷旱乾水溢之虞〔一〕。仰惟上穹，職是元化〔二〕，俯遂群黎之育，式均六氣之平〔三〕。敢即熙壇，恭陳薄薦〔四〕。所冀歲豐民樂，寬九重宵旰之憂〔五〕；賦足刑清，逭衆吏簡書之責〔六〕。敢忘惕勵〔七〕，仰對生成。

【題解】

陸游於淳熙十三年七月至淳熙十五年七月知嚴州。本文爲陸游在嚴州任上爲祈雨所作的青詞，祈禱風調雨順，年豐民樂。

本文原未繫年。歐譜繫於淳熙十三年，誤。據本文「農功伊始」及下文「迨今累月」之句，當作於淳熙十四年（一一八七）春。時陸游在知嚴州任上。

參考本卷下文謝雨青詞。

【箋注】

〔一〕陰淫陽伏：陰氣過重，陽氣潛藏。寇：侵犯。旱乾水溢：乾旱水災。孟子盡心下：「犧牲既成，粢盛既絜，祭祀以時，然則旱乾水溢，則變置社稷。」虞：擔心。

〔二〕職：掌管。元化：造化，天地。陳子昂感遇之六：「古之得仙道，信與元化并。」

〔三〕「俯遂」三句：順遂百姓的生養，調節六氣的平衡。群黎：萬民，百姓。詩小雅天保：「群黎百姓，徧爲爾德。」鄭玄注：「黎，衆也。群衆百姓。」六氣：六種自然現象。莊子天宥：「天氣不和，地氣鬱結，六氣不調，四時不節。」成玄英疏：「陰、陽、風、雨、晦、明，此六氣也。」

〔四〕熙壇：光明之神壇。薄薦：微薄的祭品。

〔五〕九重：指皇帝。李邕賀章仇兼瓊克捷表：「遵奉九重，決勝千里。」宵旰：即宵衣旰食。比喻勤政。徐陵陳文帝哀册文：「勤民聽政，旰食宵衣。」

〔六〕逭：免除。簡書：指文牘。

〔七〕惕勵：警惕謹慎。語本易乾：「君子終日乾乾，夕惕若厲，無咎。」

謝雨青詞

天九關之在上〔一〕，精誠可以徹聞；雨三日而成霖，枯槁爲之盡起。恭陳薄薦，冒貢丹衷。伏念臣領此偏州，迨今累月〔二〕。上無以布宣寬大，而逭屯膏之咎〔三〕；下不能撫摩凋瘵，而格解澤之施〔四〕。跼蹐靡遑〔五〕，吁嗟上訴。敢謂叢霄之應，曾無浹日之淹〔六〕。月離畢以示期〔七〕，山出雲而效職，風霆下擊，澗壑交流。井汲如初，家享一瓢之樂〔八〕；粟儲可繼，士寬半菽之憂〔九〕。商旅通行，道途鼓舞。彼有遺秉，此有滯穗，方將均惠於惸嫠〔一〇〕；冬無愆陽，夏無伏陰，更冀默消於疾癘〔一一〕。敢忘兢惕〔一二〕，仰對生成。

【題解】

本文爲陸游在祈雨成功後爲謝雨所作的青詞，鋪叙雨露滋潤大地的情景，感謝上天的賜福。

本文原未繫年。歐譜繫於淳熙十三年，誤。承上文，當作於淳熙十四年（一一八七）春。時陸游在知嚴州任上。

參考本卷嚴州祈雨青詞。

【箋注】

〔一〕九關：指九重天門。楚辭招魂：「魂兮歸來，君無上天些。虎豹九關，啄害下人些。」王逸注：「言天門凡有九重，使神虎豹執其關閉。」

〔二〕累月：多月，接連幾月。左思蜀都賦：「合樽促席，引滿相罰。樂飲今夕，一醉累月。」

〔三〕逭：免除。屯膏：指恩澤不施於下。易屯：「九五，屯其膏。」程頤傳：「唯其施爲有所不行，德澤有所不下，是屯其膏，人君之屯也。」屯，吝嗇。膏，恩澤。

〔四〕涸瘵：指窮困之民。白居易忠州刺史謝上表：「下安涸瘵，上副憂勤，未死之間，斯展微效。」格：感通。解澤：恩澤。

〔五〕跼蹐：局促不安。後漢書秦彭傳：「奸吏跼蹐，無所容詐。」靡遑：指不安。

〔六〕叢霄：即九霄。挾日：指十日。從甲至癸，十干已周匝。挾，通「浹」，周匝。周禮天官大宰：「乃縣治象之法于象魏，使萬民觀治象，挾日而斂之。」

〔七〕月離畢：月亮靠近畢宿，這是降雨的徵兆。語本詩小雅漸漸之石：「月離于畢，俾滂沱矣。」離，通「麗」，附麗。

〔八〕一瓢之樂：語本論語雍也：「賢哉，回也！一簞食，一瓢飲，在陋巷，人不堪其憂，回也不改其樂。」

〔九〕半菽：指半菜半糧的粗劣飯食。語本漢書項籍傳：「今歲饑民貧，卒食半菽。」顏師古注：「孟康曰：『半，五升器名也。』臣瓚曰：『士卒食蔬菜，以菽雜半之。』瓚説是也。菽謂豆也。」

〔一〇〕「彼有」三句：語本詩小雅大田：「彼有遺秉，此有滯穗。」毛傳：「秉，把也。」孔穎達疏：「彼處有遺餘之秉把，此處有滯漏之禾穗。」惸嫠：同煢嫠，泛指孤苦無依之人。

〔一一〕「冬無」二句：冬天陽氣不過盛，夏天寒氣不潛伏，希望瘟疫消散。參見本卷紹興府衆會黄籙青詞注〔一四〕。疾癘：瘟疫。

〔一二〕兢惕：戒懼。南史王融傳：「悚怍之情，夙宵兢惕。」

保安青詞

道垂光而下濟〔一〕，罔不興慈；情至敬則無文，惟當直訴。伏念臣少多罪垢，晚乏功能，寓形寖迫於九齡，定著遂階於四品〔二〕。先世被追榮之典，已冠三孤〔三〕；諸兒荷延賞之恩，例霑寸禄〔四〕。首坐滿盈之久，自挻災釁之來〔五〕。時涉夏秋，疾生經絡，有藥必試，靡神不祈，呻吟之聲，晨暮不絶。惟歸誠於洪造，或少逭於往愆〔六〕。么然微衷，亟以自列〔七〕。伏望曲回聰聽，俯佑殘軀〔八〕，俾耄及之餘生，獲奠居於故社〔九〕，耕桑安樂，父子團欒〔一〇〕。天實無私，敢汲汲希望外之福；人誰不死，願熙熙須數盡之期〔一一〕。

【題解】

保安，此指保護安康。本文爲陸游爲祈求袪病患、保安康所作的青詞。

本文原未繫年。據文中「迫於九齡」、「階於四品」、「諸兒荷延賞之恩，例沾寸禄」、「俾耄及之餘生」等句，當作於嘉泰四年（一二〇四）陸游再次致仕以後。文中有「時涉夏秋」句，則又作於夏秋之時。時陸游致仕家居。

【箋注】

〔一〕垂光：光芒俯射。比喻恩澤普施。下濟：利澤下施，長養萬物。易謙：「彖曰：謙亨。天道下濟而光明，地道卑而上行。」孔穎達疏：「下濟者謂降下濟生萬物也。」

〔二〕寓形：寄托形體。陶淵明歸去來兮辭：「已矣乎，寓形宇内復幾時，曷不委心任去留？」

九齡：指九十歲。引申爲長壽。禮記文王世子：「文王謂武王曰：『女何夢矣？』武王對曰：『夢帝與我九齡。』」鄭玄注：「九齡，九十年之祥也。」定著：審定著録。此指官職最終定格。四品：陸游嘉泰二年十二月除秘書監，官職爲正四品。

〔三〕「先世」二句：指陸游祖先死後所得追封都高於「三孤」。陸游高祖陸軫贈太傅，祖父陸佃贈太師，父陸宰贈少傅。追榮，爲死者追加恩榮。三孤，指少師、少傅、少保。

〔四〕「諸兒」二句：指陸游諸兒享受到由自己延續的恩典，都食俸禄。陸游七子子虡、子龍、子惔、子坦、子約、子布、子聿，除子約紹熙三年先卒外，餘皆食禄。子聿居末，以陸游嘉泰三年致仕恩補官。延賞，延及他人的賞賜。

〔五〕挻：招引。災釁：禍端。孫楚爲石仲容與孫皓書：「桓靈失德，災釁并興。」

〔六〕洪造：指上天的洪恩。少逭於往愆：稍稍免除往日的罪過。

〔七〕么然：微小貌。自列：自白，自陳。

〔八〕聰聽：指上天的聽聞。殘軀：指自己殘弱的身軀。

〔九〕耄及：即及耄，將近耄年。書大禹謨：「朕宅帝位，三十有三載，耄期倦于勤。」孔安國傳：「八十、九十曰耄，百年曰期頤。」奠居：安居，定居。故社：故鄉。

〔一〇〕團欒：團聚。孟郊惜苦：「可惜大雅旨，意此小團欒。」

〔一一〕須：等待。數盡：天數已盡，指辭世。

疏

【釋體】

「疏」爲佛事活動常用的文體，道教活動亦有用之。疏文可分爲道場疏、募緣疏、法堂疏等細類。徐師曾文體明辨序説：「道場疏者，釋、老二家慶禱之詞也。慶詞曰『生辰疏』，禱詞曰『功德疏』，二者皆道場之所用也。」又：「募緣疏者，廣求衆力之詞也。橋樑、祠廟、寺觀、經像，與夫釋、老衣食器用之類，凡非一力所能獨成者，必撰疏以募之。詞用儷語，蓋世俗所尚。」又：「法堂疏者，長老主持之詞也。其用有三：未至，用以啓請；將行，用以祖送；既至，用以開堂。其事重，其體尊，非夫高僧，恐不足以當此。」陸游所作共五十首，分在兩卷，道場疏、募緣疏、法堂疏等細類均有。另卷二二「南宫表牋」中有道場疏六首。

本卷收録疏二十一首。

天申節樞密院開啓道場疏

得道者上爲皇，啓帝圖之廣大〔一〕；有德者得其壽，當化日之舒長〔二〕。率籲衆情，虔伸善祝〔三〕。光堯壽聖太上皇帝，伏願三靈介祉，九廟儲休〔四〕。無黄屋之心，雖退藏於淵默〔五〕；如南山之壽，冀茂對於天祺〔六〕。

【題解】

天申節爲宋高宗聖節，參見卷一天申節賀表題解。本文爲陸游爲樞密院祝賀天申節的道場開啓所作的疏文，爲頌聖之作。

本文原未繫年。歐譜列於不繫年文。考高宗退位、孝宗即位在紹興三十二年（一一六二）六月，高宗受尊號光堯壽聖太上皇帝也在同月，而天申節在五月二十一日，故本文之作不可能在當年。而陸游該年九月除樞密院編修官。故本文當作於隆興元年（一一六三）四月（建道場在聖節前一月）。時陸游已公布通判鎮江府，但尚未離京。

參考本卷以下三文，及卷一天申節賀表、卷五天申節進奉銀狀、卷四二天申節致語。

【箋注】

〔一〕帝圖：指帝業。李白大庭庫：「帝圖終冥没，歎息滿山川。」

〔二〕化日：化國之日。參見卷一天申節賀表注〔一〕。

〔三〕率籲：坦率籲告。虔伸：虔誠展開。

〔四〕三靈：指天申、地祇、人鬼。介祉：大福。應邵風俗通祀典：「桃梗，梗者，更也，歲終更始，受介祉。」九廟：帝王的宗廟。古代祭祀祖先立七廟，即太祖廟及三昭廟、三穆廟。王莽時增加爲祖廟五、親廟四，共九廟。儲休：積蓄福禄。

〔五〕黄屋：指帝王權位。續資治通鑑宋高宗紹興八年：「朕本無黄屋之心，今横議若此，據朕本心，惟有養母耳。」退藏：引退。淵默：深沉静默。莊子在宥：「尸居而龍見，淵默而雷聲。」

〔六〕茂對：順應。天祺：上天之福。

滿散道場疏

惟天其申命用休，誕御無疆之曆〔一〕；有德者必得其壽，共輸歸美之誠〔二〕。敢叩梵宫〔三〕，仰申善頌。光堯壽聖太上皇帝陛下，伏願頤神物外，布澤寰中〔四〕。福禄萬年，不介厖鴻之祉①〔五〕；本支百世，永奉詒燕之謀〔六〕。

【題解】

滿散，道場期滿謝神的一種儀式。參見卷二重明節明慶寺丞相率百僚啓建道場疏滿散注〔一〕。本文爲陸游爲樞密院祝賀天申節的道場滿散所作的疏文，爲頌聖之作。

本文原未繫年。歐譜列於不繫年文。承上文，本文當作於隆興元年（一一六三）四月。時陸游已公布通判鎮江府，但尚未離京。

參考本卷前後三文，及卷一天申節賀表、卷五天申節進奉銀狀、卷四二天申節致語。

【校記】

①「祉」，原作「祕」，據弘治本、正德本、汲古閣本改。

【箋注】

〔一〕「惟天」二句：上天賜予休美，君臨無疆之天下。尚書益稷：「禹曰：『安汝止，惟幾惟康。其弼直，惟動丕應。徯志以昭受上帝，天其申命用休。』」御曆：指皇帝登基，君臨天下。

〔二〕輸歸美之誠：獻納贊美的誠心。歸美，稱許，贊美。

〔三〕梵宫：原指梵天的宫殿，後指佛寺。

〔四〕頤神：養神。後漢書王充傳：「裁節嗜欲，頤神自守。」布澤：敷布恩澤。寰中：宇内，天下。

〔五〕丕：大。介祉：大福。厖鴻：洪大，廣大。文選司馬相如封禪文：「湛恩厖鴻，易豐也。」李善注：「厖、鴻，皆大也。言湛恩廣大，易可豐厚也。」

〔六〕本支百世：指子孫昌盛，百代不衰。詩大雅文王：「文王孫子，本支百世。」毛傳：「本，本宗也；支，支子也。」鄭玄箋：「其子孫適爲天子，庶爲諸侯，皆百世。」詒燕之謀：指爲子孫妥善謀劃。語本詩大雅文王有聲：「詒厥孫謀，以燕翼子。」

天申節功德疏

得吾道而上爲皇，算自齊於箕翼〔一〕；有天下而傳之子，福方寖於華夷〔二〕。敢因震夙之期，申致延鴻之祝〔三〕。恭惟光堯壽聖太上皇帝陛下，聰明時憲〔四〕，清浄無爲。黄屋非心〔五〕，共仰堯仁之大；玉巵爲壽，益瞻漢殿之尊。光堯壽聖太上皇帝，恭願茂對昌辰，丕承景貺〔六〕。以聖傳聖，增光奕世之休〔七〕；爲天中天〔八〕，永享萬方之奉。

【題解】

功德疏，即上述樞密院道場慶賀天申節的進呈疏文，與開啓、滿散疏文共爲一組。參考卷二重明節明慶寺丞相率百僚啓建道場疏題解。本文爲陸游爲樞密院祝賀天申節的道場進呈所作的疏文，共二首，均爲頌聖之作。

本文原未繫年。歐譜列於不繫年文。承上文，本文當作於隆興元年（一一六三）四月。時陸游已公布通判鎮江府，但尚未離京。

參考本卷前二文，及卷一天申節賀表、卷五天申節進奉銀狀、卷四二天申節致語。

【箋注】

〔一〕算：壽命。齊：相當，相同。箕翼：指長壽。或曰同「期頤」，即百歲。荀子富國：「爲名者否，爲利者否，爲忿者否，則國安於磐石，壽於旗翼。」楊倞注：「旗，讀爲箕，箕、翼，二十八宿名，言壽比於星也……或曰禮記『百年曰期頤』。」

〔二〕寖：浸潤，滲透。

〔三〕震夙：誕育。語本詩大雅生民：「載震載夙，載生載育。」延鴻：長久宏大。

〔四〕聰明時憲：明察事理，法天立教。語本書説命中：「惟天聰明，惟聖時憲。」孔傳：「憲，法也。言聖王法天以立教。」

〔五〕黄屋非心：帝位非聖君的抱負。范曄樂游應詔詩：「山梁協孔性，黄屋非堯心。」

〔六〕茂對：順應。昌辰：盛世。景貺：大賞賜。

〔七〕奕世：累世，代代。國語周語上：「奕世載德，不忝前人。」

〔八〕中天：天運正中。比喻盛世。後漢書劉陶傳：「伏惟陛下年隆德茂，中天稱號。」

又

得道上爲皇，誕受泰元之册〔一〕；重華協於帝，光臨孝治之朝〔二〕。敢殫向日之誠，仰祝後天之算〔三〕。尊號陛下，恭願又新湯德，丕顯文謨〔四〕。日舒以長，燕處益探於衆妙〔五〕；道沖而用，陰功廣被於群生〔六〕。

【箋注】

〔一〕泰元：天之别稱。史記孝武本紀：「天增授皇帝泰元神筴，周而復始。」

〔二〕重華協於帝：比喻帝王功德相繼。語本書舜典：「曰若稽古，帝舜曰重華，協于帝。」孔安國傳：「華，謂文德。言其光文重合於堯，俱聖明。」孝治：以孝道治理國家，教化百姓。孝經有孝治篇。

〔三〕後天：指後於天，極言長壽。故用爲祝壽之詞。曾鞏進奉元豐元年同天節功德疏狀：「傾率土之歡心，祝後天之遐算。」算：年壽。

〔四〕又新湯德：語本禮記大學：「湯之盤銘曰：『苟日新，日日新，又日新。』」丕顯：大顯。文謨：文章謀略。

〔五〕燕處：退朝而處，閒居。此指退位。禮記經解：「天子者，與天地參……其在朝廷，則道仁聖禮義之序；燕處，則聽雅頌之音。」衆妙：一切深奥玄妙之理。老子：「玄之又玄，衆妙之門。」

〔六〕道沖而用：符合大道而用之。沖，同中。老子：「道沖而用之，或不盈。淵兮似萬物之宗。」陰功：指在人世間所做而在陰間可以紀功的好事。吴筠遊仙之五：「豈非陰功著，乃致白日升。」

瑞慶節功德疏

有開必先，天地肇開於景運〔一〕；無遠弗届，華夷畢效於貢珍〔二〕。矧備邇聯〔三〕，敢稽壽祝。皇帝陛下，伏願誕膺戩穀，端拱穆清〔四〕。以八千歲而爲春，永御舒長之景〔五〕；卜七百年而過曆〔六〕，用符愛戴之誠。

【題解】

瑞慶節爲宋寧宗聖節，參見卷一瑞慶節賀表題解。陸游於嘉泰二年五月除提舉佑神觀兼實録院同修撰兼同修國史，六月入都修史，次年五月完成修史去國還鄉。其在朝遭逢瑞慶節僅嘉泰二年十月一次。該年作有瑞慶節賀表。本文爲陸游爲慶賀瑞慶節的道場所作的疏文，共七首。均爲頌聖之作。

本文原未繫年。歐譜列於不繫年文。據陸游仕履，當作於嘉泰二年（一二〇二）九月（建道場在聖節前一月）。時陸游在提舉佑神觀兼實録院同修撰兼同修國史任上。

參考卷一瑞慶節賀表。

【箋注】

〔一〕景運：好時運。周書獨孤信傳：「今景運初開，椒闈肅建。」

〔二〕貢珍：進貢珍寶。班固東都賦：「天子受四海之圖籍，膺萬國之貢珍。」

〔三〕矧備邇聯：況且身居近職。聯，指官聯。

〔四〕戩穀：福禄。詩小雅天保：「天保定爾，俾爾戩穀。」毛傳：「戩，福；穀，禄。」端拱：帝王莊嚴臨朝，清簡爲政。魏書辛雄傳：「端拱而四方安，刑措而兆民治。」穆清：太平祥和。曹植七啓：「天下穆清，明君莅國。」

〔五〕八千歲而爲春：比喻長壽。語本莊子逍遥遊：「上古有大椿者，以八千歲爲春，八千歲爲秋。」舒長：安寧，太平。王符潛夫論愛日：「治國之日舒以長。」

〔六〕七百年：指國運綿長。語本左傳宣公三年：「成王定鼎於郟鄏，卜世三十，卜年七百，天所命也。」過曆：指超過預計的享國年數。語本漢書諸侯王表：「周過其曆，秦不及期，國勢然也。」

二

誕彌厥月，丕昭震夙之期〔一〕；長發其祥，共致厖鴻之祝〔二〕。皇帝陛下，恭願後天難老，如日正中，紹十二聖之睿謨，開三百年之景運〔三〕。金泥玉檢①，肇修稀闊之儀〔四〕；楛矢石砮，永享貢輸之盛〔五〕。

【校記】

①「玉」，原作「王」，據弘治本、正德本、汲古閣本改。

【箋注】

〔一〕「誕彌」二句：指誕生受命於天。語出詩大雅生民：「誕彌厥月，先生如達。」原指后稷之母姜嫄懷孕足月，生産順利。　震夙：誕育。參見本卷天申節功德疏注〔三〕。

〔二〕「長發」二句：指長久吉祥發達。語出詩商頌長發：「濬哲維商，長發其祥。」原指商王始祖明智聰慧，長久興發受命禎祥。　厖鴻：洪大。參見本卷滿散道場疏注〔五〕。

〔三〕十二聖：指古代傳説中的十二位聖人，即黄帝、顓頊、帝嚳、唐堯、虞舜、夏禹、皋陶、商湯、周文王、武王、周公、孔子。　睿謨：聖明的謀略。　三百年：指歷代王者有三百年改令明法的規律。語本後漢書郭陳列傳：「（郭寵）曰：春秋保乾圖曰：『王者三百年一蠲法。』」　景運：好時運。

〔四〕金泥玉檢：以水銀和金爲泥作裝飾、以玉製成的標籤，古代天子封禪所用。漢書武帝紀「夏四曰癸卯，上還，登封泰山」，顔師古注引孟康曰：「……刻石紀號，有金策石函、金泥玉檢之封焉。」肇修稀闊之儀：重修冷落的儀式。此指封禪之儀。

〔五〕楛矢石砮：楛木的箭杆和石製的箭頭，爲古代東北民族肅慎氏的貢品。國語魯語下：「肅慎氏貢楛矢石砮，其長尺有咫。先王欲昭其令德之致遠也，以示後人，使永監焉，故銘其栝曰：『肅慎氏之貢矢』。」貢輸之盛：四夷進貢方物的豐盛。

三

叨榮禁路〔一〕，千齡獲遇於聖明；歸老故山，一飯敢忘於君父〔二〕？敬修梵供，仰祝堯年〔三〕。皇帝陛下，恭願光照大千，壽踰時萬，繼統燕無爲之治〔四〕，御邦躋有道之長。上際下蟠〔五〕，永享化國舒長之日；東封西祀〔六〕，嗣修太平稀闊之儀。

【箋注】

〔一〕叨榮禁路：忝受皇帝的恩榮。禁路，即御道。此指皇上。

〔二〕歸老故山：退居故鄉養老。陸游慶元五年（一一九九）已獲准致仕，此次應詔重新出山。一飯：蘇軾王定國詩集敘：「古今詩人衆矣，而杜子美爲首，豈非以其流落飢寒，終身不用，而一飯未嘗忘君也歟？」

〔三〕堯年：指長壽。相傳帝堯壽一百十六歲。

〔四〕繼統：繼承帝統。　燕：安寧。易中孚：「初九，虞吉，有它不燕。」孔穎達疏：「燕，安也。」

〔五〕上際下蟠：上下天地間無所不在。參見卷一瑞慶節賀表注〔七〕。

〔六〕東封西祀：指東至泰山封禪，西至汾陰（今山西萬榮）祭祀后土地祇。此事在北宋真宗大中祥符元年（一〇〇八）。

四

節紀千秋，實踵開元之盛〔一〕；神呼萬歲，洊膺嵩嶽之祥〔二〕。顧雖遁迹於丘園〔三〕，敢怠馳誠於軒陛。皇帝陛下，伏願道極高而蟠厚，治咸五而登三〔四〕。碣石河源〔五〕，盡復輿圖之舊；泰山梁甫，嗣修檢玉之儀〔六〕。

【箋注】

〔一〕「節紀」二句：唐會要節日：「開元十七年八月五日，左丞相源乾曜、右丞相張説等，上表奏請以是日爲千秋節。」設皇帝聖節由此始。千秋，稱人壽辰，用爲敬辭。戰國策齊策二：「犀首跪行，爲（張）儀千秋之祝。」

〔二〕「神呼」二句：漢書武帝紀：「元封元年春正月……翌日親登嵩高，御史乘屬，在廟旁吏卒咸聞呼萬歲者三」。東漢荀悦注：「萬歲，山神稱之也。」洊，再，屢次。

〔三〕遁迹於丘園：指致仕退居故鄉。

〔四〕極高而蟠厚：頂天立地，遍及天地。參見卷一光宗册寶賀表注〔五〕。咸五而登三：等同五帝，而居三王之上。史記司馬相如傳：「方將增泰山之封，加梁父之事，鳴和鑾，揚樂頌，上咸五，下登三。」裴駰集解引韋昭曰：「咸同於五帝，登三王之上。」

〔五〕碣石：碣石山，在今河北昌黎。河源：黄河之源。

〔六〕檢玉之儀：即封禪之儀。參見本卷本題二注〔四〕。

五

惟皇之極，欣逢熙洽之辰〔一〕；於萬斯年，共效厖鴻之祝〔二〕。敢趨浄域，薦控丹衷〔三〕。皇帝陛下，伏願允叶帝心，誕膺神策〔四〕，化東漸而西被，功上際而下蟠〔五〕。降德於衆兆民，坐致唐虞之治；上瑞至千百所，永符箕翼之祥〔六〕。

【箋注】

〔一〕熙洽：清明和樂，安樂和睦。語本班固東都賦：「至於永平之際，重熙而累洽。」

〔二〕厖鴻：洪大。參見本卷滿散道場疏注〔五〕。

〔三〕浄域：原指彌陀所居浄土，後爲寺院别稱。薦控：再次申訴。

〔四〕允叶：和洽。北史薛孝通傳：「奉以爲主，天人允叶。」誕膺：承受。書武成：「我文考文王，克成厥勳，誕膺天命，以撫方夏。」神策：卜筮所用蓍草。史記孝武本紀：「黄帝得寶鼎神筴。」此指帝位。

〔五〕東漸而西被：流傳東方、西方。書禹貢：「東漸於海，西被於流沙。」上際而下蟠：上下天地間無所不在。參見卷一瑞慶節賀表注〔七〕。

〔六〕上瑞：上呈祥瑞。箕翼：此指長壽。參見本卷天申節功德疏注〔一〕。

六

聖恩念舊，猶叨四品之崇〔一〕；景運開先，敢後萬年之祝。皇帝陛下，恭願當宁撫盈成之業，垂衣紹積累之休〔二〕。朔易南訛，綿鋤耰於率土〔三〕；東漸西被，會玉帛於中朝〔四〕。

【箋注】

〔一〕叨：承受，忝列。四品之崇：指陸游入都修史，官居四品。

〔二〕當宁：指天子。盈成：完滿。多指帝業。垂衣：定衣服之制，示天下以禮。稱頌帝王無爲而治。易繫辭下：「黄帝、堯、舜垂衣裳而天下治。」

〔三〕朔易：指歲末年初有所更易。書堯典：「平在朔易。」蔡沈集傳：「朔易，冬月歲事已畢，除舊更新，所當改易之事也。」南訛：指夏時耕作及勸農等事。書堯典：「申命羲叔，宅南交，平秩南訛，敬致。」孔傳：「訛，化也。掌夏之官，平叙南方化育之事。」綿鋤耰：指境内農事不斷。綿，綿延。鋤耰，農具。率土：即率土之濱，指境域之内。詩小雅北山：「率土之濱，莫非王臣。」

〔四〕會玉帛：指四夷與本朝和好。玉帛，圭璋和束帛。古代諸侯會盟用玉帛表示和好。

七

恩霑遺老，幸聯上雍之班〔一〕；身遇明時，敢後祝堯之請〔二〕？皇帝陛下，恭願乾端廣大，日轂正中〔三〕，髦蠻奉九譯之琛，農扈告三登之候〔四〕。應帝王之運，故聰明睿智足以有臨〔五〕；集天地之祥，皆算數譬喻所不能及。

【箋注】

〔一〕上雍：指獻上樂歌。雍，本指詩周頌雍，原爲祭祀宗廟結束撤去祭品時所奏之樂，後用於天子食畢時奏。此泛指進獻天子的樂歌。

〔二〕祝堯：祝賀帝王壽誕。語本莊子天地：「堯觀乎華，華封人曰：『嘻，聖人。請祝聖人，使聖人壽。』」

〔三〕日轂：即日輪，太陽。日形如輪運行不息。

〔四〕髦蠻：指四夷蠻族。九譯：指邊遠地區或外國。晉書江統傳：「周公來九譯之貢，中宗納單于之朝。」琛：珍寶。用作貢物。農扈：古時各種農官的總稱。語本左傳昭公十七年：「九扈爲九農正。」三登：指連續二十七年五穀豐登。漢書食貨志：「三考黜陟，餘三年食，進業曰登；再登曰平，餘六年食；三登曰泰平，二十七歲，遺九年食。然後至德流洽，禮樂成焉。」

〔五〕有臨：指臨朝。

祈雨疏

九秋伊始〔一〕，百穀將登，念零雨之稍愆〔二〕，率群情而致禱。仰惟慈蔭〔三〕，曲鑒丹誠。三日爲霖，俯慰雲霓之望〔四〕；大田多稼，上寬宵旰之憂〔五〕。

【題解】

本文爲陸游爲祈雨所作的疏文。

本文原未繫年。歐譜列於不繫年文。待考。

參考本卷下文謝雨疏。

【箋注】

〔一〕九秋：即秋天。張協七命：「晞三春之溢露，遡九秋之鳴飆。」

〔二〕愆：愆期，誤期。

〔三〕慈蔭：神佛的庇蔭。

〔四〕三日爲霖：左傳隱公九年：「凡雨，自三日以往爲霖。」雲霓之望：指大旱思雨。語本孟子梁惠王下：「民望之，若大旱之望雲霓也。」趙岐注：「霓，虹也，雨則虹見，故大旱而思見之。」

〔五〕大田多稼：詩小雅大田：「大田多稼，既種既戒，既備乃事。」宵旰：宵衣旰食，指帝王勤於政事。

謝雨疏

諸佛願心，本常存於澤物〔一〕；衆生業果〔二〕，或自召於凶年。民愚無良，吏惰不職。駭驕陽之作害，閔零雨之弗時。内罄寸誠〔三〕，方吁嗟而遍禱；起瞻四野，已枯槁之一蘇〔四〕。自惟莫格於太和，乃至上勤於慧力〔五〕。敢忘祇報，用答鴻慈。

【題解】

本文爲陸游承上文所作的謝雨疏文。

本文原未繫年。歐譜列於不繫年文。待考。

參考本卷上文祈雨疏。

【箋注】

〔一〕諸佛願心：對諸佛祈求時許下的酬謝承諾。澤物：施恩於人，做好事。

〔二〕業果：佛教指惡業或善業所造成的苦樂果報。

〔三〕内罄寸誠：用盡内心微小的誠意。

〔四〕一蘇：指片刻已得到緩解。

〔五〕格：感通。太和：亦作「大和」。天地間沖和之氣。易乾：「保合大和，乃利貞。」大，一本作太。朱熹本義：「太和，陰陽會合沖和之氣也。」慧力：智慧有消除煩惱的力量，爲佛教五力之一。

道宫謝雨疏

上帝至仁，本不忘於澤物；下民胡罪，幾坐致於凶年。由官吏之惰偷，致政刑之疵癘〔一〕。驕陽作害，零雨弗時。内罄寸誠，方吁嗟而仰禱；起瞻四野，已枯槁之一蘇。自惟莫格於太和，乃至輒干於鴻造〔二〕。敢忘祗報，用答好生〔三〕。

【題解】

本文爲陸游爲道教宫觀所作的謝雨疏文。

本文原未繫年。歐譜列於不繫年文。待考。

【箋注】

〔一〕惰偷：懈怠苟且，懶惰。蘇軾謝館職啓：「遇寵知懼，庶不至惰偷。」疵癘：災害疫病。莊子逍遥遊：「其神凝，使物不疵癘而年穀熟。」成玄英疏：「疵癘，疾病也。」

〔二〕干：冒犯。鴻造：鴻恩。

〔三〕好生：愛惜生靈。書大禹謨：「好生之德，洽于民心。」

嚴州祈雨疏

倬彼雲漢〔一〕，尚愆霖雨之期；害於粢盛，俯劇淵冰之懼〔二〕。敢輸丹悃，仰叩真(覺)慈〔三〕，冀占離畢之祥，少逭屯膏之咎〔四〕。

【題解】陸游於淳熙十三年七月至淳熙十五年七月知嚴州。本文及以下六首，均作於這一時期。淳熙十四年夏秋間，江南大旱。宋史孝宗本紀三：「六月戊寅，以久旱，班畫龍祈雨法。甲申，幸太一宫、明慶寺禱雨。……庚寅，臨安府火。」嚴州亦遭旱災。本文爲陸游爲祈雨所作的疏文，共三首。

本文原未繫年。歐譜繫於淳熙十四年（一一八七），是。當作於該年夏。時陸游在知嚴州任上。

參考卷二四嚴州祈雨祝文三。

【箋注】

〔一〕倬彼雲漢：詩大雅雲漢：「倬彼雲漢，昭回于天。王曰：於乎！何辜今之人？天降喪亂，饑饉薦臻。」倬，高大。雲漢，天河，銀河。

〔二〕粢盛：古代盛在祭器内供祭祀的穀物。公羊傳桓公十四年：「御廩者何？粢盛委之所藏也。」何休注：「黍稷曰粢，在器曰盛。」淵冰：比喻危險境地。語本詩小雅小旻：「戰戰兢兢，如臨深淵，如履薄冰。」

〔三〕丹悃：赤誠之心。劉禹錫賀收蔡州表：「不獲稱慶闕庭，陳露丹悃。」真（覺）慈：真慈、覺慈二詞並列。疏文佛道兩家均可使用，「真慈」用於道觀，指慈悲的真人；「覺慈」用於佛寺，指慈悲的覺者（佛陀）。這種情況本卷尚有多例，用法均同。

〔四〕離畢：指降雨徵兆。參見本卷《嚴州謝雨青詞》注〔七〕。逭：免除。屯膏：指恩澤不施於下。參見本卷《嚴州謝雨青詞》注〔三〕。

二

時雨少愆，上勞宵旰。詔音亟下，恭致禱祈。敢冀覺慈（洪恩）〔一〕，誕敷惠澤〔二〕。

【箋注】

〔一〕覺慈（洪恩）：覺慈、洪恩二詞並列。「覺慈」用於佛寺，「洪恩」用於道觀。

〔二〕誕敷：遍布。《書·大禹謨》：「帝乃誕敷文德，舞干羽於兩階。」孔傳：「遠人不服，大布文德以來之。」惠澤：同恩澤。

三

龜占墨而尚違，凛有屯膏之懼〔一〕；龍蟠泥而未舉，方繄解澤之施〔二〕。冀軫鴻慈寺云「覺慈」〔三〕，曲成樂歲〔四〕，俯慰闔境雲霓之望，上寬淵衷宵旰之憂〔五〕。

【箋注】

〔一〕龜占墨：指用火燒炙龜甲，使其出現裂紋，據以預測凶吉。周禮卜師：「凡卜事，眂高，揚火以作龜，致其墨。」墨，粗紋。吉。　尚違：尚未兑現。　屯膏：指恩澤不施於下。參見本卷（嚴州）謝雨青詞注〔三〕。

〔二〕龍蟠泥：龍盤卧於泥地。　未舉：未升天施雨。　解澤：恩澤。

〔三〕鴻慈（寺云覺慈）：「鴻慈」用於道觀，「覺慈」用於佛寺。鴻慈：大慈。

〔四〕樂歲：豐年。孟子梁惠王上：「是故明君制民之産，必使仰足以事父母，俯足以畜妻子，樂歲終身飽，凶年免於死亡。」

〔五〕雲霓之望：指久旱思雨。參見本卷祈雨疏注〔五〕。　淵衷：胸懷淵深。用於稱頌皇帝。蘇舜欽京兆求罷表：「雖淵衷廣納，未欲加罪於瞽言；而卑論弗臧，安可尚居於厚位。」

嚴州施大斛疏

旱魃爲虐〔一〕，念莫釋於衆憂；飯香普熏，敢恭陳於浄供。伏願雲從龍而效職，月離畢以告祥〔二〕，解澤亟行，屯膏一洗〔三〕。如來施無量食，既靡間於聖凡〔四〕；史臣書大有年〔五〕，庶上寬於宵旰。

【題解】

斛，古代容量單位。一斛本爲十斗，宋代起改爲五斗。施大斛，指用大斛放賑濟糧。本文爲陸游爲嚴州旱災放賑所作的疏文。

本文原未繫年。歐譜繫於淳熙十四年，是。當作於淳熙十四年（一一八七）夏秋。時陸游在知嚴州任上。

參考本卷嚴州祈雨疏、嚴州謝雨疏。

【箋注】

〔一〕旱魃：傳説中造成旱災的怪物。詩大雅雲漢：「旱魃爲虐，如惔如焚。」孔穎達疏：「神異經曰：『南方有人，長二三尺，袒身，而目在頂上，走行如風，名曰魃，所見之國大旱，赤地千里。一名旱母。』」

〔二〕雲從龍：龍吟雲出，指降雨。易乾：「同聲相應，同氣相求。水流濕，火就燥，雲從龍，風從虎，聖人作而萬物睹。」孔穎達疏：「龍是水畜，雲是水氣，故龍吟則景雲出，是雲從龍也。」效職：指龍主降雨之職。月離畢，指降雨徵兆。參見本卷（嚴州）謝雨青詞注〔七〕。

〔三〕屯膏一洗：指恩澤順利下施。
〔四〕無量食：没有限量的糧食。　靡間於聖凡：不區分聖人和凡夫。
〔五〕大有年：大豐年。春秋宣公十六年：「冬，大有年。」穀梁傳：「五穀大熟，爲大有年。」

嚴州謝雨疏

時雨愆期，方軫焦勞之慮〔一〕；天心（佛慈）從欲〔二〕，遽蒙霈澤之施〔三〕。敢擇良辰，敬伸昭報〔四〕。

【題解】
本文爲陸游爲久旱得雨所作的謝雨疏文。
本文原未繫年。歐譜繫於淳熙十四年，是。當作於淳熙十四年（一一八七）夏秋。時陸游在知嚴州任上。
參考本卷嚴州祈雨疏、嚴州施大斛疏。

【箋注】
〔一〕軫：軫恤，顧念。　焦勞：焦慮煩勞。易林恒之大壯：「病在心腹，日以焦勞。」
〔二〕天心（佛慈）：天心、佛慈二詞並列。「天心」用於道觀，「佛慈」用於佛寺。天心，即天意。書咸有一德：「克享天心，受天明命。」佛慈，佛之慈悲。從欲：順從自己心意。書大禹謨：「俾予從欲以治，四方風動，惟乃之休。」孔傳：「使我從心所欲而政以治。」

〔三〕霈澤：雨水。杜甫大雨：「風雷颯萬里，霈澤施蓬蒿。」

〔四〕昭報：公開報答。

嚴州謝雪疏

萬邦屢豐，幸際中天之熙運〔一〕；平地尺雪，鬱爲嗣歲之嘉祥〔二〕。敢忘薄薦之陳，少謝叢霄之貺〔三〕。尚祈洪造，益介純禧〔四〕。佛寺云〔五〕：「敢忘浄供之修，少謝覺慈之貺。尚祈垂佑，益介純禧。」

【題解】

本文爲陸游爲降雪所作的謝雪疏文。

本文原未繫年。歐譜繫於淳熙十四年，是。當作於淳熙十四年（一一八七）冬。時陸游在知嚴州任上。

參考卷二四嚴州謝雪祝文。

【箋注】

〔一〕萬邦：所有諸侯封國。引申爲天下，全國。書堯典：「協和萬邦，黎民於變時雍。」中天：天運正中。比喻盛世。熙運：興隆的國運。

〔二〕嗣歲：指來年、新的一年。詩大雅生民：「載燔載烈，以興嗣歲。」毛傳：「興來歲，繼往歲也。」鄭玄箋：「嗣歲，今新歲也。」嘉祥：祥瑞。

〔三〕叢霄：九霄。貺：贈，賜。

〔四〕純禧：大吉。

〔五〕佛寺云：以下爲佛寺用，以上爲道觀用。

嚴州久雪祈晴疏

時雪屢應，已占嗣歲之登〔一〕；春氣未和，寧免祈寒之怨〔二〕。敢趨秘（梵）宇〔三〕，仰叩真（覺）慈〔四〕。冀日麗於層霄，俾民安於比屋〔五〕，上寬旰食，俯慰輿情。

【題解】

本文爲陸游爲久雪祈晴所作的疏文。

本文原未繫年。歐譜繫於淳熙十四年，是。當作於淳熙十四年（一一八七）冬。時陸游在知嚴州任上。

參考卷二四嚴州久雪祈晴祝文。

【箋注】

〔一〕占：占卜。　登：登歲，豐年。

〔二〕祈寒：大寒。祈通「祁」。

〔三〕秘（梵）宇：秘宇、梵宇二詞並列。道觀用「秘宇」，佛寺用「梵宇」。秘宇，道院。梵宇，佛寺。

〔四〕真（覺）慈：真慈、覺慈二詞並列。道觀用「真慈」，佛寺用「覺慈」。

〔五〕層霄：高空。庾闡遊仙詩之三：「層霄映紫芝，潛澗汎丹菊。」　比屋：居室相鄰。

渭南文集箋校卷第二十四

疏文

【釋體】

疏文文體同上卷。本卷收録疏文二十九首。

法雲寺建觀音藏殿疏

補落伽之道場，蓁蕪已久〔一〕；修多羅之妙典，函匭僅存〔二〕。先師每志於經營，四衆亦思於協助〔三〕。天時默定，佛事將成。伏望巨公大人、居士長者，深戒着鞭之後，共合浮圖之尖〔四〕。庶得萬瓦鱗差〔五〕，修梁虹舉，紺容輝日，梵唄陵雲〔六〕。結難值之勝因〔七〕，作無窮之壯觀。

【題解】

法雲寺在山陰縣西北八里，參見卷十九法雲寺觀音殿記題解。本文爲陸游爲法雲寺修建觀音殿所作的募緣疏文。

本文原未繫年。歐譜列於不繫年文。據法雲寺觀音殿記，觀音殿建成於慶元五年（一一九九），故此疏約作於慶元初。時陸游奉祠家居。

參考卷十九法雲寺觀音殿記、劍南詩稿卷十七遊法雲寺觀彝老新葺小園。

【箋注】

〔一〕落伽：山名。即普陀。梵語的省音譯。在今浙江舟山。五代後梁時，日僧慧鍔從五臺山請觀音聖像回國，爲大風所阻，於此山建「不肯去觀音院」，落伽始爲觀音道場。　蓁蕪：荒蕪，雜草叢生。蘇轍淍陽早發：「楚人信稀少，田畝任蓁蕪。」

〔二〕多羅：樹名，即貝多樹。梵語音譯，形同棕櫚，其葉可供書寫，即貝葉。　函匭：指裝佛經的匣子。

〔三〕先師：指陸游祖父楚公陸佃。參見法雲寺觀音殿記。　四衆：指僧俗四衆，即比丘、比丘尼、優婆塞、優婆夷。

〔四〕着鞭：指着手進行，開始做。晉書劉琨傳：「與范陽祖逖爲友，聞逖被用，與親故書曰：『吾枕戈待旦，志梟逆虜，常恐祖生先我著鞭。』」 合尖：造塔最後一道工序爲塔頂合尖，故用以比喻大功告成前的最後一步。新五代史雜傳李崧：「（晉高祖）陰遣人謝崧曰：『爲浮屠者，必合其尖。』蓋欲使崧始終成己事也。」 浮圖：指佛塔。

〔五〕鱗差：即鱗次。王定保唐摭言慈恩寺題名遊賞賦詠雜紀：「邇來林棲谷隱，櫛比鱗差。」

〔六〕紺容：指佛像。佛教稱如來的毛髮爲紺琉璃色，即青而含赤的紺青色。錢惟治春日登大悲閣：「聖主欽崇教，千光顯紺容。」 梵唄：佛教作法事時歌詠贊頌之聲。僧慧皎高僧傳卷一三：「原夫梵唄之起，亦肇自陳思。」

〔七〕難值：難遇。 勝因：善因。善因結善果。

開元寺重建三門疏

巍然古刹，實居大府之喉衿〔一〕；卓爾高閎〔二〕，復爲一寺之眉目。歷數百載，極祇園之盛〔三〕；乃七十年，猶劫火之殘〔四〕。伏望大發積藏〔五〕，亟成巨麗，粲髹丹於久廢，偉扁榜之一新〔六〕。雨霽塵清，碧瓦勢凌於霄漢〔七〕；霧開日出，金鋪光射於康莊〔八〕。還壯觀於承平，垂美名於不朽。

【題解】

開元寺，在紹興府城東南二里餘。嘉泰會稽志卷七：「開元寺在府東南二里一百七十步，節度使董昌故第。後唐長興元年吴越武肅王建。奏以開元，復爲大善寺。而以此爲開元寺，蓋處一州之中，四旁遠近適均，重閎廣殿，修廊傑閣，大鐘重數千斤，聲聞浙江之湄。佛大士應真之像，皆雄特工緻，冠絶它刹。歲正月幾望爲燈市，傍十數郡及海外商估皆集，玉帛珠犀，名香珍藥，組繡髹藤之器，山積雲委，眩耀人目。法書名畫，鐘鼎彝器，玩好奇物，亦間出焉。士大夫以爲可配成都藥市。建炎庚戌，虜騎侵犯，既退，群盜投隙而至，遂焚不遺一椽。今七十年，雖繼興葺，尚未能復。初武肅王有浙東，以董昌第爲開元，而以昌生祠爲天王院。及是同時廢於火，亦有數焉。」三門：指佛寺大門。釋氏要覽住處：「凡寺院有開三門者，知有一門亦呼三門者，何也？佛地論云：『大宫殿，三解脱門爲所入處。大宫殿喻法空涅槃也，三解脱門謂空門、無相門、無作門。』今寺院是持戒修道、求志涅槃者居之，故由三門入也。」本文爲陸游爲開元寺重建三門所作的募緣疏文。

本文原未繫年。歐譜列於不繫年文。據篇中「乃七十年」句，約作於慶元六年（一二〇〇）左右。時陸游致仕家居。

參考劍南詩稿卷二三開元寺小閣十四韻。

【箋注】

〔一〕大府：指紹興府。　喉衿：比喻要害之地。晉書石勒載記上：「鄴有三臺之固，西接平陽，四塞山河，有喉衿之勢。」

〔二〕高閎：高大的門。

〔三〕祇園：佛寺的代稱。全名「祇樹給孤獨園」，印度佛教聖地。相傳釋迦牟尼成道後，給孤獨長者重金購置舍衛城南祇陀太子園地，建築精舍，請釋迦説法。太子亦奉獻園内樹木，故以二人名字命名。

〔四〕「乃七」二句：開元寺於建炎四年（一一三〇）遭群盜焚毀，七十年後仍未修復。

〔五〕積藏：積存儲藏的物資或錢財。管子輕重丁：「功臣之家，皆争發其積藏，出其資財，以予其遠近兄弟。」

〔六〕髹丹：塗刷紅漆。　扁榜：亦作扁牓。即匾額。此指三門上的題字横額。

〔七〕霄漢：雲霄、天河。借指天空。後漢書仲長統傳：「不受當時之責，永保性命之期。如是，則可以陵霄漢、出宇宙之外矣。」

〔八〕金鋪：門户之美稱。包佶朝拜元陵：「宫前石馬對中峰，雲裏金鋪閉幾重。」　康莊：四通八達的大道。

安隱寺修鐘樓疏

金鐘大鏞，蓋以聲爲佛事〔一〕；雄樓傑閣，宛在水之中央〔二〕。歷歲既深，須人乃復。敢遍投於信士，祈同結於勝緣〔三〕。浮翠流丹〔四〕，儻復還於巨麗；撞昏擊曉，實大警於沉冥〔五〕。

【題解】

安隱寺，即安隱院。在山陰縣西北十里。嘉泰會稽志卷七：「安隱院在縣西北一十里。隋開皇十三年建，唐武德中重修。會昌毀廢後，唐清泰元年高伯興等重建，號安養院。治平三年改賜今額。」本文爲陸游爲安隱寺修鐘樓所作的募緣疏文。

本文原未繫年。歐譜列於不繫年文。待考。

參考卷十追涼至安隱寺前。

【箋注】

〔一〕鏞：大鐘。詩大雅靈臺：「虡業維樅，賁鼓維鏞。」鄭玄箋：「鏞，大鐘也。」佛事：佛家指諸佛教化衆生之事。

〔二〕宛在水之中央：詩秦風蒹葭：「溯洄從之，道阻且長。溯游從之，宛在水中央。」

〔三〕信士：指信奉佛教而出錢布施者。漢碑用「義士」指出財布施者，宋避太宗諱改稱「信士」。勝緣：善緣。梁武帝游鍾山大愛敬寺：「駕言追善友，回輿尋勝緣。」

〔四〕浮翠流丹：形容鐘樓色彩明麗。

〔五〕撞昏擊曉：指早晚敲鐘。沉冥：即幽冥。亦指幽明中人。楞嚴經卷四：「引諸沉冥，出於苦海。」

重修光孝觀疏

天覆地載之間，飲啄皆由於道蔭〔一〕；跂行喙息之類，涵濡悉荷於國恩〔二〕。豈獨忠義之心，人人具有；抑亦生成之賜，物物皆同。永惟光孝之道場，實薦徽皇之飆御〔三〕。神祠佛刹，尚營繕之相望；琳館珍臺，豈修崇之可後〔四〕。某等叨恩冠褐，庀職宫庭〔五〕，敢忘夙夜之勤，冀復規模之舊。既侈先朝之遺迹〔六〕，遂新大府之榮觀。

【題解】

光孝觀，即報恩光孝觀。在紹興府城東三里餘。嘉泰會稽志卷七：「報恩光孝觀在府東三里九十四步，隸會稽。陳武帝永定二年捨宅建，名思真觀。太平興國九年，州乞改額乾明，以從聖節，祝至尊壽。詔俞其請。崇寧二年改崇寧萬壽，政和三年改天寧萬壽，置徽宗本命殿，號景命萬年殿。紹興七年改報恩廣孝，十二年又改今額，專奉徽宗皇帝香火。」本文爲陸游爲重修光孝觀所作的募緣疏文。

本文原未繫年。歐譜列於不繫年文。待考。

【箋注】

〔一〕飲啄：飲水啄食，引申爲吃喝、生活。語本莊子養生主：「澤雉十步一啄，百步一飲，不蘄畜乎樊中。」　道蔭：庇覆之大恩。道，敬辭。南齊書豫章文獻王傳：「吾西州窮士，一介寂寥，恩周榮譽，澤遍衣食，永惟道蔭，日月就遠，緬尋遺烈，觸目崩心。」

〔二〕跂行喙息：本指蟲豸爬行呼吸，亦泛指人和動物。跂，通「蚑」。史記匈奴列傳：「元元萬民，下及魚鱉，上及飛鳥，跂行喙息蠕動之類，莫不就安利而辟危殆。」司馬貞索隱：「言蟲豸之類。」　涵濡：滋潤，沉浸。元結大唐中興頌：「蠲除祆災，瑞慶大來。凶徒逆儔，涵濡天休。」　荷：負荷，承受。

〔三〕薦：祭獻。　徽皇：指宋徽宗。　飆御：即聖駕，皇帝的車駕。皮日休奉和再招：「飆御已應歸杳眇，博山猶自對氛氲。」

〔四〕琳館珍臺：仙宮道院。　修崇：高峻。

〔五〕庀職：任職，供職。

〔六〕侈：顯揚。

圓通寺建僧堂疏

如來香飯，取時已遣化人〔一〕；開士鉢單〔二〕，展處又須得所。營茲華屋，延我勝流〔三〕。念非極棟宇之功，何以稱龍象之衆〔四〕？木魚哮吼，千僧閣也在下風〔五〕；露柱證明，九梁星直須退步〔六〕。

【題解】

圓通寺，原名興福院，在會稽縣南一里餘。嘉泰會稽志卷七：「興福院在縣南一里一百步。晉天福五年觀察使錢倗建，號錢湖院，大中祥符元年改賜今額。今廢。」又卷十：「錢湖在縣東一里。湖上僧菴號興福院，今爲圓通寺。」僧堂，即禪堂，僧人坐禪之所，亦可用作齋堂。本文爲陸游爲圓通寺修建僧堂所作的募緣疏文。

本文原未繫年。歐譜列於不繫年文。待考。

【箋注】

〔一〕「如來」二句：維摩詰所説經香積佛品：「於是香積如來，以衆香鉢盛滿香飯，與化菩薩。」化人：佛教稱佛、菩薩變形爲人，以化度衆生者。此即化菩薩。

〔二〕開士：開悟之士。菩薩的異名。亦用作對僧人的敬稱。鉢單：僧人飯單，用綢片或厚紙折成，齋食時用以鋪墊鉢盂。

〔三〕勝流：即名流。魏書張纂傳：「纂頗涉經史，雅有氣尚，交結勝流。」

〔四〕龍象：指高僧。王維四分律宗記序：「二邊雲徹，方知實相之尊；十刹風行，乃識真如之貴。將使龍象緇服，維明克允。」

〔五〕木魚：佛家法器。佛家謂魚晝夜不合目，故刻木爲魚形，以警戒僧衆應晝夜忘寐而思道。一爲圓狀魚形，誦經禮佛時扣之以音節；一爲挺直魚形，齋飯或集會時敲擊，俗稱梆。亦用以指木魚聲。哮吼：器物發出的聲響。下風：比喻下位。

〔六〕露柱：佛殿外正面的圓柱。證明：指參悟。九梁星：民間傳説中主管營建的星煞，不可冒犯。洪邁夷堅志乙卷九：「陰陽家有九梁星煞之禁，謂當其所值不可觸犯。或誤於此方隅營建，則災禍立起，俚俗畏之特甚。」

重建大善寺疏

劫火之壞大千〔一〕，雖云有數；長者之施億萬〔二〕，要豈無時？儻阿練若獲了大緣，則窣堵波亦還舊觀〔三〕。可謂非常之舉，惟須不退之心〔四〕。

【題解】大善寺在紹興府東一里餘，嘉泰會稽志卷七：「大善寺在府東一里二百一十步。梁天監三年，民黄元寶捨地，錢氏女未嫁而死，遺言以奩中資建寺。僧澄貫主其役，未期年而成，賜名大善。屋棟有題字云：『天監三年歲次甲申十二月庚子朔八日丁未。』唐開元二十六年改名開元，後唐長興元年吴越武肅王别創今開元，乃復大善舊名。建炎中，大駕巡幸，以州治爲行宫，而守臣寓治於大善。及移蹕臨安，乃復以行宫賜守臣爲治所。然歲時内人及使命朝攢陵，猶館於大善。乾道中，蓬萊館成，乃止。獨太常少卿按行陵下寓館焉。慶元三年十一月，寺僧不戒於火，一夕煨燼，惟羅漢天王堂、浴院、經院、庫堂僅存。」本文爲陸游爲大善寺重建所作的募緣疏文。

本文原未繫年。歐譜列於不繫年文。據大善寺火災時間，當作於慶元三年（一一九七）十一月之後。時陸游奉祠家居。

【箋注】

〔一〕劫火：壞劫之末所起的大火。佛經上説，在舊世界崩潰的「壞劫」之末，將發生「大三災」，即火災、水災和風災。仁王經：「劫火洞然，大千俱壞。」大千：佛教「三千大千世界」的省稱。

〔二〕長者：佛教指積財具德者。法華玄贊卷十：「心平性直，語實行敦，齒邁財盈，名爲長者。」施：施捨，布施。

〔三〕阿練若：又作阿蘭若、阿蘭那等。梵語音譯，意爲寂静之處，是比丘所居寺院的總稱。窣堵波：又作窣堵坡。梵語音譯，即佛塔。玄奘大唐西域記呾蜜國：「諸窣堵波及佛尊像，多神異，有靈鑒。」

〔四〕不退：佛教指功德善根，愈增進而無退失轉變。

道像五藏疏

道雖與貌，固非耳目口鼻之施；天本無心，尚何肝膽肺腸之有？既云肖像〔一〕，蓋亦同人。願共發於信心〔二〕，不須疑着；庶亟成於盛事〔三〕，垂示無窮。

【題解】

道像，指道教始祖老子之雕像。宣和遺事前集：「政和三年夏四月，玉清和陽宫成，即福寧殿東誕聖之地作宫，至是成，奉安道像，上詣宫行禮。」五藏，即五臟，爲心、肝、脾、肺、腎。素問五臟别論：「所謂五藏者，藏精氣而不寫也。」老子河上公章句卷一：「人能養神則不死也。神，謂五藏之神也。肝藏魂，肺藏魄，心藏神，腎藏精，脾藏志。五藏盡傷，則五神去矣。」道像五藏，或是以老子養神爲主題的雕像。本文爲陸游爲製作老子人像所作的募緣疏文。

本文原未繫年。歐譜列於不繫年文。待考。

【箋注】

〔一〕肖像：圖畫或雕塑人像。

〔二〕信心：指虔誠信仰宗教之心。

〔三〕盛事：指完成人像的製作。

鷲峰寺重建三門疏

建寺年深，築門役巨。雖不下禪牀相接〔一〕，用此何爲；然倒騎佛殿出來〔二〕，少它不得。伏望念古阿蘭若之勝地，結檀波羅密之大緣〔三〕。或備土木磚甓之材，或施黝堊髹丹之費〔四〕。初發心處〔五〕，已有諸聖證明；一落筆時，自然大地震動〔六〕。

【題解】

鷲峰寺亦稱鷲峰院，在會稽縣東南七十里。嘉泰會稽志卷七：「鷲峰院在縣東南七十里。唐大中五年建，天祐六年賜號金峰院。治平三年二月改賜今額。」三門，佛寺大門。參見開元寺重建三門疏題解。本文爲陸游爲鷲峰寺重建三門所作的募緣疏文。

本文原未繫年。歐譜列於不繫年文。待考。

【箋注】

〔一〕不下禪牀：禪語。景德傳燈録卷十：「趙州觀音院從諗禪師，曹州郝鄉人也，姓郝氏。……一日真定帥王公攜諸子入院。師坐而問曰：『大王會麽？』王云：『不會。』師云：『自小持齋身已老，見人無力下禪牀。』王公尤加禮重。翌日令客將傳語，師下禪牀受之。少間侍者問：『和尚見大王來不下禪牀，今日軍將來爲什麽却下禪牀？』師云：『非汝所知。第一等人來禪牀上接。中等人來下禪牀接。末等人來三門外接。』……師之玄言布於天下。時謂趙州門風。皆悚然信伏矣。」

〔二〕倒騎佛殿：禪語。雨山和尚語録卷一：「升座。問：『此是選佛場，心空及第歸。如何是心空及第歸？』師云：『拔出眼中楔。』進云：『昨夜露柱得大慶快，倒騎佛殿，出山門去也。』」

〔三〕古阿蘭若：指古代寺院。參見本卷重建大善寺疏注〔三〕。檀波羅密：梵語。指由布施而到達彼岸的修行。檀：即檀那，意爲布施。波羅密：又作波羅蜜。意爲到彼岸，即由此岸度人到彼岸。布施爲六波羅密之一。

〔四〕黝堊髹丹：塗以黑色、白色，漆成紅色。

〔五〕發心：佛教語。指發願求無上菩提之心。亦泛指許下向善的心願。法華經從地湧出品：「從誰初發心，稱揚何佛法？」

〔六〕落筆：此指簽單布施。大地震動：佛教稱大地震動有三種、六動，地動時人如小兒卧摇籃中，不覺籃動，惟覺舒服，故地動表示祥瑞。只有天眼通者才能知見，凡人則毫不知情。

重修大慶寺疏

佛出本爲一大緣〔一〕，初無差別；越城昔有六尼寺，五已丘墟〔二〕。惟大慶之名藍，實故唐之遺址〔三〕。兹蒙賢牧〔四〕，命復舊規。方廣募於衆財，冀亟成於偉觀。魔王魔民魔女，盡空蜂蟻之區〔五〕；法鼓法炬法幢，一新龍象之衆〔六〕。倘承金諾，敢請冰銜〔七〕。

【題解】大慶寺即大慶尼寺，在紹興府城南三里餘。嘉泰會稽志卷七：「大慶尼寺在府城南三里三百步，隸山陰。西晉永康元年，有諸葛姥日投錢井中，一日，錢溢井外，遂置靈寶寺。會昌毀廢。大中元年觀察使李褒重建，改今額。及廢顯教院，又并其尼入焉。西偏别爲教院，用十方規制選名行尼主焉。頗習經學勵行業，郡人稱之。顯教院本名保越，尼皆織羅爲業，所謂寶階羅是也。乾道中，以其院舍忠順官而徙其徒於大慶。又有善法尼院，晉天福七年吴越所建，名永寧。大中祥符元年改額，熙寧八年知州趙清獻公以其幽迴，非尼可居，徙尼於大慶，而院爲僧坊。又有觀音尼院在縣東南二十五里，晉開運二年建，今爲妙智院，亦僧居之。山陰有寶積尼寺，在縣北五里。乾德四年觀察使錢儀建，名執慈寺。大中祥符元年改額。又有崇尼教院在縣西北五里二十步，周廣順二年吴越武肅王建，名惠清院。大中祥符元年改額。今并廢。」本文爲陸游爲重修大慶尼寺所作的募緣疏文。

本文原未繫年。歐譜列於不繫年文。待考。

【箋注】

〔一〕佛出：即佛出世。佛教認爲世界每經歷一小劫，有一佛出世。

〔二〕「越城」二句：紹興府原有大慶尼寺、顯教院、善法尼院、觀音尼院、寶積尼寺、崇尼教院六所尼寺，僅存大慶尼寺，五所皆成廢墟。參見本文題解。

〔三〕名藍：名寺。藍，即伽藍。梵語僧伽藍摩譯音之略稱。意爲衆園、僧院。楊衒之洛陽伽藍記法雲寺：「伽藍之内，花果蔚茂，芳草蔓合，嘉木被庭。」故唐之遺址：指大慶寺於唐代大中元年由觀察使李褒重建并命名。參見本文題解。

〔四〕賢牧：賢明的州郡長官。王融永明十一年策秀才文：「昔者賢牧分陝，良守共治。」

〔五〕魔王魔民魔女：佛教泛指惡鬼。楞嚴經卷六：「如不斷婬，必落魔道，上品魔王，中品魔民，下品魔女。」蜂蟻之區：指大慶寺破敗的遺址。

〔六〕法鼓法炬法幢：泛指佛教法器。法幢，指寫有佛教經文的長筒形綢傘或刻有經文、佛像等的石柱。龍象：指高僧。參見本卷圓通寺建僧堂疏注〔四〕。

〔七〕冰銜：指清貴的官職。夷門君玉國老談苑卷二：「陳彭年在翰林，所兼十餘職，皆文翰清秘之目。時人謂其署銜爲『一條冰』。」

福州請仁王堅老疏

勇退急流，雖具衲子參尋之眼〔一〕；旁觀袖手，要非邦人嚮慕之誠。爰擇名藍〔二〕，往迎高士。某人芙蓉正派〔三〕，真歇諸孫〔四〕，默觀已得於本心，自重每輕於外物。不合則去，蹈儒士之難能；知我者希，得老氏之所貴。付越山於昨夢，聽石嶺之儻來。野鶴溪雲〔五〕，豈有去留之迹；齋魚粥鼓〔六〕，一隨宿昔之緣。

【題解】

陸游於淳熙五年冬至淳熙六年秋任提舉福建常平茶事。本文及以下兩文均應作於其時。仁王，指福州侯官仁王寺。淳熙三山志卷三三：「侯官仁王寺，州西南。天福三年閩連重遇所造，國朝僧歸贊始修葺之。」堅老爲誰不詳，據文中「真歇諸孫」一語，當爲曹洞宗真歇清了禪師的再傳弟子。本文爲陸游在福州爲啓請仁王寺堅老所作的法堂疏文。

本文原未繫年。歐譜列於不繫年文。據陸游仕履，當作於淳熙五年（一一七八）冬至淳熙六年秋之間。時陸游在提舉福建常平茶事任上。

【箋注】

〔一〕衲子：又稱衲僧。禪僧之别稱，因其多著一衲衣而游方。參尋：尋訪。韓愈游青龍寺贈崔大補闕：「由來鈍騃寡參尋，況是儒官飽閒散。」

〔二〕名藍：名寺。參見本卷重修大慶寺疏注〔三〕。

〔三〕芙蓉：即芙蓉道楷（一〇四三—一一一八），俗姓崔，沂州（今山東蒼山）人。曹洞宗禪師。曾遊歷國内名寺，誦經主持，大觀中，敕賜「定照禪師」，固辭不受。回故鄉芙蓉湖畔，建興化寺。六年後圓寂。撰有祇園正儀一卷。事迹見五燈會元卷十四。正派：正統。

〔四〕真歇：即真歇清了（一〇八九—一一五一），俗姓雍，左綿安昌（今四川綿陽）人。曹洞宗禪師。師從道楷禪師弟子丹霞淳禪師。先後入主雪峰寺、徑山寺、崇先院等。謚號悟空禪師。事迹見五燈會元卷十四。

〔五〕野鶴溪雲：亦作野鶴閒雲。幽閒孤高的鶴和來去無定的雲，形容閒散自在。劉長卿送方外上人：「孤雲將野鶴，豈向人間住。」

〔六〕齋魚粥鼓：寺院中敲木魚吃齋，擊鼓食粥，形容佛門生活。佛光國師語録卷二寄東皋友山：「莫去朝來送復迎。齋魚粥鼓一般鳴。三千里外垂鈎意，端的何人别重輕。」

福州請九峰圓老疏

鬧籃裏入頭〔一〕，不妨奇特；懸崖邊撒手，只要承當〔二〕。須遇作家〔三〕，方了此事。某人參臨濟正法眼，得補陀大辯才〔四〕。雖則跛跛挈挈走諸方，不認昭昭靈靈作自己〔五〕。伏請如雲出岫，似月印潭，放下鉢袋衣囊，打起齋魚粥鼓。直到佛祖不知處，猶是半途；且向父母未生前，試道一句。

【題解】

九峰，指九峰鎮國禪院。淳熙三山志卷三八：「九峰院，興城里。以山峭拔若筆格名。與芙蓉、壽山號曰三山。大中二年僧□賢創，咸通二年號九峰鎮國禪院。大順元年賜僧慈慧禪師并紫衣。」圓老爲誰不詳。本文爲陸游在福州爲啓請九峰院圓老所作的法堂疏文。

本文原未繫年。歐譜列於不繫年文。據陸游仕履，當作於淳熙五年（一一七八）冬至淳熙六年秋之間。時陸游在提舉福建常平茶事任上。

【箋注】

〔一〕鬧籃：熱鬧多事的場合。五燈會元萬年曇貫禪師：「鬧籃方喜得抽頭，退鼓而今打未休。」

入頭：即入門。

〔二〕「懸崖」二句：比喻人至絶境，只能另做選擇，義無反顧。景德傳燈録蘇州永光院真禪師：「直須懸崖撒手，自肯承當。」

〔三〕作家：禪宗稱善用機鋒者。景德傳燈録普岸禪師：「有僧到參，師打一拄杖……僧却打師一拄杖。師曰：『作家！作家！』」

〔四〕臨濟：禪宗五宗之一。其宗風特色爲單刀直入，機鋒峻烈，使人忽然省悟。北宋時分爲黄龍、楊岐二派，南宋傳播尤盛。正法眼：即正法眼藏。禪宗用以指全體佛法。補陀：即普陀。大辯才：指善於説法之才。

〔五〕跛跛挈挈：跌跌撞撞。圓悟佛果禪師語録：「老老倒倒，跛跛挈挈，百事無能，向個裏如何設施？」昭昭靈靈：明快靈活。明覺禪師語録：「玄沙云：大小傅大士，只認得個昭昭靈靈。師拈云：玄沙也是打草蛇驚。」

福州請聖泉穎老疏

少室玄機，陽岐正脉〔一〕。最端的處〔二〕，只要言下承當；有多少人，盡向面前蹉過〔三〕。某人談鋒峻峭，心地圓明。當初向竹篦子頭〔四〕，偶然築着磕着；而今踞寶華王座〔五〕，選甚胡來漢來。便須拈起鉗鎚〔六〕，打開窠臼，以鐵酸豏普供大衆，與木上座同演宗風〔七〕，鐘鼓鏗鍧，旛幢炳焕。豈惟流輩，知不由兔徑之高〔八〕；要使師翁，發撞破煙樓之歎〔九〕。

【題解】

聖泉，指東山聖泉院。淳熙三山志卷三三：「東山聖泉院，瑞聖里。景龍元年，僧懷一始卜居於愛同寺之西。苦乏水，忽一日二禽鬥噪於地，心異之，杖錫往視，因卓其所。有泉如縷，俄而湧溢。人乃甃石環其口，分爲兩道。注東者濯所用之，南流者爲池。寺舊名法華，先天二年立今額。」穎老爲誰不詳。本文爲陸游在福州爲啓請聖泉院穎老所作的法堂疏文。

本文原未繫年。歐譜列於不繫年文。據陸游仕履，當作於淳熙五年（一一七八）冬至淳熙六年秋之間。時陸游在提舉福建常平茶事任上。

【箋注】

〔一〕少室：即少室山，在河南登封。南北朝時，天竺僧人菩提達摩來華，善好禪法，頗得北魏孝文帝禮遇。太和二十年（四九六），敕就少室山爲佛陀立寺，供給衣食。寺處少室山林中，故名少林寺。達磨爲禪宗初祖，在少室山面壁九年。玄機：指禪宗深奥微妙的義理。陽岐：即楊岐，臨濟宗楊岐派，爲禪宗五宗七家之一。臨濟宗第七世石霜楚圓之弟子楊岐方會（九九六—一〇四九）爲開派之祖，與同門之黄龍派同時并列。法嗣中高僧輩出，門徒於南宋幾乎囊括臨濟宗全部道場。正脉：正統，正宗。

〔二〕端的：指真實，真正。

〔三〕蹉過：錯失，錯過。

〔四〕竹篦子：禪林中一種使弟子警覺悟道的法具，剖竹作成，手握處卷藤、上漆，并結絹紐，附流蘇。它的長度不一，與拄杖、拂子同爲禪師所用的法具。

〔五〕寶華王座：由珍貴的佛國之花裝飾的座牀，如來據以説法。

〔六〕鉗鎚：鐵鉗和鐵錘。比喻禪家經鍛煉而成器。

〔七〕鐵酸豏：鐵一般堅硬的酸豏。豏，同「餡」。酸餡，以蔬菜爲餡的包子。五燈會元法演禪師：「後到白雲門下，咬破一個鐵酸豏，直得百味具足。」木上座：戲稱木製手杖。景德傳燈録杭州佛日和尚：「佛日禪師見夾山，夾山問：『什麽人同行？』師舉拄杖曰：『唯有木上座同行耳！』」宗風：禪家一宗之風儀。

〔八〕兔徑：指曲徑，小路。

〔九〕撞破煙樓：比喻子勝於父。煙樓，煙囱。宋胡繼宗書言故事子孫：「煙樓，灶上煙窗也。言子過父，猶如跨灶撞破煙樓也。」

能仁請昕老疏

視世如庵摩勒果〔一〕，雖外物之本輕；説法如優曇鉢華〔二〕，要應時而出現。久已名行於海内，豈容身隱於雲根〔三〕？敬虚金布之園，往致空飛之錫〔四〕。某人材高龍象，辯震雷霆，潛閩嶺者十年，遇寒巖而一笑〔五〕。始初歎賞，明窗下特地安排；最後殷勤，鉢袋子親自分付〔六〕。幸念先師之遺語，亟爲故人而遠來。要傳無盡燈，當觀第一義〔七〕。

【題解】

能仁，指大能仁禪寺，在紹興府南二里餘，參見卷十八能仁寺舍田記題解。昕老爲誰不詳。

本文爲陸游爲能仁寺啓請昕老所作的法堂疏文。

本文原未繫年。歐譜列於不繫年文。待考。

參考卷十八能仁寺舍田記。

【箋注】

〔一〕庵摩勒果：亦作庵摩羅果、阿摩洛迦等。一種印度果實。大唐西域記卷八：「阿摩落迦，印度藥果之名也。」維摩詰經弟子品僧肇注曰：「庵摩勒果，形似檳榔，食之除風冷。」楞伽經卷四：「如來者，現前世界，猶如掌中視阿摩勒果。」

〔二〕優曇鉢華：即優曇花，亦作優曇鉢羅花，意譯爲祥瑞靈異之花。法華經：「佛告舍利弗，如是妙法，如優曇鉢花，時一現耳。」

〔三〕雲根：道院僧寺，爲雲遊僧道歇脚之處。司空圖上陌梯寺懷舊僧：「雲根禪客居，皆説吾舊廬。」

〔四〕金布之園：即祇園、祇樹給獨孤園。參見本卷開元寺重建三門疏注〔三〕。傳説給獨孤長者爲買園事至祇陀太子處，太子戲稱：「汝以黄金布滿園地，我便賣之。」長者即以金布地，太子遂將園賣予長者建造精舍。空飛之錫：凌空飛起的錫杖。錫，錫杖，僧人所持禪杖，杖頭有一鐵卷，中段用木，下安鐵纂，振動時發聲。景德傳燈録卷八：「（五臺隱峰禪師）唐元和中薦登五臺，路出淮西。屬吴元濟阻兵，違拒王命，官軍與賊交鋒，未決勝負。師曰：『吾當去解其患。』乃擲錫空中，飛身而過。兩軍將士仰觀，事符預夢，鬥心頓息。」

〔五〕閩嶺：福建北部的山嶺。寒巖：在浙江天台，唐代詩僧寒山子曾居此。寒山詩之二〇三：「我家本住在寒山，石巖棲息離煩緣。」

〔六〕鉢袋子：即衣鉢。佛教中由師傳徒表示傳法的袈裟和鉢。

〔七〕無盡燈：佛教指以一燈點燃千百盞燈，比喻以佛法度化無數衆生。維摩經菩薩品：「無盡燈者，譬如一燈燃百千燈，冥者皆明，明終不盡。……夫一菩薩開導百千衆生，令發阿耨多羅三藐三菩提心，於其道意，亦不滅盡，隨所説法，而自增益一切善法。是名無盡燈也。」第一義：亦稱第一義諦，佛教指最上至深之妙理。大乘入楞伽經集一切佛法品：「第一義者，是聖樂處因言而入，非即是言。第一義者，是聖智内自證境，非言語分别智境。言語分別不能顯示。」

雍熙請最老疏

山陰道中萬壑水，依舊潺湲；雲門寺裏一爐香，久成寂寞。忽於旁邑，得此高人。某人立雪飽參〔一〕，隔江大悟，通威音以前消息，踏毗盧向上機關〔二〕。血指汗顔〔三〕，諸方不供一笑；摶風擊水〔四〕，萬里始自今朝。豈惟續且庵家傳，更喜得可齋道伴〔五〕。

【題解】

雍熙，指雍熙院，在會稽縣南雲門寺。參見卷十七雲門壽聖院記題解。嘉泰會稽志卷七：「雍熙院在縣南三十一里一十步。初僧重曜於雲門拯迷寺之西建懺堂，號净名菴。開寶五年觀察使錢儀廣之，爲大乘永興禪院。雍熙二年十月改賜今額。紹興元年六月賜故尚書左丞陸公爲功德院。」原注：「陸氏功德院本在證慈，至是證慈改爲泰寧，奉攢宫，乃改賜是院。時方立法，應賜功德院者不許用有敕額寺院，惟雍熙特賜。」最老爲誰不詳。本文爲陸游爲雍熙院啓請最老所作的法堂疏文。

本文原未繫年。歐譜列於不繫年文。待考。

參考卷十七雲門壽聖院記。

【箋注】

〔一〕立雪：指禪宗二祖慧可立雪斷臂求法故事，爲僧人精誠求法之典。景德傳燈録卷三：「時有僧神光者，曠達之士也。久居伊洛，博覽群書，善談玄理。每歎曰：『孔老之教禮術風規，莊易之書未盡妙理。近聞達磨大士住止少林，至人不遥，當造玄境。』乃往彼晨夕參承。師常端坐面牆，莫聞誨勵。光自惟曰：『昔人求道，敲骨取髓，刺血濟饑，布髮掩泥，投崖飼虎。古尚若此，我又何人？』其年十二月九日夜天大雨雪，光堅立不動，遲明積雪過膝。師憫而問曰：『汝久立雪中，當求何事？』光悲淚曰：『惟願和尚慈悲，開甘露門廣度群品。』師曰：『諸佛無上妙道，曠劫精勤，難行能行，非忍而忍，豈以小德小智、輕心慢心，欲冀真乘，徒勞勤苦。』光聞師誨勵，潛取利刀自斷左臂，置於師前。師知是法器，乃曰：『諸佛最初求道，爲法忘形，汝今斷臂吾前，求亦可在。』師遂因與易名曰慧可。」飽參：指充分領略事理。曉瑩羅湖野録卷四：「明州和庵主從南嶽辨禪師游，叢林以爲飽參。」

〔二〕威音：即威音王佛，劫初之佛。此佛出世之前，爲極早之境界，義同天地開闢之前。毗盧：即毗盧舍那，法身佛的通稱，意爲光明遍照。向上機關：禪宗指由下至上、由末進本、由迷境入悟境的心機。

〔三〕血指汗顔：手指出血，臉上冒汗。形容不善其事的窘態。韓愈祭柳子厚文：「不善爲斲，血指汗顏；巧匠旁觀，縮手袖間。」

〔四〕摶風擊水：語本莊子逍遥遊：「鵬之徙於南冥也，水擊三千里，摶扶摇而上者九萬里。」

〔五〕且庵：指且庵守仁禪師。上虞人。臨濟宗楊岐派僧人，師從烏巨山寺雪堂道行禪師，嗣其法。事迹見五燈會元卷二十。最老或爲且庵弟子。可齋，陸游書齋名，始於乾道三年（一一六七）。此處自稱。劍南詩稿卷一書室名可齋或問其義作此告之：「得福常廉禍自輕，坦然無愧亦無驚。平生秘訣今相付，只向君心可處行。」道伴：修道的夥伴。

鄉士請妙相講主疏

雜華設教〔一〕，猶日照山；大士應緣〔二〕，如雲出岫。某人英姿邁往，雋辯絶倫，早集布金之園〔三〕，久造笑雲之室。伏望俯從衆志，來繼道場。且要於談笑間，取上方香積之飯〔四〕；然後以神通力，成夜摩睹史之宫〔五〕。

【題解】

鄉士，泛指鄉紳。妙相，莊嚴之相貌。梁簡文帝大愛敬寺刹下銘：「儼如常住，妙相長存。」講主，指升座講經説法的高僧。本文爲陸游爲鄉紳啓請相貌莊嚴之高僧所作的法堂疏文。

本文原未繫年。歐譜列於不繫年文。待考。

【箋注】

〔一〕雜華：即雜華經，華嚴經之異名。萬行譬如華，以萬行莊嚴佛果，謂之華嚴；百行交雜，謂之雜華。大方廣佛華嚴經疏：「今經受稱亦多種不同……名此經爲雜華經，以萬行交雜緣起集成故。」

〔二〕大士：對高僧的敬稱。　應緣：指接受邀請。

〔三〕布金之園：即祇園。參見本卷能仁請昕老疏注〔四〕。

〔四〕上方：指佛寺，亦稱佛寺住持。　香積之飯：佛寺的齋飯。典出維摩詰經香積品：「是化菩薩以滿鉢香飯與維摩詰，飯香普熏毗耶離城及三千大千世界。」

〔五〕神通力：指佛、菩薩、阿羅漢等過通修持禪定所得到的神秘法力。法華經如來壽量品：「我常住於此，以諸神通力，令顛倒衆生，雖近而不見。」　夜摩睹史：即夜摩天和睹史多天。夜摩天意爲善時分、善時、妙善。是佛教欲界六欲天中之第三層天。相傳夜摩天界光明照耀，生於此天界之天人，身體輕盈潔浄，相親相愛，享受種種歡樂。睹史多天亦稱兜率天，意譯爲妙足天、知足天、喜足天、喜樂天。爲欲界六天的第四層天。此天之人，壽四千歲，對於自身及外界感受，生喜樂知足之心，故名喜足。此天的内院，即是彌勒菩薩的弘法度生之處，成爲大乘行者所仰望的浄土。

千秋觀修造疏

一曲澄湖〔一〕，千秋古觀。瓊樓玉宇，正須月斧之修〔二〕；蕊笈琅函，未極雲章之奉〔三〕。至於傑閣翬飛於天半〔四〕，長橋虹卧於波心，皆擬繕營，用成勝絶。况丞相肇新於真館，與邦人仰禱於帝齡〔五〕。覆載之間，共陶化日；髮膚之外，皆是聖恩。願垂不朽之名，更效無疆之祝。

【題解】

千秋觀，會稽縣道觀名。嘉泰會稽志卷七：「千秋觀在縣東南五里。乾道四年八月。安撫使史丞相浩奏移天長觀舊額建。其中爲三清殿，兩廡分享前代高士。東廡曰高尚之士，西廡曰列仙之儒。凡四十一人，故俗謂之先賢堂。前有閣，牓曰『鏡湖一曲』，亭曰『懷賀』。」本文爲陸游爲修造千秋觀所作的募緣疏文。

本文原未繫年。歐譜列於不繫年文。待考。

【箋注】

〔一〕澄湖：即鏡湖。千秋觀前有閣，牓曰「鏡湖一曲」。

〔二〕月斧：修月之斧。傳説月由七寶合成，常有八萬二千户修之。事見段成式酉陽雜俎天咫。

〔三〕蕊笈琅函：均指道書。楊愼藝林伐山仙經：「瓊文、藻笈、琳篆、琅函，皆指道書也。」雲章：道教的典籍。雲笈七籤卷一二二：「瓊簡瑶函，爰敷寶訓；雲章鳳篆，咸演秘文。」

〔四〕翬飛：形容宫室高峻壯麗。語本詩小雅斯干：「如翬斯飛。」朱熹集傳：「其簷阿華采而軒翔，如翬之飛而矯其翼也。」

〔五〕丞相：指史浩，隆興元年拜右相。參見卷七謝參政啓題解。肇新：參見本文題解引嘉泰會稽志文。仰禱於帝齡：祈禱皇帝長壽。慶賀皇帝誕辰的節日初名「千秋節」，始於唐玄宗。此觀以「千秋」命名，蓋有仰禱帝齡之意。

光孝請廓老疏

孤峰頂上，一口吞三世如來〔一〕；七里瀨邊，隻手接十方衲子〔二〕。既是隨緣自在〔三〕，便須信手承當①〔四〕。某人號真作家〔五〕，有大力量。拈起拂子，且與陸大夫同舉宗風〔六〕；放下鉢囊，不妨陳尊宿暫爲鄰舍〔七〕。

【題解】

光孝，指南山報恩光孝寺，在浙江桐廬。參見卷十九嚴州重修南山報恩光孝寺注〔七〕。廓老爲誰不詳。嚴州重修南山報恩光孝寺文中有智廓者，或即廓老。本文爲陸游爲光孝寺啓請廓老所作的法堂疏文。

本文原未繫年。歐譜列於不繫年文。據文中「陸大夫同舉宗風」、「陳尊宿暫爲鄰舍」二句，當作於淳熙十三年（一一八六）七月至淳熙十五年七月間。時陸游在知嚴州任上。

參考卷十九嚴州重修南山報恩光孝寺。

【校記】

①「手」，原作「采」，弘治本、正德本同，據汲古閣本改。

【箋注】

〔一〕「一口」句：佛家指忘記過去、現在、未來。三世如來：即三世佛，過去佛爲迦葉佛，現在佛爲釋迦牟尼佛，將來佛爲彌勒佛。

〔二〕七里瀨：在浙江桐廬南。兩山夾峙，東陽江奔瀉其間，水流湍急，連綿七里，故名。北岸富春山相傳爲嚴子陵耕作垂釣處。十方衲子：各方僧人。十方，佛教指東、西、南、北、東南、西南、東北、西北、上、下各方位。

〔三〕隨緣自在：順應機緣，任其自然。

〔四〕信手：佛家稱入佛之寶山以信心爲手而采寶，故云信手。

〔五〕作家：禪宗稱善用機鋒者。參見本卷福州請九峰圓老疏注〔三〕。

〔六〕拂子：即拂塵。用以撣拭塵埃和驅趕蚊蠅的器具。佛家常用棉線、羊毛、樹皮等製，禁用牛尾、馬尾等。陸大夫：陸游自稱。陸游淳熙十三年初除朝請大夫（從六品），知嚴州。據此，本文當作於嚴州任上。宗風：宗派之風儀。

〔七〕陳尊宿：唐末禪僧。名道明，睦州人，江南陳氏之後。事迹見五燈會元卷四。嚴州圖經卷一：「兜率寺在天慶觀西。唐末有僧道明居此寺，因號陳尊宿道場。寺又有陳尊宿庵。」

雍熙請機老疏

諸方到處，只解抱不哭孩兒〔一〕；好漢出來，須會打無麵餺飥〔二〕。舉起一枝拂子，勘破四海禪和〔三〕。某人心地超然，談鋒俊甚。最初遊歷，倒却門前剎竿〔四〕；末後承當，分付先師鉢袋〔五〕。十年涵養，一日闡揚。請木上座作先馳，拈鐵酸豏施大衆〔六〕。鯨鐘鼉鼓，無非塗毒家風〔七〕；蘿月溪雲，盡是放翁供養〔八〕。

【題解】

雍熙，指雍熙院。參見本卷雍熙請最老疏題解。機老爲誰不詳。本文爲陸游爲雍熙院啓請機老所作的法堂疏文。

本文原未繫年。歐譜列於不繫年文。待考。

【箋注】

〔一〕抱不哭孩兒：指謹守家法，墨守成規。大慧普覺禪師法語卷二十示空慧道人：「若只抱得不哭孩兒，有甚用處。」朱子語類卷一〇一：「和靖（尹焞）守得謹，見得不甚透，如俗語説，他只是抱得一個不哭底孩兒。」

〔二〕打無麪餺飥：做無米之炊。餺飥：即湯餅，水煮的麪食。歐陽修歸田録卷二：「湯餅，唐人謂之『不托』，今俗謂之『餺飥』矣。」

〔三〕禪和：即禪和子，指參禪之人，亦指禪僧。和，指和尚。蘇軾禪戲頌：「已熟之肉，無復活理，投在東坡無礙羹釜中，有何不可！問天下禪和子，且道是肉是素？喫得是喫不得？是大奇大奇。一盌羹，勘破天下禪和子。」

〔四〕門前刹竿：寺門前的幡竿，頂上有金銅造寶珠形。五燈會元卷一二祖阿難尊者：「一日問迦葉曰：『師兄，世尊傳金襴袈裟外，别傳箇甚麽？』迦葉召阿難，阿難應諾。迦葉曰：『倒却門前刹竿著。』」

〔五〕鉢袋：即衣鉢。表示傳法的袈裟和鉢。

〔六〕木上座：木製手杖。鐵酸豏：鐵硬的包子。均參見本卷福州請聖泉穎老疏注〔七〕。

〔七〕鯨鐘：古代大鐘。鐘紐爲蒲牢狀，鐘杵爲鯨魚狀。鼉鼓：用鼉皮所蒙之鼓，其聲如鼉鳴。詩大雅靈臺：「鼉鼓逢逢。」塗毒：指塗毒策，即徑山智策禪師。參見卷二二塗毒策禪師真贊題解。

〔八〕蘿月溪雲：泛指雍熙院景物。蘿月，藤蘿間的明月。鮑照等月下登樓聯句：「㸌髣蘿月光，繽紛篁霧陰。」盡是放翁供養：雍熙院爲陸氏功德院，須由陸氏供養。

雍熙請錫老疏

瞿唐峽、灩澦堆〔一〕，萬里不生寸草；若耶溪、雲門寺，三人即是叢林〔二〕。要看雲居錫上座點檢諸方，須與宣城陸大夫激揚此事〔三〕。某人得來孤峻，用處縱横〔四〕，巍巍堂堂，灑灑落落〔五〕。半月巖戴起簑子，好泉亭脱下草鞋〔六〕。水宿山行〔七〕，平日只成露布；刀耕火種〔八〕，從今别是生涯。

【題解】

雍熙，指雍熙院。參見本卷雍熙請最老疏題解。錫老爲誰不詳。本文爲陸游爲雍熙院啓請錫老所作的法堂疏文。

本文原未繫年。歐譜列於不繫年文。待考。

【箋注】

〔一〕灩澦堆：即灧澦堆。長江瞿塘峽口的險灘，在四川奉節東。李白長干行之一：「十六君遠行，瞿塘灩滪堆。」王琦注引太平寰宇記：「灩滪堆周回二十丈，在夔州西南二百步蜀江中心瞿塘峽口。冬水淺，屹然露百餘尺。夏水漲，没數十丈。其狀如馬，舟人不敢進。」

〔二〕若耶溪：溪名。出紹興若耶山，北流入運河。相傳爲西施浣紗之處。杜甫奉先劉少府新畫山水障歌：「若耶溪，雲門寺，吾獨胡爲在泥滓，青鞋布襪從此始。」雲門寺：參見卷十七雲門壽聖院記。　叢林：佛教多數僧衆聚集之處。後泛指寺院。

〔三〕雲居錫上座：雲居寺的錫上座，當即錫老。上座，僧寺中僅次於住持的職位。　點檢：查核，考核。　宣城陸大夫：當即陸游自稱。

〔四〕孤峻：孤岸嚴峻。葉夢得石林詩話：「（杜正獻）立朝孤峻，凛然不可屈。」　用處：指處世待人的態度。　縱横：肆意横行，無所顧忌。

〔五〕巍巍堂堂：崇高莊嚴貌。　灑灑落落：飄逸瀟灑貌。

〔六〕半月巖：當爲雍熙院山巖。　簣子：斗笠。　好泉亭：雍熙院前的橋亭。參見卷十七雲門壽聖院記注〔六〕。

〔七〕水宿山行：指跋山涉水，外出雲游。

〔八〕刀耕火種：古代山地的耕作方法。

求僧疏

掀禪牀，拗柱杖，雖屬具眼厮兒〔一〕；搭袈裟，展鉢盂，却要護身符子〔二〕。伏望尊官長者、達士通人〔三〕，共燃續慧命燈，不惜判虛空筆〔四〕，起難遭想，結最勝緣〔五〕。向僧堂前喝參，幸離俗諦〔六〕；以比丘身得度〔七〕，敢負厚恩？

【題解】

本文爲陸游爲求出家爲僧者所作的募緣疏文。共兩首。

本文原未繫年。歐譜列於不繫年文。待考。

【箋注】

〔一〕禪牀：坐禪之牀。賈島送天台僧：「寒蔬修浄食，夜浪動禪牀。」具眼厮兒：指有眼力之人。厮兒，猶言小子。

〔二〕護身符子：即護身符。指佛教僧尼的度牒，因其可作免除徭役的憑證。

〔三〕達士：見識高超、不同流俗之人。吕氏春秋知分：「達士者，達乎死生之分。」通人：學識淵博通達之人。莊子秋水：「當桀紂而天下無通人，非知失也。」

〔四〕慧命：弘揚佛法。佛教以智慧爲法身之壽命，智慧夭，則法身亡，故稱慧命。虛空：指入佛門。

〔五〕難遭想：千載難逢的念頭。最勝緣：最高的善緣。

〔六〕喝參：亦稱唱參。身自來報到伺候。俗諦：亦稱世諦，與真諦相對。佛教指淺明而易爲世人理解的道理。

〔七〕比丘：指已受具足戒的男子，俗稱和尚。

又

佛有八萬四千法門〔一〕，出家最勝；僧受二百五十大戒，利物無邊〔二〕。方今雲門諸山，莫如浄智一境〔三〕。必度優婆塞〔四〕，俾成比丘僧。巍巍堂堂，聿觀龍象之衆〔五〕；雍雍肅肅，不愧旃檀之林〔六〕。儻許結緣，願垂涉筆〔七〕。

【箋注】

〔一〕八萬四千法門：八萬四千個進入佛地的門户。法門，修行者入道的門徑。法華經序品：「以種種法門，宣示於佛道。」

〔二〕二百五十大戒：比丘所受的二百五十條戒律。大戒，即具足戒。漢族僧尼按四分律受戒，比丘戒二百五十條，比丘尼戒三百四十八條。利物：指利益衆生。

〔三〕浄智：即清静智慧。以此智慧，照了諸法皆空，即得内心寂静。由寂静故，得真實理。

〔四〕優婆塞：在家奉佛的男子，即居士。

〔五〕龍象：指高僧。

〔六〕雍雍肅肅：和睦莊重貌。旃檀：即檀香。香木名，可以雕刻佛像，寺廟多以木屑燃燒祈佛。

〔七〕涉筆：動筆，着筆。

紫霄宫女童徐居慶求披戴疏

雲山棲隱，雖從金門羽客之遊〔一〕；冠珮焚修，尚欠白水真人之力〔二〕。敢輸微懇，仰叩高閎〔三〕。伏望推博施之心，植衆妙之本。仙槎乞得支機石〔四〕，既遇有緣；天風飄下步虚聲〔五〕，是爲報德。

【題解】

紫霄宫，女道士宫觀，在臨安府富陽縣南三十里。咸淳臨安志卷七五：「紫霄宫（女冠）在大元山，去縣南三十里。前有一石，世傳三官下馬石。靖康丙午，女冠清妙虚心大師孫千霞，與其師宋道録自中都來，止山前。一夕，里人見祥光上騰。初結茅以居，久之遂成宫觀。雅潔幽爽，亦縣之勝概也。紹興十三年賜今額。」披戴，指做道士。胡繼宗書言故事道教：「初爲道士，披氅衣，戴星冠，曰披戴。」本文爲陸游爲紫霄宫女童徐居慶要求做道士所作的募緣疏文。

本文原未繫年。歐譜列於不繫年文。待考。

【箋注】

〔一〕雲山：遠離塵世之地，隱者或出家人之居處。江淹蕭被侍中敦勸表：「臣不能遵煙洲而謝支伯，迎雲山而揖許由。」金門羽客：道士的稱號。陳舜俞廬山記敘山南：「保大中，道士譚紫霄來自閩中，賜號『金門羽客』。」

〔二〕冠珮：女道士的帽子和佩飾。焚修：焚香修行。白水真人：漢代錢幣「貨泉」的別稱。後漢書光武帝紀論：「及王莽篡位，忌惡劉氏，以錢文有金刀，故改爲貨泉。或以貨泉文字爲『白水真人』。」

〔三〕高閎：高大的門。此指紫霄宫。

〔四〕「仙槎」句：周密癸辛雜識前集引宗懍荆楚歲時記載，漢代張騫奉命尋找河源，乘槎經月亮至天河，在月中見一女織，又見一丈夫牽牛飲河，織女取支機石與騫。支機石，織女用於支撑織機之石。

〔五〕「天風」句：本事詩事感：「詩人許渾嘗夢登山，有宫室凌雲，人云：『此崑崙也。』即入，見數人方飲酒，招之，至暮而罷。賦詩云：『曉入瑶臺露氣清，坐中唯有許飛瓊。塵心未斷俗緣在，十里下山空月明。』他日復夢至其處，飛瓊曰：『子何故顯余姓名於人間？』座上即改爲『天風吹下步虛聲』。曰：『善。』」步虛聲，指道士誦經禮贊之聲。異苑卷五：「陳思王遊山，忽聞空裏誦經聲，清遠遒亮，解音者則而寫之，爲神仙聲。道士效之，作步虛聲。」

成都大聖慈寺念經院僧法慧爲行者雷印定求度牒疏

拈華會上，正法眼雖是自明〔一〕；刬草殿前，護身符少伊不得〔二〕。故鄉踰八千里路，空手要七十萬錢〔三〕。欲辦大緣，莫嫌俗氣。從此鉢盂兩度濕，受賜不貲〔四〕；忽然平地一聲雷〔五〕，酬恩有在。

【題解】

大聖慈寺，俗稱大慈寺，成都著名古寺。古稱「震旦第一叢林」。修建於七世紀中葉，唐玄宗賜匾「敕建大聖慈寺」。玄奘曾在此受戒。唐宋間極盛，以壁畫和銅佛著稱。寺内多有别院，念經院爲其中之一。行者，此指在寺院服役尚未剃度的出家者。本文爲陸游爲大聖慈寺念經院僧法慧替行者雷印定求出家度牒所作的募緣疏文。

本文原未繫年。歐譜列於不繫年文。待考。

【箋注】

〔一〕「拈華」二句：五燈會元七佛釋迦牟尼佛：「世尊在靈山會上，拈花示衆，是時衆皆默然，唯迦葉尊者破顏微笑。世尊云：『吾有正法眼藏，涅槃妙心，實相無相，微妙法門，不立文字，教外別傳，付囑摩訶迦葉。』」正法眼，即正法眼藏，禪宗用以指全體佛法（正法）。

〔二〕劃草殿前：可知雷印定乃服役的「行者」。護身符：即度牒。參見本卷求僧疏注〔二〕。

〔三〕七十萬錢：指度牒的價格要七十萬錢。

〔四〕鉢盂：僧人的食器。兩度濕：指一日兩餐。不貲：不可計數。

〔五〕平地一聲雷：突發意外。此指有人捐贈度牒。

雍熙請倫老疏

修竹茂林，久作蘭亭之客〔一〕；青鞋布襪，忽尋秦望之盟〔二〕。此有宿因〔三〕，寧容力避。某人渡河香象，跋浪長鯨〔四〕。初得法於室中，耳聾三日〔五〕；晚抽身於林下，壁觀九年〔六〕。道價雖高，世緣未契〔七〕，方公言之共歎，亦勝地之將興。百草頭祖師，本來知見〔八〕；一毫端寶刹，今日神通〔九〕。但辦肯心〔一〇〕，必無難事。

【題解】

雍熙，指雍熙院。參見本卷雍熙請最老疏題解。倫老爲誰不詳。本文爲陸游爲雍熙院啓請倫老所作的法堂疏文。

本文原未繫年。歐譜列於不繫年文。待考。

【箋注】

〔一〕蘭亭：亭名，在紹興西南之蘭渚山上。東晉永和九年（三五三）王羲之與謝安、謝萬等四十二人修禊於蘭亭，成爲文人雅集的典範。

〔二〕秦望：即秦望山，在杭州西南。酈道元水經注漸江水：「又有秦望山，在州城正南，爲衆峰之傑，陟境便見。史記云：秦始皇登之以望南海。」

〔三〕宿因：前世的因緣。華嚴經卷七五：「宿因無失壞，今受此果報。」

〔四〕渡河香象：佛教比喻證道的深刻。優婆塞戒經三種菩提品：「如恒河水，三獸俱渡，兔、馬、香象。兔不至底，浮水而過。馬或至底，或不至底。象則盡底。」跋浪：破浪，踏浪。杜甫短歌行贈王郎司直：「豫章翻風白日動，鯨魚跋浪滄溟開。」長鯨：大鯨。左思吴都賦：「長鯨吞航，修鯢吐浪。」

〔五〕耳聾三日：指受到極大的震動。

〔六〕壁觀九年：相傳達摩禪師在少林寺面壁静坐九年以修道。五燈會元東土祖師初祖菩提達磨大師：「（大師）寓止於嵩山少林寺，面壁而坐，終日默然，人莫測之，謂之壁觀婆羅門。」

〔七〕道價：僧人在修持方面的聲望。王十朋哭純老：「莫年住甌閩，道價高遠邇。」世緣：俗緣，人世間之事。未契：不相合。

〔八〕百草頭祖師：大慧普覺禪師語録：「明明百草頭，明明祖師意。」圓悟佛果禪師語録：「百草頭上有祖師。」百草頭，百種花草乃至一切存在。祖師，即祖師意，指佛法的真諦。知見：佛教指真知灼見。

〔九〕一毫端寶刹：楞嚴經：「於一毛端現寶王刹，坐微塵裏轉大法輪。」一毫之末梢能洞見全部的佛國。猶言見微知著。神通：亦作神通力。佛教指通過修持禪定所得到的神秘法力。

〔一〇〕肯心：稱心，甘心。

梁氏子求僧疏

名家有千里駒，本意折一枝桂〔一〕。忽厭魯章甫，擬著僧伽黎〔二〕。可謂人英，堪承佛種〔三〕。長者若能成就，放翁爲作證明。

【題解】

梁氏子爲誰不詳。本文爲陸游爲梁氏子要求爲僧所作的募緣疏文。

本文原未繫年。歐譜列於不繫年文。待考。

【箋注】

〔一〕千里駒：比喻能力極强的少年人才。折一枝桂：即折桂。晉書郤詵傳：「武帝於東堂會送，問詵曰：『卿自以爲何如？』詵對曰：『臣舉賢良對策，爲天下第一，猶桂林之一枝，崑山之片玉。』」後以「折桂」指科舉及第。

〔二〕魯章甫：指儒者之冠。禮記儒行：「丘少居魯，衣逢掖之衣；長居宋，冠章甫之冠。」章甫，商代的一種冠，後宋人冠之。僧伽黎：亦作僧伽梨，即袈裟。僧人法服，由肩至膝束於腰間。

〔三〕佛種：佛教指成佛之因。華嚴經明法品：「復次於衆生田中，下佛種子，是故能令佛種不斷。」

孫餘慶求披戴疏

孤雲野鶴，山林自屬閒身；布襪青鞋，巾褐本來外物〔一〕。伏念心久游於塵外，迹尚寄於人間。傅翁雖然頭戴道冠，王恭終要身披鶴氅〔二〕。直須白水真人力，共了青溪道士緣〔三〕。

【題解】

孫餘慶爲誰不詳。本文爲陸游爲孫餘慶要求做道士所作的募緣疏文。

本文原未繫年。歐譜列於不繫年文。待考。

【箋注】

〔一〕巾褐：頭巾和褐衣。古代平民服裝。三國志吴書薛瑩傳：「特蒙招命，拯擢泥污，釋放巾褐，受職剖符。」

〔二〕傅翕（四七九—五六九）：字玄風，號善慧，浙江義烏人。佛教著名居士，世稱傅大士。二十四歲棄妻子，捨第宅，於松下建雙林寺以居，苦修七年。通儒、道典籍，主張三教兼收并蓄。梁武帝迎入都，一日大士披袈裟、冠儒巾、著道履上殿朝見。武帝問其原故，不得其解。不久放歸。續高僧傳卷二六有傳。

王恭（？—三九八）：字孝伯，太原晉陽（今山西太原）人。東晉大臣、外戚。官至前將軍、青兖二州刺史。少有美譽，清操過人。美姿儀，嘗披鶴氅裘，涉雪而行，孟昶贊爲「神仙中人」。晉書卷八四有傳。

〔三〕白水真人：指貨泉。參見本卷紫霄宫女童徐居慶求披戴疏注〔二〕。青溪道士：文選卷二一遊仙詩七首其二：「青溪千餘仞，中有一道士。雲生梁棟間，風出窗户裏。借問此何誰？云是鬼谷子。」

陶山庵行者求化度牒疏

昔於如來所發心〔一〕，蓋非一世；今以比丘身得度，夫豈小緣？況貞白先生升仙之區，實文昌左轄植福之地〔二〕。遍投信施，庶獲圓成〔三〕。七條九條二十五條，儻無魔障〔四〕；一佛二佛百千億佛〔五〕，當共證明。

【題解】

陶山庵，應與陸游祖父陸佃有關。陸佃號陶山先生，文集稱陶山集。山陰陸氏族譜載：「公嘗請今之陶山泰寧寺爲功德院……紹興初，以其地爲昭慈孟太后攢宮，遷寺於山南二里白鹿峰下，復賜泰寧……公號陶山，蓋出於此。」陶山庵或即此功德院。本文爲陸游爲陶山庵行者求出家度牒所作的募緣疏文。

本文原未繫年。歐譜列於不繫年文。待考。

【箋注】

〔一〕發心：佛教稱發願求無上菩提之心。法華經從地湧出品：「從誰初發心，稱揚何佛法？」

〔二〕貞白先生：即陶弘景，南朝時博物學家、道教代表人物。升仙：得道成仙。相傳陶弘景升仙在浙江瑞安陶山。文昌左轄：指陸佃。陸佃曾拜尚書右丞，轉左丞。文昌，爲唐代尚書省别名。左轄，即左丞。植福：造福。似指以陶山庵爲功德院。

〔三〕信施：佛教稱信者之施物。圓成：佛教指成就圓滿。

〔四〕「七條」句：袈裟用小片横綴而成，呈長方形。其形制分五條、七條、二十五條等多種。魔障：佛教指修身的障礙。

〔五〕「一佛」句：佛爲化度衆生，在世上現身説法時可化身爲種種形象，從一佛、二佛，直至百千億佛。

傅妙龢求僧疏

四十劫前記作佛，已定出家〔一〕；百尺竿頭坐底人，正須進步〔二〕。兹述慺慺之請〔三〕，敬趨赫赫之門。伏望王公大臣、長者居士，揮雲煙於紙上，運財寶於庫中，出現優鉢曇花，成就僧伽黎相〔四〕。十方諸佛同聲贊，可謂勝緣；一日鉢盂兩度開〔五〕，敢忘大施？

【題解】

傅妙龢爲誰不詳。本文爲陸游爲傅妙龢要求出家所作募緣疏文。

本文原未繫年。歐譜列於不繫年文。待考。

【箋注】

〔一〕「四十」二句：佛教類書經律異相載「貧女難陀」故事：貧女難陀乞討换錢，布施燈油供佛，發願要使光明照徹十方。燈長明不熄。佛陀給她授記，稱其四十劫後可以成佛。劫，佛教稱世界從生成到毀滅的過程爲一劫。

〔二〕「百尺」二句：佛教指道行境界極高，仍須更進一步。五燈會元天童淨全禪師：「百尺竿頭須進步，十方世界現全身。」

〔三〕慺慺：恭謹貌，勤懇貌。

〔四〕優鉢曇花：祥瑞靈異之花。參見本卷能仁請昕老疏注〔二〕。僧伽黎：袈裟。參見本卷梁氏子求僧疏注〔二〕。

〔五〕「一日」句：指一日兩餐。

葉可忻求僧疏

七寶布施作福〔一〕，止屬有爲；一人發心歸源〔二〕，方名大事。非賴賢豪之助，曷弘清淨之緣。所冀見聞，各懷喜捨〔三〕。續佛壽命，成苾蒭不壞之身〔四〕；爲國焚修，效芥石無疆之祝〔五〕。

【題解】葉可忻爲誰不詳。本文爲陸游爲葉可忻要求出家所作募緣疏文。

本文原未繫年。歐譜列於不繫年文。待考。

【箋注】

〔一〕七寶：佛教指七種珍寶，但説法不一。如法華經以金、銀、琉璃、硨磲、瑪瑙、真珠、玫瑰爲七寶等。

〔二〕歸源：指出家爲僧。

〔三〕喜捨：指樂於施捨。

〔四〕苾芻：即比丘。原爲西域草名，梵語以喻出家的佛弟子，爲受具足戒者之通稱。玄奘大唐西域記僧訶補羅國：「大者爲苾芻，小者稱沙彌。」

〔五〕焚修：焚香修行。司空圖携仙籙之五：「若道陰功能濟活，且將方寸自焚修。」芥石：芥子劫和磐石劫。比喻劫期長遠。

祝文

【釋體】

徐師曾文體明辨序説：「按祝文者，饗神之詞也，劉勰所謂『祝史陳信，資乎文辭』者是也。昔伊祁始蜡以祭八神，其辭云：『土反其宅，水歸其壑，昆蟲毋作，草木歸其澤。』此祝文之祖也。厥後虞舜祠田，商湯告帝，周禮設太祝之職，掌六祝之辭。春秋已降，史辭寖繁，則祝文之來尚矣。考其大旨，實有六焉：一曰告，二曰脩（脩，常祀也），三曰祈（求也），四曰報（謝也），五曰辟（讀曰弭，讓也，見郊特牲），六曰謁（見也），用以饗天地山川、社稷宗廟、五祀群神，而總謂之祝文。其詞有散文，有韵語。」

本卷收録祝文二十三首。

鎮江謁諸廟文

某以隆興改元夏五月癸巳，自西府掾出佐京口〔一〕，明年春二月己卯至郡。洪惟上恩〔二〕，不可量數。敢不夙夜祗惕，圖稱所蒙〔三〕。區區之心，神其監之。

【題解】

隆興元年三月，陸游因論龍大淵、曾覿招權植黨，觸怒孝宗，除左通直郎通判鎮江府。夏日，自都還里中。隆興二年二月至鎮江赴任。古代地方官到任，往往要拜謁當地的各種神廟，并呈上饗神的祝文。本文爲陸游拜謁鎮江府諸廟所作的祝文。

據文中自述，本文當作於隆興二年（一一六四）二月。時陸游在鎮江府通判任上。

【箋注】

〔一〕西府掾：指陸游原任的樞密院編修官。西府，宋代樞密院所居處。掾，掾吏，佐助官吏。

〔二〕洪惟上恩：猶言皇恩浩蕩。京口：鎮江古稱。

〔三〕祇惕：敬慎恐懼。北齊書文宣帝紀：「循躬自省，實懷祇惕。」所蒙：指所受之職位。

祭富池神文

某去國八年〔一〕，浮家萬里。徒慕古人之大節〔二〕，每遭天下之至窮。登攬江山〔三〕，裴徊祠宇。九原孰起〔四〕，孤涕無從。雖薄奠之不豐，冀英魂之來舉。

【題解】

富池神，即富池昭勇廟供奉的孫吳名將甘寧。富池在今湖北陽新。入蜀記第四：「十三日，至富池昭勇廟，以壺酒、特豕，謁昭毅武惠遺愛靈顯王神。神，吴大帝時折衝將軍甘興霸也。興霸嘗爲西陵太守，故廟食於此。」本文爲陸游爲拜謁祭祀富池神所作的祝文。

據文中所述，本文當作於乾道六年（一一七〇）八月十三日。時陸游在入蜀赴夔州通判任途中。

【箋注】

〔一〕去國八年：陸游隆興元年（一一六三）夏離開朝廷，至此時已跨八年。

〔二〕大節：高遠宏大的志節。後漢書馬援傳：「（光武）且開心見誠，無所隱伏，闊達多大節，略與高帝同。」

〔三〕登攬：登高攬勝。

〔四〕九原：原指晉國的墓地。後泛指墓地。國語晉語：「趙文子與叔向遊於九原曰：『死者若可作也，吾誰與歸？』」

福建謁諸廟文

某聞聰明正直，神之所以爲神也；靖共爾位，好是正直〔一〕，吏之所以事神也。一戾於此，神且殛之〔二〕，其何福之敢望？某蒙恩出使一道，告至之始，祇慄於祠下〔三〕。

【題解】

淳熙五年秋，陸游由蜀地東歸臨安，除提舉福建常平茶事。冬抵建安任所。本文爲陸游爲拜謁福建諸廟所作的祝文。

本文原未繫年。歐譜繫於淳熙五年（一一七八），是。文中「某蒙恩出使一道」可證。當作於該年冬。時陸游在提舉福建常平茶事任上。

【箋注】

〔一〕「靖共」二句：恭謹從事，忠於職守，協助正直之士。語出詩小雅小明：「嗟爾君子，無恒安息。靖共爾位，好是正直。神之聽之，介爾景福。」靖，恭謹。共，同恭，奉，履行。

〔二〕戾：違背，違逆。殛：殺死，誅戮。

〔三〕祗慄：敬慎恐懼。漢書匡衡傳：「蓋欽翼祗栗，事天之容也。」

福州城隍昭利東嶽廟祈雨文 代

閩之風俗，祭祀報祈，比他郡國最謹〔一〕，以故祠廟之盛，甲於四方。斧斤丹堊〔二〕，靡有遺巧，重門傑閣，焕然相望。則神之所以福其人者，亦宜與他郡國異。而自夏訖秋，驕陽爲害，水泉淺涸，草木焦卷，多稼彌野，將茂而槁。夫幽顯之際雖遠〔三〕，然豈有享其奉而不恤其害者。惟神聰明，宜動心焉。

【題解】

據八閩通志卷五七祠廟，福州所轄各縣均有城隍廟。懷安縣有昭利廟，在越王山之麓，宋政和二年重建。又福州東嶽廟在福州東門外易俗里東岱山麓，五代後梁時爲東華宫泰山廟，宋大中祥符三年寖廣其制，改稱天慶觀。元祐三年宫觀遭焚，哲宗詔令重修。本文爲陸游代知州爲福州城隍、昭利、東嶽諸廟祈雨所作的祝文。

本文原未繫年。歐譜繫於淳熙六年（一一七九），誤。本文及以下四文均爲陸游代人所作。考陸游初入仕，於紹興二十八年（一一五八）爲福州寧德縣主簿，次年調官爲福州决曹。故代作對象當爲福州知州。此五文均應作於紹興二十九年（一一五九）秋。時陸游在福州决曹任上。福州準敕禱諸廟文載因皇太后服藥而大赦天下事，確定發生於紹興二十九年八月（見該文題解），更可爲明證。文集此處編排似稍有違例，未按時間順序，容易引起誤解，與前文任提舉福建常平時相混淆。但如理解爲按地域編排，福州代作五篇附於福建篇之後，亦無不可。

【箋注】

〔一〕郡國：漢初分置直屬中央的郡和分封王侯的國，南北朝沿用并置，隋代廢國存郡。後泛指地方行政區。

〔二〕斧斤丹堊：木工和漆工。

〔三〕幽顯：即陰陽，亦指陰間和陽間。北史李彪傳：「天下斷獄起自初秋，盡於孟冬。不於三統之春，行斬絞之刑。如此則道協幽顯，仁垂後昆矣。」

福州謝雨文 代

吏受命天子，牧養百姓；神受命上帝，保衛一方：其責則均。然而祠宇貌像，孰與府寺之雄；犧牲醪幣，孰與廩餼之厚[一]；巫覡尸祝[二]，孰與官屬之盛。吏惰政紕，無以格豐年之祥[三]，不自責而望神，宜拒而弗享矣。區區之禱，曾未信宿[四]，雲興東山之麓，雨被千里之内，雷發而不怒，風行而不疾，祁祁霡霂[五]，如哺如乳。起視四野，莫不霑足，愁歎之聲，變爲歡謡。嗚呼！吏之愧於神多矣。酒冽牲肥，樂歌送迎，匪報也，以識吏之愧也。

【題解】

本文爲陸游代知州爲福州祈雨成功所作的謝雨祝文。

本文原未繫年。歐譜繫於淳熙六年（一一七九），誤。當作於紹興二十九年（一一五九）秋。時陸游在福州決曹任上。

【箋注】

〔一〕醪幣：濁酒和幣帛，均爲祭祀用品。　廩餼：公家供給的糧食等物資。亦泛指俸禄。南史蕭正德傳：「敕所在給汝廩餼。」

〔二〕巫覡：巫師。女巫爲巫，男巫爲覡，合稱巫覡。　尸祝：祭祀的主祭人。莊子逍遥遊：「庖人雖不治庖，尸祝不越樽俎而代之矣。」成玄英疏：「尸者，太廟中神主也。祝者，則今太常太祝是也。」

〔三〕格：感通。

〔四〕信宿：連宿兩夜。詩豳風九罭：「公歸不復，於女信宿。」毛傳：「再宿曰信；宿，猶處也。」

〔五〕祁祁：衆多貌。詩豳風七月：「春日遲遲，采蘩祁祁。」　霡霂：小雨飄灑貌。

福州準赦禱諸廟文 代

乙未詔書，慈寧殿服藥〔一〕，敷大宥於四方〔二〕，分命郡國，禱山川神示之在典祀者〔三〕。惟神受職，欽承上意。

【題解】

宋史卷三一高宗本紀八：「（紹興二十九年八月）乙未，以皇太后不豫，大赦，不視朝。」續資治通鑑宋紀卷一三三：「（紹興二十九年八月）乙未，以皇太后服藥，赦天下，命輔臣祈禱天地、宗廟、社稷。不視朝，召輔臣奏事内殿。」本文爲陸游代知州爲照準大赦祈禱諸廟所作的祝文。

本文原未繫年。歐譜繫於淳熙六年（一一七九），誤。當作於紹興二十九年（一一五九）八月。時陸游在福州決曹任上。

【箋注】

〔一〕慈寧殿：南宋皇太后的起居宫殿。借指皇太后。此皇太后指高宗生母、徽宗韋賢妃，隨徽宗北擄，高宗即位後尊爲皇太后。紹興十二年遣使迎歸，入居慈寧宫。二十九年慶賀八十壽辰，九月得疾，俄崩於慈寧宫。宋史卷二四三有傳。

〔二〕敷：施行。宥：寬恕，赦免。

〔三〕典祀：按常禮舉行的祭祀。書高宗肜日：「典祀無豐于昵。」孔傳：「祭祀有常，不當特豐於近廟。」

福州歐治池龍鱓溪河口五龍祈雨祝文 代①

繚垣閟宇，瀦水灌木〔一〕，窈然而幽陰者，龍之神也。升天御雲，濟世澤物，霈然而成功者，龍之仁者也。聰明正直，有禱必應者，又其所以食於民也。歷時不雨，粢盛將害〔二〕，則龍亦何心視民之窮，如越人之視秦也〔三〕。變化呼吸，轉災爲豐，在龍之力，其易如指之屈伸也。犧牲醪幣〔四〕，吏之所以報龍者，其敢怠而弗親也。

【題解】

歐冶池今位於福州市鼓樓區冶山北麓。淳熙三山志卷四：「甌冶池，今將軍山之北，昔冶山之麓也。亦名，及俗呼甌冶，皆以東越故耳。程大卿師孟創甌冶亭作詩，又爲後序云：『予至州之明年，新子城。城之東北隅，灌木陰翳。因爲開通，始問此水。或對曰：甌冶池。予竊喜其迹最古，且愛其平闊清泚。又池之南隴阜盤迂，喬林古木，滄洲野色，鬱然城堞之下。於是亭閣其上，而浮以畫舫，可燕可遊。亭之北跨濠而梁，以通新道。既而州人士女，朝夕不絶，遂爲勝概。』」龍鱓溪河口五龍，廟名，不詳。本文爲陸游代知州爲向歐冶池等地祈雨所作的祝文。

本文原未繫年。歐譜繫於淳熙六年（一一七九），誤。當作於紹興二十九年（一一五九）秋。時陸游在福州決曹任上。

【校記】

①「五龍」，汲古閣本作「五龍廟」，疑是。

【箋注】

〔一〕繚垣：繚繞的圍牆。　閟宇：幽深的屋簷。　瀦水：蓄積的池水。

〔二〕粢盛：祭器内供祭祀的穀物。

〔三〕越人之視秦：比喻痛癢與己無關。語本韓愈争臣論：「視政之得失，若越人之視秦人之肥瘠，忽焉不加喜戚於其心。」

〔四〕醪幣：濁酒和幣帛，均爲祭祀用品。

福州閩王閩忠懿王祈雨祝文 代

維神之生，禦災捍患〔一〕，有功德於此邦之人。没而祀之，非獨父老子弟不忘神之功德，意者神亦眷眷於此邦，没而不已也。歷時不雨，稼穡將害，吏雖不言，神其忍安視弗救耶？雖然，敢不以告。

【題解】

閩王閩忠懿王，即王審知（八六二—九二五），字信通，唐光州固始（今河南固始）人。五代十國時期閩國建立者。唐末爲武威軍節度使、福建觀察使，遷檢校太保、同中書門下平章事，封琅琊王。後梁太祖朱温加封王審知爲中書令、閩王。後唐同光三年卒，謚忠懿王，葬於福州西郊。舊五代史卷一三四、新五代史卷六八有傳。本文標題「閩忠懿王」下疑脱「廟」字。八閩通志卷五八祠廟：「閩縣忠懿王廟在府治東慶城寺之東。王姓王氏，諱審知，謚忠懿，詳見封爵志。晉開運三年，閩地入吴越，錢氏始命即王故第立廟祀之。宋開寶七年，刺史錢昱重新修建，并塑故都押衙建州刺史孟威等二十六人配饗。政和元年，郡守羅畸復修。紹興二年，郡守張守命閩縣知縣李公彦重修。」本文爲陸游代知州爲向閩忠懿王廟祈雨所作的祝文。

本文原未繫年。《歐譜》繫於淳熙六年（一一七九），誤。當作於紹興二十九年（一一五九）秋。時陸游在福州決曹任上。

【箋注】

〔一〕禦災捍患：抵禦災難禍患。

嚴州謁諸廟文

新定爲郡〔一〕，地狹民貧，而回禄馮夷〔二〕，數見譴告。市邑蕭然，至今未復。某蒙恩來守是邦，宜知所報。如或黷貨以厲民，淫刑以飾怒，事燕遊以廢政，納請謁以橈法〔三〕，是宜即罪於有神，死不敢悔。使其能粗踐今兹之言，則神亦宜哀矜之，調節雨暘〔四〕，驅逐癘疫，使與吏民仰戴明神之休〔五〕。牲酒鼓歌，以時來報，豈不幽顯各得其職哉〔六〕？

【題解】

陸游於淳熙十三年七月至淳熙十五年七月知嚴州。本文及以下十四首均作於該時期。本文爲陸游在嚴州到任後爲拜謁諸廟所作的祝文。

本文原未繫年。歐譜繫於淳熙十三年（一一八六），是。當作於該年七月。時陸游在知嚴州任上。

【箋注】

〔一〕新定：嚴州古稱，即新定郡。唐天寶元年改睦州置，乾元元年復爲睦州。宋宣和三年，改睦州爲嚴州，隸屬兩浙路。

〔二〕回禄馮夷：此指火災和水災。回禄，火神。左傳昭公十八年：「郊人助祝史除於國北，禳火於玄冥、回禄。」杜預注：「回禄，火神。」馮夷，黄河之神，即河伯。泛指水神。莊子大宗師：「馮夷得之，以遊大川。」成玄英疏：「姓馮名夷，弘農華陰潼鄉堤首里人也。服八石，得山川。大川，黄河也。天地錫馮夷爲河伯，故游處盟津大川之中也。」

〔三〕黷貨：貪污納賄。蘇軾論特奏名：「臣等伏見恩榜得官之人，布在州縣，例皆垂老，别無進望，惟務黷貨，以爲歸計。」　淫刑：濫用刑罰。左傳僖公二十三年：「淫刑以逞，誰則無罪？」　燕遊：宴飲遊樂。晉書五行志下：「魏代宫人猥多，晉又過之，燕遊是湎，此其孽也。」　橈法：枉法。漢書酷吏傳：「所愛者撓法活之，所憎者曲法滅之。」

〔四〕雨暘：雨天和晴天。書洪範：「曰雨，曰暘。」

〔五〕休：吉慶，美善。

〔六〕幽顯：指陰間和陽間。

謁大成殿文

某聞之夫子曰：「言不忠信，行不篤敬，雖州里，行乎哉〔一〕？」某家世山陰，被命來守，不三舍而至〔二〕，殆與古之仕於其國者無以異。然一於忠敬有所不力，則吏與民且合其智詐澆浮以欺其守〔三〕，豈不殆哉！視事之始，款謁先聖先師〔四〕，非獨以令甲也〔五〕，敢告夙夜祗懼之意〔六〕。

【題解】

大成殿，爲孔子廟之正殿。唐代稱文宣王殿。宋崇寧三年，徽宗取孟子「孔子之謂集大成」之語，下詔更名爲大成殿。本文爲陸游在嚴州到任後爲拜謁大成殿所作的祝文。

本文原未繫年。歐譜繫於淳熙十三年（一一八六），是。當作於該年七月。時陸游在知嚴州任上。

【箋注】

〔一〕「言不」四句：語出論語衛靈公。

〔二〕三舍：古代一舍三十里，三舍爲九十里。國語晉語四：「若以君之靈，得復晉國，晉楚治兵，會於中原，其避君三舍。」

〔三〕智詐：巧詐。文子自然：「又爲其懷智詐不以相教，積材不以相分，故立天子以齊一之。」

澆浮：浮薄。齊武帝吉凶條制詔：「三季澆浮，舊章陵替。」

〔四〕款謁：誠懇拜謁。

〔五〕令甲：第一道詔令（法令）。後泛指法令。漢書宣帝紀「令甲」顔師古注：「文穎曰：『令甲者，前帝第一令也。』如淳曰：『令有先後，故有令甲、令乙、令丙。』」

〔六〕夙夜祇懼：朝夕敬懼，小心謹慎。書泰誓上：「予小子夙夜祇懼。」

謁社稷神文

某蒙上恩，來守新定。邦雖小，有社稷焉，其敢不恪，以獲戾於神〔一〕。敬以到郡之三日，周視壇壝〔二〕。

【題解】

社稷神，土地神和穀神。本文爲陸游在嚴州到任後爲拜謁社稷神所作的祝文。

本文原未繫年。歐譜繫於淳熙十三年（一一八六），是。當作於該年七月。時陸游在知嚴州任上。

【箋注】

〔一〕恪：恭敬，恭謹。　獲戾：獲罪。書湯誥：「茲朕未知獲戾於上下。」孔傳：「未知得罪於天地。」

〔二〕壇壝：壇場，祭祀場所。周書武帝紀：「丁亥，初立郊丘壇壝制度。」

嚴州秋祭祝文

秋有祀，國之典也。筮日之良〔一〕，爰舉祀事，牲酒樂歌，靡敢不飭〔二〕。惟爾有神，來格來歆〔三〕，惠我吏民，神亦永饗典祀〔四〕。

【題解】

秋祭，四時祭祀之一。禮記祭統：「凡祭有四時：春祭曰礿，夏祭曰禘，秋祭曰嘗，冬祭曰烝……禘者，陽之盛也；嘗者，陰之盛也。故曰：莫重於禘嘗……禘嘗之義大矣，治國之本也，不可不知也。」本文爲陸游在嚴州到任後爲秋祭所作的祝文。

本文原未繫年。歐譜繫於淳熙十三年（一一八六），是。當作於該年秋。時陸游在知嚴州任上。

【箋注】

〔一〕筮日之良：用筮法確定吉祥之日。

〔二〕飭：謹慎，恭敬。

〔三〕格：感通。歆：嗅，聞。古時指祭祀時鬼神享受祭品的香氣。詩大雅生民：「其香始升，上帝居歆。」

〔四〕典祀：按常禮舉行的祭祀。參見本卷福州準敕禱諸廟文注〔三〕。

嚴州祈雨祝文

新定爲郡，介於溪山之間，雨暘少愆〔一〕，輒能病稼。戊申水溢〔二〕，方禱於神，曾未再旬，復以旱告〔三〕。吏政無以格陰陽之和，而惟神之瀆〔四〕，群趨廟庭，僕僕亟拜〔五〕。神固不以吏罪而棄斯民，吏獨無愧於神乎？尚力厥事，以蓋兹愧，神其監臨之〔六〕。

【題解】

淳熙十四年夏秋間，江南大旱。宋史孝宗本紀：「六月戊寅，以久旱，班畫龍祈雨法。甲申，幸太一宫、明慶寺禱雨……庚寅，臨安府火。」嚴州亦遭旱災。本文爲陸游爲嚴州祈雨所作的祝文，共三首。

本文原未繫年。歐譜繫於淳熙十四年（一一八七）。前二首當作於該年夏秋，第三首據文中「幸及終更」、「去郡有期」句，當然作於淳熙十五年（一一八八）夏。時陸游均在知嚴州任上。

參考卷二三嚴州祈雨疏。

【箋注】

〔一〕雨暘：雨天和晴天。愆：違失，耽誤。

〔二〕戊申：此爲干支紀日。當爲五月戊申日。水溢：水災。

〔三〕再旬：一旬十日，再旬爲二十日。復以旱告：當地戊申水災後十餘日，又遭逢旱災。

〔四〕吏政：官吏的政績。格：感通。惟神之瀆：即瀆神，輕慢神祇。

〔五〕僕僕亟拜：一再作揖行禮。語本孟子萬章下：「子思以爲鼎肉使己僕僕爾亟拜也，非養君子之道也。」

〔六〕監臨：監督。史記張耳陳餘列傳：「且夫監臨天下諸將，不爲王不可，願將軍立爲楚王也。」

二

甲辰詔旨〔一〕，以閔雨命郡守致禱〔二〕。惟神受職，欽承上命。

【箋注】

〔一〕甲辰：指七月甲辰日。

〔二〕閔雨：指國君憐念施恩澤於民。陳亮上孝宗皇帝第二書：「其君之有志於民而閔雨者必書，無志於民而不閔雨者必書，土功必書，饑饉必書。」

三

某被命來守，幸及終更〔一〕，不敢以去郡有期〔二〕，怠荒厥事。屏逐暴吏，慰安疲民，稽於幽明〔三〕，儻逭咎責〔四〕。而嘉穀方秀，時雨未渥〔五〕，維神正直，宜監於兹。敢列忱辭，恭俟嘉澤〔六〕。

【箋注】

〔一〕終更：更替，指任職到期。

〔二〕去郡有期：指任期滿而離郡。

〔三〕稽：稽考，考核。幽明：指善惡、賢愚。書舜典：「三載考績，三考黜陟幽明。」孔傳：「三年有成，故以考功；九歲，則能否、幽明有別，黜退其幽者，升進其明者。」

〔四〕儻：僥倖。逭：逃避。咎責：罪責。韓愈寄崔立之：「歡華不滿眼，咎責塞兩儀。」

〔五〕時雨：應時的雨水。渥：沾潤，沾濕。

〔六〕嘉澤：及時雨。後漢書郎顗傳：「自冬涉春，訖無嘉澤。」

嚴州馬目山祈雨祝文

維神有祠，兹山尚矣。唐刺史韓泰，以禱雨獲應，載新廟貌〔一〕。今又四百餘年，而未列命祀，無以慰父老祝史之心〔二〕。今兹旱勢已極，某雖愚，蒙恩假守〔三〕，得以專達於朝。敢與爾神期以三日，甘澤霑足，槁苗復興，當列奏乞封，以侈神之威靈〔四〕。顧以守郡，不獲親行，謹遣迪功郎、建德縣主簿汪仲儀即事祠下，而某帥郡僚望拜於軍門，傴以俟命〔五〕。

【題解】

馬目山，在建德縣城西南。淳熙嚴州圖經卷二建德縣：「馬目山在城西南二十五里。山有峰如馬首狀，中有小峰如馬首之目，因以得名。山有神廟。」又：「馬目山新廟在馬目浦口，瀕江距城三十里。唐文宗時刺史吕述建。按述記，謂先是州之右有潭曰罾潭，其深無至，鱗物宅焉。因立廟潭上，而馬目顧無之。每有禱，則附而祝曰：告於罾潭、馬目之神。開成己未歲旱，請於神曰：

『能雨則立廟。』越三日而雨。乃泝江四十里，躬擇神居，依山取勢，以爲新廟，至今歲時祀焉，水旱祈輒應。」本文爲陸游爲向馬目山神祈雨所作的祝文，共二首。

本文原未繫年。歐譜繫於淳熙十四年（一一八七），是。當作於該年夏秋。時陸游在知嚴州任上。

參考劍南詩稿卷十九聽事望馬目山。

【箋注】

〔一〕「唐刺史」三句：據淳熙嚴州圖經卷一載，韓泰於長慶四年（八二四）六月拜睦州刺史，吕述於開成二年（八三七）七月拜睦州刺史。而「禱雨獲應，載新廟貌」的是吕述，事在開成四年（己未），見題解。又吕述有馬目山新廟記，見嚴陵集卷七。故此處「韓泰」或有誤。載，語首助詞。

〔二〕四百餘年：自開成四年（八三九）至淳熙十四年（一一八七），尚不足四百年。命祀：遵天子之命進行的祭祀。左傳哀公六年：「三代命祀，祭不越望。」祝史：司祭祀之官。左傳昭公十八年：「郊人助祝史除於國北。」孔穎達疏：「祝史，掌祭祀之官。」

〔三〕假守：古時指權宜派遣而非正式任命的地方官。此爲謙稱。

〔四〕侈：張大，顯揚。

〔五〕傴：屈身。表示恭敬。

又

考於圖志〔一〕，得神之威靈而致禱焉。既累日矣，誠弗能格，雖間得小雨，地不及濡，塵不及斂，而赫日復出矣〔二〕。然父老之言，以爲比夕雲物〔三〕，多起神之祠傍，意者神哀憫斯民，終有以活之也。敢復以請。慺慺之誠〔四〕，神尚鑒之。

【箋注】

〔一〕圖志：指嚴州圖經，董弅於紹興九年撰成嚴州圖經八卷，今已佚。陳公亮等於淳熙十三年重修，今存卷一至卷三。此「圖志」似指董弅所撰。

〔二〕赫日：紅日。韋莊上春詞：「曈曨赫日東方來，禁城煙暖蒸青苔。」

〔三〕比夕：靠近傍晚。　雲物：雲氣，雲彩。

〔四〕慺慺：勤懇貌，恭謹貌。後漢書楊賜傳：「老臣過受師傅之任，數蒙寵異之恩，豈敢愛惜垂没之年，而不盡其慺慺之心哉！」

嚴州祈晴祝文

雨勢未止，溪流暴溢。民廬官寺，倉庾獄户，皆有意外之憂。惟神聽相，亟俾開霽〔一〕，約束漲水，以時返壑。某與吏民，其敢忘報？

【題解】

本文爲陸游爲嚴州久雨後祈晴所作的祝文。

本文原未繫年。歐譜繫於淳熙十四年（一一八七），是。當作於該年秋。時陸游在知嚴州任上。

【箋注】

〔一〕開霽：放晴。後漢書質帝紀：「比日陰雲，還復開霽。」

嚴州謝雪祝文

四時冬爲元英，閭里毋虞於癘疫〔一〕；平地尺爲大雪，麥禾預卜於豐穰〔二〕。敢忘薄薦之陳，少答明神之賜。尚祈孚佑〔三〕，永保安寧。

【題解】

本文爲陸游爲答謝天降瑞雪所作的祝文。

本文原未繫年。歐譜繫於淳熙十四年（一一八七），是。當作於該年冬。時陸游在知嚴州任上。

【箋注】

〔一〕元英：即玄英。冬季之别稱。秦觀代賀皇太后生辰表：「考曆占星，氣應元英之候。」癘疫：瘟疫。左傳昭公元年：「山川之神，則水旱癘疫之災，於是乎禜之。」孔穎達疏：「癘疫爲害流行，歲多疾病。」

〔二〕豐穰：豐熟。韓愈爲宰相賀雪表：「春雲始繁，時雪遂降，實豐穰之嘉瑞，銷癘疫於新年。」

〔三〕孚佑：庇佑，保佑。書湯誥：「上天孚佑下民，罪人黜伏。」孔安國傳：「孚，信也。天信佑助下民。」

嚴州久雪祈晴祝文

雪雖嘉瑞，過則爲災；春氣未和，民屢告病。郡政乖剌〔一〕，惟神之歸。尚祈興哀，以卒大賜〔二〕。牲酒之報，其敢弗虔！

【題解】

本文爲陸游爲久雪祈晴所作的祝文。

本文原未繫年。歐譜繫於淳熙十四年（一一八七），是。當作於該年冬。時陸游在知嚴州任上。

【箋注】

〔一〕乖剌：違迕，不和諧。楚辭七諫怨世：「吾獨乖剌而無當兮，心悼怵而耄思。」洪興祖補注：「剌，戾也。」

〔二〕卒：終止。大暘：指天降瑞雪。

嚴州廣濟廟祈雨祝文

不雨且再旬矣，井泉涸竭，蔬菽告病〔一〕，閭巷講救焚之備，郡庭決争汲之訟。秋陽益熾，疾癘將作。吏雖愚，猶知恐懼，豈神之聰明而忘之乎？出雲興雨，以一洗之，神之德於斯民，豈有既哉〔二〕！

【題解】

廣濟廟，在建德烏龍山。淳熙嚴州圖經卷二稱仁安靈應王廟：「在嘉貺門外二里。據廟記，神姓邵，名仁祥，字安國。性倨傲，不拘小節，隱烏龍山。嘗謁縣令，令怒其無禮，因笞殺之。仁祥且死，語人曰：吾三日内必報之。至期，雷電晦冥，有大白蛇長數十丈，至縣庭中，令驚怖立死。神空中語人曰：立廟祀我，吾當福汝。時唐貞觀三年也。舊經載：梁時封禎應王，後或封護境感應王。國朝熙寧八年，封仁安靈應王。紹興二十九年，加封忠顯。乾道二年，又加昭惠。累封至八字，曰忠顯仁安靈應昭惠。」參見卷十六嚴州烏龍廣濟廟碑題解。本文爲陸游爲向廣濟廟神祈雨所作的祝文。

本文原未繫年。歐譜繫於淳熙十四年（一一八七），是。當作於該年秋。時陸游在知嚴州任上。

參考卷十六嚴州烏龍廣濟廟碑。

【箋注】

〔一〕蔬菽：蔬果豆類。

〔二〕既：盡頭，完結。

嚴州謝雨祝文

比承詔旨〔一〕，致禱靈祠，果遂感通，沛然甘澤。敢涓吉日，祗報靈休〔二〕。

【題解】

本文爲陸游爲答謝天降甘霖所作的祝文。

本文原未繫年。歐譜繫於淳熙十四年（一一八七），是。當作於該年秋。時陸游在知嚴州任上。

【箋注】

〔一〕詔旨：指「甲辰詔旨，以閔雨命郡守致禱」。參見本卷嚴州祈雨祝文二。

〔二〕涓吉日：選擇吉日。左思魏都賦：「涓吉日，陟中壇，即帝位，改正朔。」祇報：敬報。

靈休：神靈的福佑。陸雲答兄平原：「哀矣我世，匪蒙靈休。」

嚴州戊申謝蠶麥祝文

乃者蠶老而未繭，麥秋而未獲〔一〕，天作霪雨，將害於成。惟神降康，陰沴消弭〔二〕，牲登於俎，酒湛於觴〔三〕。維以薦誠，匪敢言報。

【題解】

戊申，指淳熙十五年（一一八八）。蠶麥，指蠶和麥的收成。本文爲陸游爲祈禱蠶麥豐收所作的祝文。

本文原未繫年。歐譜繫於淳熙十五年（一一八八），是。當作於該年夏。時陸游在知嚴州任上。

【箋注】

〔一〕乃者：近期。　麥秋：麥熟季節。指農曆四五月。禮記月令：「（孟夏之月）靡草死，麥秋至。」陳澔集説：「秋者，百穀成熟之期。此於時雖夏，於麥則秋，故云麥秋。」

〔二〕降康：降下安康。　陰沴：四時之氣不和而生的災害。元稹苦雨：「陰沴皆電掃，幽怪亦雷驅。」

〔三〕湛：同淫。滿漫出。

渭南文集箋校卷第二十五

勸農文

【釋體】吴曾祺文體芻言：「勸農文：漢世重農，文帝有勞勸孝弟力田詔，即勸農之文托始。作此文者，多括豳風、月令之旨爲之。唐以前無所見，宋以來始有之。」陸游所作共三首。

本卷收録勸農文三首。

夔州勸農文

仰惟天子臨遣牧守，每以務農勸課之指〔一〕，丁寧訓敕。雖遐陬僻邑，如在畿甸〔二〕，惟懼一穀之不登，一夫之失職也。峽中之郡夔爲大，其於奉明詔，以倡屬郡、慰齊民者〔三〕，尤不敢不勉。繼自今，不縱捨克，不長嚚訟〔四〕，不傷爾力，不奪爾時。爾父兄子弟，其亦恭承天地惠澤，毋爲惰游，毋怠東作，毋失收斂，毋嫚蓋藏〔五〕，勤以殖産〔六〕，儉以足用。有司與民交致其愛，使公私之蓄日以富饒，無貽朝廷宵旰之憂，豈不韙哉〔七〕！

【題解】

宋代重視勸農之事。如宋太祖建隆三年春正月「詔郡國長吏勸民播種」，乾德二年春正月「諭郡國長吏勸農耕作」（宋史太祖本紀）；宋真宗景德三年春，丁謂等奏：「諸州長吏，職當勸農，乃請少卿監、刺史、閤門使已上知州者，並兼管内勸農使，餘及通判並兼勸農事，諸路轉運使、副並兼本路勸農使。」詔可。（續資治通鑑長編卷六二）乾道六年十月，陸游到任夔州通判，即兼任勸農事之職。本文爲陸游在夔州所作的勸農文。

本文原未繫年，歐譜繫於乾道七年（一一七一），是。當作於該年春。時陸游在夔州通判任上。

【箋注】

〔一〕勸課：鼓勵和督責。後漢書卓茂傳：「是時王莽秉政，置大司農六部丞，勸課農桑。」指：旨意。

〔二〕遐陬：邊遠之地。畿甸：指京城地區。

〔三〕倡：宣導。齊民：即平民。莊子漁父：「上以忠於世主，下以化於齊民。」

〔四〕掊克：亦作掊剋。聚斂，搜刮。亦指搜刮民財者。詩大雅蕩：「曾是彊禦，曾是掊克。」朱熹集注：「掊克，聚斂之臣也。」嚚訟：奸詐而好爭訟。書堯典：「吁！嚚訟可乎？」孔傳：「言不忠信爲嚚，又好爭訟可乎？」

〔五〕惰游：遊手好閒。禮記玉藻：「垂緌五寸，惰游之士也。」東作：指春耕。書堯典：「寅賓出日，平秩東作。」孔安國傳：「歲起於東，而始就耕，謂之東作。」嫚：怠慢，懈怠。蓋藏：儲藏。禮記月令：「（孟冬之月）命百官，謹蓋藏。」鄭玄注：「謂府庫囷倉有藏物。」

〔六〕殖産：增殖財産。

〔七〕韙：善。

丁未嚴州勸農文

蓋聞農爲四民之本，食居八政之先〔一〕，豐歉無常，當有儲蓄。吾民生逢聖世，百穀順成，仰事俯育〔二〕，各遂其性。太守幸得以禮遜相與從事於此，故延見高年，勞問勸課，致誠意以感衆心，非特應法令、爲文具而已〔三〕。今茲土膏方動，東作維時〔四〕，汝其語子若孫，無事末作〔五〕，無好終訟，深畊廣耜〔六〕，力耕疾耘，安豐年而憂歉歲。太守亦當寬期會，簡追胥，戒興作，節燕遊〔七〕，與吾民共享無事之樂，而爲後日之備，豈不美哉！

【題解】

淳熙十三年七月至十五年七月，陸游出任知嚴州，并按宋制兼勸農使。本文爲陸游丁未年（淳熙十四年）所作的勸農文。

本文據篇題自署，當作於淳熙十四年（一一八七）春。時陸游在知嚴州任上。

參考本卷戊申嚴州勸農文。

【箋注】

〔一〕四民：指士、農、工、商四種不同職業的百姓。書周官：「司空掌邦土，居四民，時地利。」蔡沈集傳：「冬官，卿，主國邦土，以居士、農、工、商四民。」穀梁傳成公元年：「古者有四民：有士民，有商民，有農民，有工民。」　八政：古代國家施政的八個方面。書洪範：「八政：一曰食，二曰貨，三曰祀，四曰司空，五曰司徒，六曰司寇，七曰賓，八曰師。」漢書王莽傳中：「民以食爲命，以貨爲資，是以八政以食爲首。」

〔二〕仰事俯育：亦作仰事俯畜。指上侍奉父母，下養育子女。語本孟子梁惠王上：「是故明君制民之産，必使仰足以事父母，俯足以畜妻子。」

〔三〕禮遜：禮數。　延見高年：召見老年人。　文具：指空有條文。史記張釋之馮唐列傳：「且秦以任刀筆之吏，吏争以亟疾苛察相高，然其敝徒文具耳，無惻隱之實。」司馬貞索隱：「謂空具其文而無其實也。」

〔四〕土膏：泥土中所含適合植物生長的養分。國語周語上：「陽氣俱蒸，土膏其動。」　東作：指春耕。　維時：按時。

〔五〕末作：指工商業。管子治國：「凡爲國之急者，必先禁其末作文巧。末作文巧禁，則民無所遊食；民無所遊食，則必農。」

〔六〕深甽：深挖溝。甽同圳。田邊水溝。　廣耜：廣耕田。耜，翻土所用耒耜的起土部分，借指耕地。

〔七〕期會：指在規定的期限内實施政令，多指財賦。漢書王吉傳：「其務在於期會簿書，斷獄聽訟而已，此非太平之基也。」　追胥：追租的公差。　興作：興造製作，大興土木。禮記禮運：「是故夫政必本於天，殽以降命……降於山川之謂興作。」陳澔集説：「有事於山川而出命，是興作之政。」

戊申嚴州勸農文

蓋聞爲政之術，務農爲先，使衣食之粗充，則刑辟之自省〔一〕。當職自蒙朝命，來剖郡符〔二〕，雖誠心未格於豐穰，然拙政每存於撫字〔三〕。觴酒豆肉，曷嘗妄蠹於邦財〔四〕；銖漆寸絲，不敢輒營於私利。所冀追胥弗擾，墾闢以時，春耕夏耘，仰事俯育。服勞南畝，各終藨蓘之功〔五〕；無犯有司，共樂舒長之日〔六〕。今者土膏既動，穡事將興〔七〕，敢延見於耆年，用布宣於聖澤。清心省事，固守令之當爲；曠土游民〔八〕，亦父兄之可恥。歸相告戒，恪務遵承。上以寬當宁之深憂，下以成提封之美俗〔九〕。

【題解】

淳熙十三年七月至十五年七月，陸游出任知嚴州，并按宋制兼勸農使。本文爲陸游戊申年（淳熙十五年）所作的勸農文。

本文據篇題自署，當作於淳熙十五年（一一八八）春。時陸游在知嚴州任上。

參考本卷丁未嚴州勸農文。

【箋注】

〔一〕刑辟：刑法，刑律。左傳昭公六年：「昔先王議事以制，不爲刑辟，懼民之有争心也。」

〔二〕當職：職官自稱。剖郡符：指任郡守。剖符，即剖竹。古代帝王分封諸侯、功臣，以竹符爲信，剖分爲二，君臣各執其一。後裔剖符爲分封、授官之稱。

〔三〕撫字：指對百姓的安撫體恤。北齊書封隆之傳：「隆之素得鄉里人情，頻爲本州，留心撫字，吏民追想，立碑頌德。」

〔四〕蠹：蛀蝕。邦財：州郡的財賦。

〔五〕南畝：指農田。南坡向陽，利於作物生長，田土多南向。詩小雅大田：「俶載南畝，播厥百穀。」藨蔉：耕耘和培育。文選張華勵志：「藨蔉致功，必有豐殷。」李善注引杜預曰：「藨，耘也。壅苗爲蔉。」

〔六〕舒長：指安寧，太平。王符潛夫論愛日：「治國之日舒以長，故其民閒暇而力有餘。」

〔七〕穡事：農事。書湯誓：「我后不恤我衆，舍我穡事而割正夏。」

〔八〕曠土游民：曠廢土地，游惰百姓。

〔九〕當宁：指皇帝。提封：指版圖，疆域。薛道衡老氏碑：「牂牁、夜郎之所，靡漢、桑乾之地，咸被聲教，並入提封。」

雜書

【釋體】

「雜書」實包括兩體：一爲「書後」，一爲「書事」。「書後」乃讀書之後，記録心得之文，以議論爲主；「書事」即記事，爲記叙之作。陸游各作有六首。

書通鑑後

司馬丞相曰〔一〕：「天地所生，財貨百物，止有此數，不在民則在官〔二〕。」其説辯矣，理則不如是也。自古財貨，不在民又不在官者，何可勝數？或在權臣，或在貴戚近習〔三〕，或在强藩大將，或在兼并，或在老釋。方是時也，上則府庫殫乏，下則民力窮悴。自非治世，何代無之？若能盡去數者之弊，守之以悠久，持之以節儉，何止不加賦而上用足哉！雖捐賦以予民〔四〕，吾知無不足之患矣。彼桑洪羊輩〔五〕，何足以知之？然遂以爲無此理，則亦非也。

【題解】

通鑑，即司馬光撰編年體史書資治通鑑。本文爲陸游讀資治通鑑後所作的書後文，共兩首，對司馬光的觀點提出不同看法。

本文原未繫年。歐譜列於不繫年文。待考。

【箋注】

〔一〕司馬丞相：即司馬光。宋哲宗元祐元年（一〇八六）拜尚書左僕射兼門下侍郎，數月後即卒。

〔二〕「天地」四句：蘇軾司馬温公行狀載司馬光與王安石争論理財事：「公曰：『善理財之人，不過頭會箕斂以盡民財。民窮爲盜，非國之福。』安石曰：『不然，善理財者，不加賦而上用足。』公曰：『天下安有此理，天地所生財貨百物，止有此數，不在民則在官。譬如雨澤，夏澇則秋旱。不加賦而上用足，不過設法陰奪民利，其害甚於加賦。此乃桑洪羊欺漢武帝之言，太史公書之，以見武帝不明耳。』」

〔三〕近習：指君主寵愛親信之人。禮記月令：「（仲冬之月）省婦事，毋得淫，雖有貴戚近習，毋有不禁。」

〔四〕捐賦：捐棄賦稅。

〔五〕桑洪羊：即桑弘羊。此避宋宣祖趙弘殷名諱改字。漢武帝時任治粟都尉、大司農、御史大夫等職，獨掌財政二十餘年。他主張和踐行工商官營，主持或參與製定一系列經濟政策和制度，爲漢武帝的文治武功聚斂財富，亦招致物議，所謂「烹弘羊，天乃雨」。

又

周世宗既服江南，諭使修守備，通鑑以爲近於「大邦畏其力，小邦懷其德」，是比之文王也〔一〕。方是時，世宗將有事於燕、晉，其謀以爲若南方有變，雖不能爲大害，然北伐之師，勢亦不得不還，故先思有以安江南之心，又疲其力於大役，使不得動。比北伐成功，江南折簡可致矣〔二〕。此世宗本謀也，遽謂之近於文王，豈不過哉！然世宗之謀，則誠奇謀也。蓋先取淮南，去腹心之患，不乘勝取吴、蜀、楚、粤，而舉勝兵以取幽州。使幽州遂平，四方何足定哉！甫得三關〔三〕，而以疾歸，則天也。其後中國先取蜀、南粤、江南、吴越、太原〔四〕，最後取幽州，則兵已弊於四方，而幽州之功卒不成。故雖得諸國，而中國之勢終弱，然後知世宗之本謀爲善也。

【箋注】

〔一〕「周世宗」五句：資治通鑑卷二九四後周紀五：「臣光曰：世宗以信令御羣臣，以正義責諸國……江南未服，則親犯矢石，期於必克，既服，則愛之如子，推誠盡言，爲之遠慮。其宏規大度，豈得與莊宗同日語哉！書曰：『無偏無黨，王道蕩蕩。』又曰：『大邦畏其力，小邦懷其德。』世宗近之矣！」「大邦畏其力，小邦懷其德」，語本書武成。孔安國傳：「言天下諸侯，大者畏威，小者懷德。」周世宗柴榮（九二一—九五九），五代時期後周皇帝。即位後政治清明，百姓富庶，中原開始復蘇。他又南征北戰，西敗後蜀，三征南唐，北破契丹，下三關，欲取幽州時病倒，不久去世，年僅三十九歲。舊五代史卷一一四、新五代史卷一二有傳。文王，指周文王。

〔二〕折簡：指裁紙寫信。

〔三〕三關：指益津關、瓦橋關、淤口關。在今河北雄縣、霸縣一帶。新五代史周世宗紀：「（六年夏四月）辛丑，取益津關，以爲霸州。癸卯，取瓦橋關，以爲雄州。」徐無黨注：「世宗下三關，瓦橋、益津以建州及見，淤口關止置寨，故舊史、實録皆闕不書。」

〔四〕中國：指宋朝。宋代開國皇帝趙匡胤「陳橋兵變」後奪取了後周政權，在鞏固統治後先後襲佔荆湖，攻滅後蜀，平定江南，未能取幽州而亡。

書賈充傳後

言一也，情則三也〔一〕，其惟論兵乎？自古惟用兵最多異論，以其有是三者也。禍機亂萌〔二〕，伏於隱微，人知兵之利，不知其害。有識者焉，逆見而力止之，王猛之於秦是也〔三〕。投機之會，轉眄已移，而常人闇於事機，私憂過計〔四〕，馮道之於周是也〔五〕。猛固賢矣，道雖闇，猶有憂國之心焉。至於賈充，當晉武時力沮伐吴之舉，至請斬張華〔六〕，則何説哉？自漢之季，百數十年間，庸人習見南北分裂，謂爲故常。赤壁之役，以魏武之雄，乘破竹之勢，而大敗塗地，終身不敢南鄉〔七〕。充之心，蓋竊料吳未可下，因爲先事之言，以徼後日之福〔八〕，而不料天下之遂一也。要之，戰，危事也。以舜爲君，禹出師，不能一舉而定三苗〔九〕；以唐太宗自將，李勣在行，不能遂平區區之高麗〔一〇〕。故爲充之説者，常有利焉。此人臣之陰爲身計者，所以多出於此也。馮道不足言矣，王猛、賈充之論，所謂差毫氂而謬千里者，可不察哉！

【題解】

賈充傳，即晉書賈充傳。賈充（二一七—二八二）字公閭，平陽郡襄陵（今山西襄汾）人。賈逵之子，西晉開國元勳，與司馬氏結爲姻親。官至司空、太尉。曾反對出兵滅吳。晉書卷四十有傳。本文爲陸游讀晉書賈充傳後所作的書後文，闡述用兵要抓住戰機，不能考慮自身利害而貽誤時機。

本文原未繫年。歐譜列於不繫年文。待考。

【箋注】

〔一〕情：指情況，情勢。

〔二〕禍機：指隱伏待發的禍患。

〔三〕王猛（三二五—三七五）：字景略，東晉北海郡劇縣（今山東濰坊）人，後移家魏郡。十六國時期著名政治家、軍事家，在前秦官至丞相、大將軍，輔佐苻堅掃平群雄，統一北方。晉書卷一一四、南史卷二四有傳。秦：指前秦。

〔四〕過計：過多的考慮。荀子富國：「墨子之言，昭昭然爲天下憂不足。夫不足，非天下之公患也，特墨子之私憂過計也。」

〔五〕馮道（八八二—九五四）：字可道，號長樂老，瀛州景城（今河北滄州）人。歷仕唐、後唐、後晉、後漢、後周五朝，先後效力十帝，任將相、三公、三師之位。卒謚文懿。舊五代史卷一二六、新五代史卷五四有傳。周：指後周。

〔六〕「至於」三句：晉書賈充傳：「伐吴之役……充慮大功不捷，表陳：『西有昆夷之患，北有幽并之戍，天下勞擾，年穀不登，興軍致討，懼非其時。又臣老邁，非所克堪。』詔曰：『君不行，吾便自出。』充不得已，乃受節鉞，將中軍。……王濬之克武昌也，充遣使表曰：『吴未可悉定，方夏，江淮下濕，疾疫必起，宜召諸軍，以爲後圖。雖腰斬張華，不足以謝天下。』」

〔七〕鄉：通「嚮」。

〔八〕先事：即事先。漢書張湯傳：「老臣耳妄聞，言之爲先事，不言情不達。」顔師古注：「事未施行而遽言之，故曰先事也。」徼：求取。

〔九〕三苗：古國名。書舜典：「竄三苗於三危。」孔傳：「三苗，國名，縉雲氏之後，爲諸侯，號饕餮。」史記五帝本紀：「三苗在江淮、荆州數爲亂。」

〔一〇〕李勣（五九四—六六九）：原名徐世勣，字懋功。唐高祖賜其姓李，後避唐太宗諱改名李勣，曹州離狐（今山東菏澤）人。唐初名將，與李靖並稱，封英國公，爲凌煙閣二十四功臣之一。貞觀十八年從太宗征高麗。高麗：朝鮮半島古代國家之一。高麗自公元九一八年至一三九二年，歷經三十四代君主，共四百七十五年。建都開京（今朝鮮開城）。

書郭崇韜傳後

後唐莊宗初得天下〔一〕，欲立愛姬劉氏爲后，而韓夫人正室也，伊夫人位次在劉氏上。莊宗雖出夷狄，又承天下大亂、禮樂崩壞之際，然顧典禮人情，亦難其事，未知所出。群臣雖往往阿諛，亡學術，然亦無敢當其議者。豆盧革爲相〔二〕，郭崇韜爲樞密使。崇韜功高迹危〔三〕，思爲自安計，而革庸懦無所爲，惟諂崇韜以自安，因相與上章言劉氏當立。於是莊宗遂立劉氏爲后。劉氏既立，黷貨蠹政〔四〕，殘賊忠良，天下遂大亂。莊宗以弒崩，李氏之子孫殲焉。嗚呼！革不足言矣，崇韜佐命大臣，忠勞爲一時冠，其請立劉氏，非有他心也，不過謂天子所寵昵而自結焉〔五〕，將賴其助以少安而已。然唐之亡，實由劉氏，是亡唐者崇韜也。後唐之先，皆有勳勞於帝室，晉王克用百戰以建王業〔六〕，莊宗因之遂有天下。同光之初，海内震動，幾可指麾而定矣。而崇韜顧區區之私，引劉氏以覆其社稷，而滅其後嗣，宗廟之靈，其肯赦之乎？崇韜卒以盡忠赤其族〔七〕，革亦無罪誅死，豈非天哉！昔唐高宗欲立武昭儀爲后，大臣褚遂良等力争以爲不可者，皆得禍，獨李勣勸成之〔八〕，窮極富貴而死，自謂得計矣。及武氏得志，唐高祖、太宗之子孫，誅戮幾盡，而勣雖已死，亦卒以孫敬業故，發墓剖棺，夷其宗族〔九〕。遂良等雖得禍，不至此也，天理之不可逃如此。雖然，豈獨天理哉，彼勣與崇韜皆武夫烈士〔一〇〕，勇於報德，乃以此心揣婦人，以爲自安之奇策，安知婦人之性，陰忮忍毒，果於背德〔一一〕。方其得志自肆，若豺虎然，豈復思得立之所自哉！然則二人之禍雖微，天理固有不可逃者矣。悲夫！

【題解】

郭崇韜傳，即新五代史郭崇韜傳。郭崇韜（八六五？—九二六），字安時，代州雁門（今山西代縣）人。五代十國時期後唐宰相、名將。歷仕兩代三主，奇襲滅梁，平定巴蜀。後遭權臣和劉皇后聯手構陷，遭杖斃。舊五代史卷五七、新五代史卷二四有傳。本文爲陸游讀五代史郭崇韜傳後所作的書後文，列舉郭崇韜和李勣投靠婦人以自保、終遭滅族的命運，闡述歷史教訓。

本文原未繫年。歐譜列於不繫年文。待考。

【箋注】

〔一〕後唐莊宗：即李存勖（八八五—九二六），沙陀族，山西應縣人。李克用長子，後唐開國皇帝，年號同光。勇猛善戰，長於謀略，但不懂治國，寵倖伶人，重用宦官，又吝嗇錢財，不懂撫恤士兵，三年即兵變被殺。廟號莊宗。舊五代史卷二七、新五代史卷五有傳。

〔二〕豆盧革（？—九二七）：五代時同州人。唐末避亂，後唐時拜相。素不學問，政事常錯亂，專求長生修煉之術。莊宗亡後被貶，尋賜自盡。

〔三〕功高迹危：功勳卓著，行迹危殆。

〔四〕黜貨蠹政：貪污納賄，敗壞朝政。

〔五〕自結：主動攀附。宋書恩倖傳：「朝士貴賤，莫不自結，而矜傲無降意。」

〔六〕晉王克用：即李克用（八五六—九〇八），沙陀族，生於神武川新城（今山西雁門）。唐末將領。參與鎮壓黄巢起義，封晉王。長期割據河東，與後梁争雄。其子李存勖建立後唐後追尊爲太祖。新唐書卷二一八、舊五代史卷二五、新五代史卷四有傳。

〔七〕赤族：誅滅全族。漢書揚雄傳下：「客徒欲朱丹吾轂，不知一跌將赤吾之族也。」顏師古注：「見誅殺者必流血，故云赤族。」

〔八〕「昔唐」四句：唐高宗李治即位後，納太宗才人武氏入宫爲昭儀，不久又欲立其爲后。褚遂良、長孫無忌等大臣反對，李義府、許敬宗等則迎合帝意。李勣奏稱：「此陛下家事，何必更問外人。」高宗遂廢王皇后，立武氏爲后。褚遂良等均遭貶斥。

〔九〕「而勣」四句：李勣死後，其孫李敬業襲爵英國公，歷官太僕少卿等。武則天廢唐中宗立睿宗，臨朝稱制，李敬業起兵討伐。武則天追削李敬業祖考官爵，發冢斫棺，復姓徐氏。後敬業兵敗被殺。

〔一〇〕烈士：指有節氣有壯志之人。韓非子詭使：「而好名義不進仕者，世謂之烈士。」

〔一一〕陰忮忍毒：陰險嫉妒，殘忍狠毒。果於背德：斷然背棄恩德。

書安濟法後

當安濟坊法行時，州縣醫工之良者，憚於入坊。越州有庸醫曰林彪，其技不售〔一〕，乃冒法代它醫造安濟〔二〕。今日傅容平當來，則林彪也；明日丁資當來，又林彪也；又明日僧寧當來，亦林彪也。其治疾亦時效〔三〕，遂以起家〔四〕，然里巷卒不肯用。比安濟法罷，林彪已爲温飽家矣。年八十餘乃終。開禧乙丑四月七日，務觀書。

【題解】

安濟法，即安濟坊法，宋代社會救濟制度之一。宋史徽宗紀：「（崇寧元年八月）辛未，置安濟坊養民之貧病者，仍令諸郡縣并置。」曾鞏越州趙公救災記所載即是一例：「明年春，大疫。爲病坊，處疾病之無歸者，募僧二人，屬以視醫藥飲食，令無失所。時凡死者，使在處隨收瘞之。」洪邁夷堅乙志宋固殺人報載：「時大觀四年，朝廷方行安濟法，若有病者，則里正當任責。」陸游老學庵筆記卷二亦載：「崇寧間……已而置居養院、安濟坊、漏澤園，所費尤大，朝廷課以爲殿最，往往竭州郡之力，僅能枝梧。諺曰：『不養健兒，卻養乞兒。不管活人，只管死尸。』蓋軍糧乏，民力窮，皆不問，若安濟等有不及，則被罪也。」可見安濟法之類也有不少弊病。安濟，安撫救濟。本文爲陸游讀「安濟法」後所作的書後文，記叙其時越州庸醫林彪冒法起家的故事。

據文末自署，本文作於開禧元年（一二〇五）四月七日。時陸游致仕家居。

【箋注】

〔一〕不售：賣不出去。詩邶風谷風：「既阻我德，賈用不售。」鄭玄箋：「如賣物之不售。」此指醫技低劣，無人求治。

〔二〕冒法：違犯法規。新唐書食貨志四：「亭户冒法，私鬻不絕。」造：造訪，拜訪。指到安濟坊行醫。

〔三〕時效：指時有起效。

〔四〕起家：興家立業。史記外戚世家：「衛氏枝屬以軍功起家，五人爲侯。」

書空青集後

建中靖國元年，景靈西宫成[一]，詔丞相曾公銘於碑[二]，以詔萬世。碑成，天下傳誦，爲宋大典，且歎曾公耆老白首[三]，而筆力不少衰如此。建炎後，仇家盡斥[四]，曾公文章始行於世，而獨無此文。或謂中更喪亂，不復傳矣。淳熙七年，某得曾公子寶文公遺文於臨川[五]，然後知其寶文公代作，蓋上距建中八十年矣[六]。嗚呼！文章巨麗閎偉至此，使得用於世，代王言，頌成功，施之朝廷，薦之郊廟，孰能先之？而終寶文公之世，士大夫莫知也。汪翰林平生故人[七]，及銘其墓，惟曰「始爲家賢子弟，中爲時勝流，晚爲能吏」[八]，是豈足以言公哉？公家世固以文章名天下[九]，又自少時所交皆諸父客，天下偉人，出入試用[一〇]，亦數十年，朋舊滿朝，然世猶不盡知之如此，况山林之士，老於布衣，所交不出閭巷，其埋没不耀、抱材器以死者[一一]，可勝數哉！可勝歎哉！九月十九日，山陰陸某書。

【題解】

空青集，曾紆文集名。曾紆（一〇七三—一一三五）字公衮，晚號空青老人，建昌軍南豐（今屬江西)人。曾布四子,曾鞏侄。以蔭補承務郎,紹聖間中博學鴻詞科。崇寧二年坐元祐黨籍編管永州。紹興初除直顯謨閣,知撫州。進直寶文閣,知信州,尋移知衢州,未上任卒。宋史翼卷二六有傳。空青集爲其別集名。本文爲陸游讀空青集後所作的書後文,慨歎世上被埋没的人才不可勝數。

本文據篇中、篇末自署,當作於淳熙七年(一一八〇)九月十九日。時陸游在撫州江西常平茶鹽公事任上。

參考汪藻浮溪集卷二八右中大夫直寶文閣知衢州曾公墓誌銘。

【箋注】

〔一〕「建中」三句:景靈宫爲北宋安放先朝帝王神御(肖像)、牌位,供歲時祭祀的宫殿,始於真宗大中祥符間。徽宗即位,又建景靈西宫。宋史卷十九徽宗本紀:「(元符三年八月)庚子,作景靈西宫,奉安神宗神御,建哲宗神御殿於其西。」又:「(建中靖國元年十二月)丙午,奉安神宗神御於景靈西宫大明殿。丁未,詣宫行禮。」李攸宋朝事實卷六有景靈西宫記。

〔二〕丞相曾公:即曾布(一〇三六—一一〇七)字子宣,建昌軍南豐(今屬江西)人。曾鞏異母弟。嘉祐二年進士。神宗時任集賢校理,參與王安石變法。進翰林學士,兼三司使。哲宗親政,任同知樞密院事。徽宗立,除右僕射,獨當國政。受蔡京排擠,屢遭放逐,卒於潤州。宋史卷四七一有傳。

〔三〕耆老：年老。漢書宣帝紀：「朕惟耆老之人，髮齒墮落，血氣衰微，亦亡暴虐之心。」

〔四〕仇家：指當年排擠曾布的蔡京之流。

〔五〕寶文公：即曾紆，曾任直寶文閣。

〔六〕八十年：從建中靖國元年（一一〇一）至淳熙七年（一一八〇），恰爲八十年。

〔七〕汪翰林：即汪藻（一〇七九—一一五四），字彦章，號浮溪，饒州德興（今屬江西）人。崇寧二年進士。官至顯謨閣大學士、左大中大夫，封新安郡侯。長於四六，代表作建炎三年十一月三日德音等，廣爲傳誦。有浮溪集。宋史卷四四五有傳。

〔八〕「及銘」二句：汪藻撰有右中大夫直寶文閣知衢州曾公墓誌銘，見浮溪集卷二八。勝流，名流。

〔九〕「公家世」句：南豐曾氏爲儒學世家，自曾致堯、曾易占至曾鞏三代，及曾鞏弟曾肇、曾布等，均擅文名。

〔一〇〕試用：任用。墨子尚同下：「然胡不賞使家君，試用家君，發憲布令其家。」

〔一一〕材器：才能，器識。漢書王吉傳：「自吉至崇，世名清廉，然材器名稱稍不能及父，而禄位彌隆。」

書浮屠事

浮屠師宗杲〔一〕，宛陵人；法一〔二〕，汴人。相與爲友，資皆豪傑〔三〕，負氣好遊，出入市里自若。已乃折節〔四〕，同師蜀僧克勤〔五〕，相與磨礲浸灌〔六〕，至忘寢食。遇中原亂，同舟下汴，杲數視其笠，一怪之，伺杲起去，亟視笠中，果有一金釵，取投水中。杲還，亡金，色頗動，一叱之曰：「吾期汝了生死〔七〕，乃爲一金動耶？吾已投之水矣。」杲起，整衣作禮曰：「兄真宗杲師也。」交益密。於虖！世多詆浮屠者，然今之士有如一之能規其友者乎？藉有之〔八〕，有如杲之能受者乎？公卿貴人謀進退於其客〔九〕，客之賢者不敢對，其不肖者則勸之進，公卿亦以適中其意而喜。謀於子弟亦然。一旦得禍①，其客、其子弟，則曰：「使吾公早退，可不至是。」而公卿亦歎曰：「向有一人勸吾退，豈至是哉！」然亦晚矣。

【題解】

浮屠，此指和尚。本文記載了宗杲和法一相互規誡、恪守信仰的事迹，揭露公卿士大夫各爲私利、難成摯友的世態。

本文原未繫年。歐譜列於不繫年文。待考。

參考卷二二大慧禪師真贊、老學庵筆記卷三。

【校記】

①「旦」，原作「且」，據弘治本、正德本、汲古閣本改。

【箋注】

〔一〕宗杲：即大慧禪師。參見卷二二大慧禪師真贊題解。

〔二〕法一：字貫道，號雪巢，開封祥符人。俗姓李。大觀年間祝髮，師從圜悟、草堂禪師，紹興間歷遷巨刹，晚歸天台萬年觀音院，卒年七十五。事迹見五燈會元卷十八。

〔三〕資：資質，天資。

〔四〕折節：屈己下人。管子霸言：「折節事彊以避罪，小國之形也。」

〔五〕蜀僧克勤：即圓悟禪師。參見卷二二大慧禪師真贊注〔三〕。

〔六〕磨礲浸灌：切磋浸染。形容勤學苦練，相互影響。韓愈考功員外盧君墓銘：「君時始任戴冠，通詩書，與其群日講説周公、孔子，以相磨礲浸灌，婆娑嬉遊，未有舍所爲爲人意。」

〔七〕了：明瞭，參透。生死：佛教指流轉輪回。釋道安人本欲生經序：「生者，生死也。人在生死，莫不浪滯於三世，飄縈於九止，綢繆於八縛者也。」

〔八〕藉：假使。

〔九〕進退：出仕和退隱。王安石得孫正之詩因寄兼呈曾子固：「未有詩書論進退，謾期身世托林泉。」

書渭橋事

中大夫賈若思，宣和中知京兆櫟陽縣〔一〕，夏夜，以事行三十里，至渭橋。夜漏欲盡，忽見二三百人馳道上，衣幘鮮華〔二〕，最後車騎旌旄，傳呼甚盛。若思遽下馬，避於道傍民家，且使從吏詢之，則曰：「使者來按視都城基〔三〕，漢唐故城，王氣已盡，當求生地。此十里内已得之，而水泉不壯，今又舍之矣。」語畢，馳去如飛。時方承平，若思大駭。明日還縣，亟使人訪諸府，則初無是事也。若思，河朔人，自櫟陽從蔡靖辟爲燕山安撫司管勾機宜文字〔四〕。靖康中，自燕遁歸，入尚書省，爲司封郎而卒。陸某曰：河渭之間，奥區沃野〔五〕，周、秦、漢、唐之遺迹隱轔故在〔六〕。自唐昭宗東遷，廢不都者三百年矣〔七〕。山川之氣，鬱而不發，藝祖、高宗〔八〕，皆嘗慨然有意焉，而群臣莫克奉承。予得此事於若思之孫逸祖〔九〕。豈關中將復爲帝宅乎？虜暴中原，積六七十年，腥聞於天。王師一出，中原豪傑必將響應，決策入關，定萬世之業，兹其時矣。予老病垂死，懼不獲見，故私識若思事以示同志，安知士無脱輓輅以進説者乎〔一〇〕？

【題解】

渭橋，長安渭水上的橋梁。此指中渭橋，秦始皇時始建。另有東、西渭橋，均建於漢代。本文記載賈若思夜遇使者尋察都城地基的傳説，表達了陸游期待王師北定中原、關中復爲帝宅的願望。　本文原未繫年。歐譜列於不繫年文。據文中「自唐昭宗東遷，廢不都者三百年」推算，約作於嘉泰四年（一二〇四）。文中稱「予老病垂死」，亦可爲證。

【箋注】

〔一〕賈若思：生平不詳。河朔人，歷任知櫟陽縣、燕山安撫司管勾機宜文字，靖康中爲司封郎而卒。　京兆櫟陽縣：屬今陝西西安。櫟陽爲戰國時秦國故都，秦國定都櫟陽二世三十五年，秦孝公十三年遷都咸陽。

〔二〕衣幘：衣服和頭巾。

〔三〕按視：查看，察看。釋名釋言語：「識，幟也，有章幟可按視也。」　都城基：都城的地基。

〔四〕蔡靖：字安世，浙江餘杭人，蔡松年父。歷任中書舍人、太子詹事、禮部侍郎等。宣和七年爲宣撫使，兼知燕山府。金兵佔領燕山，蔡靖降金。　管勾：管理。

〔五〕奧區：腹地。文選班固西都賦：「防禦之阻，則天下之奧區也。」李善注：「奧，深也。言秦地險固，爲天下深奧之區域。」

〔六〕隱轔：隱約模糊。

〔七〕「自唐」二句：唐昭宗東遷，唐昭宗李曄（八六七—九〇四）於天祐元年（九〇四）正月在朱温逼迫下遷都洛陽，八月即被殺害。廢不都，長安不再作爲都城。三百年，距唐昭宗東遷三百年，當爲嘉泰四年（一二〇四）。

〔八〕藝祖：有文德之祖。此指宋太祖趙匡胤。高宗：指宋高宗趙構。

〔九〕逸祖：即賈逸祖，字元放，磁州邯鄲（今屬河北）人。嘗應宏詞科，官興化令。江西通志卷九六稱其「好古博學，寓居鉛山天王寺，有半隱齋，陸務觀爲之記」。參見渭南集外文半隱齋記。

〔一〇〕脱輓輅：解脱車前横木。此指擺脱羈絆，開拓思路。史記劉敬叔孫通列傳：「婁敬脱輓輅，衣其羊裘，見齊人虞將軍曰：『臣願見上言便事。』」司馬貞索隱：「輓者，牽也。音晚。輅者，鹿車前横木，二人前輓，一人後推之。」

書包明事

包明者，不知其鄉里。少爲兵，事湯岐公〔一〕，自樞密至左相，明常在府。紹興末，岐公以御史論罷。故例，一府之人皆罷，遇拜執政，則往事焉。久之，御史中丞汪公澈拜參知政事〔二〕，一府皆往。汪公，蓋前日劾岐公者也。於是明獨不肯往，曰：「是嘗論擊吾公者，持何面目事之？」雖妻子飢寒，不之顧。未幾，以病死。方岐公貴時，所薦達士大夫多矣，至其失勢，不反噬以媚權門者幾人〔三〕？且岐公平日待明，非有異於衆人也。汪公之拜，一府俱往，非獨明也，明而往事汪公，非有負也。泥塗賤隸〔四〕，又非清議所及〔五〕，而其自信毅然不移如此，蓋有古烈士之風矣〔六〕。書其始末，使讀者有感焉。

【題解】

包明，生平不詳。本文記載包明不肯背叛故主而貧病至死的事迹，稱贊其自信毅然的「古烈士之風」。

本文原未繫年。歐譜列於不繫年文。待考。

【箋注】

〔一〕湯岐公：即湯思退，字進之。參見卷六賀湯丞相啓題解。

〔二〕汪公澈：即汪澈（一一〇九—一一七一），字明遠，饒州浮梁（今江西景德鎮）人。紹興八年進士。歷官監察御史、殿中侍御史等，劾罷左相湯思退。紹興末除參知政事，與宰相陳康伯同贊内禪。官至樞密使。宋史卷三八四有傳。

〔三〕反噬：比喻背叛。晉書張軌傳：「（張）祚既震懼，又慮（王）擢反噬。」

〔四〕泥塗：指輕賤。賤隸：地位低下的役隸。

〔五〕清議：社會輿論，對時政的議論。晉書傅玄傳：「其後綱維不攝，而虚無放誕之論盈於朝野，使天下無復清議。」

〔六〕古烈士：古代有氣節壯志之人。參見本卷書郭崇韜傳後注〔一〇〕。

書神仙近事

昔道士侯道華喜讀書，或問其意，答曰：「天上無凡俗神仙。」後果騰舉而去〔一〕。呂洞賓、陳摶、賀元、施肩吾皆本書生〔二〕，近歲有譙定、雍孝聞、尹天民〔三〕，亦皆以儒士得道。定今百二十餘歲，故在青城山中，采藥道人有見之者，讀易尚不輟也。孝聞或自稱木先生，往來沔鄂間〔四〕。天民客青城儲福宮〔五〕，一日，大駡所與往來道士，即閉門睡。道士明旦相率謝之，而門不啓，壞壁視之，危坐死矣，方相與驚歎，俄失所在。此三人者皆顯人，故其事傳閭巷。山澤之士，名迹湮晦，本不爲人知者，又可悉數哉！予從子慧綽爲浮屠〔六〕，爲予言豫章西山香城寺之傍〔七〕，有野人身被緑毛，每雨霽，多坐石上暴日〔八〕，見人輒避去，追之不可及。有識者曰：「此馬祖弟子亮座主者〔九〕。」乃知長生久視之道〔一〇〕，人人可以得之，初不必老氏之徒也。因書置座右以自勵云。

【題解】

本文記載陸游所聞近時幾位儒生成仙者的事迹，説明「長生久視之道，人人可以得之」的道理。

本文原未繫年。歐譜列於不繫年文。待考。

【箋注】

〔一〕「昔道士」四句：據張讀宣室志侯道華載：侯道華爲蒲人，泊河中永樂縣道淨院，灑掃隸役，無所不爲。常好子史，手不釋卷，必誦之於口。衆或問之要此何爲，答曰：「天上無愚懵仙人。」咸大笑之。一日，道華執斧斫古松枝，且盡如削，無人喻其意。明晨，留詩一首而亡，稱服食院内前道士鄧太玄所煉丹藥，升仙而去。時在大中五年五月二十日。侯道華事迹又見沈汾續仙傳、高元謨侯真人降生臺記等，細節略有不同。

〔二〕吕洞賓：即吕巖，字洞賓。道教八仙之一。參見卷二二吕真人贊題解。陳摶（八七一—九八九）：字圖南，自號扶摇子。亳州真源（今河南鹿邑）人。唐末五代前後在武當山、峨眉山隱居著書，從道講學。後周時受世宗柴榮召見，賜號「白雲先生」。宋初太宗又兩次召見，賜號「希夷先生」。仙逝於華山張超谷。宋史卷四五七有傳。賀元：生平不詳。施肩吾：字希聖，自號華陽子。北宋前中期道士。或謂唐代道士。撰有西山群仙會真記。渭南文集卷二六跋修心鑒、老學庵筆記卷五均提及。

〔三〕譙定：字天授，涪陵人。少喜學佛，後學易象數之學。曾師伊川程頤講道於洛，得聞精義。靖康初欽宗召爲崇政殿説書，以論弗合，辭不就。高宗欲用之而未果。歸蜀隱居青城山，不知所終，世傳其爲仙。宋史卷四五九有傳。雍孝聞：費衮梁溪漫志卷七：「雍孝聞，蜀人。崇寧間廷試對策，力詆時政缺失，駁放。後雖授以右列，然卒不仕。浪迹山林，遂遇異人得道。政和末變姓名爲道士，入内説法，徽宗謂其得林靈素之半，因賜姓木，更名廣莫，竟不知其爲孝聞也。孝聞嘗自詠云：『百萬人中隱一身，深如勺水在滄溟。獨醒自負賢人酒，天闊難尋處士星。照影自憐湖水碧，高吟贏得蜀山青。城南老樹如相問，不枉翻空過洞庭。』」尹天民：字先覺，贛州會昌人。由太學博士知果州。時王黼專政，黼舊在太學，乃天民所隸齋生也。有强天民共謁之者，天民笑曰：「見王丞相豈不得好官？但恐爲顔、閔所笑。」後召除侍講，不就。隱居青城山。

〔四〕沔鄂：沔陽、鄂州。宋時屬荆湖北路，今爲湖北仙桃、鄂州。

〔五〕儲福宫：青城山宫觀。祝穆方輿勝覽卷五五：「（儲福宫）在天倉峰下。有唐代宗女玉真公主及明皇像，乃公主修真之地。有天峰閣，望三十六峰如列屏焉。」

〔六〕從子：兄弟之子，侄兒。又稱猶子。左傳襄公二十八年：「衛人立其從子圃，以守石氏之祀，禮也。」

〔七〕豫章：古郡名，即今江西省。後指南昌一帶。西山香城寺：江西通志卷一一一：「（香城寺）在新建縣西山。晉沙門曇顯欲創佛殿，禱於山，得香木，大堪爲柱。殿成，每誦經佛前，以木屑焚之，香聞數里，故名。寺旁有香城書院，後有講經臺遺址。」

〔八〕暴日：曬太陽。暴，同「曝」。

〔九〕馬祖（七〇九—七八八）：唐代禪僧。俗姓馬，法名道一，漢州什邡人，世稱馬祖，又稱江西馬祖。幼出家，從懷讓禪師學法，密授心印。代宗大曆中，據豫章開元寺，聚徒説法，禪宗大盛於江西。卒謚大寂禪師。

〔一〇〕長生久視：長久地活着，長生不老。老子：「深根固柢，長生久視之道。」呂氏春秋重己：「無賢不肖，莫不欲長生久視。」高誘注：「視，活也。」

書屠覺筆

建炎、紹興之間，有筆工屠希者，暴得名。是時大駕在宋，都在廣陵〔一〕，又南渡幸會稽、錢塘，希嘗從駕〔二〕。自天子、公卿、朝士、四方士大夫，皆貴希筆，一筒至千錢，下此不可得。晁侍讀以道作詩稱譽之〔三〕。有吴先生師中，字茂先〔四〕，得其筆，以一與先少師〔五〕。希之技誠絶人，入手即熟，作萬字不少敗，莫能及者。後七十餘年，予得其孫屠覺筆，財價百錢，入手亦熟可喜，然不二百字，敗矣。或謂覺利於易敗而速售〔六〕，是不然。價既日削矣，易敗則人競趨它工〔七〕，覺固不爲書者計，獨不自爲計乎？乃書希事，庶覺或見之。

【題解】

屠覺，南宋製筆匠人屠希之孫。本文記載屠希製筆之技絶人，而其孫屠覺則日漸敗落的情狀，希望屠覺有所感悟。

本文原未繫年。歐譜列於不繫年文。據文中「建炎、紹興之間……後七十餘年」推算，當作於嘉泰元年（一二〇一）之後。

參考劍南詩稿卷三七屠希筆。

【箋注】

〔一〕「是時」二句：宋高宗趙構於靖康二年五月即位於南京（今河南商丘南），改元建炎，是爲南宋之始。南京爲故宋地。十月，高宗南遷揚州，至建炎三年二月渡江南逃。揚州古稱廣陵。

〔二〕「又南」二句：建炎三年二月高宗南渡後至杭州，閏八月赴浙西，後暫駐越州（今紹興），十二月再浮海至温、台沿海。至建炎四年四月，返駐越州。越州古稱會稽，錢塘即杭州。從駕，指隨從皇帝出行。

〔三〕晁侍讀：即晁説之（一〇五九—一一二九），字以道，號景迂生。文集稱景迂生集。參見卷十四晁伯咎詩集序注〔一〕。建炎元年，高宗召説之赴行在，除徽猷閣待制兼侍讀，不久即除宫觀，建炎三年卒。景迂生集卷九有贈筆處士屠希詩：「屠希祖是屠牛坦，今日却屠秋兔毫。自識有心三副健，可憐無副一生勞。」

〔四〕吴師中：生平不詳。或謂曾任岳飛幕僚者。

〔五〕先少師：指陸游之父陸宰。

〔六〕利於易敗而速售：因筆易壞快速更换而獲利。

〔七〕競趨它工：競相尋求其他品質優良之筆。

書二公事

鄭介夫名俠，以剛直名天下〔一〕。晚居福清，自號一拂居士，布衣糲食，而雜植華木於舍傍，觴詠自適。客至，必與飲，食不過五爵，蔬果之外，一肉而已。遇貧士過者，亦薄𧸘之〔二〕，止於千錢。飲具皆白鑞〔三〕，或遺以銀杯，辭不取。好强客弈棋，有辭不能者，則留使旁觀，而自以左右手對局〔四〕。左白右黑，精思如真敵。白勝則左手斟酒，右手引滿〔五〕，黑勝反是。如是幾二十年如一日。謝昌國名諤〔六〕，嘗聞道於頤正郭先生〔七〕。居臨江〔八〕，名其廬曰艮齋。晨興，烹豆腐菜羹一釜，偶有肉，則縷切投其中。客至，亦不問何人，輒共食。有貧士及醫卜之類，飯已，輒語之曰：「吾無錢予君，豈欲詩乎？」取幅紙作絶句贈之，以爲常。二公皆予所鄉慕也〔九〕。予貧甚，欲學介夫辦五杯、千錢，亦復未易，又不解弈棋，或可力貧學昌國耳。書之座右，當徐圖之。紹熙之元十二月八日，九曲老樵書〔一〇〕。

【題解】

二公，指鄭俠、謝諤。本文記敘鄭、謝二公布衣糲食、觴詠自適的灑脱生活，表達了嚮慕之情。

本文據篇末自署，當作於紹熙元年（一一九〇）十二月八日。時陸游被劾罷返里家居。

參考老學庵筆記卷九鄭介夫條。

【箋注】

〔一〕鄭俠（一〇四一—一一一九）：字介夫，福清（今屬福建）人。治平四年進士。爲王安石所重，但因抨擊新政，屢遭貶斥。晚歲布衣糲食而終。宋史卷三二一有傳。

〔二〕贐：臨别時贈與路費或財物。

〔三〕白鑞：錫的别名。

〔四〕左右手對局：劉宰横塘集卷一贈鄭介夫：「無事一樽誰與醉？有時兩手自争先。也知世上皆兒戲，出處如公豈偶然。」自注：「鄭公自用兩手圍棋，左手勝則右手把盞飲，右手勝則左手把盞飲。」

〔五〕引滿：指斟酒滿杯而飲。

〔六〕謝昌國：即謝諤，字昌國，號艮齋。參見卷十二賀謝殿院啓題解。

〔七〕頤正郭先生：即郭雍（一〇九一—一一八七），字子和。祖籍洛陽。出身儒門，其父師事程頤，著易説，雍傳其父學。隱居峽州，放浪山谷，號白雲先生。孝宗旌召不起，賜號沖晦處士，後封頤正先生。宋史卷四五九有傳。

〔八〕臨江：即臨江軍，治清江、新淦、新喻三縣。

〔九〕鄉慕：嚮往思慕。鄉，通「嚮」。

〔一〇〕九曲老樵：陸游自署别號。九曲，指河道迂回曲折。

渭南文集箋校卷第二十六

跋

【釋體】徐師曾文體明辨序説：「題跋者，簡編之後語也。凡經傳子史詩文圖書之類，前有序引，後有後序，可謂盡矣。其後覽者，或因人之請求，或因感而有得，則復撰詞以綴以末簡，而總謂之題跋。至綜其實，則有四焉：一曰題，二曰跋，三曰書某，四曰讀某。夫題者，締也，審締其義也。跋者，本也，因文而見本也。書者，書其語。讀者，因於讀也。題、讀始於唐，跋、書起於宋。曰題跋者，舉類以該之也。其詞考古證今，釋疑訂謬，褒善貶惡，立法垂戒，各有所爲，而專以簡勁爲主，故與序引不同。」陸游所作共六卷、二百五十五首。

本卷收録跋文四十首。

真廟賜馮侍中詩

某家舊藏孝嚴殿繪像，先正侍中馮公在焉〔一〕。冠劍偉然，與太行、黄河氣象相埒。每稽首歎曰：「侍中輔相兩朝，更天下大變，而社稷尊安，夷狄讋服〔二〕，鉏耰萬里〔三〕，無犬吠之警，有以也夫！」晚待罪新定〔四〕，公之孫頎，出示章聖皇帝賜詩，又以想見一時盛事，恨不生其時，俯伏沙堤旁，窺望風采云〔五〕。

【題解】

真廟，指北宋真宗趙恒，謚號爲文明武定章聖元孝皇帝，簡稱章聖皇帝，廟號真宗。馮侍中指馮拯（九五八—一〇二三），字道濟，孟州河陽人。太平興國三年（九七八）進士。真宗朝歷官同知樞密院事、參知政事等，天禧四年（一〇二〇）拜同平章事。乾興元年（一〇二二）封魏國公，遷司空兼侍中。仁宗天聖初罷相，拜檢校太尉兼侍中。尋卒，謚文懿。宋史卷二八五有傳。本文爲陸游爲宋真宗賜馮拯詩所作的跋文，感慨先朝名臣的風采功業。

本文原未繫年。歐譜繫於淳熙十四年（一一八七）。是。當作於知嚴州時，文中「晚待罪新定」可證。

【箋注】

〔一〕孝嚴殿：宋宫殿名。位於供奉歷朝皇帝御容的景靈宫内，宋史禮志十二：「景靈宫創於大中祥符五年，聖祖臨降，爲宫以奉之……治平元年，又詔就宫之西園建殿，以奉仁宗，署曰孝嚴，奉安御容，親行酌獻。」郭若虚圖畫見聞志卷六載：「治平甲辰歲，於景靈宫建孝嚴殿，奉安仁宗神御。乃鳩集畫手，畫諸屏扆、牆壁，先是三聖神御殿兩廊，圖畫創業戡定之功及朝廷所行大禮，次畫講肄文武之事、遊豫宴饗之儀，至是又兼畫應仁宗朝輔臣吕文靖已下至節鉞凡七十二人。時張龍圖燾主其事，乃奏請於逐人家取影貌傳寫之，鴛行序列，歷歷可識其面，於是觀者莫不歎其盛美。」先正：前代賢臣。書説命下：「昔先正保衡，作我先王。」孔安國傳：「正，長也。言先世長官之臣。」

〔二〕讋服：畏懼服從。

〔三〕鉏耰萬里：指天下安於農耕。鉏耰，鋤草、平地之農具。鉏，同「鋤」。

〔四〕待罪：古代官吏謙稱任職，意爲不稱其職而將獲罪。司馬遷報任少卿書：「僕賴先人緒業，得待罪輦轂下，二十餘年矣。」新定：嚴州古名。此指知嚴州。

〔五〕「俯伏」二句：指瞻望馮拯輔相兩朝的風采。沙堤，唐代爲新任宰相鋪築的沙面大路。李肇唐國史補卷下：「凡拜相禮，絶班行，府縣載沙填路，自私第至子城東街，名曰沙堤。」

高宗聖政草

某被命修光堯皇帝聖政〔一〕，草創凡例，網羅放逸，雖寢食間，未嘗置也。然不敢以稿留私篋〔二〕。暇日偶追記得此，命兒輩録之。隆興二年十月一日，左通直郎、通判鎮江軍府事陸某記。

【題解】

高宗聖政，指記録宋高宗在位時重要政事的史籍。紹興三十二年，朝廷將編修敕令所改置爲編類聖政所，掌接續修纂慶曆、建中靖國編載未盡勳臣及元祐、靖康、建炎以來勳臣事迹，并裒輯建炎、紹興以來詔旨條例，編類高宗在位時重要政事。長官由宰相提舉。九月，陸游除樞密院編修官兼編類聖政所檢討官，具體負責編纂高宗聖政。本文爲陸游爲追記高宗聖政草稿所作的跋文，回憶當時的編修活動。

本文據文末自署，作於隆興二年（一一六四）十月一日。時陸游在鎮江通判任上。

【箋注】

〔一〕「某被命」句：陸子虡劍南詩稿跋：「孝宗皇帝嗣位之初，召對便殿，賜進士第。時始置編類太上皇帝聖政所，妙柬時髦，先君首預其選，擢檢討官。」時在紹興三十二年九月。光堯皇帝，宋高宗退位後，孝宗上尊號爲光堯壽聖太上皇帝，簡稱光堯或光堯皇帝。

〔二〕私篋：私家書箱，私人藏書。

高宗賜趙延康御書

右，知金壇縣趙君師愳録高宗賜其大父延康公書〔一〕，及延康移僞楚書〔二〕，共爲一編，以示史官陸某。某曰：延康在宣和、靖康間，聲望風采，震曜一時。及守宛丘，百戰禦狂虜，卒全其城，視唐代張巡、許遠、顔真卿皆過之〔三〕。來朝行在，高皇蓋欲以左轄命之〔四〕，議者謂宗室輔政非故事，遂止。方公之南徙也〔五〕，謝表有云：「臣本支百世，侍從三朝〔六〕。」又云：「堅壁以保近畿，慨前功之俱廢；登壇而陪盛禮，懷曩遇以自憐〔七〕。」讀者悲之。某又嘗於公從孫師嚴有翼家〔八〕，見公建炎奏議稿一編，皆人所至難言者。不知此稿皆在鑑堂集中否〔九〕？或可訪於有翼院中，以補逸遺，敢并以告。嘉泰癸亥歲三月丙申，臣某謹識。

【題解】

趙延康，即趙子崧（？—一一三二），字伯山，號鑑堂居士。宋燕王德昭五世孫。崇寧五年進士。官宗正少卿，知淮寧府。汴京失守，起兵勤王。康王以爲大元帥府參議官、東南都道總管，統東南勤王兵。高宗建炎元年除延康殿學士、知鎮江府。二年坐事降單州團練副使，謫居南雄州。世稱延康公。宋史卷二四七有傳。嘉泰二年六月，陸游應詔入都修史。趙子崧孫師愍録高宗賜其祖御書等材料示陸游。本文爲陸游爲高宗賜趙子崧御書所作的跋文，高度評價延康公勤王功績，并爲搜集其遺著提供線索。

本文據文末自署，作於嘉泰三年（一二〇三）三月丙申（二十七）日。時陸游在秘書監、寶謨閣待制任上。

【箋注】

〔一〕趙君師愍：趙子崧之孫，時知金壇縣。

〔二〕僞楚：靖康二年，金兵攻陷汴京，擄走徽、欽二帝，立張邦昌爲大楚皇帝，定都金陵，但稱帝僅三十二天。金退兵後，張邦昌被迫去除帝號，迎元祐皇后垂簾聽政。張氏政權史稱「僞楚」。高宗即位後，張邦昌被賜死。僞楚政權存在時，趙子崧曾移書責之。

〔三〕張巡、許遠、顔真卿：均爲唐代藩鎮叛亂中拼死抵抗、不降叛軍的英雄。張、許守睢陽，因外援不至，城破均被殺害。事迹參見韓愈張中丞傳後序。顔氏在「安史之亂」時固守平原，代宗時因曉諭叛將李希烈部，拒賊被殺。參見舊唐書卷一二八、新唐書卷一五三本傳。

〔四〕左轄：即左丞。左右丞管轄尚書省事，故稱左右轄。周書韋瑱傳：「瑱明察有幹局，再居左轄，時論榮之。」

〔五〕南徙：指被貶謫居南雄州。

〔六〕本支百世：指子孫昌盛，百代不衰。詩大雅文王：「文王孫子，本支百世。」毛傳：「本，本宗也；支，支子也。」鄭玄箋：「其子孫適爲天子，庶爲諸侯，皆百世。」此指趙子崧自己爲趙宋宗族。　三朝：指徽宗、欽宗、高宗三朝。

〔七〕「堅壁」四句：趙子崧回顧自己勤王保國、屢受重用的經歷，感慨前功盡棄而自憐。

〔八〕從孫：兄弟的孫子。　師嚴：即趙師嚴，字有翼。曾於高宗末、孝宗初添差通判吴興。

〔九〕鑑堂集：當爲趙子崧文集。

高皇御書 二

臣某少時與胡尚書之子杞同學於雲門山中〔一〕，見高皇帝賜尚書御題扇曰：「文物多師古，朝廷半老儒。」蓋黄體也〔二〕，與此手詔絶相類〔三〕。後數年，蒙收召，得面天顔，距今四十四年矣〔四〕。伏讀霣涕，不知所云。嘉泰癸亥五月一日，史官臣陸某謹題〔五〕。

【題解】

高皇，即宋高宗。本文爲陸游見到宋高宗手詔後所作的跋文，抒寫對高宗的感恩之情。

本文據文末自署，作於嘉泰三年（一二〇三）五月一日。時陸游修史完成，除提舉江州太平興國宫，即將返鄉。

【箋注】

〔一〕胡尚書：即胡直孺，字少汲，號西山老人，洪州奉新（今屬江西）人。紹聖四年進士。累遷監察御史、知平江府。靖康間知南京，爲金人所執，不屈，久之得歸。高宗朝爲刑部尚書，兼權禮部尚書，官至兵部尚書兼侍讀。卒於會稽，葬雲門白水塘。事迹見宋詩紀事卷三四。胡杞：字基仲，胡直孺長子。陸游少時同學。曾任政和縣尉。參見劍南詩稿卷五讀胡基仲舊詩有感、卷四四追懷胡基仲、卷五六寄題胡基仲故居。雲門山：在秦望山南麓，參見卷十七雲門壽聖院記題解。

〔二〕「文物」二句：出自杜甫行次昭陵。黄體：指黄庭堅的書體。

〔三〕手詔：帝王親手所寫詔書。

〔四〕「後數年」四句：紹興三十年（一一六〇）正月，陸游自福州任上北歸。五月，除敕令所删定官，進入朝官行列，得面見高宗。此時距嘉泰三年恰跨四十四年。

〔五〕史官：陸游於嘉泰二年六月入都出任實録院同修撰兼同修國史，十二月除秘書監。此時即將離任，仍自稱史官。

又

臣某伏睹高皇帝御天下幾三十年，進用諫官、御史，皆出聖選，故往往躐至相輔〔一〕，其不合者，猶爲侍從乃去〔二〕。如施公財任遺補〔三〕，即出守小郡，蓋無幾人。則其犯顔咈指〔四〕，不橈於權倖〔五〕，可以想見。而上之知人受盡言〔六〕，有仁祖用范仲淹、唐介之風矣〔七〕。惜乎施公遽逝去，不及召用。於虖悲夫！開禧乙丑九月一日，故史官陸某謹書〔八〕。

【題解】

本文爲陸游見到宋高宗相關御書（内容不詳）後所作的跋文，稱頌高宗能用諫官。

本文據文末自署，作於開禧元年（一二〇五）九月一日。時陸游致仕家居。

【箋注】

〔一〕躐：超越，越級。

〔二〕侍從：隨侍帝王的重臣。漢書史丹傳：「自元帝爲太子時，丹以父高任爲中庶子，侍從十餘年。」

〔三〕施公：爲誰不詳。　財：通「才」。　遺補：拾遺、補闕的並稱，因同爲諫官，職掌相同。白居易大官乏人策：「丞郎、給舍之材，選於御史、遺補、郎官。」

〔四〕咈指：違背旨意。

〔五〕不橈：不屈。　權倖：有權勢而得到帝王寵倖的奸佞之徒。後漢書陳球傳：「在朝清忠，權倖憚之。」

〔六〕盡言：直言。指毫無保留地暢所欲言。國語周語下：「唯善人能受盡言，齊其有乎？」

〔七〕仁祖：指宋仁宗。　唐介（一〇一〇—一〇六九）：字子方，江陵（今屬湖北）人。天聖進士。歷任殿中侍御史、開封府判官、知諫院等，諍諫不避權貴。神宗時爲三司使，除參知政事，數與王安石争論。宋史卷三一六有傳。

〔八〕故史官：陸游此時已離任致仕，故自稱「故史官」。

今上皇帝賜包道成御書崇道庵額

開禧某年某月甲子，皇帝親御翰墨，書「崇道庵」三字，賜妙行先生臣包道成，以示故史官臣陸某，將刻之石，具載歲月及被賜之由，示天下後世。臣某竊聞臣道成實晉陵人，少學黄老之説，以劬身濟衆爲事〔一〕。寓迹都城三十餘年，築堂以居，凡以黄冠褐衣至者，靡不館之〔二〕。往來千人，蓋嘗有神仙異人混於衆中，道成獨默識之而不言。會稽光孝觀故名乾明，天聖間章獻明肅皇后遣中使築之〔三〕，久壞不葺，道成談笑復其舊。凡都城橋梁道路，皆力治之，費至緡錢百餘萬。建東嶽廟吴山上〔四〕，既成，又即其傍築室以奉真武〔五〕。左江右湖，氣象雄麗，而道院屹立於廡外，鐘磬步虚之聲在雲霄間〔六〕，都人爲之心駭神竦。於是皇帝聞而異之，故有扁榜之賜。臣某犬馬之年，髟髟九十〔七〕，獲在聖主仁壽域中，且嘗獲紬繹三朝金匱石室之藏〔八〕。今雖篤老，猶幸未病廢，得以紀稀闊盛事〔九〕，豈非幸哉！開禧二年歲在丙寅，三月某日，太中大夫、充寶謨閣待制致仕、山陰縣開國子食邑五百户、賜紫金魚袋臣陸某昧死稽首，再拜謹書。

【題解】

今上皇帝，指宋寧宗。包道成，號妙行先生，南宋道士，晉陵（今江蘇常州）人。寓居臨安三十餘年。於吴山重建東嶽廟，寧宗爲題「崇道庵」匾額，并將刻石。本文爲陸游爲寧宗題額「崇道庵」所作的跋文，記叙道士包道成修建道觀及寧宗題額始末。

本文據文末自署，作於開禧二年（一二〇六）三月。時陸游致仕家居。

【箋注】

〔一〕黄老之説：即道家的學説。黄老，黄帝和老子的並稱，後世道家奉爲始祖。　劬身濟衆：勞苦自身，救助衆人。

〔二〕寓迹：寄足，暫時居住。馬吉甫蟬賦：「聊息心於萬事，欣寓迹於一枝。」　黄冠褐衣：道士的裝束。

〔三〕「會稽」二句：嘉泰會稽志卷七：「報恩光孝觀在府東三里九十四步，隸會稽。陳武帝永定二年捨宅建，名思真觀。太平興國九年，州乞改額乾明，以從聖節，祝至尊壽。詔俞其請。崇寧二年改崇寧萬壽。政和三年改天寧萬壽，置徽宗本命殿，號景命萬年殿。紹興七年改報恩廣孝，十二年又改今額，專奉徽宗皇帝香火。初，天聖間章獻明肅皇后敕遣中使修建，用玉清昭應宫别殿小樣。」章獻明肅皇后，即劉娥，宋真宗皇后，真宗逝世後爲皇太后，曾垂簾聽政。宋史卷二四二有傳。

〔四〕建東嶽廟吴山上：咸淳臨安志卷七五：「中興觀在吴山，大觀中建東嶽行祠，規置略具。紹興七年鄉民始合力營葺之，二十九年有茹氏者捐貲訖成之，翼以道館。嘉泰辛酉燬，包道成募緣重建，扁曰『崇道庵』。」

〔五〕真武：即玄武，北方之神。趙彦衛雲麓漫鈔卷九：「朱雀、玄武、青龍、白虎爲四方之神。祥符間，避聖祖諱，始改玄武爲真武……後興醴泉觀，得龜蛇，道士以爲真武現，繪其像以爲北方之神，被髮，黑衣，仗劍，蹈龜蛇，從者執黑旗。」

〔六〕步虚：道士唱經禮贊。李白題隨州紫陽先生壁：「喘息飡妙氣，步虚吟真聲。」王琦注引異苑：「陳思王遊山，忽聞空裏誦經聲，清遠遒亮，解音者則而寫之，爲神仙聲。道士效之，作步虚聲。」

〔七〕騣騣：漸進貌。李翺故處士侯君墓誌：「每激發，則爲文達意，其高處騣騣乎有漢魏之風。」

〔八〕紬繹：整理綴集。金匱石室：古代國家秘藏文獻之處。史記太史公自序：「（司馬談）卒三歲而遷爲太史令，紬史記石室金匱之書。」

〔九〕稀闊：稀疏，少見。

跋尹耘師書劉隨州集

傭書人韓文持束紙支頭而睡〔一〕，偶取視之，劉隨州集也。乃以百錢易之，手加裝褫〔二〕。紹興二十五年正月八日，陸某記。

尹耘師耕，鄉里前輩，與九伯父及先君游〔三〕。此集蓋其手抄云。紹熙元年七月望，某再跋。

【題解】

尹耘師，名耕，陸游的鄉里前輩。劉隨州集，唐代劉長卿的文集，因其官終隨州刺史，故稱劉隨州。本文爲陸游爲尹耕手抄劉隨州集所作的跋文，記叙其來歷及前輩概況。

本文據文末自署，作於紹興二十五年（一一五五）正月八日。時陸游家居，尚未出仕。再跋於紹熙元年（一一九〇）七月望日，時陸游被劾罷家居。前後相隔三十五年。

【箋注】

〔一〕傭書人：受雇爲人抄書者。後漢書班超傳：「家貧，常爲官傭書以供養。」

〔二〕裝褫：裝裱古籍或書畫。

〔三〕九伯父：陸游家族父輩，爲誰未詳。先君：已故之父親。

跋唐御覽詩

右，唐御覽詩一卷，凡三十人，二百八十九首，元和學士令狐楚所集也〔一〕。按盧綸墓碑云〔二〕：「元和中，章武皇帝命侍臣采詩〔三〕，第名家得三百一十篇。公之章句奏御者居十之一〔四〕。」今御覽所載綸詩，正三十二篇，所謂「居十之一」者也。據此，則御覽爲唐舊書不疑。然碑云三百一十篇，而此纔二百八十九首，蓋散逸多矣，姑校定訛謬，以俟完本。御覽一名唐新詩，一名選集，一名元和御覽云。紹興乙亥十一月八日，吴郡陸某記。

【題解】

唐御覽詩，又名唐新詩、選集、元和御覽，爲唐代令狐楚於元和年間選輯及上呈唐憲宗的唐詩選本。本文爲陸游爲唐御覽詩所作的跋文，考證詩集版本及名稱。

本文據文末自署，作於紹興二十五年（一一五五）十一月八日。時陸游家居，尚未出仕。

【箋注】

〔一〕令狐楚（七六六？—八三七）：字殼士，唐宜州華原（今陝西耀縣）人。貞元七年（七九一）進士。憲宗時歷任知制誥、翰林學士，遷中書侍郎同平章事；穆宗時貶衡州刺史；敬宗時歷户部尚書、東都留守、吏部尚書，累官至檢校尚書右僕射，封彭陽郡公。舊唐書卷一七二、新唐書卷一六六有傳。元和學士：令狐楚元和九年至十三年任翰林學士。

〔二〕盧綸（七三七？—七九九？）：字允吉，河中蒲州（今山西永濟）人。舉進士，屢不第。大曆年間被舉薦入仕，任集賢學士、秘書省校書郎，升監察御史，後遭貶。德宗時官至檢校户部郎中。爲「大曆十才子」之一。舊唐書卷一六三、新唐書卷二〇三有傳。墓碑：指盧言撰唐兵部尚書盧綸碑。金石録卷十：「唐兵部尚書盧綸碑，盧言撰，崔倬正書，大中十三年七月。」

〔三〕章武皇帝：即唐憲宗李純（七七八—八二〇），順宗長子。貞元二十一年（八〇五）立爲太子，同年八月即位。在位十五年，勵精圖治，重用賢良，改革弊政，勤勉政事，使藩鎮勢力有所削弱，史稱元和中興。元和十五年薨，謚號昭文章武大聖至神孝皇帝，廟號憲宗。舊唐書卷一四、新唐書卷七有本紀。

〔四〕公之章句：指盧綸的詩篇。

跋文武兩朝獻替記

學者當以經綸天下自期〔一〕，此書不可不見也。但傳本繆誤，幾不容讀，以它書尋繹之〔二〕，十得四五云。紹興丙子臘日〔三〕，務觀題。

【題解】文武兩朝獻替記三卷，唐李德裕撰，新唐書藝文志史部雜史類著録，今已佚。本文爲陸游爲文武兩朝獻替記所作的跋文，抒發「學者當以經綸天下自期」的抱負。

本文據文末自署，作於紹興二十六年（一一五六）十二月初八日。時陸游家居，尚未出仕。

【箋注】

〔一〕經綸天下：指籌畫治理天下。經綸，整理絲緒，編絲成繩。引申爲籌畫治國大事。易屯：「雲雷屯，君子以經綸。」孔穎達疏：「經謂經緯，綸謂綱綸。言君子法此屯象有爲之時，以經綸天下，約束於物。」禮記中庸：「唯天下至誠，爲能經綸天下之大經，立天下之大本，知天地之化育。」自期：自許，自己期望。

〔二〕尋繹：抽引推求。漢書黄霸傳：「米鹽靡密，初若煩碎，然霸精力能推行之。吏民見者，語次尋繹，問它陰伏，以相參考。」顔師古注：「繹，謂抽引而出也。」

〔三〕臘日：古代臘祭之日，在農曆十二月初八。應劭風俗通祀典灶神引荀悦漢紀：「南陽陰子方積恩好施，喜祀灶，臘日晨炊而灶神見。」

跋杲禪師蒙泉銘

右，妙喜禪師爲良上人所作蒙泉銘一首〔一〕。往予嘗晨過鄭禹功博士〔二〕，坐有僧焉，予年少氣豪，直據上坐。時方大雪，寒甚，因從禹功索酒，連引徑醉。禹功指僧語予曰：「此妙喜也。」予亦不辭謝，方説詩論兵，旁若無人，妙喜遂去。其後數年，予老於憂患，志氣摧落，念昔之狂，痛自悔責。然猶冀一見，作禮懺悔，孰知此老遂棄世而去耶〔三〕。雖然，良公蓋一世明眼衲子〔四〕，不知予當時是，即今是？試爲下一轉語〔五〕。隆興改元十一月五日，笠澤漁隱陸某書。

【題解】

杲禪師，即徑山大慧宗杲禪師，號妙喜。參見卷二二大慧禪師真贊題解。本文爲陸游爲大慧禪師蒙泉銘所作的跋文，睹物思人，悔責自己少時氣狂，目中無人，唐突妙喜禪師，現欲作禮懺悔而不得。

本文據文末自署，作於隆興元年（一一六三）十一月五日。時陸游除鎮江通判，返里尚未赴任。

【箋注】

〔一〕良上人：即良禪師，參見卷二二卍庵禪師真贊題解。上人，對僧人的尊稱。蒙泉銘：大慧普覺禪師年譜紹興二十七年載：「育王爲浙東大道場，地高無水，僧衆苦之。紹興丙子，佛日受請。周旋其間，令僧廣恭穿穴兹地爲大池。鍬鍤一施，飛泉噴湧。知軍事秘監姜公見而異之，名曰妙喜。無垢居士爲之銘，末句有云：『謂余未然，妙喜其決之。』師因説偈於其後，仍作蒙泉銘曰：『廣利東，泉曰蒙。源玲瓏，萬竅通。聲淙淙，出無窮。良施工，不落空。銘泉者爲誰？山僧妙喜翁。』」

〔二〕鄭禹功：號雙槐居士。多與禪僧遊，并與少年陸游、曾幾等交往。

〔三〕「孰知」句：妙喜禪師隆興元年八月示寂。

〔四〕良公：即良上人。衲子：僧人。

〔五〕轉語：禪宗稱撥轉心機，使人恍然大悟的機鋒話語。

跋修心鑑

右，高祖太傅公修心鑑一篇〔一〕。初，公生七年，家貧未就學，忽自作詩，有神仙語〔二〕，觀者驚焉。晚自號朝隱子，嘗退朝，見異人行空中，足去地三尺許，邀與俱歸，則古仙人嵩山栖真施先生肩吾也〔三〕。因受鍊丹辟穀之術，尸解而去〔四〕。然其術秘不傳，今惟此書尚存。某既刻版傳世，并以七歲吟及自贊附卷末，庶幾篤志方外之士讀之〔五〕，有所發焉，亦公之遺意也。隆興二年七月二日，元孫某謹書〔六〕。

【題解】修心鑑，陸游高祖陸軫所撰修身鏡鑒。文中稱：「夫人在陰則慘，在陽則舒。一日之中有善惡：所涉善事，類屬於陽，所謂君子也；所涉惡事，類屬於陰，所謂小人也。别而白之，是可鑒焉。」以下列舉焚香、誦讀、修煉、好生等善事二十四類，好殺、嗔惡、强梁、殘忍等惡事三十二類，并云「鑒上之目，常須警戒，毋勿沾染」。全文見永樂大典卷八六二九（中華書局影印本第九十五册）及山陰陸氏族譜遺稿。陸游將其刻版傳世。本文爲陸游爲修心鑒所作的跋文，記載高祖修道異事，期盼同道有所發明。

本文據文末自署，作於隆興二年（一一六四）七月二日。時陸游在鎮江通判任上。

【箋注】

〔一〕太傅公：即陸軫，字齊卿，號朝隱子，山陰人。大中祥符五年進士。歷官祠部員外郎、集賢校理，知會稽，移明州，守新定，分司西京。卒年七十七，贈太傅、諫議大夫。生平軼事參見陸游家世舊聞卷上。

〔二〕「公生」四句：即下文所謂七歲吟，陳鵠耆舊續聞卷一：「陸太傅軫，會稽人，神采秀異，好爲方外遊。七歲猶不能語，一日乳媪携往後園，俄而吟詩曰：『昔時家住海三山，日月宮中屢往還。無事引他天女笑，謫來爲吏在人間。』」

〔三〕施先生肩吾：號栖真子，唐代詩人、道士，有詩集西山集十卷、養生辨疑訣等。或云北宋道士。參見卷二五書神仙近事注〔二〕。

〔四〕辟穀：指不食五穀。道教修煉術之一。辟穀之時，仍食藥物，并兼做導引等。史記留侯世家：「乃學辟穀，道引輕身。」尸解：指道士得道後遺棄肉體而仙去，或不留遺體，只假托一物（如衣、杖、劍）遺世而升天。後漢書王和平傳李賢注：「尸解者，言將登仙，假托爲尸以解化也。」

〔五〕方外之士：不涉塵世或不拘世俗禮法之人，多指僧人、道士、隱者。

〔六〕元孫：玄孫，係避趙宋聖祖諱改。指本人以下第五代。

跋邵公濟詩①

先子入蜀時〔一〕，與邵子文遇於長安〔二〕，同游興慶池〔三〕，有詩倡酬，相得歡甚。夜讀公濟詩，超然高逸，恨未嘗得講世舊與文盟也〔四〕。乾道元年五月十八日，笠澤漁隱陸某書。

【題解】

邵公濟，即邵博，字公濟，號西山。洛陽人。邵伯溫次子。紹興八年賜同進士出身。曾知果州、眉州，任職雅州。後居犍爲而卒。著有邵氏聞見後録。本文爲陸游夜讀邵博詩所作的跋文，感歎兩家兩代人之間的交往和文學緣分。

本文據文末自署，作於乾道元年（一一六五）五月十八日。時陸游在鎮江通判任上。

【校記】

①「濟」，原作「澤」，據正文及弘治本、汲古閣本改。

【箋注】

〔一〕先子入蜀：指陸游之父陸宰於宣和年間曾入蜀。卷二八跋蘇氏易傳：「此本，先君宣和中入蜀所得也。」

〔二〕邵子文：即邵伯温（一〇五七—一一三四），字子文，河南洛陽人。邵雍之子。元祐中因薦特授大名府助教，調長子縣尉。徽宗時出監華州西嶽廟，主管耀州三白渠公事。除知果州，擢提點成都路刑獄。卒於利州路轉運副使。著有河南集、皇極系述、邵氏聞見録等。宋史卷四三三有傳。

〔三〕興慶池：即長安興慶宮龍池。興慶宮是唐長安城三大宮殿群（太極宮、大明宮、興慶宮）之一，稱爲「南内」。位於長安外郭東城春明門内。原是唐玄宗做藩王時的府邸，登基後大規模擴建，成爲開元、天寶時期的政治中心。安史之亂後成爲太上皇或太后閒居之所，唐末被廢棄。至宋代仍存遺迹。

〔四〕世舊：世交舊誼。李嘉祐送張惟儉秀才入舉：「以吾爲世舊，憐爾繼家風。」文盟：文壇盟友。

跋坐忘論

司馬子微師體玄先生潘師正〔一〕，體玄師昇玄先生王遠知〔二〕，昇玄師貞白先生華陽隱居陶弘景〔三〕。故體玄語子微曰：「吾得陶隱居正一法，逮汝四世矣〔四〕。」乾道二年天慶節〔五〕，借玉隆藏室本傳〔六〕。漁隱子手記。

【題解】

坐忘論是道教講述修道「階次」即修習次第的著作，分信敬、斷緣、收心、簡事、真觀、泰定、得道七章。一説爲唐司馬承禎撰，一説爲唐趙堅撰。本文爲陸游借玉隆藏室本傳寫坐忘論後所作的跋文，指明其傳承世次。

本文據文末自署，作於乾道二年（一一六六）正月初三日。時陸游在隆興通判任上。

參考卷二八跋坐忘論。

【箋注】

〔一〕司馬子微：即司馬承禎（六四七—七三五），字子微，法號道隱。河内温縣（今屬河南）人。自少篤學好道，無心仕宦。師事嵩山道士潘師正，得受上清經法及符籙、導引、服餌諸術。遍游天下名山，隱居於天台山玉霄峰，自號天台白雲子。唐睿宗、唐玄宗先後召入宫中，優禮有加。羽化後追謚正一先生。著有修真秘旨、坐忘論等。舊唐書卷一九二、新唐書卷一九六有傳。潘師正（五八四—六八二）：字子真，趙州贊皇（今屬河北）人。隋大業間師事王遠知，盡受道門隱訣及符籙。隨之至茅山，居嵩陽雙泉嶺逍遥谷修道二十餘年。唐高宗多次召見。卒謚體玄先生。舊唐書卷一九二、新唐書卷一九六有傳。

〔二〕王遠知（五〇九—六三五）：又名遠智，字廣德，原籍琅琊，後爲揚州人。年十五，師事陶弘景，得上清派道法。又從宗道先生臧兢學，得諸秘訣。遂遊歷天下，後歸隱茅山，專習辟穀休糧、上清道法。隋煬帝召見，親執弟子禮。唐太宗爲秦王時，親授三洞法策於官邸。太宗即位，以疾固辭還山。卒謚昇真先生，武后時改謚昇玄先生。舊唐書卷一九二、新唐書卷一九六有傳。

〔三〕陶弘景（四五六—五三六）：字通明，自號華陽隱居，丹陽秣陵（今屬南京）人。少以才學聞名，歷任宋、齊諸王侍讀等，永明十年辭官，掛冠神武門，退隱句容句曲山（茅山）。梁武帝屢請不出，常去咨詢，人稱「山中宰相」。隱居茅山四十五年。卒謚貞白先生。著有真誥、登真隱訣、肘後百一方、本草集注等數十種。梁書卷五一、北史卷七六有傳。

〔四〕「故體玄」三句：舊唐書司馬承禎傳：「（潘）師正特賞異之，謂曰：『我自陶隱居傳正一之法，至汝四葉矣。』」正一：道教之一派。東漢張道陵所創。相傳太上老君親授道陵太玄經、正一經等，道陵被尊爲「正一天師」，其道派稱「天師道」、「正一道」。主要奉持正一經，崇拜鬼神，畫符念咒，驅鬼降妖，祈福禳災等。

〔五〕天慶節：宋代宫廷節日。宋真宗大中祥符元年，因傳有天書下降人間，下詔定正月初三日爲「天慶節」，官員等休假五日。後爲道教節日。

〔六〕玉隆：即玉隆萬壽宫，在江西新建逍遥山。浄明道祖庭。原爲祖師許遜故宅，後歷經變遷，宋真宗大中祥符三年改稱玉隆宫。徽宗政和六年擴建，題額玉隆萬壽宫。

跋查元章書

李份事士大夫謹〔一〕，以故得書帖多不可數。然閟其書〔二〕，至不敢與他札偕藏者，元章吏部一人而已〔三〕。份一吏耳，知敬元章如此。豈知元章仕於朝，既不容；去而居幕府，又不容；自引於數千里外赤甲白鹽之間〔四〕，乃少安。嗚呼，亦可歎也夫！丙戌上元後三日〔五〕，漁隱書。

【題解】

查元章即查籥，字元章，江陵人。趙逵榜進士及第，治春秋。紹興二十九年七月除秘書省正字，三十年十二月罷。隆興初以御史出爲夔路運判，後轉成都運使、四川總領。乾道六年以太府少卿兼國史院編修官。七年改知鎮江（據南宋館閣録卷八、蜀中廣記卷四九、景定建康志卷二六）。本文爲陸游爲查籥書信所作的跋文，感歎查籥不容於朝廷和幕府，惟稍安於蜀地的命運。

本文據文末自署，作於乾道二年（一一六六）正月十八日。時陸游在隆興通判任上。

【箋注】

〔一〕李份：吏部小吏。生平不詳。

〔二〕闕：珍重。

〔三〕元章吏部：查籥早年當曾在吏部任職，李份或爲其屬吏。

〔四〕赤甲白鹽：均爲山名，在四川奉節東三峽夔門兩側，北曰赤甲山，南曰白鹽山。杜甫夔州歌十絶句之四：「赤甲白鹽俱刺天，閭閻繚繞接山巔。」

〔五〕上元：節日名，農曆正月十五，亦稱元宵節。

跋高象先金丹歌

右，玉隆萬壽觀本〔一〕。序言有注解而不傳〔二〕，亦不知序者爲何人也。丙戌二月八日，務觀書。

【題解】

高象先，宋史戚同文傳附：「高象先父凝祐，刑部郎中，以彊幹稱。象先，淳化中三司户部副使，卒於光禄少卿。」又太宗實録卷四四：「（端拱元年四月）丙午，以監察御史高象先爲廣南西路轉運使。」金丹歌，傳爲高象先所作，爲長篇七言古詩，氣勢雄渾，乃作者於大中祥符七年在京師乘醉答諸宮高員外而作。自述學仙修道之經歷，推崇道教經典參同契。本文爲陸游爲高象先金丹歌所作的跋文，考證版本及序言，并存疑。

本文據文末自署，作於乾道二年（一一六六）二月八日。時陸游在隆興通判任上。

【箋注】

〔一〕玉隆萬壽觀：即玉隆萬壽宮。參見本卷跋坐忘論注〔六〕。

〔二〕序言：正統道藏太玄部有真人高象先金丹歌，前有序言稱：「高先，字象先，朐陽人也。余素昧平生，祥符六年，因四明傳神僧禹昌，始得識公面於京師。佳其負才學而輕名位，陶陶然以酒自娱；又視其眼光溢臉，歎曰：真明瞭人也。始與定交，然莫測有他術。洎七年秋，觀公承醉答諸宮高員外歌一首，幾二千言，雖朝上帝，問道西華，率皆寓言。其排邪斥僞，矯正歸真，真一之道也。余不佞，春秋六十四矣，學道四十年間，百師千友，萬言億術，皆蒙蒙相授，迷迷相指，其皎然明白若象先是歌者，未之前聞。余懼覽者目爲狂怪之詞，不悟至真之道，遂爲注解，以示將來。」

又

國初有高象先，淳化中爲三司户部副使，少從戚同文學〔一〕，與宗度、許驤、陳象輿、郭成範、王礪、滕涉齊名〔二〕，不言其所終，亦不知其鄉里，恐即此人。然序言名先，字象先，又似别一人。神仙隱顯，不可必知，聊記之耳。辛亥炊熟日書〔三〕。

【題解】

本文爲陸游在上文二十五年後所作的再跋文，考證金丹歌及序言之作者，仍存疑。

本文據文末自署，作於紹熙二年（一一九一）炊熟日。時陸游奉祠家居。

【箋注】

〔一〕戚同文（九〇四—九七六）：字文約，一曰同文，宋州楚丘（今山東曹縣）人。幼以孝聞。從名儒楊慤學禮記，誦五經，慤妻以女弟。同文築室聚徒，請益者不遠千里，登第者五六十人。純質尚信義，樂於助人，深爲鄉里推服。生平不至京師，好爲詩。著有孟諸集二十卷。宋史卷四五七有傳。

〔二〕「與宗度」句：據宋史戚同文傳，宗度等六人，與高象先「皆踐臺閣」。宗度，蔡州上蔡（今屬河南）人。宗翼子。舉進士，官至侍御史，歷京西轉運使，預修太宗實録。許驤，字允升，世家薊州。十三能屬文，善詞賦。與吕蒙正齊名，擢進士第。歷官右拾遺、直史館、江南轉運使、諫議大夫、御史中丞、工部侍郎等。人以儒厚長者稱之。宋史卷二七七有傳。陳象輿，太宗時任鹽鐵副使、户部員外郎兼吏部選事等。與胡旦、董儼、梁灝等人日夕相處，形影不離，京師爲之語曰：「陳三更，董半夜。」陳三更即陳象輿，董半夜即董儼。事見宋史趙昌言傳。郭成範，戚門中最有文，任倉部員外郎，掌安定公書記，以司封員外郎致使仕。王礪，太平興國五年進士，官至屯田郎中。滕涉，滕知白之子，曾任給事中。宗、郭、王、滕四人均附傳於戚同文。

〔三〕辛亥：承前文「丙戌」，此「辛亥」當爲紀年，即紹熙二年（一一九一）。炊熟日：宋代指寒食節前一日，因寒食禁火，前一日須燒好食物。孟元老東京夢華録卷七清明節：「尋常京師以冬至後一百五日爲大寒食，前一日謂之炊熟。……寒食第三日，即清明節矣。」

跋天隱子

最後「易簡」、「漸門」二説，非天隱子本語，他日録本當去之〔一〕。丙戌三月中休〔二〕，傳本於玉隆萬壽宫。漁隱。

又

東坡先生以爲天隱子真司馬子微所著也〔三〕。傳本後二十五年，紹熙庚戌冬至日書。

【題解】

天隱子，道教養生學專著。凡一卷八篇，依次爲神仙、易簡、漸門、齋戒、安處、存想、坐忘、神解，具體闡述養生術的過程和方法，主張漸修成仙，并把漸修分爲齋戒、安處、存想、坐忘、神解五個階段。相傳爲司馬承禎所著。但承禎所撰序言稱「天隱子，吾不知其何許人，著書八篇，包括秘妙，殆非人間所能力學」。後序又稱：「承禎誦天隱子之書三年，恍然有所悟，乃依此五門漸漸進習。又三年，覺身心之間，而名利之趣淡矣。又三年，天隱子出焉，授之以口訣。其要在存想篇『歸根覆命、成性衆妙』者是也。」則此書又似非承禎所作。故天隱子作者歷來均有争議。本文爲陸游爲玉隆萬壽宫本天隱子所作的跋文，認爲此本非司馬承禎所作。再跋則轉述了蘇軾肯定司馬承禎所作的觀點。

本文據文末自署，作於乾道二年（一一六六）三月中旬。時陸游在隆興通判任上。再跋作於紹熙元年（一一九〇）冬至日。時陸游被劾罷官返鄉家居。

【箋注】

〔一〕「最後」三句：陸游認爲易簡、漸門兩篇非司馬承禎所著，應從天隱子中去除。

〔二〕中休：宋代指每月中旬的休沐日。蘇轍和子瞻沉香山子賦序：「仲春中休，子由於是始生。」

〔三〕「東坡先生」句：蘇軾與孫運勾：「脾能母養餘藏，故養生家謂之黄婆。司馬子微著天隱子，獨教人存黄氣入泥丸，能致長生。」司馬子微，即司馬承禎。參見本卷跋坐忘論注〔一〕。

跋造化權輿

先楚公著埤雅〔一〕，多引是書，然未之見也。乾道二年孟夏十八日①〔二〕，傳自玉隆藏室。甫里陸某謹題。

【題解】

造化權輿，雜記自然界各種事物起源的著作。權輿，起始。陳振孫直齋書録解題子部雜家類著録：「造化權輿六卷，唐豐王府法曹趙自勔撰。天寶七年表上。陸農師著埤雅頗採用之，其孫務觀嘗兩爲之跋。」本文爲陸游爲玉隆萬壽宫傳本造化權輿所作的跋文，揭示祖父著作與之關係。

本文據文末自署，作於乾道二年（一一六六）四月十八日。時陸游在隆興通判任上。參考卷二七跋家藏造化權輿。

【校記】

①「乾道二年」，原作「乾道三年」，各本均同。考陸游乾道三年五月已罷免返鄉，無法再去玉隆萬壽宮傳本題跋；又本卷下一篇仍署「乾道二年十月」，故此處「三年」當爲「二年」之誤。因改。

【箋注】

〔一〕先楚公：即陸游祖父陸佃（一〇四二—一一〇二），字農師，越州山陰（今浙江紹興）人。少受經於王安石。熙寧三年進士。歷國子監直講、中書舍人、吏部侍郎，與修神宗實録。徽宗即位，與修哲宗實録，遷吏部尚書，使遼。歸拜尚書右丞，轉左丞。罷知亳州。卒贈太師，追封楚國公。著有陶山集、埤雅、禮象、春秋後傳等。宋史卷三四三有傳。埤雅：陸佃所著小學著作，爲爾雅之增補。埤，增補。

〔二〕孟夏：夏季第一月，即農曆四月。

跋老子道德古文

右，漢嚴君平著道德經指歸古文〔一〕。此經自唐開元以來獨傳明皇帝所解〔二〕，故諸家盡廢。今世惟此本及貞觀中太史令傅奕所校者尚傳〔三〕，而學者亦罕見也。予求之逾二十年，乃盡得之。玉笈藏道書二千卷〔四〕，以此爲首。漁隱陸某題，乾道二年十月十日。

【題解】

老子道德古文，指漢嚴遵所著道德經指歸古本。又名道德真經指歸、老子指歸。道德經注本之一。以韻文形式闡發老子思想，先引用原文，然後分析其指歸，條理清晰，文筆優美，義理深邃博大，是西漢道家思想代表作之一。本文爲陸游爲老子指歸所作的跋文，考證其版本流傳及價值。

本文據文末自署，作於乾道二年（一一六六）十月十日。時陸游罷免返鄉家居。

【箋注】

〔一〕嚴君平（前八六—一〇）：原姓莊，名遵，字君平，漢書避明帝諱改「莊」爲「嚴」。蜀郡成都人。好黄老，成帝時隱居成都市井中，以卜筮爲業，宣揚老子道德經，并聚徒講學，著有老子注、老子指歸等，是西漢初道家學者。指歸，主旨，意向。

〔二〕明皇帝：指唐玄宗李隆基。玄宗崇尚老子，建太清宫供奉，并親自兩注道德經。

〔三〕傅奕（五五五—六三九）：相州鄴（今河南安陽）人。精於天文曆數，唐武德初拜太史丞，遷太史令。主張廢佛。著有老子注、老子音義。舊唐書卷七九、新唐書卷一〇七有傳。

〔四〕玉笈：玉飾的書箱，爲書箱之雅稱。此處或指玉隆萬壽宫藏書。

跋卍庵語

乾道庚寅十月入蜀〔一〕，舟過公安二聖〔二〕，見祖珠長老〔三〕，得此書。珠自言南平軍人〔四〕，得法於卍庵云。

【題解】

卍庵，即卍庵禪師、道顔禪師，卍庵爲其號。參見卷二二卍庵禪師真贊題解。本文爲陸游爲道顔禪師語録所作的跋文，説明其來歷。

本文原未繫年，歐譜繫於乾道六年（一一七〇）十月，是。當在陸游抵達夔州之後。

參考卷四七入蜀記第五。

【箋注】

〔一〕「乾道」句：庚寅爲乾道六年，陸游於該年閏五月十八日從山陰出發入蜀，赴夔州通判任，十月二十七日抵達夔州。

〔二〕「舟過」句：據入蜀記，時在九月十四日，陸游曾遊公安二聖報恩光孝禪寺：「二聖謂青葉髻如來、婁至德如來也，皆示鬼神力士之形，高二丈餘，陰威凜然可畏。」公安：縣名，南宋隸屬荆南府。在今湖北荆州。

〔三〕祖珠長老：即遯庵祖珠禪師。臨濟宗僧人。嘉泰普燈録卷二一：「荆南府公安遯庵祖珠禪師，南平人也。依卍庵之久。一日，入室次，庵問僧云：『如何是佛？麻。』師聞頓契。有偈曰：『機前一句子，用處不留情。如撞幢子弩，箭箭中紅心。』後開法公安，四衆歸仰。」事迹又見五燈會元卷二十。

〔四〕南平軍：宋代行政區劃，屬夔州路管轄。在今重慶南川。

跋武威先生語録

豐清敏公爲中執法〔一〕，論事上前，曰：「司馬光、吕公著皆忠賢〔二〕，何爲引赦復官？赦當及有罪耳，無罪何赦也？」徽祖曰〔三〕：「光等變先帝法度，非罪乎？」清敏公頓首曰：「誠當變，無可罪者。」方元符、建中間，衆正畢集於朝〔四〕，天下喁喁〔五〕，想望太平。清敏公與陳忠肅公俱極諫官、御史之選〔六〕，而所以言，則有婉直之異。吾先大父楚公〔七〕，每以爲二公之論皆不可廢。蓋忠肅似孟子説齊，而清敏似伯夷諫周〔八〕，其歸一也。今觀武威先生之論，又甚似清敏。百世之下，志士仁人，得此書讀之，當有太息流涕者矣。乾道七年立秋日，山陰陸某書。

【題解】

武威先生爲誰不詳，據文意當爲北宋末至南宋初敢於犯顔直諫的儒者。考此時段内有著名學者武夷先生胡安國。胡安國（一〇七四—一一三八）字康侯，建寧崇安（今福建武夷山）人。紹聖四年進士。歷太學博士、提舉湖南、成都學事，以不肯阿附爲蔡京等所惡。高宗即位，除給事中、中書舍人兼侍講，上時政論二十一篇，力陳恢復方略。後去職受命著春秋傳，結廬衡嶽講學。進寶文閣直學士，卒謚文定。宋史卷四三五有傳。學宗程頤，武夷學案見宋元學案卷四一。陸游之師曾幾即出胡門。胡安國直諫事迹見宋史本傳。又「語録」常爲道學家或禪宗的著述形式，直齋書録解題卷九著録胡氏傳家録五卷，與龜山語録、尹和靖語録、無垢語録、南軒語録等並列，又稱：「曾幾吉父、徐時動舜鄰、楊訓子中所記胡安國康侯問答之語，及其子寧和仲所録家庭之訓。」故此文「武威先生」疑爲「武夷先生」之誤。本文爲陸游爲武威先生語録所作的跋文，追憶北宋後期諫官豐稷、陳瓘等，稱贊武威先生與之相似。

本文據文末自署，作於乾道七年（一一七一）立秋日。時陸游在夔州通判任上。

【箋注】

〔一〕豐清敏公：即豐稷（一〇三三—一一〇七），字相之，明州鄞（今浙江寧波）人。神宗時任監察御史。入爲殿中侍御史，除刑部侍郎兼侍講，拜吏部侍郎。徽宗立，除御史中丞，轉工部尚書兼侍讀。以直言開罪蔡京等，屢遭貶黜而卒。建炎中追復學士，謚曰清敏。宋史卷三二一有傳。中執法：即中丞。漢書高帝紀下：「御史中執法下郡守。」顔師古注引晉灼曰：「中執法，中丞也。」

〔二〕吕公著（一〇一八—一〇八九）：字晦叔，壽州（今安徽鳳臺）人。吕夷簡之子。慶曆進士。神宗時任翰林學士兼侍讀，歷知開封府，爲御史中丞。因反對新法被貶。哲宗立，拜尚書左丞，元祐元年拜尚書右僕射兼中書侍郎，與司馬光共爲宰相。三年加司空、同平章軍國事。卒贈太師、申國公，謚曰正獻。宋史卷三三六有傳。

〔三〕徽祖：即宋徽宗。

〔四〕衆正：原指衆人表率，引申爲群吏。書酒誥「百僚庶尹」，孔安國傳：「百官衆正及次大夫服事尊官，亦不自逸。」

〔五〕喁喁：仰望期待貌。趙曄吴越春秋越王無余外傳：「惡無細而不誅，功無微而不賞，天下喁喁，若兒思母，子歸父而留越。」

〔六〕陳忠肅公：即陳瓘（一〇五七—一一二四），字瑩中，號了翁，南建州沙縣（今屬福建）人。元豐進士。歷任太學博士、校書郎。徽宗即位，擢左司諫，以彈劾蔡京被貶。遷權給事中，出知泰州。崇寧中入黨籍，除名遠竄，卒。紹興間追謚忠肅。宋史卷三四五有傳。

〔七〕先大父楚公：即陸游祖父陸佃，卒封楚國公。

〔八〕孟子説齊：孟子進諫迂回曲折，步步進逼，指出王須對「四境之内不治」負責。齊宣王只能「顧左右而言他」。事見孟子梁惠王下。伯夷諫周：伯夷與兄叔齊叩馬諫阻武王伐紂，後又不食周粟而死。事見史記伯夷列傳。

跋闗著作行記

著作闗公出使峽中〔一〕，風采峻甚，仕者人人震慄，莫敢仰視。某以孤生起罪籍〔二〕，萬里佐州，淺闇滯拙〔三〕，自期且汰去。而闗公獨厚遇之，舉酒賦詩，談臺閣舊事，忘其位之重也。公免歸之明年，某以事至卧龍山咸平寺〔四〕，長老惠璉言，公往有行記，今將刻之石，因屬某書其末。某曰：方闗公之門可炙手時，此書伏不出。今公歸卧青城山中〔五〕，賓客解散，形勢一變，而璉方刻其書爲不朽計。嗟乎！足以愧士大夫矣。乾道七年七月七日，左奉議郎、通判夔州軍、州主管學事陸某謹識。

【題解】闗著作，即闗耆孫，字壽卿。稱「著作」或因其曾任著作郎或佐郎。參見卷十四送闗漕詩序題解。行記，記述行旅遊覽的文章。本文爲陸游爲關耆卿行記文所作的跋文，回憶關耆卿風采和對己厚遇，感嘆璉禪師在其歸卧後爲其行記刻石足以使士大夫生愧。

本文據文末自署，作於乾道七年（一一七一）七月七日。時陸游在夔州通判任上。

參考卷十四送關漕詩序。

【箋注】

〔一〕出使峽中：指關耆卿曾任轉運使司職務，故又稱關漕。峽中，指夔州。

〔二〕孤生：孤陋之人。常用於自謙之詞。後漢書周榮傳：「榮曰：『榮江淮孤生……今復得備宰士，縱爲竇氏所害，誠所甘心。』」起罪籍：陸游乾道二年（一一六六）春因「力説張浚用兵」，自隆興通判任上免歸，卜居山陰近四年，至乾道五年（一一六九）底才以左奉議郎差通判夔州軍州事，故稱。

〔三〕淺闇：膚淺而不通達。王充論衡别通：「深知道術，無淺闇之毁也。」滯拙：遲鈍笨拙，用作謙辭。

〔四〕卧龍山咸平寺：卧龍山在夔州府城東北五里，因上有諸葛亮祠而得名，陸游乾道七年春有題卧龍山詩。（蜀中名勝記卷二一引）咸平寺在卧龍山麓。魏了翁鶴山集卷四四夔州卧龍山記：「咸平寺，寺雖名咸平，而有天成、長興、開寶題識，非始於咸平也。寺之上有五龍水，又爲野猪池。池上爲山又數里，乃至絶頂。耆舊相傳，謂諸葛忠武侯駐軍此山。」咸平，宋真宗年號，九九八至一〇〇三年。

〔五〕歸卧青城山：關耆卿免官後當隱居青城山。青城山，在四川成都都江堰西南，爲道教四大名山之一。

跋司馬子微餌松菊法

乾道初，予見異人於豫章西山〔一〕，得司馬子微餌松菊法，文字古奥，非妄庸所能附托。八年，又得别本於蜀青城山之丈人觀〔二〕，齋戒手校〔三〕，傳之同志。十二月六日，笠澤漁翁陸務觀書於玉華樓〔四〕。

【題解】

司馬子微，即司馬承禎，字子微，法號道隱。唐代道教宗師。參見本卷跋坐忘論注〔一〕。松菊，指松脂和菊花。餌松菊法，司馬承禎撰，今已佚。服食丹藥和草木藥是道教的修煉方式，以求長生。初學記卷二八引本草曰：「松脂出隴西，如膠者善。松脂一名松肪，味苦温，久服輕身延年。」抱朴子中載有服食松脂之例。菊花亦能入藥治病，久服或飲菊花茶能令人長壽。本文爲陸游爲司馬子微餌松菊法所作的跋文，記録兩得餌松菊法及手校經過。

本文據文末自署，作於乾道八年（一一七二）十二月六日。時陸游在成都安撫司參議官任上。

【箋注】

〔一〕豫章：乾道元年七月，陸游自京口移官豫章，任隆興通判。豫章，古郡名，治所在今南昌，南宋爲隆興府治。

〔二〕丈人觀：即青城山建福宫。王象之輿地紀勝：「建福宫，即丈人觀，乃寧真君道場也。在青城縣北二十里。上清宫記云：『昔寧封先生棲於此巖之上，黄帝師焉，乃築壇拜寧君爲五嶽丈人。』」

〔三〕齋戒：古人在祭祀前沐浴更衣，潔浄身心，以示虔誠。孟子離婁下：「雖有惡人，齊戒沐浴，則可以祀上帝。」齊，通「齋」。

〔四〕玉華樓：丈人觀真君殿前大樓。范成大玉華樓夜醮：「丈人峰前山四周，中有五城十二樓，玉華仙宫居上頭。」又吴船録卷上：「真君殿前有大樓，曰玉華，翬飛輪奂，極土木之勝。」

跋周茂叔通書

濂溪之生也，世但以佳士許之耳〔一〕。既死，蒲左轄作誌〔二〕，黄太史作詩〔三〕，其稱述亦不過如此。向使無二程先生〔四〕，後世豈知濂溪爲大儒，傳聖人之道者耶？以此知士之埋没無聞者，何可勝計！乾道壬辰十一月十五日，成都驛南窗書。

【題解】

周茂叔，即周敦頤（一〇一七—一〇七三），字茂叔，號濂溪，道州營道（今湖南道縣）人。歷南安軍司理參軍、虔州通判等，有治績。熙寧初知郴州，六年卒於知南康軍任。嘉定中謚元。好談名理，精於易學，爲道學創始人。程顥、程頤從之受業。著有太極圖説、通書等。宋史卷四二七有傳。通書原名易通，爲太極圖説之姊妹篇，共四十章，有胡宏編次本，朱熹曾爲作注。本文爲陸游爲周敦頤通書所作的跋文，感慨其道學成就幾遭埋没。

本文據文末自署，作於乾道八年（一一七二）十二月十五日。時陸游在成都安撫司參議官任上。

【箋注】

〔一〕佳士：指品行或才學優良之人。三國志魏書楊俊傳：「同郡審固、陳留衛恂，本皆出自兵伍，俊資拔奬致，咸作佳士。」

〔二〕蒲左轄：即蒲宗孟（一〇二八—一〇九三），字傳正，閬州新井（今四川南部）人。皇祐進士。熙寧初爲著作佐郎，遷同修起居注、知制誥，擢翰林學士兼侍讀。元豐五年拜尚書左丞，次年被劾罷，出知汝州等。元祐初改知杭州等，尋知河中府，徙永興軍、大名府。性奢侈，燕飲無度。宋史卷三二八有傳。左轄，即左丞。作誌：作碑誌。

〔三〕黄太史：即黄庭堅（一〇四五—一一〇五），字魯直，自號山谷道人，分寧（今江西修水）人。

治平進士。歷校書郎、神宗實録檢討官，擢起居舍人。遷秘書丞，兼國史編修官。入元祐黨籍，紹聖初貶涪州别駕，黔州安置。徽宗初，羈管宜州，卒。爲蘇門四學士之一，工詩文，善書法，開創江西詩派。宋史卷四四四有傳。作詩：山谷集有濂溪詩并序。

〔四〕二程先生：即程顥（一〇三二—一〇八五）、程頤（一〇三三—一一〇七）。兄弟二人皆爲濂溪弟子，傳承發揚其道學。

跋岑嘉州詩集

予自少時，絶好岑嘉州詩。往在山中，每醉歸，倚胡牀睡〔一〕，輒令兒曹誦之，至酒醒，或睡熟，乃已。嘗以爲太白、子美之後，一人而已。今年自唐安别駕來攝犍爲〔二〕，既畫公像齋壁，又雜取世所傳公遺詩八十餘篇刻之，以傳知詩律者，不獨備此邦故事，亦平生素意也。乾道癸巳八月三日，山陰陸某務觀題。

【題解】

岑嘉州，即岑參（約七一五—七七〇），江陵（今屬湖北）人，郡望南陽（今屬河南）。唐代邊塞詩人。天寶三載進士。先後入安西高仙芝幕掌書記、封常清幕充節度判官。旋領伊西北庭支度副使。東歸，入爲右補闕，歷起居舍人、祠部員外郎等。永泰元年出爲嘉州刺史，以蜀亂未赴。大曆元年赴嘉州任，三年罷郡東歸，流寓成都。世稱岑嘉州。事迹見唐才子傳卷三。岑嘉州詩集爲陸游在攝知嘉州任上所刻。本文爲陸游爲岑嘉州詩集所作的跋文，記述刊刻詩集緣起。

本文據文末自署，作於乾道九年（一一七三）八月三日。時陸游在權通判蜀州攝知嘉州事任上。

【箋注】

〔一〕胡牀：古代一種可折疊的輕便坐具。又稱交牀。三國志魏書武帝紀「賊亂取牛馬，公乃得渡」，裴松之注引曹瞞傳：「公將過河，前隊適渡，超等奄至，公猶坐胡牀不起。」

〔二〕唐安：即蜀州（今四川崇州）。別駕：漢代官職名，州刺史佐吏。陸游權蜀州通判，故稱別駕。攝犍爲：即執掌知嘉州事。犍爲爲漢代郡名，嘉州爲其所轄。

跋二賢像

右，孟貞曜、歐陽率更二像〔一〕，皆唐人筆墨。北湖者，吴則禮子傳也〔二〕；無悔者，劉燾無言也〔三〕。最後實先君會稽公、茶山先生曾文清公書〔四〕。萬里羈旅，不自意全，撫卷流涕。乾道九年九月既望，刻石置漢嘉月榭上〔五〕，山陰陸某識。

【題解】

二賢像，陸游在嘉州爲孟郊和歐陽詢所刻之畫像。本文爲陸游爲二賢畫像所作的跋文，交代刻本内容，抒寫羈旅感慨。

本文據文末自署，作於乾道九年（一一七三）九月十六日。時陸游在權通判蜀州攝知嘉州事任上。

【箋注】

〔一〕孟貞曜：即孟郊（七五一—八一四），字東野，吴興武康（今浙江德清）人。早年屢試不第，客遊江西、湖南等地。貞觀十二年登進士第。授溧陽尉，辭歸。元和元年，河南尹鄭餘慶辟爲水陸轉運從事。四年，丁母憂罷。九年，奏爲興元節度參謀。暴疾卒。張籍等私謚爲貞曜先生。唐代詩人，從韓愈遊，詩風艱僻。舊唐書卷一七〇、新唐書卷一七六有傳。歐陽率更：即歐陽詢（五五七—六四一），字信本，潭州臨湘（今湖南長沙）人。仕隋爲太常博士，入唐授給事中。主持修撰藝文類聚。貞觀初，歷太子率更令、弘文館學士，爲唐初四大書家之一。書法學二王，勁險刻厲，人稱歐體。舊唐書卷一八九、新唐書卷一九八有傳。

〔二〕吴則禮（？—一一二一）：字子副，一作子傅，興國永興（今湖北陽新）人。以蔭入仕。元符元年爲衛尉寺主簿。崇寧中直祕閣、知虢州，三年編管荆南。晚居江西豫章，號北湖居士。事迹見直齋書録解題卷十七。

〔三〕劉燾：字無言，湖州長興（今屬浙江）人。元祐三年進士。得蘇軾推薦，任秘書省正字，歷官秘書少監、祕閣修撰。善書法，召修閣帖。事迹見宋詩紀事卷三二。「北湖」、「無悔」：當是吴則禮、劉燾二人在二賢畫像上所留跋尾。

〔四〕先君會稽公：即陸游之父陸宰。茶山先生曾文清公：即曾幾。

〔五〕漢嘉：即嘉州（今四川樂山）。月榭：陸游任職嘉州時所建賞月建築。范成大吴船録卷上：「庚子、辛丑，皆泊嘉州。壬寅，將解纜，嘉守王亢子蒼留看月榭，前權守陸游務觀所作，正對大峨，取李太白『峨眉山月半輪秋，影入平羌江水流』之句。郡治乃在山坡上。」

跋山谷先生三榮集

予集黄帖〔一〕，得贈元師及王周彦三詩〔二〕，甚愛之。有黄淑者，家三榮，見而笑曰：「紹興中再刻本也，舊石方黨禁時已磨毀矣。」乃出此卷曰：「是舊石本。」其筆力精勁蓋如此。因録藏之。淳熙之元二月二日，務觀書。

【題解】

山谷先生三榮集，指三榮黄淑所藏黄庭堅舊石本書帖。三榮，即榮州（今四川榮縣）。本文爲陸游爲録藏的黄庭堅石本書帖所作的跋文，記載藏本的來歷。

本文據文末自署，作於淳熙元年（一一七四）二月二日。時陸游在權通判蜀州任上。

【箋注】

〔一〕黄帖：黄庭堅的書帖。黄庭堅爲北宋書法蘇、黄、米、蔡四大家之一。

〔二〕贈元師及王周彦：見山谷别集詩注卷下。原題爲：元師自榮州來追送余於瀘之江安綿水驛因復用舊所賦此君軒詩韻贈之并簡元師從弟周彦公。詩共三首。

跋硯録香法

硯録舊有本而亡之，香法蓋未之見。師房者，濟南衛昂也〔一〕，娶婆娑先生崔德符女〔二〕，晚官巴峽，死焉。乾道辛卯冬〔三〕，予得此編於巫山縣，師房手鈔也，已腐敗不可讀，乃録藏之。後三年，淳熙之元二月三十日，蜀州漱玉南窗務觀書〔四〕。

【題解】

硯録，唐詢撰。郡齋讀書志卷十四：「硯譜二卷，右皇朝唐詢撰。記硯之故事及其優劣，以紅絲石爲第一，端石次之。」宋史藝文志著録「唐詢硯録二卷」。唐詢（一〇〇五—一〇六四）字彦猷，錢塘（今浙江杭州）人。以父蔭入仕，詔賜進士及第。歷官知歸州、御史、尚書工部員外郎、直史館、江西轉運使、知制誥、翰林侍讀學士、右諫議大夫、給事中等。卒賜禮部侍郎。好畜硯，客至輒出而玩之，有硯録三卷。宋史卷三〇三有傳。香法，不詳著者。郡齋讀書志卷十四：「香譜一卷，右皇朝洪芻駒父撰。集古今香法……所記甚該博。」不知是否即此書。本文爲陸游爲録藏的硯録、香法所作的跋文，記載藏本的來歷。

本文據文末自署，作於淳熙元年（一一七四）二月三十日。時陸游在權通判蜀州任上。

【箋注】

〔一〕衛昂：字師房，濟南人。曾官巴峽。

〔二〕婆娑先生崔德符：即崔鶠（一〇五八—一一二六），字德符，號婆娑，開封府雍丘（今河南開封）人。隨父居潁州，遂爲陽翟人。元祐進士。歷筠州推官、相州教授，被蔡京免官。居郟城，治地數畝爲婆娑園，屏居十餘年，人皆尊師之。宣和中召爲殿中侍御史，欽宗時授右正言，極論蔡京奸邪。旋病卒。婿衛昂集其遺文爲婆娑集三十卷。宋史卷三五六有傳。

〔三〕乾道辛卯：即乾道七年（一一七一），時陸游在夔州通判任上。

〔四〕漱玉：當爲陸游在蜀州所居亭閣名。

跋唐修撰手簡

某之曾外大父質肅唐公守并州〔一〕，故給事中吕公實爲幕客〔二〕。質肅爲人方嚴〔三〕，少許可，或面折人。臨川王和甫同時在幕中〔四〕，每言見唐公，退輒汗滿握。然遇吕公特歡，他客莫敢望也。淳熙元年，某在蜀州，得質肅仲子修撰公與給事手帖讀之，蓋元祐初修撰使河北，給事爲御史時也。書論黄河、市易〔五〕，辭指激烈，無一語及其私，與世俗責報父客，至有違言者〔六〕，何其遠哉！修撰字君益，元祐中，建議棄渠陽城。紹聖初，坐貶團練副使〔七〕。元符、建中之間，起守許昌，方治事，得報召蔡京，撫案憤咤，即日疽發背卒〔八〕。某不及拜公，而先夫人爲言公大節如此〔九〕，敢并記之，以遺給事之孫教授君云。七月二十三日，山陰陸某謹書。

【題解】

唐修撰，即唐義問，字士宣，又字君益，唐介次子。善文辭。鎖廳試禮部，召試祕閣。歷湖南轉運判官、知齊州、提點京東刑獄、河北轉運副使。加集賢修撰，帥荆南，拜湖北轉運使。以集賢殿修撰知廣州。貶舒州團練副使，後七年，知潁昌府，卒。宋史卷三一六有傳。本文爲陸游爲唐義問致吕公弼的手簡所作的跋文，追記曾外祖父唐介父子事迹。

本文據文末自署，作於淳熙元年（一一七四）七月二十三日。時陸游在權通判蜀州任上。

【箋注】

〔一〕曾外大父：曾外祖父，陸游母親的祖父。質肅唐公：即唐介（一〇一〇—一〇六九），字子方。江陵（今屬湖北）人。擢第後歷武陵尉、平江令。仁宗時入爲監察御史裏行，轉殿中侍御史。因忠言直諫論文彥博事，貶官廣東，後起復通判潭州、知復州。召爲殿中侍御史，出知揚州，徙江東轉運使。入知諫院，又出知洪州、瀛州。治平元年召爲御史中丞。熙寧元年拜參知政事，數與王安石争論，憂憤疽發而卒。謚質肅。宋史卷三一六有傳。

〔二〕吕公：即吕公弼（一〇〇七—一〇七三），字寶臣，壽州（今安徽鳳臺）人。吕夷簡次子。仁宗時賜進士出身。歷直史館、河北轉運使、權知開封府。英宗即爲加給事中，除樞密副使。神宗熙寧元年擢樞密使。與王安石不合，罷知太原府、判秦州。爲西太一宮使。卒謚惠穆。宋史卷三一一有傳。

〔三〕方嚴：方正嚴肅。三國志吴書魯肅傳：「（肅）卒，權爲舉哀。」裴松之注引韋昭吴書：「肅爲人方嚴，寡於玩飾。」

〔四〕王和甫：即王安禮（一〇三五—一〇九六），字和甫，臨川（今江西東鄉）人。王安石之弟。嘉祐進士。初入幕唐介門下。歷開封府判官、同修起居注、知制誥、知開封府。元豐四年拜尚書右丞，轉左丞。爲御史所劾，出知江寧府，歷知揚、青、蔡、舒四州，知永興軍、太原府，卒。宋史卷三二七有傳。

〔五〕黄河：指治理黄河。市易：指市易法，王安石推行的新法之一。宋史食貨志下：「市易之設，本漢平準，將以制物之低昂而均通之。」

〔六〕責報：求取報答。韓愈病鴟：「亮無責報心，固以聽所爲。」父客：指父親的幕客。吕公弼曾爲唐義問父親唐介的幕客。違言：因言語不合而失和。左傳隱公十一年：「鄭、息有違言，息侯伐鄭。」杜預注：「以言語相違恨。」

〔七〕「元祐」四句：宋史唐義問傳：「帥荆南，請廢渠陽諸砦。蠻楊晟秀斷之以叛，即拜湖北轉運使，討降之，復砦爲州……章惇秉政，治棄渠陽罪，貶舒州團練副使。」

〔八〕疽發背卒：背發毒瘡而亡。

〔九〕先夫人：指陸游母親唐氏。

跋蔡君謨帖

近歲蘇、黄、米芾書盛行，前輩如李西臺、宋宣獻、蔡君謨、蘇才翁兄弟書皆廢〔一〕。此兩軸，君謨真、行、草、隸皆備。石在仙井〔二〕，可寶也。淳熙元年九月八日，蜀州手裝〔三〕。

【題解】

蔡君謨，即蔡襄（一〇一二—一〇六七），字君謨。參考卷三論選用西北士大夫劄子注〔三〕。蔡襄爲北宋書法蘇、黄、米、蔡四大家之一。本文爲陸游爲蔡襄書帖所作的跋文，記述北宋書壇變遷，肯定蔡襄書法。

本文據文末自署，作於淳熙元年（一一七四）九月八日。時陸游在權通判蜀州任上。

【箋注】

〔一〕李西臺：即李建中（九四五—一〇一三），字得中，京兆（今陝西西安）人。太平興國進士。歷太常博士、兩浙轉運副使等，歷知曹、解、潁、蔡四州。曾掌西京留司御史臺，人稱李西臺。善書劄，尤工行書，多構新體，人多摹習。宋史卷四四一有傳。宋宣獻：即宋綬（九九一—一〇四〇），字公垂，趙州平棘（今河北趙縣）人。年十五召試中書，後賜同進士出身。歷左正言、知制誥、史館修撰，遷翰林學士兼侍讀學士、中書舍人。拜參知政事。卒謚宣獻。博通經史百家，筆劄尤精妙。宋史卷二九一有傳。蘇才翁兄弟：即蘇舜元、蘇舜欽。蘇舜元（一〇〇六—一〇五四），字子翁，一作才翁，梓州銅山（今四川中江）人。蘇易簡之孫。官至尚書度支員外郎、三司度支判官。尤善草書。蘇舜欽（一〇〇八—一〇四九），字子美。蘇舜元之弟。少有大志，好爲古文歌詩。舉進士，歷大理評事、集賢校理。罷職寓於吳中，在蘇州作滄浪亭，發憤灕於歌詩。後復湖州長史，卒。亦善草書，但不及其兄。宋史卷四四二有傳。

〔二〕石：指刻有字體的碑石，書帖從上拓下。仙井：即仙井監，宋代行政區劃名。因其地有鹽井，相傳爲漢代張道陵所開。熙寧五年置陵井監，宣和四年改仙井監，隆興元年改隆州。

治所在仁壽，轄境包括今四川仁壽、井研。

〔三〕手裝：親手裝裱。

跋瘞鶴銘

瘞鶴銘，予親至焦山摹之，止有此耳。殘璋斷玦〔一〕，當以真爲貴，豈在多耶？淳熙之元九月一日，蜀州重裝〔二〕。

【題解】

瘞鶴銘，鎮江焦山江心島上的摩崖石刻，爲六朝名碑。其内容爲哀悼家鶴的銘文（瘞謂埋葬），署名爲「華陽真逸撰，上皇山樵書」，作者和書家歷來争議很大。石刻後遭雷擊崩落長江中，北宋熙寧年間修建運河，於江中撈出一塊斷石，經辨認正是瘞鶴銘之一部分。黄庭堅稱「大字無過瘞鶴銘」，譽之爲「大字之祖」，在書法史上意義重大。陸游曾親自到焦山摹拓。本文爲陸游爲重新裝裱的瘞鶴銘拓本所作的跋文，記載其來歷。

本文據文末自署，作於淳熙元年（一一七四）九月一日。時陸游在權通判蜀州任上。

參考集外文浮玉巖題名。

【箋注】

〔一〕殘璋斷玦：指殘缺的瘞鶴銘。

〔二〕重裝：重新裝裱。

跋西昆酬唱集

通直郎張玠，河陽人，吕汲公家外甥〔一〕，藏書甚富。淳熙二年正月八日夜讀此集，燈架忽仆，壞書。時傳畢方一日〔二〕，豈歐、尹諸人亦有靈耶〔三〕？記之爲異時一笑。

【題解】

西昆酬唱集，總集名，北宋楊億編。宋真宗景德二年（一〇〇五），楊億等奉詔於内廷藏書秘閣，編纂大型類書册府元龜。修書之餘，相互賡和，并編輯成集。楊億將祕閣比爲崑崙山藏書之府，題名爲西昆酬唱集。集中收録楊億、劉筠、錢惟演等十七人唱和之作二百四十八首，均爲近體詩。其中楊、劉、錢三人詩作占五分之四以上。本文爲陸游爲張玠所藏西昆酬唱集所作的跋文，記録夜讀中的軼事。

本文據文中自署，作於淳熙二年（一一七五）正月八日。時陸游在權通判蜀州攝知榮州任上。

【箋注】

〔一〕吕汲公：即吕大防，字微仲。參見卷二一萬卷樓記注〔八〕。

〔二〕畢方：神話中的火災之兆。山海經西山經：「有鳥焉，其狀如鶴，一足，赤文青質而白喙，名曰畢方，其鳴自叫也，見則其邑有譌火。」

〔三〕「豈歐尹」句：歐尹指歐陽修、尹洙，二人都提倡古文，宣導詩文革新，而與西昆酬唱集爲代表的多用僻典、雕琢聲律的詩風相對立，故稱其「有靈」。歐陽修六一詩話：「蓋自楊、劉唱和，西昆集行，後進學者争效之，風雅一變，謂『西昆體』。由是唐賢諸詩集幾廢而不行。」又：「楊大年與錢、劉數公唱和，自西昆集出，時人争效之，詩體一變。而先生老輩患其多用故事，至於語僻難曉，殊不知自是學者之弊。」

跋歷代陵名

三榮守送來〔一〕。近世士大夫所至，喜刻書版，而略不校讎，錯本書散滿天下，更誤學者，不如不刻之愈也。可以一歎。淳熙乙未立冬，可齋書〔二〕。

【題解】

歷代陵名，著者不詳，當是梳理歷代皇陵的著作，爲榮州太守送來成都。本文爲陸游爲歷代陵名所作的跋文，批評士大夫喜刻書版而忽視校讎，以致錯本流傳的現象。

本文據文末自署，作於淳熙二年（一一七五）立冬日。時陸游在成都府路安撫司參議官兼四川制置使司參議官任上。

【箋注】

〔一〕三榮守：三榮即榮州，三榮守即知榮州。

〔二〕可齋：陸游書齋名。乾道三年（一一六七），陸游在山陰自名書齋曰「可齋」，劍南詩稿卷一書室名可齋或問其義作此告之：「得福常廉禍自輕，坦然無愧亦無驚。平生秘訣今相付，只向君心可處行。」作此跋時在成都，亦名「可齋」。至慶元元年（一一九五）春，陸游仍用「可齋」，劍南詩稿卷三二齋中雜題：「列屋娥眉不足誇，可齋別自是生涯。閒將西蜀團窠錦，自背南唐落墨花。」

跋温庭筠詩集

先君舊藏此集〔一〕，以華清宫詩冠篇首〔二〕，其中有早行詩〔三〕，所謂「鷄聲茅店月，人迹板橋霜」者。久已墜失，得此集於蜀中，則不復見早行詩矣，感歎不能自已。淳熙丙申重陽日，某識。

【題解】温庭筠，字飛卿，晚唐著名詩人，與李商隱齊名。參見卷十四徐大用樂府序注〔一二〕。温庭筠詩集，新、舊唐書均無載，郡齋讀書志著録温庭筠金筌集七卷、外集一卷，不知是否即此本。本文爲陸游爲蜀中所得温庭筠詩集所作的跋文，抒寫舊集失而復得的感慨。

本文據文末自署，作於淳熙三年（一一七六）九月九日。時陸游在成都府路安撫司參議官兼四川制置使司參議官任上。

【箋注】

〔一〕先君：指陸游之父陸宰。

〔二〕華清宫：指温庭筠過華清宫二十二韻：「憶昔開元日，承平事勝遊。貴妃專寵倖，天子富春秋。月白霓裳殿，風乾羯鼓樓。鬥雞花蔽膝，騎馬玉搔頭。繡轂千門妓，金鞍萬户侯。薄雲欹雀扇，輕雪犯貂裘。過客聞韶濩，居人識冕旒。氣和春不覺，煙暖霽難收。澀浪和瓊甃，晴陽上彩斿。卷衣輕鬢懶，窺鏡澹蛾羞。屏掩芙蓉帳，簾褰玳瑁鉤。重瞳分渭曲，纖手指神州。御案迷萱草，天袍妒石榴。深岩藏浴鳳，鮮隰媚潛虯。不料邯鄲虱，俄成即墨牛。劍鋒揮太皞，旗焰拂蚩尤。内嬖陪行在，孤臣預坐籌。瑶簪遺翡翠，霜仗駐驊騮。豔笑雙飛斷，香魂一哭休。早梅悲蜀道，高樹隔昭丘。朱閣重霄近，蒼崖萬古愁。至今湯殿水，嗚咽縣前流。」

〔三〕早行詩：即温庭筠商山早行：「晨起動征鐸，客行悲故鄉。雞聲茅店月，人迹板橋霜。槲葉落山路，枳花明驛牆。因思杜陵夢，鳧雁滿回塘。」

跋王君儀待制易説

王公易學，雖出於葆光張先生〔一〕，然得於心者多矣。建炎間，胡騎在錢塘，明、越俱陷〔二〕，王公端居於嚴〔三〕，曰：「虜决不至此，且狼狽而歸，自此窮天地，不復渡江矣。」其妙於易數蓋如此。淳熙丁酉元日，山陰陸某書於錦官閣下〔四〕。

【題解】

王君儀待制，即王昇（一〇五二—一一三二），字君儀。早年居嚴州烏龍山讀書，因陸佃之薦，任湖州、婺州學官。罷歸居家二十年，近六十進京，任明堂司常。宣和七年，以待制領宫祠。紹興二年卒，年七十九。易説，爲王昇所著易學著作。方勺泊宅編卷一：「王昇字君儀，居嚴州烏龍山。布衣疏食，無書不讀，道、釋二典，亦皆遍閱。爲湖、婺二州學官，罷歸山中，杜門二十年不赴調。一日，自以箕子易筮之，始治裝西去，時年將六十矣。旅京師數月，良勸，將謀還鄉。左丞薛昂以其所撰冕服書獻之，稍歷要官。君儀之學，尤深於禮、易，久爲明堂司常。宣和乙巳，以待制領宫祠，復居烏龍故廬，每正旦筮卦以卜一歲事，豫言災祥，其驗甚多。金人據臨安，諸郡驚擾，嚴人均引避山谷間，公獨燕處如平時，且增葺舍宇以示無虞。壬子正月，微感疾，謂貳車黃策曰：『陸農師待我爲屬官，不久當往。但太元書未畢，且不及見上元甲子太平之會，此爲恨爾。』數日卒，年七十九。」羅濬寶慶四明志卷九：「顛僧明州人，不得其名。佯狂，頗言人災福。王君儀年弱冠，寓陸佃門下，力學工文，至忘寢食。一日顛僧來托宿，佃曰：『王秀才雖設榻，不曾睡，可就歇息。』明日僧夙興，見君儀猶挾策窗下，一燈熒然，睥而言曰：『若要官，須四十九歲。』君儀聞之頗不懌。其後累應試不偶。直至年四十八，又夢顛僧笑而謂曰：『明年做官矣。』時顛僧遷化已久，而來年又非唱第之年，君儀叵測。明年，佃入與大政，首薦君儀，遂除湖州教授。君儀嘗謂予，念欲遊四明求僧遺事，爲作傳以報之而未能。」陸佃陶山集卷一有贈王君儀詩。本文爲陸游爲王昇易說所作的跋文，記載其用易學準確推測未來的故事。

本文據文末自署，作於淳熙四年（一一七七）元月一日。時陸游在成都奉祠，主管台州崇道觀。

【箋注】

〔一〕葆光張先生：即張弼，字舜元，福建仙遊人。曾任福州司户參軍，充泉州教授。紹聖中，未赴任而卒。著有葆光易解十卷。郡齋讀書志卷一著録張弼葆光易解十卷，并載：「紹聖中，章惇薦於朝，賜號葆光處士。後黄裳等再薦，詔以爲福州司户、本州教授。其學頗宗鄭氏。」直齋書録解題卷一亦著録此書，并稱：「其學多言取象。」乾隆仙遊縣志卷三八人物志儒林：「張弼字舜元，唐招討副使濬後。恬淡好學，尤刻意於易，用力三十年，釋然頓悟，因著爲書。其説爻象之詞，字字皆有所本，上及道德性命之理，下及昆蟲草木之微。有漢晉易家所不到者，宋紹聖初，大臣以其名聞，并上所著易解九卷，賜號葆光處士。朝奉郎林仲等列薦於守帥，部使者奉上敕授福州司户參軍，充泉州教授，未赴官，卒。」

〔二〕明越：指明州、越州。

〔三〕嚴：指嚴州。

〔四〕錦官閣：即四川制置使司簽廳。老學庵筆記卷五：「老杜海棕詩，在左綿所賦，今已不存。成都有一株，在文明廳東廊前，正與制置司簽廳門相直。簽廳乃故錦官閣。」

跋崔正言所書書法要訣

德符詩名一代〔一〕，書則未之見也。觀此編中字，瘦健有神采，亦類其詩，乃知前輩未易以一技名也。戊戌重午〔二〕，務觀書。

【題解】

崔正言，即崔鶠，字德符，曾任右正言。參見本卷跋硯録香法注〔二〕。書法要訣，著者不詳。本文爲陸游爲崔鶠所書書法要訣所作的跋文，評論其書法瘦健有神采。

本文據文末自署，作於淳熙五年（一一七八）五月五日。時陸游在離蜀東歸途中。

【箋注】

〔一〕詩名一代：郡齋讀書志卷十九婆娑集：「其爲文最長於詩，清婉敷腴，有唐人風。」

〔二〕重午：即重五，五月初五，端午節。王楙野客叢書重三：「今言五月五日曰重五，九月九日曰重九。」

跋後山居士詩話

談叢、詩話皆可疑〔一〕，談叢尚恐少時所作，詩話決非也。意者後山嘗有詩話而亡之，妄人竊其名爲此書耳。後山二子，豐、登。登過江爲會稽曹官①，李鄴降虜，登亦被驅以北。悲夫〔二〕！淳熙戊戌十月二十四日，可齋。

【題解】

後山居士詩話，舊題陳師道撰。陳師道（一〇五三—一一〇一），字無己，又字履常，號後山居士，彭城（今江蘇徐州）人。初師曾鞏，後遊蘇軾門下，爲「蘇門六君子」之一。元祐二年被薦於朝，任徐州教授、太學博士。元符三年授秘書省正字。以病卒。著有後山集。宋史卷四四四有傳。後山詩話一卷，郡齋讀書志著録於子部小説類，稱「論詩七十餘條」，直齋書録解題著録於集部文史類，宋史藝文志著録於子部小説類。由於書中記有陳師道身後之事，宋時即有人疑爲托名之作。本文爲陸游爲後山居士詩話所作的跋文，否定詩話爲陳師道所撰，并慨歎其子的命運。

本文據文末自署，作於淳熙五年（一一七八）十月二十四日。時陸游在臨安候任。

【校記】

①「登」，諸本皆同。按，老學庵筆記卷九叙作會稽曹官者爲陳豐，非陳登。

【箋注】

〔一〕談叢：即後山談叢，爲宋代史料筆記，作四卷或六卷，亦題陳師道撰。此書於北宋政事、君臣言行、對遼關係乃至異聞傳説、節令物候、書法繪圖，無不涉及。尤其對北宋重要人物如寇準、張詠、富弼、韓琦等人事迹，叙述頗詳，可補史書之缺。

〔二〕「登過」四句：「登」疑當作「豐」。老學庵筆記卷九：「陳無己子豐，詩亦可喜，晁以道集中有謝陳十二郎詩卷是也。建炎中，以無己故，特命官。李鄴守會稽，來從鄴作攝局。鄴降虜，豐亦被繫累而去，無己之後遂無在江左者，豐亦不知存亡，可哀也。」建炎以來繫年要録卷二六：「鄉貢進士陳登爲迪功郎。登，師道子也，三試禮部下第，客遊南方，貧窶不能自立。翰林學士張守等三人言於朝，故有是命。」李鄴，累官給事中，嘗充通問金國使，心懷叛意。建炎三年四月除知紹興府。十二月降金。

跋佛智與升老書

此一編，佛智禪師與其法子寒巖升公書也〔一〕。議論超卓，殆非世儒所及。三復歎仰〔二〕。淳熙己亥三月九日，建安雙清堂書〔三〕。

【題解】

佛智，即佛智禪師。張淏寶慶會稽續志卷六：「端裕，會稽人。俗姓錢氏，武肅王之裔孫。年十八，投大善寺，則思落髮受戒。具見佛果勤和尚，與語大悦。勤住蔣山，往依焉。勤命典記室，尋分座，道聲藹著，施旨住靈隱。慈寧皇太后幸韋王第，召裕演法，賜金襴袈裟。紹興十八年，移四明之育王。裕蒞衆，色必凛然，寢食不背衆，唱道無倦。紹興二十年十月十一日，示微疾，至十八日，索筆書偈，跏趺而逝。世壽六十六，僧臘四十八。荼毗煙凝五色如車蓋，收舍利無數，目睛齒舌皆不壞。門人奉遺骨分塔於鄮峰、西華。初，賜號佛智禪師。至是謚曰大悟，塔名寶勝。」升老，即寒巖升禪師。周必大文忠集卷四十寒巖升禪師塔銘：「師，建寧府建安縣人，姓吴，母游氏。……年十四，依本府龍居寺出家。……母没，遂之長樂。會圓悟高第佛智禪師端裕演法於西禪，入其室，言下頓悟。自是機鋒迅發，人莫能當。佛智移杭之靈隱，師爲首座。佛智歸，師亦還鄉。初，德輿結庵於大王峰之下，名曰寒巖。與師有世外約，至時居焉。……壽七十九，僧臘六十。」則升禪師爲佛智禪師之弟子。本文爲陸游爲佛智禪師致升禪師書所作的跋文，歎仰佛智禪師的議論超卓。

本文據文末自署，作於淳熙六年（一一七九）三月九日。時陸游在提舉福建常平茶事任上。

【箋注】

〔一〕法子：猶言法嗣，佛教稱傳法弟子。

〔二〕三復：猶言三遍。亦指反復。新唐書張巡傳：「讀書不過三復，終身不忘。」歎仰：贊歎仰慕。

〔三〕雙清堂：福建通志卷三一：「雙清堂，在府城從化坊舊提舉司内，宋紹興十三年，提舉司杜圯建堂於廳後，臨濠，扁以是名。」

跋古柏圖

此圖吾家舊藏。予居成都七年，屢至漢昭烈惠陵〔一〕，此柏在陵旁廟中忠武侯室之南〔二〕。所謂「先主武侯同閟宫」者〔三〕，與此略無小異，則畫工亦當時名手也。淳熙六年龍集己亥六月一日〔四〕，陸某識。

【題解】

古柏圖，陸游家藏圖畫。本文爲陸游爲古柏圖所作的跋文，以親眼所見印證圖畫的精確。

本文據文末自署，作於淳熙六年（一一七九）六月一日。時陸游在提舉福建常平茶事任上。

【箋注】

〔一〕漢昭烈惠陵：指三國蜀漢昭烈帝劉備的陵墓，位於成都南郊，陵前有寢殿、神道。

〔二〕忠武侯室：諸葛亮的祠堂，在昭烈廟西偏少南。太平寰宇記卷七二：「先主祠在府南八里，惠陵東七十步。」又：「諸葛武侯祠，在先主廟西。」

〔三〕先主武侯同閟宫：句出杜甫古柏行：「孔明廟前有老柏，柯如青銅根如石。霜皮溜雨四十圍，黛色參天二千尺。君臣已與時際會，樹木猶爲人愛惜。雲來氣接巫峽長，月出寒通雪山白。憶昨路繞錦亭東，先主武侯同閟宫。崔嵬枝幹郊原古，窈窕丹青户牖空。落落盤踞雖得地，冥冥孤高多烈風。」閟宫，神廟。

〔四〕龍集：即歲次。龍指歲星。集，次於。王莽銅權銘：「歲在大梁，龍集戊辰。」

渭南文集箋校卷第二十七

跋

【釋體】 本卷文體同卷二六，收録跋四十七首。

跋中和院東坡帖

此一卷，皆蘇仲虎尚書所藏〔一〕。鑑定精審，無一帖可疑者。刻石在成都大聖慈寺中和勝相院。淳熙六年六月十七日，陸務觀題。

【題解】 中和院，即成都大聖慈寺中和勝相院。東坡帖，蘇軾有中和勝相院記和勝相院經藏記二文。

前者稱曾游成都，與文雅大師惟度游，其同門寶月大師惟簡求其爲院記，并載「始居此者，京兆人廣寂大師希讓，傳六世至度與簡。簡姓蘇氏，眉山人，吾遠宗子也，今主是院，而度亡矣」；後者稱「在蜀成都，大聖慈寺，故中和院，賜名勝相」。此碑帖刻石或即此二文或其中之一。本文爲陸游爲成都中和院蘇軾刻石碑帖所作的跋文，交代碑帖來歷、價值和刻石所在地。

本文據文末自署，作於淳熙六年（一一七九）六月十七日。時陸游在提舉福建常平茶事任上。

【箋注】

〔一〕蘇仲虎尚書：即蘇符（一〇八六—一一五六），字仲虎。蘇邁之子，蘇軾之孫。隨侍蘇軾十五年，直至惠州。紹興五年，賜進士出身，歷尚書司勳員外郎、中書舍人，試給事中，充賀金正旦使。十年，權禮部尚書。十二年，除知遂寧府。十六年，復敷文閣待制，乃還蜀，爲蘇門子孫中官職最爲顯要者。

跋漢隸

漢隸十四卷，皆中原及吴、蜀真刻〔一〕。淳熙己亥，集於建安公署〔二〕，友人莆陽方士繇伯謨〔三〕親視裝褾，故無一字差謬者。六月二十一日，山陰陸某書。

【題解】

漢隸，漢代隸書碑帖集。「漢隸」指東漢碑刻上的隸書，筆勢生動，風格多樣，以别於刻板的「唐隸」，代表作如曹全碑、張遷碑、禮器碑等。此十四卷漢隸，據文意似爲陸游與友人方士繇在建安公署共同收集、裝裱的漢隸碑刻集。本文爲陸游爲漢隸所作的跋文，記録漢隸碑刻由來和整理過程。

本文據文末自署，作於淳熙六年（一一七九）六月二十一日。時陸游在提舉福建常平茶事任上。

【箋注】

〔一〕真刻：原刻。馬永卿嬾真子嶧山碑：「今所傳摹本亦自奇絶，想見真刻奇偉哉！」

〔二〕建安公署：指陸游任職的提舉福建常平茶事公署，在建安。

〔三〕莆陽方士繇伯謨：陸游友人，紹興名士方德亨之子，曾從學朱熹。慶元五年卒，陸游爲撰方伯謨墓誌銘、祭方伯謨文。參見卷十三答陸伯政上舍書注〔一五〕。

跋晁百谷字叙

名者士所願也，而或懼太早。何哉？吾測之審矣。少而得名，我不能不矜〔一〕，人不能不忌。以滿假之心，來讒慝之口，幾何其不躓也〔二〕？吾元歸年甫二十，筆力扛鼎，不患無名，患太早耳。雖然，洪道方力張其名，而吾獨欲其退避掩覆〔三〕，元歸未必樂也。異時出入朝廷，更歷世故〔四〕，會當思吾言也夫！淳熙庚子二月三日，山陰陸某書。

【題解】

晁百谷字序，周必大爲晁百谷取字曰「元歸」，并作字序闡發其意義。文見文忠集卷二十：「晁氏子百谷生十年，已有成人風。去年秋袖書過予，儀矩肅然，音吐琅然，予故不敢以童子待也。明日以父命來求字，請字之曰『元歸』。大傳曰：『大川相間，小川相屬，東流歸海。』人之於道，奚異於是。自灑掃應對之末，而達之道德性命之理，惟識其所歸故也。歸與歸與，無迷其途。有始有卒，惟聖門是趨。子夏之言，焉可誣也。」典出老子：「江海所以能爲百谷王者，以其善下之，故能爲百谷王。」晁百谷（一一六一—？），字元歸，晁子與之子，晁公邁之孫。淳熙初進士及第。趙藩淳熙稿卷六有寄答晁百谷元歸詩：「嗟我與君爲近親，向來未識但有聞。維夏臨川省伯父，時君束書寄荒村。豈知邂逅宜春郡，皎如玉樹相輝映。品題舊熟大參文，諸公所作皆傳信。探懷贈我一紙詩，功名慷慨真男兒。我衰怕作此硬語，君言水漲方東之。外家自有文章種，國朝名家居伯仲。只今人物未厭多，屬君勉矣加研磨。」本文爲陸游爲晁百谷字序所作的跋文，闡述士大夫出名太早的弊病。

本文據文末自署，作於淳熙七年（一一八〇）二月三日。時陸游在江西常平茶鹽公事任上。

【箋注】

〔一〕矜：自尊，自大，自誇。

〔二〕滿假：自滿自大。書大禹謨：「克勤于邦，克儉于家，不自滿假。」孔安國傳：「滿，謂盈實。假，大也。」孔穎達疏：「言己無所不知，是爲自滿；言己無所不能，是爲自大。」讒慝：邪惡奸佞。左傳成公七年：「爾以讒慝貪惏事君，而多殺不辜。」躓：絆倒，受挫。

〔三〕洪道：周必大字子充，一字洪道。掩覆：遮蔽，掩蓋。司馬光論夏令公謚狀：「知竦平生不協群望，不欲委之有司，概以公議，且將掩覆其短，推見所長，故定謚於中，而後宣示於外。」

〔四〕世故：指世俗人情。

跋陵陽先生詩草

右，陵陽先生韓子蒼詩草一卷，得之其孫籍。先生詩擅天下，然反覆塗乙，又歷疏語所從來〔一〕，其嚴如此，可以爲後輩法矣。予聞先生詩成，既以予人，久或累月，遠或千里，復追取更定，無毫髮恨乃止，則此草亦未必皆定本也。大歇庵詩一章，徐師川作〔二〕，而先生手録之，亦足見其無昔人争名之病矣，故附見卷中。淳熙庚子四月二十二日，笠澤陸某書。

【題解】

陵陽先生，即韓駒（一〇八〇—一一三五）字子蒼，號牟陽，陵陽仙井（今四川仁壽）人。少時從蘇轍學。徽宗政和初，召試舍人院，賜進士出身，除秘書省正字，因黨籍被謫，復召爲著作郎，校正御前文籍。宣和五年除秘書少監，遷中書舍人兼修國史。高宗立，知江州，卒。宋史卷四四五有傳。韓駒爲「江西詩派」詩人，作詩講究典故韻律，錘字煉句，有陵陽集四卷。詩草當爲韓駒詩稿。本文爲陸游爲韓駒詩草所作的跋文，記録韓駒作詩反復塗乙修改的軼聞。

本文據文末自署，作於淳熙七年（一一八〇）四月二十二日。時陸游在江西常平茶鹽公事任上。

【箋注】

〔一〕塗乙：删改文字，泛指修改文章。　歷疏：一一疏解。

〔二〕徐師川：即徐俯（一〇七四—一一四〇），字師川，自號東湖居士，原籍洪州分寧（今江西修水）人，後遷居德興天門村。黄庭堅之甥。因父死於國事，授通直郎等，靖康中致仕。高宗時官右諫議大夫。紹興二年賜進士出身。三年，遷翰林學士，擢端明殿學士、簽書樞密院事，官至參知政事。後提舉洞霄宫，知信州。宋史卷三七二有傳。江西詩派著名詩人，著有東湖集，不傳。

跋荆公詩

右，荆公手書詩一卷。前六首贈黄慶基〔一〕，後七首贈鄧鑄〔二〕。石刻皆在臨川。淳熙七年七月十七日，陸某謹題。

【題解】

荆公詩，指王安石詩手迹碑帖。本文爲陸游爲王安石詩手迹碑帖所作的跋文，記録其内容及碑刻所在地。

本文據文末自署，作於淳熙七年（一一八〇）七月十七日。時陸游在江西常平茶鹽公事任上。

【箋注】

〔一〕黄慶基：字吉甫，江西金溪人。王安石表弟。曾任袁州通判、鴻臚寺丞、監察御史、知南康軍等。（據續資治通鑑長編）

〔二〕鄧鑄：生平不詳。

跋續集驗方

予家自唐丞相宣公在忠州時，著陸氏集驗方[一]，故家世喜方書[二]。予宦游四方，所獲亦以百計，擇其尤可傳者，號陸氏續集驗方，刻之江西倉司民爲心齋[三]。淳熙庚子十一月望日，吴郡陸某謹書。

【題解】

續集驗方，爲陸游接續先祖陸氏集驗方，在江西任上所刊刻的一部藥方之書。宋史藝文志著録爲二卷，今佚。驗方，指臨牀經驗證明確有療效的藥方。本文爲陸游爲陸氏續集驗方所作的跋文，記載刊刻驗方緣由、内容和地點。

本文據文末自署，作於淳熙七年（一一八〇）十一月望日。時陸游在江西常平茶鹽公事任上。

【箋注】

〔一〕唐丞相宣公：即陸贄（七五四—八〇五），字敬輿，吴郡嘉興（今屬浙江）人。唐代大曆進士，中博學宏辭科。德宗時由監察御史召爲翰林學士。貞元七年，拜兵部侍郎，八年遷中書侍郎、同平章事。兩年後被貶忠州別駕，後卒於任所。謚宣，有陸宣公翰苑集二十四卷行世。舊唐書卷一三九、新唐書卷一五七有傳。陸游視陸贄爲陸氏先祖。舊唐書陸贄傳：「贄在忠州十年，常閉關静處，人不識其面，復避謗不著書。家居瘴鄉，人多癘疫，乃抄撮方書，爲陸氏集驗方十五卷。」

〔二〕方書：醫方之書。白居易病中逢秋招客夜酌：「合和新藥草，尋檢舊方書。」

〔三〕倉司：宋代各路提舉常平司的簡稱，茶鹽公事是其職掌之一。民爲心齋：江西提舉常平司官署之齋名。

先左丞使遼語録

右，先楚公使遼録一卷〔一〕，三十八伯父手書〔二〕。伯父自幼被疾，以左手書，然筆力清健如此。平生凡鈔書至數十百卷云。淳熙八年四月五日，某謹識。

【題解】

先左丞，指陸游祖父陸佃。徽宗建中靖國元年（一一〇一）七月，陸佃拜尚書右丞，十一月，遷左丞，故稱。使遼，陸佃於徽宗元符三年（一一〇〇）冬奉命出使遼國，次年初即返回。宋史徽宗紀：「（元符三年七月癸未）遣陸佃、李嗣徽報謝於遼。」陸游家世舊聞卷上：「楚公元符庚辰冬，自權吏部尚書受命，爲回謝北朝國使，與西上閤門使、泰州團練使李嗣徽偕行（嗣徽字公美，仁廟朝駙馬都尉瑋之子）。北虜遣金紫崇禄大夫檢校太傅左金吾衛將軍耶律成、朝議大夫守太常少卿充史館修撰李儔來迓。儔自言燕人，年四十三，劉霄榜及第，今二十八年矣。行過古北口，數日，置酒會仙石（查道、梅詢嘗飲酒賦詩於此，因得名）。儔忽自言：『兄儼新入相。』時已十二月中旬。後數日，至其國都，見虜主洪基，則已苦肺喘，不能親宴勞，移宴就館。明年正月旦南歸，未至幽州，聞洪基卒，孫燕王延禧嗣立。延禧長徽宗七歲，以故事稱兄，號天祚。」本文爲陸游爲祖父陸佃使遼録所作的跋文，記載三十八伯父陸宦鈔書故事。

【箋注】

〔一〕先楚公：即陸游祖父陸佃。陸佃卒後於紹興元年追復資政殿學士，贈太師、楚國公。

〔二〕三十八伯父：即陸宦，陸佃長子。家世舊聞卷上：「三十八伯父諱宦，字元長，楚公長子。公得子晚，年三十八始生伯父，遂以三十八爲行第。伯父不幸，少抱微疾。」老學庵筆記卷二：「伯父通直公，字元長，病右臂，以左手握筆，而字法勁健過人。」

跋朝制要覽

先君會稽公晚歲喜觀此書〔一〕，間爲子弟講論因革〔二〕，率至夜分。先君捐館舍三十有四年〔三〕，統得此於故廬〔四〕。伏讀悲哽，敬識卷末。淳熙八年龍集辛丑五十一月二十五日〔五〕，山陰陸某書。

【題解】

朝制要覽，北宋宋咸撰，記録北宋初年朝廷典故。直齋書録解題卷五：「朝制要覽五十卷，屯田郎中宋咸撰。此書傳於陸放翁氏，放翁書其後曰：『先君會稽公晚歲喜觀，間爲弟子講論因革，率至夜分。』會稽公者，其父宰元鈞也。其書作於嘉祐中，皆國初故實，觀之使人有感焉。」宋史藝文志則著録爲十五卷。宋咸，字貫之，建州建陽（今屬福建）人。天聖進士。歷知邵武軍、韶州，遷廣西轉運使，官至都官郎中。有易補注、朝制要覽、延年集等。事迹見萬姓統譜卷九二。本文爲陸游爲朝制要覽所作的跋文，回憶父親陸宰晚年讀書講論情景。

本文據文末自署，作於淳熙八年（一一八一）十一月二十五日。時陸游罷職家居。

【箋注】

〔一〕先君會稽公：即陸游父親陸宰。

〔二〕因革：即沿革，包括因襲和變革。葛洪抱朴子用刑：「以畫一之歌，救鼎湧之亂，非識因革之隨時，明損益之變通也。」

〔三〕捐館舍：捨棄館舍，去世的婉辭。戰國策趙策二：「今奉陽君捐館舍。」

〔四〕統：陸游長子子虡小名，時年三十五歲。

〔五〕龍集辛丑：歲次辛丑。龍，指歲星。

跋東坡問疾帖

東坡先生憂其親黨之疾〔一〕，委曲詳盡如此，則愛君憂國之際可知矣。其曰「勿使常醫弄疾」，天下之至言，讀之使人感歎彌日。淳熙九年五月乙未，甫里陸某書〔二〕。

【題解】

東坡問疾帖，指蘇軾探問疾病爲内容的手書碑帖，今不傳。本文爲陸游爲蘇軾問疾帖所作的跋文，感歎蘇軾的委曲詳盡和「勿使常醫弄疾」的至言。

本文據文末自署，作於淳熙九年（一一八二）五月乙未日。時陸游奉祠家居，主管成都府玉局觀。

【箋注】

〔一〕親黨：親信黨羽。袁宏後漢紀順帝紀下：「侍中杜喬奏免陳留太守梁讓、濟陰太守汜宮、濟北太守崔瑗贓罪狼籍，梁氏親黨也。」

〔二〕甫里：在今蘇州甪直鎮。唐陸龜蒙曾居此，自號甫里先生。陸游仰慕陸龜蒙，視其爲陸氏祖上賢人，故自署甫里。

跋東坡詩草

東坡此詩云：「清吟雜夢寐，得句旋已忘」，固已奇矣。晚謫惠州，復出一聯云：「春江有佳句，我醉墮渺莽」〔一〕，則又加於少作一等。近世詩人老而益嚴，蓋未有如東坡者也。學者或以易心讀之〔二〕，何哉？淳熙九年五月二十六日，玉局祠吏陸某書於鏡湖下鷗亭〔三〕。

【題解】東坡詩草，指蘇軾湖上夜歸詩作草稿。詩云：「我飲不盡器，半酣尤味長。籃輿湖上歸，春風吹面涼。行到孤山西，夜色已蒼蒼。清吟雜夢寐，得句旋已忘。尚記梨花村，依依聞暗香。入城定何時，賓客半在亡。睡眼忽驚矍，繁燈鬧河塘。市人拍手笑，狀如失林麞。始悟山野姿，異趣難自强。人生安爲樂，吾策殊未良。」本文爲陸游爲蘇軾詩草所作的跋文，比較蘇軾晚歲作品，稱道其詩「老而益嚴」。

本文據文末自署，作於淳熙九年（一一八二）五月二十六日。時陸游奉祠家居，主管成都府玉局觀。

【箋注】

〔一〕「春江」二句：出蘇軾和歸田園居六首之二。詩云：「窮猿既投林，疲馬初解鞅。心空飽新得，境熟夢餘想。江鷗漸馴集，蜒叟已還往。南池綠錢生，北嶺紫筍長。提壺豈解飲，好語時見廣。春江有佳句，我醉墮渺莽。」

〔二〕易心：改變心志，改變想法。韓詩外傳卷六：「小人易心，百姓易俗。」

〔三〕玉局祠吏：陸游自稱，時奉祠主管成都府玉局觀。下鷗亭：陸游鏡湖故里齋名。下鷗，指鷗鳥停下棲息。又作「下漚」。

跋孫府君墓誌銘

方五代割裂時，自一郡以上，非其國子弟，則大將功臣也。士大夫仕爲令、掾者〔一〕，已爲達官。錢氏土境尤蹙〔二〕，而孫公至專城〔三〕，蓋其國顯人也。觀杜公所述〔四〕，亦誠有以得之矣。淳熙壬寅立秋日，甫里陸某。

【題解】

孫府君，爲誰人不詳，據文意，當是五代吴越國「專城」的「顯人」。本文爲陸游爲孫府君墓誌銘所作的跋文，闡述孫府君任職的背景。

本文據文末自署，作於淳熙九年（一一八二）立秋日。時陸游奉祠家居，主管成都府玉局觀。

【箋注】

〔一〕令、掾：縣令和官府中的佐吏。

〔二〕錢氏：指吴越國主，由錢鏐創建，歷三代五王，至太平興國三年（九七八）納土歸宋，立國七十二年。蹙：局促。

〔三〕專城：指擔任主宰一城的州牧、太守等地方官。王充論衡辨祟：「居位食禄，專城長邑，以千萬數，其遷徙日未必逢吉時也。」

〔四〕杜公：不詳，當是墓誌銘的作者。

跋蘇魏公百韻詩

右首一卷，丞相魏公謝事歸第且八十時所作也〔一〕。蘇端明賀趙清獻公，得謝啓云：「念平生之百爲，一無可恨〔二〕。」某於魏公亦云。淳熙壬寅立秋日，吴郡陸某謹識。

【題解】

蘇魏公，即蘇頌（一〇二〇—一一〇一），字子容，泉州同安（今屬福建）人，徙居潤州丹徒（今江蘇鎮江）。慶曆進士。歷仕州縣，有能名。遷集賢校理，召修起居注，進知制誥。元祐初，除吏部尚書兼侍讀，遷翰林學士承旨，五年拜尚書左丞，七年拜右僕射兼中書侍郎，次年罷知揚州。紹聖末致仕。卒贈司空。後追謚正簡，追封魏國公。學問淹博，尤明於典章故事，於天文曆算、山經本草無所不通。著有蘇魏公集、新儀象法要等。宋史卷三四〇有傳。百韻詩，全名累年告老恩旨未俞詔領祠官遂還鄉閈燕閒無事追省平生因成感事述懷詩五言一百韻示兒孫輩使知遭遇始終之意以代家訓故言多不文，見蘇魏公文集卷五。百韻詩後人評爲「晚年自叙百詠，可謂生平本傳」（毛晉語）。本文爲陸游爲蘇頌百韻詩所作的跋文，引蘇軾語評價其平生「百爲」無恨。

本文據文末自署，作於淳熙九年（一一八二）立秋日。時陸游奉祠家居，主管成都府玉局觀。

【箋注】

〔一〕謝事：辭職，免除俗事。蘇轍贈致仕王景純寺丞：「潛山隱君七十四，紺瞳緑髮方謝事。」

〔二〕「蘇端明」四句：蘇軾賀趙大資少保致仕啓：「恭惟致政大資少保，道心精微，德望宏遠。無施不可，尤高臺諫之風；所臨有聲，最宜吴蜀之政。才不究於大用，命乃系於生民。與時偕行，不可則止。見故人而一笑，綽有餘歡；念平生之百爲，絶無可恨。」蘇端明，即蘇軾，曾任端明殿學士，故稱。趙清獻公，即趙抃（一〇〇八—一〇八四），字閱道，衢州西安（今浙江衢州）人，景祐進士。爲殿中侍御史，人稱「鐵面御史」。治平初知成都府，爲政簡易。神宗即位，除參知政事。因反對新法，熙寧三年罷知杭州，徙青州。五年再知成都府，復徙越州、杭州，以太子少保致仕。卒謚清獻。宋史卷三一六有傳。大資，抃曾任資政殿學士。

跋家藏造化權輿

右，造化權輿六卷，楚公舊藏〔一〕，有九伯父大觀中題字〔二〕。淳熙壬寅，得之故第廢紙中，用別本讎校，而闕其不可知者。兩本俱通者，亦具疏其下。六月四日，山陰陸某謹記。

後十有四年，慶元元年八月十二日重校，凡三日而畢。時年七十一。

【題解】

造化權輿，雜記自然界各種事物起源的著作。參見卷二六跋造化權輿題解。本文爲陸游爲家藏本造化權輿所作的跋文，記録其來歷、讎校及重校情況。

本文據文末自署，作於淳熙九年（一一八二）六月四日。時陸游奉祠家居，主管成都府玉局觀。再跋於慶元元年（一一九五）八月十四日，時陸游奉祠家居，提舉武夷山沖佑觀。

【箋注】

〔一〕楚公：即陸游祖父陸佃。

〔二〕九伯父：陸游家族父輩，爲誰未詳。又見卷二六跋尹耘師耕書劉隨州集。

跋三蘇遺文

此書蜀郡吕商隱周輔所編〔一〕。周輔入朝爲史官，得唐安守以歸〔二〕，未至家，暴卒，可悲也！淳熙十一年正月十一日，務觀識。

【題解】

三蘇遺文，吕商隱所編三蘇（蘇洵、蘇軾、蘇轍）散佚的詩文集，今佚。本文爲陸游爲三蘇遺文所作的跋文，慨歎編者的可悲命運。

本文據文末自署，作於淳熙十一年（一一八四）正月十一日。時陸游奉祠家居，主管成都府玉局觀。

【箋注】

〔一〕蜀郡吕商隱：南宋館閣録續録卷九：「吕商隱字周輔，成都人。乾道二年蕭國梁榜進士出身。治春秋。（淳熙）七年十月，以國子監兼（國史院編修官）；八年七月爲宗正丞仍兼。」

〔二〕唐安：即蜀州。

跋兼山先生易説

郭立之從程先生遊最久，程先生病革〔一〕，猶與立之有問答語，著於語録。而尹彦明獨謂立之自黨論起〔二〕，即與程先生絶，死亦不弔祭，蓋愛憎之論也〔三〕。立之子雍，字子和，屏居峽中，屢聘不起，亦著易説，得其家學〔四〕。蓋程氏易學，立之父子實傳之。淳熙甲辰二月三十日，甫里陸務觀云。

後六年，得謝昌國所贈頤正先生辨尹公説〔五〕，乃知予此言粗合也。頤正，即雍也。己酉八月二十八日，某書。

【題解】

兼山先生，即郭忠孝（？—一一二八），字立之，河南人。受易、中庸於程頤。元豐進士。宣和間爲河東路提舉。靖康初召爲軍器少監，力陳抗金之策，并赴關陝招募精兵，大破金人。高宗即位，金人犯永興，郭忠孝與經略唐重等堅守戰死。朝廷贈大中大夫。宋史卷四四七有傳。易説，郡齋讀書志著録爲兼山易解二卷，并稱：「忠孝字立之，河南人，頗明象數。自謂得李挺之卦變論於陳子惠，因亟讀，有得焉。靖康中，持憲關右，死於難，故其書散落大半。」本文爲陸游爲兼山先生易説所作的跋文，肯定郭忠孝父子傳承程頤易學，并以郭雍之論佐證。

本文據文末自署，作於淳熙十一年（一一八四）二月三十日。時陸游奉祠家居，主管成都府玉局觀。再跋於淳熙十六年（一一八九，己酉）八月二十八日，時陸游在禮部郎中兼實録院檢討官任上。

【箋注】

〔一〕病革：病勢危急。語出禮記檀弓上：「夫子之病革矣。」鄭玄注：「革，急也。」

〔二〕尹彦明：程門弟子。郡齋讀書志著録其論語解十卷，并稱：「彦明，程氏門人。紹興中，自布衣召爲崇政殿説書，被旨訓解，多采純夫之説。」黨論：朋黨間的争論。

〔三〕愛憎之論：好惡之論，指偏見。韓非子説難：「故彌子之行未變於初也，而以前之所以見賢而後獲罪者，愛憎之變也。」

〔四〕「立之」六句：郭雍爲郭忠孝之子。直齋書録解題著録其傳家易説十一卷，并稱：「自言其父忠孝受學於程伊川。伊川示以易之艮，曰：『艮，止也。學道之要無出於此。』自是方覺讀易有味。牓其室曰『兼山』。立身行道，皆自『止』始。兵興之初，先人舊學掃地，念欲補續其説，中心所知者『艮，止也』。潛稽易學，以述舊聞，用傳於家。……雍隱居陝州長陽山中。帥守屢薦，召之不至，由處士封頤正先生。其末，提舉趙善譽言於朝，遣官受所欲言，得其傳家兵學六卷以進，時淳熙丙午也。明年卒，年八十有四。又有兼山遺學六卷，見儒家類。餘書則未之見也。」又郭雍，宋史卷四五九有傳。

〔五〕謝昌國：即謝諤，字昌國。參見卷十二賀謝殿院啓題解。頤正先生辨尹公説：郭雍此文未見，或在其傳家易説中，當爲辨正尹彦明之偏見。

跋鄭虞任昭君曲

自張文潛下世〔一〕，樂府幾絶。吾友鄭虞任作昭君曲，如「羊車春草空芊芊」及「重瞳光射搔頭偏」之類，文潛殆不死也。「但願夕烽長不驚甘泉，妾身勝在君王前」，能道昭君意中事者。淳熙甲辰三月二十三日，甫里陸某書。

【題解】鄭虞任即鄭舜卿，字虞任，號陶窗，福建長樂人。乾道五年進士。昭君曲，載詩家鼎臠卷上：「前輩作昭君曲，其詞多後人追感昭君之事而憐之耳，未足以見當時馬上之情而寄其隱悲也。從當時之稱當曰昭君曲：沙平草軟雲連綿，臂弱不勝黄金鞭。琵琶圍繞情如訴，妾心驟感君王憐。自入昭陽宫，過箭流芳年。婭娥容華貌如玉，瑣窗粉黛添嬋娟。妾醜已自知，羊車春草空芊芊。内中時時宣畫工，分定愧死行金錢。那知咫尺間，筆端變媸妍。玉階銅砌呼上馬，重瞳光射搔頭偏。念此一顧恩，穹廬萬里寧無緣。紫臺房櫳夢到曉，日暮忍看征鴻翩。吞聲不敢哭，哭聲應徹天。但得君王知妾身，應信目前皆山川。不必誅畫工，此事古則然。但願夕烽長不驚甘泉，妾身勝在君王前。寄語幕南諸將軍，虎頭燕頷食肉休籌邊。自呼琵琶寫此曲，有聲無詞誰能傳！」本文爲陸游爲鄭舜卿昭君曲所作的跋文，肯定作品傳承了張耒樂府創作的傳統。

本文據文末自署，作於淳熙十一年（一一八四，甲辰）三月二十三日。時陸游奉祠家居，主管成都府玉局觀。

參考劍南詩稿卷十六答鄭虞任檢法見贈。

【箋注】

〔一〕張文潛：即張耒（一〇五四—一一一四），字文潛，號柯山，楚州淮陰（今屬江蘇）人。熙寧進士。歷任臨淮主簿、著作郎、史館檢討等。哲宗紹聖初，以直龍圖閣知潤州。徽宗初，召爲太常少卿。少以文章受知於蘇軾。爲「蘇門四學士」之一。宋史卷四四四有傳。

跋傅正議至樂庵記

伏波將軍困於壺頭，曳病足土室中，以望夷賊，左右哀之，莫不爲流涕〔一〕。定遠侯在西域三十年①，年老思土，上書自言，願生入玉門關，詞指甚哀〔二〕。彼封侯富貴矣，然戚戚無聊乃如此，其他盈滿䑢䑰〔三〕，畏禍憂誅，願爲布衣不可得者，又何可勝嘆！然則富貴果不如貧賤之樂耶？曰：「此自富貴者言之耳。貧賤之士，仕則無路，處則無食，自非有道君子，其憂又有甚者矣。」正議傅公在學校二十年〔四〕，聲震京師，同舍生去爲公卿者袂相屬〔五〕，而公始僅得一第。既仕矣，適時艱難，妄男子往往起閭巷，取美官〔六〕，公又棄不用，則亦何自樂哉？及讀所作至樂庵記，自道其胸中恢疏磊落〔七〕，所以樂而忘憂者，文辭辯麗動人，有列禦寇、莊周之遺風，然後知公蓋有道者。或曰：「使天以富貴易公之樂，公其許之乎？」予曰：公所以處貧賤者，則其所以處富貴也。顔回之簞瓢，周公之衮繡〔八〕，一也。觀斯文者，盍以是求之。淳熙十一年七月十六日，山陰陸某謹書。

【題解】

傅正義，即傅凝遠（一〇八三—一一五二），名不詳，凝遠乃其字，光州固始（今屬河南）人。以太學上舍登第。歷官順昌縣尉、安溪縣丞、南安縣丞、晉江知縣等。遷通判南劍州，未赴任而卒。累贈正義大夫，故稱傅正義。生平見本書卷三三傅正義墓誌銘。至樂庵記，傅凝遠所作記文。本文爲陸游爲傅凝遠至樂庵記所作的跋文，稱道傅氏處貧賤如同處富貴、樂而忘憂的君子之風。

本文據文末自署，作於淳熙十一年（一一八四）七月十一日。時陸游奉祠家居，主管成都府玉局觀。

參考卷三三傅正義墓誌銘。

【校記】

①「西域」，原作「西城」，各本同，據後漢書班超傳改。

【箋注】

〔一〕伏波將軍：即馬援（前十四—四九）字文淵，東漢扶風茂陵（今陝西興平）人。少有大志。歸光武帝後，拜隴西太守，後爲伏波將軍，曾以「馬革裹尸」自誓，出征匈奴、烏桓。病卒軍中，封新息侯。後漢書卷二四有傳。後漢書本傳：「（建武二十四年）三月，進營壺頭。賊乘高守隘，水疾，船不得上。會暑盛，士卒多疫死，援亦中病，遂困，乃穿岸爲室，以避炎氣。賊每升險鼓譟，援輒曳足以觀之，左右哀其壯意，莫不爲之流涕。」壺頭：山名，在今湖南沅陵，因山峰形如壺頭得名。

〔二〕定遠侯：即班超（三二—一〇二）字仲升，東漢扶風安陵（今陝西咸陽）人。班固弟。少投筆從戎，後奉使西域。任西域都護，封定遠侯。在西域三十一年，五十餘國悉皆歸附漢朝。拜射聲校尉，旋病卒。後漢書卷四七有傳。後漢書本傳：「超自以久在絶域，年老思土。十二年，上疏曰：『臣聞太公封齊，五世葬周。狐死首丘，代馬依風。夫周、齊同在中土千里之間，況於遠處絶域，小臣能無依風、首丘之思哉？蠻夷之俗，畏壯侮老。臣超犬馬齒殲，常恐年衰，奄忽僵仆，孤魂棄捐。昔蘇武留匈奴中尚十九年，今臣幸得奉節帶金銀護西域，如自以壽終屯部，誠無所恨；然恐後世或名臣爲没西域。臣不敢望到酒泉郡，但願生入玉門關！臣老病衰困，冒死誓言，謹遣子勇隨獻物入塞，及臣生在，令勇目見中土。』」

〔三〕盈滿：指達到極限。後漢書方術傳上：「吾門户殖財日久，盈滿之咎，道家所忌。」 鼿𫗧：動摇不安貌。易困：「困於葛藟，于鼿𫗧。」

〔四〕學校：指太學。傅正義墓誌銘：「崇寧中，甫年十八，入太學，聲名籍甚，試中高等。然猶幾二十年，乃以上舍登第。」

〔五〕袂相屬：即連袂，衣袖相連，携手并肩。

〔六〕美官：指位高禄厚之官。

〔七〕恢疏磊落：寬宏開朗，胸懷坦蕩。

〔八〕顔回之簞瓢：語本論語雍也：「一簞食，一瓢飲，在陋巷，人不堪其憂，回也不改其樂。賢哉回也！」 周公之衮繡：語本詩豳風九罭：「我覯之子，衮衣繡裳。」朱熹集傳：「之子，指周公也。」

跋中興間氣集 二

高適字仲武〔一〕，此乃名仲武，非適也。評品多妄，蓋淺丈夫耳，其書乃傳至今。天下事出於幸不幸，固多如此，可以一歎！淳熙甲辰八月二十九日，放翁書。

高適字仲武，此集所謂高仲武，乃别一人名仲武，非適也。議論凡鄙〔二〕，與近世宋百家詩中小序可相甲乙〔三〕。唐人深於詩者多，而此等議論乃傳至今，事固有幸不幸也。然所載多佳句，亦不可以所托非其人而廢之。

【題解】

中興間氣集，唐人選唐詩之一，爲高仲武所編。該集收録肅宗至德初至代宗大曆末二十餘年間二十六人一百三十餘首作品，每人皆附評語，推重「體狀風雅，理致清新」的大曆詩風。本文爲陸游爲中興間氣集所作的跋文，辨析其編者名仲武，而非字仲武之詩人高適，批評詩選「議論凡鄙」。共二首。

本文據文末自署，作於淳熙十一年（一一八四，甲辰）八月二十九日。時陸游奉祠家居，主管成都府玉局觀。二跋似非作於一時，後跋時間不詳。

【箋注】

〔一〕高適（約七〇〇—七六五）：字達夫，一字仲武，唐渤海蓨（今河北景縣）人。少貧寒，後遊河西，入哥舒翰幕任書記。歷淮西、西川節度使，終散騎常侍，世稱高常侍。曾三度出塞，以邊塞詩著稱。舊唐書卷一一一、新唐書卷一四三有傳。

〔二〕凡鄙：平庸鄙陋。晉書庾亮傳：「臣凡鄙小人，才不經世。」

〔三〕宋百家詩：直齋書録解題卷十五：「本朝百家詩選一百卷，太府卿曾慥端伯編。編此所以續荆公之詩選（指王安石唐百家詩選），而識鑒不高，去取無法，爲小傳略無義類，議論亦凡鄙。陸放翁以比中興間氣集，謂相甲乙，非虚語也。」

跋齊驅集

此集刻版於宣和三年〔一〕。方是時，黨禁猶未解〔二〕，文士蓋僅有見者，故本多誤。然好事者冒法刻之，亦奇矣。淳熙甲辰重午日〔三〕，陸務觀書。

【題解】

齊驅集，似爲北宋末總集名，内容及編者不詳。本文爲陸游爲齊驅集所作的跋文，説明其刻版背景和版本特點。

本文據文末自署，作於淳熙十一年（一一八四，甲辰）五月五日。時陸游奉祠家居，主管成都府玉局觀。

【箋注】

〔一〕宣和三年：即一一二一年。宣和爲徽宗年號之一。

〔二〕黨禁：指元祐黨禁。徽宗即位後，任用蔡京爲相，以恢復新法爲名，排斥舊黨，立元祐黨籍碑，銷毁黨人著作，大興黨禁。至徽宗退位，黨禁方弛。

〔三〕重午：同重五，即端午節。李之儀南鄉子端午詞：「小雨濕黄昏，重午佳辰獨掩門。」

跋柳柳州書①

此一卷集外文，其中多後人妄取他人之文冒柳州之名者，聊且裒類於此〔一〕。子京〔二〕。

右三十一字，宋景文公手書，藏其從孫晸家〔三〕。然所謂集外文者，今往往分入卷中矣。淳熙乙巳五月十七日，務觀校畢。

【題解】柳柳州集，指收録柳宗元集外文的北宋刊本，宋祁已有跋文。本文爲陸游校畢柳柳州集在宋跋後再作的跋文，保存宋跋并交代其來歷。

本文據文末自署，作於淳熙十二年（一一八五）五月十七日。時陸游奉祠家居，主管成都府玉局觀。

【校記】

①「書」，弘治本、正德本、汲古閣本作「集」。

【箋注】

〔一〕哀類：收集并分類。新唐書姚璹傳：「（武）后方以符瑞自神，璹取山川草樹名有「武」字者，以爲上應國姓，哀類以聞。」

〔二〕子京：即宋祁（九九八—一〇六一）字子京。卒謚景文。參見卷十五施司諫註東坡詩序注〔五〕。

〔三〕從孫：兄弟之孫。國語周語下：「共之從孫，四岳佐之。」韋昭注：「共，共工。從孫，昆季之孫也。」晸：即宋晸，宋庠之曾孫，曾知全州，擢將作少監、軍器少監。

跋説苑

李德芻云〔一〕：館中説苑二十卷，而闕反質一卷。曾鞏乃分修文爲上下，以足二十卷。後高麗進一卷〔二〕，遂足。淳熙乙巳十月六日，務觀書。

【題解】

説苑，西漢劉向輯録先秦至漢初史事、傳説編纂的雜著。原爲二十卷，後僅存五卷，經宋曾鞏搜輯，復爲二十卷，每卷各有標目。依次爲：君道、臣術、建本、立節、貴德、復恩、政理、尊賢、正諫、敬慎、善説、奉使、權謀、至公、指武、談叢、雜言、辨物、修文、反質。本文爲陸游爲説苑所作的跋文，引李德芻語説明其卷次沿革情況。

本文據文末自署，作於淳熙十二年（一一八五，乙巳）十月六日。時陸游奉祠家居，主管成都府玉局觀。

【箋注】

〔一〕李德芻：邯鄲（今屬河北）人。元祐間歷官秘書省正字、校書郎、集賢校理、都官員外郎、官制所檢討、光禄寺丞等。長於地理學，著有元豐郡縣志三十卷圖三卷，又與王存、曾肇共同編修元豐九域志。

〔二〕高麗：又稱高麗王朝、王氏高麗（九一八—一三九二），朝鮮半島古代國家之一。歷經三十四代君主，共四百七十五年。都城爲開京（今朝鮮開城）。

跋章氏辨誣録

徽宗皇帝盛德大度，自秦漢以來，人主莫能及者。尤在友愛蔡王，寬貸章惇〔一〕，而史臣不能發明，可爲太息。淳熙丙午十月望，陸某謹題。

【題解】

章氏辨誣録，北宋宰相章惇後人爲其辨誣的著述。宋史卷四七一章惇傳於其卒後載：「紹興五年，高宗閱任伯雨章疏，手詔曰：『惇詆誣宣仁后，欲追廢爲庶人，賴哲宗不從其請，使其言施用，豈不上累泰陵？貶昭化軍節度副使，子孫不得仕於朝。』詔下，海内稱快，獨其家猶爲辨誣論，見者哂之。」章氏辨誣録當即指此。本文爲陸游爲章氏辨誣録所作的跋文，以蔡王、章惇爲例，稱頌徽宗的「盛德大度」。

本文據文末自署，作於淳熙十三年（一一八六，丙午）十月望日。時陸游在知嚴州任上。

【箋注】

〔一〕蔡王：即趙似（？—一一〇六），宋神宗第十三子。宋史卷二四六入宗室傳。宋史卷二四六載：「楚榮憲王似，帝第十三子。初爲集慶軍節度使、和國公，進普寧郡王。元符元年出閤，封簡王。似於哲宗爲母弟，哲宗崩，皇太后議所立，宰相章惇以似對。后曰：『均是神宗子，何必然。』乃立端王。徽宗定位，加司徒，改鎮武昌、武成，徙封蔡，拜太保，移鎮保平、鎮安，又改鳳翔、雄武。以王府史語言指斥，送大理寺驗治，似上表待罪。……（徽宗）止治其左右。崇寧中，徙鎮荆南、武寧。崇寧五年薨，贈太師、尚書令兼中書令、冀州牧、韓王，改封楚王，謚榮憲。」章惇（一〇三五—一一〇五）：字子厚，建州蒲城（今屬福建）人。嘉祐進士。王安石重其才，擢爲編修三司條例官。元豐三年任參知政事。高太后聽政時力辯新法被貶，哲宗親政後起爲尚書左僕射兼門下侍郎，引用蔡京等，力排元祐黨人，株連甚衆。哲宗亡，反對議立徽宗。徽宗即位，累貶睦州卒。宋史卷四七一入奸臣傳。宋史卷四七一載：「哲宗崩，皇太后議所立，惇厲聲曰：『以禮律言之，母弟簡王當立。』皇太后曰：『老身無子，諸王皆是神宗庶子。』惇復曰：『以長則申王當立。』皇太后曰：『申王病，不可立。』惇尚欲言，知樞密院事曾布叱之曰：『章惇，聽太后處分。』皇太后決策立端王，是爲徽宗，遷惇特進，封申國公。」

跋釣臺江公奏議

某乾道庚寅夏〔一〕，得此書於臨安。後十有七年，蒙恩守桐廬，訪其家，復得三表及贈告墓誌〔二〕，因併刻之，以致平生尊仰之意。淳熙十三年十一月十有六日，笠澤陸某書。

【題解】

釣臺江公奏議，陸游在知嚴州任上刊刻的江公望的奏議集。江公望，字民表，睦州（今浙江桐廬）人。桐廬七里瀧有嚴子陵釣臺，故稱釣臺江公。舉進士。建中靖國間由太常博士拜左司諫，上疏極論時政，徽宗多從之。歷知淮陽軍、壽州。蔡京爲政，編管南安軍，遇赦還家卒。建炎中贈右諫議大夫。著有江司諫奏稿等。宋史卷三四六有傳。本文爲陸游爲所刻釣臺江公奏議所作的跋文，記録刊刻緣由。

本文據文末自署，作於淳熙十三年（一一八六）十一月十六日。時陸游在知嚴州任上。

【箋注】

〔一〕乾道庚寅夏：即乾道六年（一一七〇）夏，時陸游準備赴夔州通判任。

〔二〕三表：三篇表文。　贈告：古代官員死後被朝廷追封爵位和稱號。

先太傅遺像

先太傅皇祐中，以吏部郎中直昭文館〔一〕，自會稽移守新定，期年請老〔二〕，得分司西京以歸〔三〕，迨今百四十年。而某自奉祠玉局，起爲是邦，實繼遺躅於是〔四〕。知建德縣事蘇君林以父老之請〔五〕，築祠宇於兜率佛寺〔六〕。淳熙十四年春正月丙辰，備車旗儀物，大合樂〔七〕，奉遺像於祠，且以公自贊、道帽羽服像，刻之堅珉，慰邦人無窮之思〔八〕。朝隱子，蓋公自號云。元孫、朝請大夫、權知嚴州軍州事陸某謹書〔九〕。

【題解】

先太傅，指陸游的高祖陸軫，字齊卿，號朝隱子。參考卷二六跋修心鑒注〔一〕。陸軫皇祐二年（一〇五〇）以吏部郎中、直昭文館守新定。三年分司西京。約一百四十年後，陸游於淳熙十三年（一一八六）知嚴州。建德知縣蘇林築祠紀念陸軫，舉行儀式，奉陸軫遺像於祠并刻石。本文爲陸游爲嚴州祠宇中陸軫遺像所作的跋文，記述高祖陸軫與嚴州因緣及嚴人築祠紀念始末。

本文據文中自署，作於淳熙十四年（一一八七）正月丙辰（十四）日。時陸游在知嚴州任上。

【箋注】

〔一〕昭文館：官署名。唐武德間始置，曾改稱弘文館。宋沿襲唐制，并以昭文館和集賢院、史館爲三館，分掌藏書、校書和修史。以上相爲昭文館大學士，監修國史。直館以京朝官充任。

〔二〕期年：一年。左傳僖公十四年：「秋八月辛卯，沙鹿崩。晉卜偃曰：『期年將有大咎，幾亡國。』」請老：請求退休養老。左傳襄公三年：「祁奚請老，晉侯問嗣焉。」杜預注：「老，致仕。」

〔三〕分司：唐宋之制，中央官員在陪都（洛陽）任職者，稱爲分司。西京：北宋承襲後晉，以汴州爲東京開封府，改東都河南府爲西京。

〔四〕遺躅：即遺迹。蘇軾葉教授和溽字韻詩復次韻爲戲記龍井之遊：「似聞雪髯叟，西嶺訪遺躅。」

〔五〕蘇君林：即蘇林，四川眉山人。時任建德知縣，主持刊刻劍南詩稿二十卷。

〔六〕兜率佛寺：淳熙嚴州圖經卷一：「兜率寺，在天慶觀西。唐神龍元年建，名中興。景龍元年改龍興。開元中又改開元。國朝大中祥符元年改今名。唐末有僧道明居此寺，因號陳尊宿道場。寺有靈香閣，元祐宰相蘇公頌爲之記，又有陳尊宿庵。紹興五年，寺爲火爇，蕩然無遺。八年，稍即舊基建屋，有僧守越築室山上，復名尊宿庵。」

〔七〕大合樂：規模宏大的諸樂合奏。儀禮鄉飲酒禮：「乃合樂。」鄭玄注：「謂歌樂與衆聲俱作。」

〔八〕自贊：陸軫自贊，陸游刻入其修心鑒之末。跋修心鑒：「某既刻版傳世，并以七歲吟及自贊附卷末。」道帽羽服：道家裝束。陸軫通道，晚年辟穀近二十年。珉：像玉的石頭。尉：同「慰」。

〔九〕元孫：玄孫。指本人以下第五代。

跋高康王墓誌

王岐公文章閎麗〔一〕，有西漢風；而宋常山公書法森嚴〔二〕，實傳鍾、張古學〔三〕。方裕陵致孝寶慈〔四〕，極天下養，故并命兩公彰顯高氏先王功烈，以詔萬世，可以爲寵光矣〔五〕。中更亂離，而墨本寶藏如新，殆有神物護持云。淳熙十四年二月三日，笠澤陸某謹識。

【題解】

高康王，即高繼勳（九五八—一〇三五），字紹先，亳州蒙城（今屬安徽）人。名將高瓊子。以軍功累遷崇儀使。歷數路鈐轄、知州。仁宗時授隴州團練使，知雄州、滑州。有威名，號神將。神宗時追封康王，謚武穆。高宗建炎間建高氏「五王祠」，祀武烈王高瓊、康王高繼勳、楚王高遵甫、普安郡王高士林、新興郡王高公紀五代。高繼勳墓誌由王珪撰文、宋祁書墨。本文爲陸游爲高康王墓誌所作的跋文，記述墓誌作者及墨本品相。

本文據文末自署，作於淳熙十四年（一一八七）二月三日。時陸游在知嚴州任上。

【箋注】

〔一〕王岐公：即王珪（一〇一九—一〇八五），字禹玉，成都華陽人。慶曆進士。通判揚州，召直集賢院，修起居注。進知制誥，爲翰林學士、知開封府。熙寧間拜參知政事，進同中書門下平章事。元豐間拜尚書左僕射兼門下侍郎，封岐國公。善文翰，典内外制十八年。著有華陽集。宋史卷三一二有傳。

〔二〕宋常山公：即宋祁，字子京。參見卷十五施司諫註東坡詩序注〔五〕。

〔三〕鍾張古學：鍾、張指漢魏書法家鍾繇、張芝。孫過庭書譜卷上：「夫自古之善書者，漢魏有鍾、張之絶，晉末稱二王之妙。」

〔四〕裕陵：代指宋神宗，其陵墓稱永裕陵。寶慈：代指高太后，其寢宫稱寶慈宫。高太后（一

○三二—一○九三)，亳州蒙城人。高繼勳孫女。宋英宗皇后，宋神宗生母。哲宗立，以太皇太后身份臨朝稱制凡九年，起用司馬光等舊黨，盡廢新法，史稱「元祐更化」。宋史卷二四二有傳。

〔五〕寵光：恩寵光耀。左傳昭公十二年：「夏，宋華定來聘，通嗣君也。享之，爲賦蓼蕭，弗知，又不答賦。昭子曰：『必亡。宴語之不懷，寵光之不宣，令德之不知，同福之不受，將何以在？』」

跋半山集

右，半山集二卷，皆荆公晚歸金陵後所作詩也。丹陽陳輔之嘗編纂刻本於金陵學舍〔一〕，今亡矣。淳熙戊申上巳日〔二〕，笠澤陸某書。

【題解】

半山集，爲收録王安石晚年作品的詩集。王安石號半山。本文爲陸游爲王安石半山集所作的跋文，記録詩集内容及編刊者。

本文據文末自署，作於淳熙十五年(一一八八，戊申)三月三日。時陸游在知嚴州任上。

【箋注】

〔一〕陳輔之：即陳輔，字輔之，自號南郭子，丹陽（今江蘇鎮江）人。少爲王安石所知，以詩名世。有陳輔之詩話傳世。

〔二〕上巳日：漢代以前以農曆三月上旬巳日爲「上巳」，魏晉以後定爲三月三日。

跋李深之論事集

唐丞相司空李公深之論事集，有兩本：其一本七卷，無序；其一本一卷，史官蔣偕作序〔一〕。然以序考之，則偕所序蓋七卷者也。淳熙戊申四月十九日，笠澤陸某識。

【題解】

李深之，即李絳（七六四—八三〇），字深之，趙郡贊皇（今屬河北）人。貞元進士，補渭南尉，拜監察御史。元和二年授翰林學士，六年拜相，爲中書侍郎，同中書門下平章事，封高邑男。罷爲禮部尚書，後入爲兵部尚書。文宗時，召爲太常卿，出任山南西道節度使。兵變爲亂軍所殺，謚號貞。舊唐書卷一六四、新唐書卷一五二有傳。論事集爲唐代史官蔣偕所編李絳奏議之文和論諫之事，四庫提要卷五七：「雖以集名，實魏徵諫録之類也。前有大中五年偕自序，稱『今中執法夏侯公授余以公平生所論諫，凡數十事。其所争皆磊磊有直臣風概，讀之令人激起忠義。始自内廷，終於罷相，次成七篇，著之東觀，目爲李相國論事集。』」本文爲陸游爲李相國論事集所作的跋文，考辨版本及序文。

本文據文末自署，作於淳熙十五年（一一八八，戊申）四月十九日。時陸游在知嚴州任上。

【箋注】

〔一〕蔣偕：字大化，唐常州義興（今江蘇宜興）人。有史才。以父蔭歷遷右拾遺、史館修撰、主客郎中。除太常少卿。參與修唐曆、文宗實録等。舊唐書卷一四九、新唐書卷一三二有傳。

跋李莊簡公家書

李丈參政罷政歸鄉里時，某年二十矣〔一〕。時時來訪先君，劇談終日〔二〕，每言秦氏，必曰咸陽〔三〕，憤切慨慷，形於色辭。一日平旦來，共飯，謂先君曰：「聞趙相過嶺〔四〕，悲憂出涕。僕不然，謫命下，青鞋布襪行矣〔五〕，豈能作兒女態耶〔六〕！」方言此時，目如炬，聲如鐘，其英偉剛毅之氣，使人興起。後四十年，偶讀公家書，雖徙海表〔七〕，氣不少衰。丁寧訓戒之語，皆足垂範百世，猶想見其道「青鞋布襪」時也。淳

熙戊申五月己未，笠澤陸某題。

【題解】

李莊簡公，即李光（一〇七八—一一五九）字泰發，一字泰定。越州上虞（今浙江上虞）人。崇寧進士。靖康初爲殿中侍御史。紹興元年遷吏部尚書，八年除參知政事。力主抗金，在高宗面前斥秦檜「懷奸誤國」，爲秦檜所惡，十一年貶藤州安置，再移瓊州、昌化軍。秦檜死，内遷郴州。二十八年復左朝奉大夫。二十九年致仕，卒。孝宗即位後贈資政殿學士，賜謚莊簡。宋史卷三六三有傳。李光與陸游父陸宰爲友。本文爲陸游爲李光家書所作的跋文，追憶名臣李光力斥秦檜、大義凜然的言行，稱頌其英偉剛毅的氣概。

本文據文末自署，作於淳熙十五年（一一八八，戊申）五月己未（二十四）日。時陸游在知嚴州任上。

【箋注】

〔一〕李丈：對李光的尊稱。李光爲陸游的父輩。　某年二十：時爲紹興十四年（一一四四）。

〔二〕劇談：暢談。漢書揚雄傳上：「口吃不能劇談，默而好深湛之思。」

〔三〕秦氏：指秦檜。　咸陽：爲秦國國都，借指秦檜。

〔四〕趙相：即趙鼎（一〇八五—一一四七），字元鎮，號得全居士。解州聞喜（今屬山西）人。崇寧進士。累官洛陽令。高宗建炎三年拜御史中丞，四年簽書樞密院事，旋出知建州、洪州。紹興年間幾度爲相，後因反對和議，爲秦檜所構陷，罷相，出知泉州。尋謫居興化軍，移漳州、潮州安置。再移吉陽軍。絶食而死。孝宗時贈太傅、豐國公，謚忠簡。宋史卷三六〇有傳。趙鼎與李綱、胡銓、李光並稱爲南宋四名臣。

〔五〕青鞋布襪：指平民裝束。杜甫奉先劉少府新畫山水障歌：「若耶溪，雲門寺，吾獨胡爲在泥滓，青鞋布襪從此始。」仇兆鼇注：「此見畫而思托身世外。」

〔六〕兒女態：兒女間依戀、忸怩的情態。韓愈北極一首贈李觀：「無爲兒女態，憔悴悲賤貧。」

〔七〕海表：海外。古代指四境外僻遠之地。書立政：「方行天下，至於海表，罔有不服。」孫星衍疏：「溥行天下至於海外，無有不服。」此指瓊州。

跋之罘先生稿

肩吾，文忠公四世孫〔一〕，博學工文章，與予蓋莫逆也〔二〕。晚來行在，諸公貴人頗知之，欲引置要津〔三〕，有毁之者。肩吾既不偶〔四〕，乃調桂陽令去。客姑蘇，未繫舟〔五〕，暴疾，一夕死。哀哉！嘉父〔六〕，犍爲人，肩吾没後數年，始以進士起家。淳熙戊申秋社日〔七〕，放翁書。

【題解】

之罘先生稿，蔡迨所著文集。蔡迨，字肩吾，萊州膠水（今山東平度）人。蔡齊四世孫，文辭字畫過人，之罘先生當爲其號。歷任犍爲郡法曹、桂陽縣令。陸游在成都時結識交遊。之罘，亦作芝罘，山名，在今山東煙臺。本文爲陸游爲之罘先生稿所作的跋文，記載蔡迨身世經歷，及陸游與其交情。

本文據文末自署，作於淳熙十五年（一一八八，戊申）秋社日。時陸游知嚴州任滿返回故里。參考卷二八跋蔡肩吾所作蘧府君墓誌銘。

【箋注】

〔一〕文忠公：即蔡齊（九八八—一〇三九），字子思，萊州膠水人。大中祥符八年狀元。歷官知制誥、翰林學士、右諫議大夫、御史中丞、樞密副使、參知政事。出知潁州卒。贈兵部尚書，謚文忠。宋史卷二八六有傳。

〔二〕莫逆：指彼此志同道合，交誼深厚。語出莊子大宗師：「四人相視而笑，莫逆於心，遂相與爲友。」

〔三〕要津：要路，指顯要的職位。

〔四〕不偶：不遇，不合。論衡命義：「行與主乖，退而遠，不偶也。」

〔五〕未繫舟：言尚未登岸。

〔六〕嘉父：陸游韃爲友人，姓名生平不詳。

〔七〕秋社日：秋季祭祀土地神的日子。始於漢代，在立秋後第五個戊日。

跋吴夢予詩編

山澤之氣爲雲，降而爲雨，勾者伸，秀者實〔一〕，此雲之見於用者也。子嘗見旱歲之雲乎？嵯峨突兀，起爲奇峰，足以悦人之目，而不見於用，此雲之不幸也。君子之學，蓋將堯舜其君民〔二〕，若乃放逐憔悴，娱悲舒憂〔三〕，爲風爲騷，亦文之不幸也。吾友吴夢予，槖其歌詩數百篇於天下，名卿賢大夫之主斯文盟者，翕然歎譽之〔四〕。末以示余，余愀然曰〔五〕：子之文，其工可悲，其不幸可弔。年益老，身益窮，後世將曰，是窮人之工於歌詩者。計吾吴君之情，亦豈樂受此名哉？余請廣其志曰：窮當益堅，老當益壯，丈夫蓋棺事始定。君子之學，堯舜其君民，余之所望於朋友也。娱悲舒憂，爲風爲騷而已，豈余之所望於朋友哉！淳熙十五年十一月二十六日，甫里陸某書。

【題解】吴夢予，爲陸游朋友，生平不詳。吴氏携歌詩數百篇遍訪詩壇名家，最後呈送陸游，以求定評。本文爲陸游爲吴夢予詩編所作的跋文，鼓勵其「窮當益堅，老當益壯」，走出個人「娱悲舒憂」的小天地，追求「堯舜其君民」的「君子之學」。

本文據文末自署，作於淳熙十五年（一一八八）十一月二十六日。時陸游知嚴州任滿返回故里。

【箋注】

〔一〕「勾者」二句：指莊稼得雨露滋潤，蜷曲的得以伸展，吐穗的得以結實。

〔二〕堯舜其君民：意爲使君民被堯舜之澤。語本孟子萬章上：「（伊尹曰）與我處畎畝之中，由是以樂堯舜之道，吾豈若使是君爲堯舜之君哉？吾豈若使是民爲堯舜之民哉？吾豈若於吾身親見之哉？」

〔三〕娱悲舒憂：亦作娱憂舒悲。指排遣憂愁。

〔四〕翕然歎譽：樓鑰攻媿集卷八有書吴夢予古樂府後：「古來樂府近來無，筆力如君却有餘。日恐遺音亡正始，喜聞新作過黄初。不誇藝苑徒工瑟，應免侯門久曳裾。更向江西詩窟去，他年時寄一行書。」

〔五〕愀然：容色改變貌。禮記哀公問：「孔子愀然作色而對曰：『君之及此言也，百姓之德也。』」鄭玄注：「愀然，變動貌也。」

跋松陵集 三

淳熙十六年四月二十六日，車駕幸景靈宫〔一〕，予以禮部郎兼膳部檢察，賜公卿食〔二〕。訖事作假，會陵陽韓籍寄此集來，云東都舊本也〔三〕。欣然讀之，時寓磚街巷街南小宅之南樓。山陰陸某務觀手識。

此集蔡景繁舊物〔四〕，復嘗歸韓子蒼〔五〕。子蒼之孫籍以遺予，蓋百年前本也。景繁元豐中嘗爲開封推官〔六〕，此所題「開封南司」者是也。景繁二子，居厚、居易〔七〕。此題居厚者，其長也。景繁，臨川人，而韓子蒼居臨川，故得此書。務觀手記。

【題解】

松陵集，又名松陵唱和集，以吴中地望而得名，是晚唐詩人皮日休與陸龜蒙互相酬唱的唱和詩集。詩集記載了二人從咸通十年到十二年間創作的六百多首作品，多圍繞飲酒、烹茶、賞花、玩石等閒情逸致展開，注意將日常生活中的器具、景物、人事作爲詩歌題材。陸游從朋友韓籍處得到北宋舊本松陵集。本文爲陸游爲松陵集所作的跋文，共三首，記載得書背景、地點及緣由，考證版本原主及流傳經過。

本文據文首自署，作於淳熙十六年（一一八九）四月二十六日。時陸游在禮部侍郎兼膳部檢察任上。

【箋注】

〔一〕景靈宮：咸淳臨安志卷三：「景靈宮在新莊橋之西。中興初四孟朝獻皆於禁中行禮。紹興十三年，臣寮言景靈宮以奉祖宗衣冠之遊，即漢原廟也。（按景靈宮本大中祥符五年以聖祖臨降而建，神宗皇帝始廣其制。）今就便朝設位以饗，未副廣孝之意。遂詔臨安府同修内司相度修蓋，即劉光世家所獻賜第基爲之，門曰思成，前爲聖祖殿，宣祖至徽宗皇帝殿居中，（東西廊圖配饗功臣於壁。）元天大聖后與昭憲太后而下諸后殿居後。……二十一年，議廣殿宇，韓世忠家復以賜第獻。遂增建前殿五楹，中七楹，後十七楹。自是齋殿、進膳殿、更衣殿、寢殿次第皆備焉。」

〔二〕膳部：官署名，屬禮部。主管供進酒膳、祠祭牲牢禮料、藏冰供賜等事。設郎中、員外郎。劍南詩稿卷七八仲秋書事自注：「昔爲儀曹郎兼領膳部，每蒙賜食，與王公略等。」

〔三〕韓籍：韓駒之孫。韓駒，見本文注〔五〕。東都：南宋稱北宋汴京爲東都。如王偁有紀傳體史書東都事略。

〔四〕蔡景繁：即蔡承禧（一〇三五—一〇八四），字景繁，臨川（今江西撫州）人。嘉祐二年與父元導同登進士。歷官太平州司理參軍、知雩都縣、太子中允、監察御史、集賢院校理、開封府推官等。事迹見蘇頌蘇魏公文集卷五七承議郎集賢校理蔡公墓誌銘。

〔五〕韓子蒼：即韓駒（一〇八〇—一一三五）字子蒼，號牟陽，學者稱陵陽先生，陵陽仙井（今四川仁壽）人。少時爲蘇轍所賞。政和初，召試舍人院，賜進士出身，除秘書省正字。因元祐黨籍被謫，後復召爲著作郎，校正御前文籍。宣和五年除秘書少監，六年遷中書舍人兼修國史。高宗立，知江州。卒。爲江西派詩人。

〔六〕開封推官：開封府設左、右廳推官各一員，分日輪流審判案件。

〔七〕居厚：即蔡居厚（？—一一二五），字寬夫。蔡承禧長子。第進士。歷太常博士、吏部員外郎。大觀初爲右正言，遷起居郎、右諫議大夫，改户部侍郎、知秦州，因事罷職。政和中歷知滄州、應天府等。有蔡寬夫詩話。宋史卷三五六有傳。

跋王仲言乞米詩

仲言貸米，本自欲就魯肅輩人，而艮齋又戒以勿取陶胡奴米〔一〕。仲言治己可謂嚴，而艮齋告之亦可謂忠矣。數年來，仲言以貧甚客長安中，豪子資給殊厚〔二〕。今春忽捨去，主人叩首乞少留，不可。豈獨能踐初言，亦不負艮齋期待矣。淳熙己酉四月二十七日，陸某務觀書。

【題解】

王仲言，即王明清（一一二七？—一二〇二），字仲言，汝陰（今安徽阜陽）人。王銍之子。孝宗即位，得補官。乾道初，奉祠居山陰。淳熙四年，至臨安，獲登李燾之門。十二年以朝請大夫主管台州崇道觀。紹熙間任雜買務雜買場提轄官、簽書寧國軍節度判官、添差通判泰州。嘉泰初爲浙西參議官。著有揮麈録二十卷、玉照新志四卷等。宋史翼卷二九有傳。陸游與王銍、王明清父子均有交往。王明清貧甚，客臨安時，貸米以活，有乞米詩。楊萬里誠齋集卷三三有跋天台王仲言乞米詩云：「敢言縮頸更長腰，黄獨青精也絶苗。尚有囊中餐玉法，藍田山裏過明朝。」本文爲陸游爲王明清乞米詩所作的跋文，稱道其貧而有志氣。

本文據文末自署，作於淳熙十六年（一一八九，己酉）四月二十七日。時陸游在禮部郎中兼膳部檢察任上。

【箋注】

〔一〕「仲言」三句：指仲言乞米要選魯肅之類人，艮齋也勸誡他不隨便求取。三國志魯肅傳：「周瑜爲居巢長，將數百人故過候肅，并求資糧。肅家有兩囷米，各三千斛，肅乃指一囷與周瑜。」魯肅，字子敬，東吴大臣，官至横江將軍。艮齋，即謝諤，字昌國。參見卷十二賀謝殿院啓題解。陶胡奴米，典出世説新語方正：「王修齡嘗在東山，甚貧乏。陶胡奴爲烏程令，送一船米遺之，卻不肯取。直答語：『王修齡若飢，自當就謝仁祖索食，不須陶胡奴米。』」陶胡奴即陶范，小名胡奴，東晉名將陶侃之子。

〔二〕長安：唐宋詩文中常用作都城通稱，此指臨安。周密武林舊事淳熙八年：「雪卻甚好，但恐長安有貧者。」豪子：豪家子弟。資給：資助，供給。三國志蜀書劉璋傳：「璋資給先主，使討張魯，然後分别。」

跋金奩集

飛卿南鄉子八闋〔一〕，語意工妙，殆可追配劉夢得竹枝〔二〕，信一時傑作也。淳熙己酉立秋，觀於國史院直廬〔三〕。是日風雨，桐葉滿庭。放翁書。

【題解】

金奩集，現存早期文人詞總集。原署唐温庭筠編，成書年代不詳，當是南宋淳熙前的坊刻本。該書收録温庭筠詞六十二首、韋莊詞四十八首、張泌詞一首、歐陽炯詞十六首、和張志和漁父詞十五首，共一百四十二首，另菩薩蠻五首有目無詞。朱祖謀跋文稱：「蓋宋人雜取花間集中温、韋諸家詞，各分宫調，以供歌唱，其意欲爲尊前之續。」本文爲陸游爲金奩集所作的跋文，評價温庭筠詞

「語意工妙」，爲「一時傑作」。

本文據文末自署，作於淳熙十六年（一一八九，己酉）立秋日。時陸游在禮部郎中兼實録院檢討官任上。

【箋注】

〔一〕飛卿：即温庭筠。南鄉子：詞調名。本唐教坊曲名，有單、雙調二體。

〔二〕劉夢得竹枝：即劉禹錫竹枝詞。劉氏將古代巴蜀民歌改變爲詩體，寫成多首竹枝詞，以吟詠風土爲主要特色，後世多有仿作者。

〔三〕國史院：官署名，掌修國史。後又置實録院。紹興初，實録、國史皆寓史館。後罷史館，遇修實録即置實録院，遇修國史即置國史院。直廬：侍臣直宿之處。

跋韓非子

右，韓非子一卷。紹興丁卯〔一〕，先君年六十時，傳吴棫才老本〔二〕。後四十有二年，淳熙己酉〔三〕，某重裝而藏之，時年六十有五。十月九日，史院東閣手識〔四〕。

【題解】

韓非子，戰國韓非所著子書。陸游之父陸宰於紹興年間收藏吴棫刊本，淳熙十六年，陸游重新裝幀收藏。本文爲陸游爲重裝的韓非子所作的跋文，交代其來歷。

本文據文末自署，作於淳熙十六年（一一八九，己酉）十月九日。時陸游在禮部郎中兼實録院檢討官任上。

【箋注】

〔一〕紹興丁卯：即紹興十七年（一一四七）。時陸宰六十歲，陸游二十三歲。

〔二〕吴棫（一一〇〇—一一五四）：字才老，舒州（今安徽潛山）人。政和進士。官太常丞。紹興十五年添差通判泉州。精音韻訓釋之學。事迹見揮麈三録卷三。

〔三〕淳熙己酉：即淳熙十六年（一一八九）。時陸游六十五歲。

〔四〕史院：即國史院。東閣：國史院内建築。

跋卻掃編

此書之作，敦立猶少年，故大抵無紹興以後事。淳熙己酉十一月十四日，書於儀曹直廬〔一〕。

【題解】

卻掃編，徐度所撰筆記類著述，主要記載宋代典章制度，凡三卷。徐度，字敦立，應天府穀熟

（今河南商丘）人。欽宗朝宰相徐處仁幼子。南渡後寓居吴興。紹興八年除校書郎，遷都官員外郎，官至吏部侍郎。著有卻掃編三卷。四庫提要稱「纂述舊聞，足資掌故，與揮麈諸録、石林燕語可以鼎立；而文簡於王，事核於葉，則似較二家爲勝焉。」本文爲陸游爲卻掃編所作的跋文，記載其書之時限。

本文據文末自署，作於淳熙十六年（一一八九，己酉）十一月十四日。時陸游在禮部郎中兼實録院檢討官任上。

【箋注】

〔一〕儀曹：唐宋禮部郎官的别稱。卷三一跋出疆行程：「淳熙己酉秋……予在儀曹。」

跋彩選

紹興甲戌七月三日〔一〕，子宅過此，彩選畢景〔二〕。丙子二月五日〔三〕，同季思訪務觀雲門山草堂〔四〕，復爲此戲。子宅記。

紹興十九年正月十有七日，友人王仲言父自京江來〔五〕，以是書爲贈。酴醿庵記〔六〕。

官制，左右丞不爲平章事，自侍郎拜者皆躐遷尚書。此書蓋失之〔七〕。

子宅、季思下世，忽已數年。予今年六十有七，覽此太息。然予方從事金丹〔八〕，丹成，長生不死直餘事耳〔九〕。後五百年，過雲門草堂故趾，思昔作彩戲，豈非夢耶？紹熙元年上元日〔一〇〕，放翁書。去子宅題字時三十年矣〔一一〕。

【題解】

彩選爲唐宋時博戲。相傳唐李郃所創製，意在諷刺「任官失序，而廉耻路斷」，「言其無實，惟彩勝而已」。宋劉蒙叟、陳堯佐曾有所損益，但大抵取法李郃。後趙明遠、尹洙仿照李郃的升官圖作彩選格。具體方法是將京外文武大小官位寫在紙上，用骰子擲之，依點數彩色以定升降：一爲贓，二、三、五爲功，四爲德，六爲才；遇一降罰，遇四超遷，二、三、五、六亦升轉。舊時民間很流行這種木版套色彩印的玩具。此彩選爲載録彩選博戲之書。本文爲陸游爲彩選所作的跋文，指出其失誤之處，并載録少時朋友跋語，追憶當年遊戲情景，抒寫物是人非的感慨。

本文據文末自署，作於紹熙元年（一一九〇，甲戌）正月十五日。時陸游被劾罷歸里。

【箋注】

〔一〕紹興甲戌：即紹興二十四年（一一五四）。時陸游三十歲。

〔二〕子宅：姓名不詳。陸游早年朋友。畢景：竟日，整天。南史殷臻傳：「（臻）幼有名行，袁粲、褚彦回并賞異之，每造二公之席，輒清言畢景。」

〔三〕丙子：即紹興二十六年（一一五六）。

〔四〕季思：即司馬伋，字季思，夏縣（今屬山西）人。紹興八年以司馬光族曾孫爲右承務郎，十五年爲添差浙東安撫司幹辦公事，紹興末通判處州。乾道二年爲建康總領，六年以試工部尚書使金。淳熙四年爲吏部侍郎，五年知鎮江，六年改平江，尋奉祠，九年知泉州。

〔五〕王仲言父：即王明清之父王銍，字性之，世稱雪溪先生，汝陰（今安徽阜陽）人。建炎四年纂集太宗以來兵制，書成，賜名樞庭備檢。後罷爲右承事郎，主管台州崇道觀，續上七朝國史。紹興九年，爲湖南安撫司參議官。晚年，受秦檜擯斥，避地剡溪山中。京江：指長江流經鎮江北一段，因鎮江古名京口而得名。杜牧杜秋娘詩：「京江水清滑，生女白如脂。」

〔六〕酴醾庵：當是陸游舊居。酴醾，花名。本爲酒名，因花色似之，故用爲花名。

〔七〕「官制」四句：此指彩選一書將朝廷最高級別的官制升遷搞錯了。躐遷，越級提升。

〔八〕從事金丹：指煉丹。

〔九〕餘事：多餘之事，不重要之事。蘇軾與吳秀才書之二：「以長生不老爲餘事，而以練氣服藥爲土苴也。」

〔一〇〕上元日：即正月十五日。又稱上元節、元宵節。

〔一一〕三十年：此爲約數。子宅題字在紹興二十六年（一一五六），陸游作跋在紹熙元年（一一九〇），相距三十四年。

跋陝西印章 二

紹熙庚戌正月十九日〔一〕，夜閲故書，得此。追思在山南時〔二〕，已二十年。同幕惟周元吉、閻才元、章德茂、張季長及余五人〔三〕，尚亡恙爾。拊卷累欷。放翁題。

又十有五年，當嘉泰之四年，歲在甲子，因暴書再觀〔四〕。則元吉、才元、德茂又皆物故數年矣〔五〕。季長在蜀，累歲不得書，存亡有不可知者。而予年已八十，感歎不能已。八月十六日，務觀書。

【題解】

陝西印章，當指陸游在陝西南鄭王炎幕府時印在書籍上的官印。乾道八年（一一七二）陸游應邀入四川宣撫使王炎幕府，任權四川宣撫使司幹辦公事兼檢法官。三月抵達南鄭，十一月奉調回成都，凡八月。陸游在幕府與一批同僚結下了深厚情誼。本文爲陸游在重睹陝西幕府印章後所作的跋文，共二首，追思當年同僚，感歎其相繼物故。

本文據文首、文末自署，前首作於紹熙元年（一一九〇）正月十九日。時陸游被劾罷歸里；後首作於嘉泰四年（一二〇四）八月十六日。時陸游致仕家居。

【箋注】

〔一〕紹熙庚戌：即紹熙元年（一一九〇）。時陸游六十六歲。

〔二〕山南：泛指太華、終南兩山以南之地。史記魏世家：「所亡於秦者，山南、山北、河外、河内，大縣數十，名都數百。」張守節正義：「山，華山也。」

〔三〕周元吉：即周頡，字元吉，號適庵。紹興進士。乾道八年入王炎幕府。淳熙三年知德安府，遷右司郎中、荆湖北路轉運司判官、提點浙東刑獄公事。紹熙間任福建路轉運使、福建路常平茶鹽公事，旋致仕。同治湖州府志有傳。　閻才元：名蒼舒，字才元，四川閬中人。紹興進士。淳熙中以試吏部尚書使金，遷右司員外郎兼國史院編修官、宗正少卿。　章德茂：即章森，字德茂，四川綿竹人。淳熙十五年以朝散大夫敷文閣待制江東安撫使知建康府。紹熙二年改知江陵府。景定建康志有傳。　張季長：名縯，字季長，江源（今四川成都）人。隆興進士。歷任秘書省正字、夔州路轉運使、湖南運判、大理寺少卿、知潼川府等。崇慶縣志有傳。

〔四〕暴書：曬書。古時有七夕曬書之俗。暴，同「曝」。

〔五〕物故：死亡。荀子君道：「人主不能不有游觀安燕之時，則不能不有疾病物故之變焉。」

跋詩稿

此予丙戌以前詩二十之一也〔一〕。及在嚴州再編〔二〕，又去十之九。然此殘稿，終亦惜之，乃以付子聿〔三〕。紹熙改元立夏日書。

【題解】

詩稿，指陸游乾道二年所編之詩稿，其數量僅占此前詩作的二十分之一。淳熙十四年嚴州編劍南詩稿時，僅收入此稿的十分之一。本文爲陸游爲乾道二年所編詩稿所作的跋文，交代其來歷及數量。

本文據文末自署，作於紹熙元年（一一九〇）立夏日。時陸游被劾罷歸里。

【箋注】

〔一〕丙戌：即乾道二年（一一六六）。時陸游初次被罷免家居，編成了首部詩稿，收入其早期詩作。劍南詩稿編刊後即成爲「殘稿」。

〔二〕嚴州再編：淳熙十四年，蘇林收集陸游詩作并經本人按年編次後刻於嚴州郡齋，即直齋書録解題著録的劍南詩稿二十卷本。這是陸游詩作的首次刊印，收詩凡二千五百二十四首，前有鄭師尹序。

〔三〕子聿：即陸游幼子陸子遹。

跋祕閣續帖張長史率意帖

此一帖，在故簽書樞密王倫家〔一〕。倫出使時，得之故都，予少日嘗見之〔二〕。紹熙改元五月甲子，甫里陸某識。時年六十有六，距初見時四十有五年矣。

【題解】祕閣續帖，匯刻碑帖名，又稱元祐祕閣續帖。淳化三年（九九二），宋太宗令出内府所藏歷代墨迹，命翰林侍書王著編次摹勒上石於禁内，名淳化閣帖，又名淳化秘閣法帖，簡稱閣帖，凡十卷。元祐五年（一〇九〇），邵彰、孫諤、劉燾等人奉旨以内府所藏而閣帖未刊的晉、唐法帖摹刻，於建中靖國元年（一一〇一）完成，稱元祐祕閣續帖，共十卷。南宋淳熙十二年又刻有淳熙祕閣續帖十卷。此處指元祐祕閣續帖。張長史率意帖，爲元祐祕閣續帖之一。張長史，即張旭，字伯高，一字季明，吴郡（今江蘇蘇州）人。官至金吾長史。唐代著名草書家。率意帖爲其名帖之一。本文爲陸游爲祕閣續帖中張旭率意帖所作的跋文，追憶其來源。

本文據文末自署，作於紹熙元年（一一九〇）五月甲子（十一）日。時陸游被劾罷歸里。

【箋注】

〔一〕王倫：字正道，莘縣（今屬山東）人。建炎元年初次使金被拘，紹興二年放歸，遷右文殿修撰。七年充迎奉梓宫使再次赴金，約定和議。八年，以端明殿學士三使金國，與金使同返。九年賜同進士出身、簽書樞密院事，充迎梓宫、奉還兩宫、交割地界使，爲東京留守兼開封尹，四赴金國被拘，不屈被殺。宋史卷三七一有傳。

〔二〕少日：少時。據下文，當在紹興十五年，時陸游二十一歲。

跋王深甫先生書簡 二

深父先生以治平二年七月二十八日卒，而此卷末答其弟容季書〔一〕，是年六月一日，相距無兩月矣。悲夫！紹熙元年六月望，陸某書。

此書朝夕觀之，使人若居嚴師畏友之間〔二〕，不敢萌一毫不善意。

【題解】

王深甫，即王回（一〇二三—一〇六五），字深甫（深父），福州侯官（今福建福州）人。嘉祐進士。爲亳州衛真主簿，稱病自免，退居潁州不仕。治平中除忠武軍節度推官、知南頓縣，命下而卒。宋史卷四三二有傳。王回弟王向子直、王同容季同傳。曾鞏元豐類稿卷四二王容季墓誌銘：「初，容季之伯兄回深甫，以道義、文學退而家居，學者所崇；而仲兄向子直亦以文學、器識名聞當世；容季又所立如此，學士大夫以謂此三人者皆世不常有，藉令有之，或出於燕，或出於越，又不可得之一鄉一國也，未有同時并出於一家如此之盛。」本文爲陸游爲王回書簡所作的跋文，感歎王氏兄弟的高尚品格。共二首。

本文據文末自署，作於紹熙元年（一一九〇）六月十五日。時陸游被劾罷歸里。

【箋注】

〔一〕容季：即王同，字容季，王回之弟。嘉祐六年進士。任新蔡縣主簿。治平間卒，年三十二。

〔二〕畏友：在道義、德行、學問方面互相砥礪，令人敬重的朋友。

跋郭德誼墓誌　二

仲晦先生識郭公墓〔一〕，或恨其太簡。然吾夫子銘季札曰：「於虖！有吴延陵季子之墓〔二〕。」財十字耳〔三〕，至今傳以爲寶。彼賣菜求益之論〔四〕，可付一歎。紹熙二年正月二十三日，陸某謹書。

又

顔魯公麻姑壇記、東坡先生經藏記〔五〕，皆有大字、小字兩本，蓋用羊叔子峴山故事〔六〕。千載之後，陵谷變遷，尚冀其一存爾。德誼之名，固自不朽，然吾元晦爲斯人計亦至矣。豈希吕兄弟孝愛篤至〔七〕，有以發之耶？紹熙二年正月壬申，笠澤陸某識。

【題解】

郭德誼，即郭欽止（一一二八—一一八四），字德誼，婺州東陽（今浙江東陽）人。從張九成遊。輕財樂施，辟石洞書院，延名師以教子弟，撥田數百畝以贍之，吕祖謙、魏了翁、葉適等都曾主講書院，後進多所成就。又助縣學創書閣，置書籍輸之。卒後朱熹爲作墓銘，見其晦庵集卷九二。文曰：「東陽郭君德誼之墓，新安朱熹銘之。其詞曰：才百夫之特，而身不階於一命；志四方之遠，而行不出於一鄉。然而子弟服師儒之訓，州閭識孫弟之方。霍然其變豪俠之窟，焕乎其闢理義之場。是則其思，百世而長，勿替繩之，有永彌昌。」本文爲陸游爲朱熹所作郭德誼墓誌所作的跋文，引孔子銘季札駁斥賣菜求益之論，用羊叔子峴山故事祈求其不朽。共二首。

本文據文末自署，作於紹熙二年（一一九一）正月二十三日及壬申日。時陸游被劾罷歸里。

【箋注】

〔一〕仲晦先生：即朱熹，字元晦，一字仲晦，號晦庵。

〔二〕「然吾」三句：相傳孔子曾爲季札所作銘文，世稱「十字碑」。但有人認爲不可能爲孔子所書，也有説孔子僅書「嗚呼有吴君子」六字，其餘爲後人所增，歷來説法不一。季札（前五七六—前四八四），姬姓，名札，又稱公子札、延陵季子。春秋時吴國人，吴王壽夢四子，封於延陵（今江蘇常州）。傳説爲避王位，「棄其室而耕」於武進焦溪的舜過山下。

〔三〕財：通「才」。

〔四〕賣菜求益：亦作買菜求益。比喻争多嫌少。典出高士傳嚴光傳：「（司徒霸遣子道請光入仕，光拒之）子道求報，光曰：『我手不能書。』乃口授之，使者嫌少，可更足。光曰：『買菜乎？求益也？』」

〔五〕「顔魯公」二句：指唐顔真卿所書麻姑仙壇記和宋蘇軾所作勝相院經藏記。

〔六〕羊叔子：即羊祜（二二一—二七八），字叔子，泰山南城人。西晉司馬炎稱帝，祜坐鎮襄陽，都督荆州諸軍事，屯田興學，以德懷柔，深得軍民之心；繕甲訓卒，準備伐吴未果。咸寧四年病歸洛陽，尋卒。臨終前舉薦杜預自代。贈侍中、太傅，謚號成。晉書卷三四有傳。峴山故事：指羊祜卒後，其部屬、百姓在羊祜生前遊息之地峴山建廟立碑，原名爲「晉征南大將軍羊公祜之碑」，簡稱羊公碑。歲時饗祭，望其碑者多爲流涕，杜預稱之爲「墮淚碑」。永興年間，荆州刺史劉弘命幕僚李興重撰晉故使持節侍中太傅鉅平成侯羊公碑，刻之祠前。因感情充沛，筆觸深沉，頗爲時人推重，遂將「墮淚碑」之名移貫此碑。（見襄陽耆舊傳）此指重複刻碑，以求確保傳世。

〔七〕希吕兄弟：郭欽止有二子：一曰郭津，字希吕，劍南詩稿卷二六有謝郭希吕送石洞酒；另一不詳。孝愛：孝敬愛重。禮記文王世子：「戰則守於公禰，孝愛之深也。」孔穎達疏：「載主將行，示不自專，是孝也；使守而尊之，是愛也。乃是孝愛之深也。」

跋郭德誼書

予童子時，嘗避兵東陽山中〔一〕，距今六十年〔二〕。予長德誼三歲，計其年可以相從而不及也。觀此遺墨，爲之太息。紹熙二年正月二十三日，笠澤老漁陸某謹書。

【題解】

郭德誼書，指郭欽止書簡遺墨。本文爲陸游爲郭欽止書簡遺墨所作的跋文，追憶少時避兵東陽經歷，感歎無緣結識郭欽止。

本文據文末自署，作於紹熙二年（一一九一）正月二十三日。時陸游被劾罷歸里。

【箋注】

〔一〕東陽：縣名。今屬浙江金華。

〔二〕距今六十年：陸游家避兵東陽，始於建炎四年（一一三〇），紹興三年（一一三三）返山陰。時陸游六歲至九歲。參考卷三二陳君墓誌銘。

渭南文集箋校卷第二十八

跋

【釋體】本卷文體同卷二六，收録跋四十一首。

跋後山居士長短句

唐末詩益卑，而樂府詞高古工妙〔一〕，庶幾漢魏。陳無己詩妙天下，以其餘作辭〔二〕，宜其工矣。顧乃不然，殆未易曉也〔三〕。紹熙二年正月二十四日雪中試朱元亨筆，因書〔四〕。

【題解】

後山居士長短句，爲陳師道詞集。直齋書録解題卷十七著録陳師道後山集十四卷、外集六卷、談叢六卷、理究一卷、詩話一卷、長短句二卷，又卷二一著録後山詞一卷。此後山居士長短句似應指單行本詞集，而非合集本。本文爲陸游爲後山居士長短句所作的跋文，評論唐末詞體「高古工妙」，又陳師道「詩妙天下」，詞則不工。

本文據文末自署，作於紹熙二年（一一九一）正月二十四日。時陸游被劾罷歸里。

【箋注】

〔一〕樂府詞：指長短句的詞體。

〔二〕辭：亦指詞體。

〔三〕「顧乃」二句：四庫全書總目卷一五四後山集提要稱「（後山）長短句亦自爲别調，不甚當行。大抵詞不如詩。」

〔四〕朱元亨：當爲製筆匠人。

跋蘇氏易傳

此本先君宣和中入蜀時所得也〔一〕。方禁蘇氏學，故謂之毗陵先生云〔二〕。紹熙辛亥七月二十日，陸某識。

【題解】

蘇氏易傳，又稱東坡易傳。蘇軾所撰易學著述。直齋書録解題卷一著録蘇軾東坡易傳十卷，并稱「蓋述其父洵之學也」。朱彝尊經義考卷十九：「（軾）父洵晚讀易，作易傳未究，疾革，命軾述其志，卒以成書。復作論語説，最後居海南作書傳。三書既成，撫而歎曰：『後有君子，當知我矣。』」本文爲陸游爲蘇氏易傳所作的跋文，交代其來歷及背景。

本文據文末自署，作於紹熙二年（一一九一，辛亥）七月二十日。時陸游奉祠家居。

【箋注】

〔一〕先君：指陸游之父陸宰。

〔二〕毗陵先生：即蘇軾。毗陵即常州，蘇軾嘗居於此，亦終於此。

跋資暇集

吾家舊有此本，先左丞所藏〔一〕，書字簡樸，疑其來久矣。首曰「隴西李匡文濟翁編」，「匡」字猶成文也〔二〕。久已淪墜〔三〕。忽尤延之寄刻本來〔四〕，爲之愴然。紹熙二年十一月二十九日，陸某識。

【題解】

資暇集，唐李匡文所撰雜著。郡齋讀書志卷十三小説家類著録唐李匡義濟翁撰資暇三卷，并稱「序稱世俗之談，類多訛誤，雖有見聞，默不敢證，故著此書。上篇正誤，中篇譚原，下篇本物，以資休暇云。」直齋書録解題卷十雜家類著録唐李匡文濟翁撰資暇集二卷。四庫館臣後又考爲「李匡乂」（見四庫全書總目卷一一八）本文爲陸游爲尤袤刻本資暇集所作的跋文，追憶家藏舊本的特點。

本文據文末自署，作於紹熙二年（一一九一）十一月二十九日。時陸游奉祠家居。

【箋注】

〔一〕先左丞：指陸游之祖陸佃。

〔二〕「首曰」二句：指「匡」字後因避宋太祖諱，寫成「㔺」字，不成文字。

〔三〕淪墜：埋没喪亡。晉書王導傳：「拯其淪墜而濟之以道，扶其顛傾而弘之以仁。」

〔四〕尤延之：即尤袤（一一二七—一一九四），字延之，號遂初，常州無錫（今屬江蘇）人。紹興十八年進士。爲泰興令。遷大宗正丞、秘書丞兼國史院編修官、著作郎兼太子侍讀。孝宗時除太常少卿，進權禮部侍郎，兼權中書舍人。官至禮部尚書兼侍讀。卒謚文簡。工詩文，與楊萬里、范成大、陸游並稱「中興四大詩人」。宋史卷三八九有傳。

跋法帖

此本嘗見之，清勁可愛，及移之石，乃爾失真〔一〕，拙工誤人如此。乾符元年十一月乃改元，此云三月，何耶？〔二〕蔡君謨用「蠆」字「顥」字俱非是〔三〕，又何耶？紹熙三載正月二十二日，三山下漚亭書。

又

魯公書殊不類〔四〕。紙乃烟熏，「周副」之語尤俚俗。羅紹威用「羅氏世寶」印，犯唐諱〔五〕，益可疑。跋語詩句亦鄙甚也，君謨豈至是哉！惟錢希白字奇古可喜〔六〕，然非題顏帖，乃剪它軸附卷後耳。

【題解】

法帖指彙集歷代名家書法墨迹，將其鐫刻在石或木板上，然後拓成墨本并裝裱成卷或册，作爲書法範本的刻帖。此法帖何指不詳。本文爲陸游爲某法帖所作的跋文，指出其刻印上的許多錯誤和弊病。共二首。

本文據文末自署，作於紹熙三年（一一九二）正月二十二日。時陸游奉祠家居。

【箋注】

〔一〕乃爾：竟然如此。後漢書方術傳下：「（薊子訓）道過滎陽，止主人舍，而所駕之驢忽然卒僵，蛆蟲流出，主遽白之。子訓曰：『乃爾乎？』」

〔二〕「乾符」三句：乾符爲唐僖宗年號。乾符元年（八七四）爲甲午年，十一月才改元稱乾符，三月不該稱乾符。

〔三〕蔡君謨：即蔡襄，字君謨。參見卷二六跋蔡君謨帖題解。

〔四〕魯公：指顔真卿，封魯郡公。參見卷二三僧師源畫觀音贊注〔四〕。不類：不像。

〔五〕「羅紹威」三句：羅氏爲唐臣，應避太宗名「世」字諱。羅紹威（九一〇—九四二），字端已，魏州貴鄉（今河北大名）人。唐末爲魏博節度使，後升任檢校太傅、兼侍中、長沙郡王，加檢校太尉、進封鄴王。後依朱温建立後梁，封太傅、兼中書令。卒年三十四。舊唐書卷一八一、新唐書卷二一〇、舊五代史卷十四、新五代史卷三九均有傳。

〔六〕錢希白：即錢易，字希白，臨安（今浙江杭州）人，錢惟演從弟。咸平進士。又舉制科入等。召直集賢院，擢知制誥、翰林學士。工行書及草書。宋史卷三一七有傳。

跋蘭亭樂毅論并趙岐王帖

某恭聞太宗皇帝天縱聖學〔一〕，跨軼百王，萬幾之餘〔二〕，尤留神翰墨。文昭武穆〔三〕，世受筆法，有若岐簡獻王得槀書之妙。蓋其爲學，上稽三代兩漢，以象其高古，下專以晉右將軍王羲之爲法，以極其變化。所藏魯公作文王尊彝、伯禽祀文王之器〔四〕，紹聖間詔取藏祕閣，宣和博古圖亦列於他周器上〔五〕。又政和中，關中發地得竹簡，皆東漢討羌書檄，字作章草〔六〕，好事者爭取，而王獨多獲之。則王之窮深造微，豈寒窶書生所及哉〔七〕！至蘭亭修禊序、樂毅論，又王所愛玩，天下名本。王之於書，名尊一代，固無足異。今周器漢札，雖不可復見，而修禊序、樂毅論，如魯靈光巋然獨存，意有神物護持，非適然也〔八〕。王遺墨藏家廟者，今雖僅存，某嘗獲觀，皆奇麗超絶，動心駭目。往時，米芾於書少許可〔九〕，獨推王以爲能學古人。語在芾所著書畫史〔一〇〕。王之孫不流，以從官長東諸侯〔一一〕，懼書家不能盡見是奇迹，乃諏良工，併刻樂石〔一二〕，置會稽郡齋，而屬某書其後。惟王歷事累朝，典司宗盟〔一三〕，嘉言善行，不可勝載，文章尤長於詩，有唐人餘風，此特論其書而已。紹熙四年正月辛卯，中奉大夫、提舉建寧府武夷山冲佑觀、山陰縣開國男、食邑三百户陸某謹書。

【題解】

蘭亭，即王羲之蘭亭序，與顔真卿祭侄季明文稿、蘇軾寒食帖並稱三大行書法帖。桑世昌蘭亭考卷一蘭亭休禊序題注：「晉人謂之臨河序，唐人稱蘭亭詩序，或云蘭亭記，歐公云休禊序，蔡君謨云曲水序，東坡云蘭亭文，山谷云禊飲序：通古今雅俗所稱，俱云蘭亭。至高宗皇帝所御宸翰，題曰禊帖。」樂毅論，共四十四行，王羲之楷書作品，真迹早已不存。文章爲三國魏夏侯玄撰。趙岐王帖，趙岐王所刻法帖。趙岐王，即岐王趙仲忽，謚簡獻，亦稱岐簡獻王。宋太宗四世孫（宋史卷二三一宗室世系表十七載）。本文爲陸游爲蘭亭、樂毅論及趙岐王所刻法帖的跋文，記述趙岐王喜愛書法及其精深造詣，贊賞其刻帖功績。

本文據文末自署，作於紹熙四年（一一九三）正月辛卯（二十三）日。時陸游奉祠家居。

【箋注】

〔一〕天縱：天所放任，即上天賦予。用以諛美帝王。論語子罕：「故天縱之將聖，又多能也。」

〔二〕萬幾：指帝王日常處理的紛繁政務。書臯陶謨：「無教逸欲有邦，兢兢業業，一日二日萬幾。」孔安國傳：「幾，微也。言當戒懼萬事之微。」

〔三〕文昭武穆：原指文王子孫衆多，後泛指子孫繁衍。古代宗廟位次，始祖廟居中，以下父子遞爲昭穆，左爲昭，右爲穆。祭祀時也按昭穆次序排列行禮。

〔四〕「所藏」二句：指趙岐王所藏禮器。此魯公指周公旦，武王封周公旦爲魯公，周公祭文王作尊彝；伯禽爲周公長子，其祀文王亦作器。

〔五〕宣和博古圖：簡稱博古圖。宋徽宗敕撰，王黼編纂。金石學著作，凡三十卷，著録宋代皇室在宣和殿收藏的自商代至唐代的青銅器八百三十九件。

〔六〕章草：是草書中帶有隸書筆意的一種書體，由隸書演變而來。筆劃特點圓轉如篆，點捺如隸，字字獨立不相連。

〔七〕窮深造微：窮極細緻，達於精妙。寒窶：貧寒。三國志荀攸傳「顒憂懼自殺」，裴松之注引漢末名士録：「郭賈寒窶，無他資業。」

〔八〕魯靈光：指漢魯恭王所建靈光殿，在曲阜。王延壽魯靈光殿賦稱：「自西京未央、建章之殿，皆見隳壞，而靈光巋然獨存。」適然：偶然。韓非子顯學：「故有術之君，不隨適然之善，而行必然之道。」

〔九〕米芾：著名書法家，北宋蘇、黄、米、蔡四大家之一。許可：允諾，贊賞。

〔一〇〕書畫史：米芾著書畫論著。郡齋讀書後志卷二：「輯本朝公卿士庶家藏法書名畫，論其優劣真僞。」

〔一一〕不流：追封申國公，見宋史卷二三一。東諸侯：借指掌握軍政大權的地方長官。

〔一二〕諏：商量，詢問。樂石：原指可製樂器的石料，後泛指碑石。李斯嶧山刻石文：「今皇帝壹家天下，兵不復起……群臣頌略，刻此樂石，以著經紀。」章樵注：「石之精堅堪爲樂器者，如泗濱浮磬之類。」

〔一三〕典司宗盟：主管同宗事務。

跋蔡肩吾所作蘧府君墓誌銘

蔡迨肩吾與予同官犍爲郡〔一〕，文辭字畫皆過人。自蜀入吳，持予書見友人許昌韓無咎〔二〕。無咎時爲吏部侍郎〔三〕，薦之甚力，且有除命矣。蜀士有排之者，肩吾遂從銓部得桂陽令〔四〕，行至吳門〔五〕，暴死舟中。每念之，未嘗不流涕也。不識肩吾者，讀此文，亦足知其不凡矣。蘧昌老字真叟，亦佳士，蓋與肩吾爲方外友云〔六〕。紹熙癸丑立夏日，笠澤陸務觀書。

【題解】

蔡肩吾，即蔡迨，字肩吾，萊州膠水（今山東平度）人。參見卷二七跋之罘先生稿題解。蘧府君，即蘧昌老，字真叟，成都犀浦國寧觀道人。參見卷十八成都犀浦國寧觀古楠記。府君，舊時對已故者的敬稱，多用於碑版文字。蔡迨爲蘧昌老作墓誌銘。本文爲陸游爲蔡肩吾所作蘧府君墓誌銘所作的跋文，記述蔡迨的不幸遭遇。

本文據文末自署，作於紹熙四年（一一九三，癸丑）立夏日。時陸游奉祠家居。

【箋注】

〔一〕犍爲郡：嘉州古稱。陸游攝知嘉州在乾道九年（一一七三）夏至淳熙元年（一一七四）春。

〔二〕韓無咎：即韓元吉，字無咎，開封雍丘人，一作許昌人。參見卷十四京口唱和序題解。

〔三〕吏部侍郎：韓元吉任權吏部侍郎在乾道八年至九年。淳熙元年初出知婺州，後改福建建寧府。三年至五年任吏部尚書。故此「吏部侍郎」或當爲「吏部尚書」。

〔四〕銓部：主管選拔官吏的部門。唐宋文官均由吏部銓選。

〔五〕吴門：指蘇州或蘇州一帶，爲春秋吴國故地。

〔六〕方外友：不涉塵世的朋友，多指僧、道、隱者。新唐書隱逸傳：「（田遊巖）躬衣耕食，不交當世，惟與韓法昭、宋之問爲方外友。」

跋原隸

故吏部郎宇文卷臣所著。卷臣爲郎數月，坐口語〔一〕，亟去。晚守臨邛、廣漢，有能名，然亦以謗絀，遂卒於家，可哀也。紹熙癸丑四月二十一日，老學庵書。

【題解】

原隸，爲宇文紹奕所撰。宇文紹奕，字衮臣，一作卷臣，廣都（今四川雙流）人。以承議郎通判劍州。曾任吏部郎，晚知臨邛、廣漢，以謗被黜。著有臨邛志、原隸，均佚。宇文淳熙四年知臨邛，陸游與之交友至厚。林光朝資中行奉寄臨邛守宇文郎中有云：「如何西京到魏晉，搜盡蒼崖惟此書。即今原隸見顛末，仍於畫上分錙銖。」（全宋詩卷二〇五二）從此詩看，原隸當是一部探索隸書源流的著述。本文爲陸游爲原隸所作的跋文，感慨宇文紹奕遭謗被黜的命運。

本文據文末自署，作於紹熙四年（一一九三，癸丑）四月二十一日。時陸游奉祠家居。

參考卷四九好事近其三次宇文卷臣韻、劍南詩稿卷四三宇文衮臣吏部予在蜀日與之遊至厚契闊死生二十年矣。

【箋注】

〔一〕口語：指詆謗的話。劉禹錫謝上連州刺史表：「亦緣臣有微才，所以嫉臣者衆，競生口語，廣肆加誣。」

跋京本家語

「本朝藏書之家，獨稱李邯鄲公、宋常山公〔一〕，所蓄皆不減三萬卷。而宋書校讎尤爲精詳，不幸兩遭回禄之禍〔二〕，而方策掃地矣〔三〕。李氏書屬靖康之變，金人犯闕，散亡皆盡，收書之富，獨稱江浙。繼而胡騎南騖，州縣悉遭焚劫，異時藏書之家，百不存一，縱有在者，又皆零落不全。予舊收此書，得自京師。中遭兵火之餘，一日於故篋中偶尋得之，而蟲齕鼠傷，殆無全幅。綴緝累日〔四〕，僅能成秩。乃命工裁去四周所損者，别以紙裝背之，遂成全書。嗚呼！予老懶目昏，雖不復讀，然嗜書之心固未衰也。後世子孫知此書得存之如此，則其餘諸書幸而存者，爲予寶惜之。紹興戊午十月七日〔五〕，雙清堂書〔六〕。」

後五十有七年，復脱壞不可挾。子聿亟裝緝之〔七〕，持以相示。方先少保書此時〔八〕，某年十四，今七十矣，不覺老淚之濡睫也。紹熙甲寅閏月四日，第三男中大夫某謹識〔九〕。

【題解】

京本家語，即孔子家語，又名孔氏家語，簡稱家語。漢書藝文志六藝略論語類著録二十七卷。今本爲十卷，共四十四篇，是一部記録孔子及孔門弟子思想言行的著作。陸游之父陸宰得自京師，故稱京本家語，并於紹興八年作有跋文，叙述藏書名家沿革及家語得書始末，并囑托子孫寶惜。本文爲陸游五十七年後再作的跋文，録存陸宰原跋，抒寫子孫重新裝緝的感慨。

本文據文末自署，作於紹熙五年（一一九四，甲寅）閏（十）月四日。時陸游奉祠家居。

【箋注】

〔一〕李邯鄲公：即李淑，字獻臣，號邯鄲。　宋常山公：即宋綬，字公垂。二人均爲宋初藏書家。參見卷二一萬卷樓記注〔八〕。

〔二〕回禄：傳説中的火神。後指火災。左傳昭公十八年：「郊人助祝史除於國北，禳火於玄冥、回禄。」杜預注：「回禄，火神。」

〔三〕方策：同方册。簡策，典籍。禮記中庸：「哀公問政。子曰：『文武之政，布在方策。』」鄭玄注：「方，版也；策，簡也。」

〔四〕綴緝：編輯。韓愈招揚之罘：「先王遺文章，綴緝實在余。」

〔五〕紹興戊午：即紹興八年（一一三八）。

〔六〕雙清堂：在越州城内中正坊斜橋里祖父陸佃傳下的尚書府第内，時爲陸宰所居。

〔七〕子聿：即陸游幼子陸子遹。　裝緝：輯集裝訂成册。

〔八〕先少保：即陸游之父陸宰。

〔九〕第三男：陸宰四子，即陸淞、陸濬、陸游、陸浸，陸游排行第三。

跋李徂徠集

中野、去魯、歸周三詩，可以追媲退之琴操〔一〕，而世不甚傳。使予得見李公，當百拜師之，不特願爲執鞭而已〔二〕。紹熙甲寅六月二日書。

【題解】

李徂徠集，别集名，著者不詳。徂徠，山名，在今山東泰安。本文爲陸游爲李徂徠集所作的跋文，高度評價李詩，并表達師從之情。

本文據文末自署，作於紹熙五年（一一九四，甲寅）六月二日。時陸游奉祠家居。

【箋注】

〔一〕追媲：與前代的的人或事物比美。退之琴操：韓愈琴操詩共十首，擬蔡邕琴操。唐子西文録曰：「琴操非古詩，非騷詞，惟韓退之爲得體。」嚴羽曰：「韓退之琴操極高古，正是本色，非唐賢所及。」

〔二〕百拜：多次行禮。禮記樂記：「是故先王因爲酒禮，壹獻之禮，賓主百拜，終日飲酒而不得醉焉。」執鞭：比喻傾心追隨。

跋劉文老使君義居遺戒

祥符中〔一〕，天子封禪，講墜典〔二〕，以文太平，詔求孝義之門。於是天下以名聞者數十家，遠不過十世，獨吾鄉裘承詢，自齊梁以來，十九世如一日，郡國莫先焉〔三〕。吾亡友劉文老殁，當上一子世其禄，而長子復詞〔四〕，以予其季，蓋文老所未嘗命者。於未嘗命者如此，況其所命者乎？將見世世守遺訓不墜，十九世豈足道哉！紹熙甲寅中秋日，陸某識。

【題解】

劉文老使君，陸游故鄉亡友，生平不詳。使君，對人的尊稱。義居遺戒，世代同居家族的遺囑。義居，舊指孝義之家世代同居。范正敏遯齋閒覽人事：「姑蘇馮氏兄弟三人，其季娶婦逾年，輒風其夫分異。夫怒詬曰：『吾家義居三世矣，汝欲敗我素業耶？』婦乃不復言。」遺戒，遺囑。本文爲陸游爲劉文老義居遺戒所作的跋文，贊揚亡友劉文老子孫「世世守遺訓不墜」的家風。

本文據文末自署，作於紹熙五年（一一九四，甲寅）八月十五日。時陸游奉祠家居。

【箋注】

〔一〕祥符：即大中祥符，宋真宗年號，一〇〇八至一〇一六年。

〔二〕墜典：已廢亡的典章制度。沈約侍皇太子釋奠宴：「墜典必修，闕祀咸薦。」

〔三〕「獨吾」四句：宋史卷四五六孝義傳：「裘承詢，越州會稽人。居雲門山前，十九世無異爨。子弟習弦誦，鄉里稱其敦睦，州以聞，詔旌其門閭。」

〔四〕世其禄：承襲其爵禄。詞：通「辭」。推辭。

跋無逸講義

按實録〔一〕：「元祐五年二月壬寅，邇英閣講畢無逸篇〔二〕，詔詳録所講以進。今後具講義，次日別進。」壬寅，是月七日也。與此卷首所云「面奏乞候講畢録進」乃不同，恐當以此爲正。紹熙五年八月十日，陸某謹識。

【題解】

無逸講義爲向哲宗進講無逸之記録。玉海卷三七：「元祐五年二月壬寅，講無逸終篇，侍講司馬康、吴安詩、范祖禹等録進講義一卷。」無逸，尚書篇名。書無逸序：「周公作無逸。」孔傳：「中人之性好逸豫，故戒以無逸。」講義，指講解經義之書。邢昺孝經注疏序：「今特剪裁元疏，旁引諸書，分義錯經，會合歸趣，一依講説，次第解釋，號之爲講義也。」本文爲陸游爲無逸講義所作的跋文，考證其與哲宗實録的不同。

本文據文末自署，作於紹熙五年（一一九四）八月十日。時陸游奉祠家居。

【箋注】

〔一〕實録：指哲宗實録。

〔二〕邇英閣：又稱邇英殿。宋代禁苑宫殿名，取親近英才之意。蘇軾東坡志林記講筵：「秘書監、侍講傅堯俞始召赴資善堂，對邇英閣。」

跋東坡帖

此碑蓋所謂横石小字者耶〔一〕？頃又嘗見豎石本，字亦不絶大，數簡行筆，尤奇妙可貴。與成都西樓十卷中所書郭熙山水詩〔二〕，頗相甲乙也〔三〕。紹熙甲寅十月二十三日，務觀題。

【題解】

東坡帖，蘇軾書法的碑帖，内容不詳。本文爲陸游爲東坡帖所作的跋文，辨析横石、豎石兩本的區别。

本文據文末自署，作於紹熙五年（一一九四，甲寅）十月二十三日。時陸游奉祠家居。

【箋注】

〔一〕橫石：與下文豎石相對。碑是豎石，記叙當代的人或事，以志紀念；帖是橫石（也有用木刻），一般是將古代名人墨迹摹勒上石。

〔二〕成都西樓十卷：卷二九跋東坡書髓：「西樓下石刻東坡法帖十卷，擇其尤奇逸者爲一編，號東坡書髓。」西樓，爲五代時蜀國宫殿中之會仙樓。

首：「目盡孤鴻落照邊，遥知風雨不同川。此間有句無人見，送與襄陽孟浩然。」又：「木落騷人已怨秋，不堪平遠發詩愁。要看萬壑争流處，他日終煩顧虎頭。」郭熙（一〇〇〇？—一〇九〇？），字淳夫。出身布衣，信奉道教，游於方外，以畫聞名。熙寧元年召入畫院，後任翰林待詔直長。師法李成，擅長山水，自放胸臆，筆勢雄健，水墨明潔，在畫論方面亦有建樹，深受神宗恩寵。

〔三〕甲乙：比并，相屬。

跋東坡祭陳令舉文

東坡前、後集祭文凡四十首〔一〕，惟祭賢良陳公辭指最哀〔二〕，讀之使人感歎流涕。其言天人予奪之際〔三〕，雖若出憤激，然士抱奇材絶識，沉壓擯廢，不得少出一二，則其肝心凝爲金石，精氣去爲神明，亦烏足怪？彼憒憒者固不知也〔四〕。紹熙甲寅十二月二十九日，笠澤陸某謹書。

【題解】

陳令舉，即陳舜俞（？—一〇七二），字令舉，湖州烏程（今浙江吴興）人。慶曆進士，又舉制科第一，授秘書省著作佐郎。後棄官歸，居秀州白牛村，號白牛居士。熙寧三年復出，知山陰縣。反對青苗法，責監南康軍鹽酒税，卒。著有都官集。宋史卷三三一有傳。蘇軾祭陳令舉文，載蘇軾文集卷六三（中華書局點校本）。本文爲陸游爲蘇軾祭陳令舉文所作的跋文，贊賞其「辭指最哀」，抒寫出士大夫的肝心、精氣。

本文據文末自署，作於紹熙五年（一一九四，甲寅）十月二十九日。時陸游奉祠家居。

【箋注】

〔一〕東坡前後集：蘇軾文集，最早由著者手定，刊爲東坡集（又稱前集）四十卷。後劉沔編録知杭州以後至北歸途中詩文，刊爲東坡後集二十卷。此爲東坡前、後集。另有奏議集、内制集、外制集、和陶詩，合爲「東坡六集」，在其生前均已刊行。（詳見祝尚書宋人别集叙録卷第九）

〔二〕賢良陳公：即陳舜俞。因其舉制科，即賢良方正直言極諫科，簡稱賢良。

〔三〕言天人予奪之際：蘇軾祭陳令舉文云：「嗚呼哀哉！天之所付，爲偶然而無意耶？將亦有意，而人之所以周旋委曲成其天者不至耶？將天既生之以畀斯人，而人不用，故天復奪之而自使耶？不然，令舉之賢，何爲而不立，何立而不遂？」

〔四〕憒憒：昏庸，糊塗。班固詠史：「百男何憒憒，不如一緹縈！」

跋劉凝之陳令舉騎牛圖

公卿貴人，方黄金絡馬、傳呼火城中時〔一〕，欲如二公騎牛山谷〔二〕，蕭散遺物〔三〕，固不可得。若予者，仕既齟齬〔四〕，及斥歸，欲買一黄犢代步，其費二萬有畸，作欄蓄童，又在此外〔五〕，遂一笑而止，徒有「此生猶著幾兩屐」之歎〔六〕。乃知二公風流，亦未易追也。紹熙甲寅十二月二十九日，陸某識。

【題解】

劉凝之，即劉渙（一〇〇〇—一〇八〇），字凝之，筠州（今江西高安）人。天聖進士。爲潁上令，剛直不能事上，棄官歸隱廬山，時年五十。歐陽修高其節，作廬山高詩美之。居廬山三十餘年，環堵蕭然，饘粥爲食，人皆師尊。其子劉恕（一〇三二—一〇七八），字道原。舉進士。博極群書，尤擅史學，司馬光編資治通鑑召爲局僚。面刺王安石過，以親老求監南康軍酒以就養。官至秘書監，卒於官。著有通鑑外紀等。宋史卷四四有劉公父子傳。蘇轍曾至廬山拜見劉涣，劉公父子卒後贊歎其「潔廉不撓，冰清而玉剛」，鄉人因以命名劉涣故居之室爲「冰玉堂」。（見張耒柯山集卷四一冰玉堂記）淳熙中，曾致虚爲郡，重修冰玉堂，繪劉公父子像於其上，又因陳舜俞曾監南康軍，亦繪其像侑之，并請朱熹作記。朱熹高度評價劉公父子及陳公的風節，并請刻陳令舉騎牛詩畫於堂上，「以補一時故事之缺」（見晦庵集卷八十冰玉堂記）。古代士大夫騎牛常作爲隱居的象徵。本文爲陸游爲劉凝之陳令舉騎牛圖所作的跋文，稱羨二公「蕭散遺物」之風流，自嘲欲「騎牛」而不得的境遇。

本文據文末自署，作於紹熙五年（一一九四，甲寅）十月二十九日。時陸游奉祠家居。

【箋注】

〔一〕火城：朝會時所用火炬儀仗。李肇唐國史補下：「每元日、冬至立仗，大官皆備珂傘，列炬有至五六百炬者，謂之火城。宰相火城將至，則衆少皆撲滅以避之。」

〔二〕二公：指劉涣、陳舜俞。

〔三〕蕭散：瀟灑。形容神情舉止不受拘束，閒散舒適。西京雜記卷二：「司馬相如爲上林、子虚賦，意思蕭散，不復與外事相關。」遺物：超脱於世外之物，賈誼鵩鳥賦：「至人遺物兮，獨與道俱。」李善注：「鶡冠子曰：聖人捐物。」

〔四〕齟齬：仕途不順達。新唐書王求禮傳：「然以剛正故，宦齟齬。神龍初，終衛王府參軍。」

〔五〕黄犢：小牛。作欄蓄童：修建牛欄，蓄養牧童。

〔六〕此生猶著幾兩屐：喻指人生短暫。語出世説新語雅量：「祖士少好財，阮遥集好屐，并恒自經營。……或有詣阮，見自吹火蠟屐，因歎曰：『未知一生當著幾量屐？』神色閒暢。」量，通「兩」，雙。

跋東坡七夕詞後

昔人作七夕詩，率不免有珠櫳綺疏惜别之意〔一〕。惟東坡此篇，居然是星漢上語〔二〕，歌之曲終，覺天風海雨逼人〔三〕。學詩者當以是求之。慶元元年元日，笠澤陸某書。

【題解】

東坡七夕詞，即蘇軾詞作鵲橋仙七夕送陳令舉，詞曰：「緱山仙子，高情雲渺，不學癡牛騃女。鳳簫聲斷月明中，舉手謝、時人欲去。　客槎曾犯，銀河微浪，尚帶天風海雨。相逢一醉是前緣，風雨散、飄然何處。」本文爲陸游爲蘇軾鵲橋仙詞所作的跋文，贊賞東坡此篇超塵拔俗，曠達飄逸，别有風味。

本文據文末自署，作於慶元元年（一一九五）正月一日。時陸游奉祠家居。

【箋注】

〔一〕珠櫳：珠飾的窗櫺。綺疏：雕成綺麗紋飾的窗户。此指華麗的閨房。

〔二〕星漢：天河，銀河。曹操步出夏門行：「日月之行，若出其中；星漢粲爛，若出其裏。」

〔三〕天風海雨：形容暴雨。蘇軾有美堂暴雨：「遊人脚底一聲雷，滿座頑雲撥不開。天外黑風吹海立，浙東飛雨過江來。」

跋張監丞雲莊詩集

虜覆神州七十年〔一〕，東南士大夫視長淮以北，猶傖荒也〔二〕。以使事往者，不復黍離麥秀之悲〔三〕，殆無以慰答父老心。今讀張公爲奉使官屬時所賦歌詩數十篇，忠義之氣鬱然，爲之悲慨彌日。慶元改元九月二十七日，陸某書。

【題解】

張監丞，諱人不詳。據文義，曾奉使金國。雲莊詩集當爲所著。本文爲陸游爲張監丞雲莊詩集所作的跋文，贊賞其使金詩作「忠義之氣鬱然」。

本文據文末自署，作於慶元元年（一一九五）九月二十七日。時陸游奉祠家居。

【箋注】

〔一〕「虜覆」句：金兵靖康元年（一一二六）攻破汴京，至慶元元年（一一九五）恰是七十年。

〔二〕長淮：指淮河。王維送方城韋明府：「高鳥長淮水，平羌故郢城。」傖荒：唐前南人諷刺北地荒遠，北人粗鄙。宋書杜驥傳：「晚渡北人，朝廷常以傖荒遇之，雖復人才可施，每爲清塗所隔，坦以此慨然。」

〔三〕黍離麥秀：指感慨亡國。語本詩王風黍離：「彼黍離離，彼稷之苗。行邁靡靡，中心摇摇。」又史記宋微子世家：「其後箕子朝周，過故殷虚，感宫室毀壞，生禾黍……乃作麥秀之詩以歌詠之：『麥秀漸漸兮，禾黍油油。彼狡僮兮，不與我好兮。』」均爲經過前朝廢墟，觸景傷懷之作。

跋淵明集

吾年十三四時，侍先少傅居城南小隱〔一〕，偶見藤牀上有淵明詩，因取讀之，欣然會心。日且暮，家人呼食，讀詩方樂，至夜卒不就食。今思之，如數日前事也。慶元元年①，歲在乙卯，九月二十九日，山陰陸某務觀書於三山龜堂〔二〕，時年七十有一。

【題解】淵明集，東晉詩人陶淵明之詩集。本文爲陸游爲淵明集所作的跋文，追憶少年時醉心陶詩，廢寢忘食的情景。

本文據文末自署，作於慶元元年（一一九五）九月二十九日。時陸游奉祠家居。

【校記】

①「元年」，原作「二年」，各本均同。「乙卯」爲慶元元年，陸游時年七十一。故此處「二年」當爲「元年」之誤。據改。

【箋注】

〔一〕先少傅：指陸游之父陸宰。小隱：指陸宰退居之小隱山園。嘉泰會稽志卷十三：「小隱山園在郡城西南鏡湖中，四面皆水。舊名侯山，晉孔愉嘗居焉。皇祐中，太守楊紘始與賓從往游。游而悈焉，問其主王氏山何名，對曰有之，非佳名也；亭有名否，則謝不敢。乃使以其圖來，悉與之名，山曰小隱之山，堂曰小隱之堂，池曰瑟瑟之池；命其亭曰勝奕亭、曰志歸亭、曰湖光亭、曰翠麓亭，又有探幽徑、擷芳徑、捫蘿磴、百花頂。山之外有鑑中亭、倒影亭，皆楊公所自命名，而通判軍州事錢公輔又爲刻石記之。後且百年，浸廢弗理，少師陸公宰嘗得之，以爲别墅，作賦歸堂、六友堂、遐觀堂、秀發軒、放魚臺、蠟屐亭、明秀亭、拄頰亭、撫松亭。會公改築子城之東隅，今惟賦歸堂、蠟屐亭存焉，皆少師所扁也。」

〔二〕龜堂：陸游晚年齋名，取龜長壽之意，并自稱龜堂叟、龜堂病叟、龜堂老人。

跋陸史君廟籤

「昔者龐德公〔一〕，未曾入州府。襄陽耆舊間，處士節獨苦〔二〕。豈無濟時策，終竟畏羅罟〔三〕。林茂鳥有歸，水深魚知聚。舉家隱鹿門，劉表焉得取？」射洪陸史君廟以杜詩爲籤〔四〕，極靈。余自蜀被召東歸，將行，求得此籤。後十四年〔五〕，乃決意不復仕宦，愧吾宗人多矣。紹熙辛亥十二月十日，山陰陸務觀書。

【題解】

陸史君，即陸使君，名弼，梁天監中爲瀘州刺史。卒於官，歸舟過白崖山而覆，鄉人在山上立廟祭祀。僞蜀封射洪濟王，大中祥符六年詔封公號。射洪陸史君廟以杜甫詩句爲籤。陸游在離蜀東歸之時，曾求得其一籤。本文爲陸游爲陸史君廟杜詩籤所作的跋文，證明其東歸後經歷與籤文相符。

本文據文末自署，作於紹熙二年（一一九一，辛亥）十二月十日。時陸游奉祠家居。

參考劍南詩稿卷四七予出蜀日嘗遣僧則華乞籤於射洪陸使君祠使君以老杜詩爲籤予得遺興詩五首中第二首其言教戒甚至退休暇日因用韻賦五首。

【箋注】

〔一〕「昔者」句：引詩爲杜甫遣興五首之二。龐德公：後漢書逸民傳：「龐公者，南郡襄陽人也。居峴山之南，未嘗入城府。夫妻相敬如賓。荆州刺史劉表數延請，不能屈，乃就候之。謂曰：『夫保全一身，孰若保全天下乎？』龐公笑曰：『鴻鵠巢於高林之上，暮而得所棲；黿鼉穴於深淵之下，夕而得所宿。夫趣舍行止，亦人之巢穴也。且各得其棲宿而已，天下非所保也。』因釋耕於壟上，而妻子耘於前。表指而問曰：『先生苦居畎畝而不肯官禄，後世何以遺子孫乎？』龐公曰：『世人皆遺之以危，今獨遺之以安。雖所遺不同，未爲無所遺也。』表歎息而去。後遂携其妻子登鹿門山，因采藥不反。」

〔二〕耆舊：年高望重者。處士：指有才德而隱居不仕者。孟子滕文公下：「聖王不作，諸侯放恣，處士横議，楊朱、墨翟之言盈天下。」

〔三〕罹罟：遭受網羅束縛。

〔四〕射洪：縣名。南宋時屬潼川府。今屬四川遂寧。

〔五〕後十四年：陸游離蜀東歸在淳熙五年（一一七八），至紹熙辛亥（二年，一一九一），恰跨十四年。

跋巴東集

予自乾道庚寅入蜀，至淳熙戊戌東歸〔一〕，九年間，兩過巴東，登秋風、白雲二亭〔二〕，觀萊公手植檜，未嘗不悵然流涕，恨古人之不可作也。又十有七年，慶元丙辰六月二十四日，山陰陸某書，時年七十二。

【題解】

巴東集，宋寇準自編詩集。寇準（九六一—一〇二三），字平仲，華州下邽（今陝西渭南）人。太平興國進士。授大理評事，知巴東縣，通判鄆州。歷右正言、樞密直學士、樞密副使等，淳化五年除參知政事。真宗時歷知河陽、同州等，權知開封府，歷三司使，景德元年拜同中書門下平章事。力請真宗征遼，和議而還。天禧三年再相。因奏請太子監國，事泄罷相，封萊國公。後貶雷州司户參軍，卒於貶所。仁宗時追謚忠湣。宋史卷二八一有傳。巴東集，直齋書録解題卷二十著録三卷，并稱：「初，以將作監丞知巴東縣，自擇其詩百餘首，且爲之序，今刻於巴東。」則巴東集爲寇準早年詩作。巴東，縣名，宋代屬歸州，今屬湖北恩施。本文爲陸游爲巴東集所作的跋文，聯繫自身經歷，抒寫身世感慨。

本文據文末自署，作於慶元二年（一一九六，丙辰）六月二十四日。時陸游奉祠家居。

【箋注】

〔一〕乾道庚寅：即乾道六年（一一七〇）。淳熙戊戌：即淳熙五年（一一七八）。

〔二〕秋風白雲二亭：均在巴東，爲寇準知巴東時所建。秋風亭今存，在長江邊。白雲亭在秋風亭西，今不存。劍南詩稿卷二有秋風亭拜寇萊公遺像、巴東令廨白雲亭二詩。參見卷四八入蜀記第六。

跋呂侍講歲時雜記

承平無事之日，故都節物及中州風俗，人人知之〔一〕，若不必記。自喪亂來七十年，遺老凋落無在者，然後知此書之不可闕。呂公論著，實崇寧、大觀間，豈前輩達識，固已知有後日耶〔二〕？然年運而往，士大夫安於江左〔三〕，求新亭對泣者〔四〕，正未易得。撫卷累欷。慶元三年二月乙卯，笠澤陸某書。

【題解】

呂侍講，即呂希哲（一〇三九—一一一六），字原明，壽州（今安徽鳳臺）人。呂公著之子。少從衆學者遊，聞見益廣。以蔭入官，始爲兵部員外郎，哲宗召爲崇政殿説書，擢右司諫。徽宗初任光禄少卿、知曹州。遭崇寧黨禍，奪職奉祠，授徒講學。晚年名益重，遠近師尊之。宋史卷三三六有傳。歲時雜記，直齋書録解題卷六時令類著録二卷，并稱：「希哲，正獻公公著之子，號滎陽公。在歷陽時與子孫講誦，遇節日則休學者。雜記風俗之舊，然後團坐飲酒以爲樂，久而成編。承平舊事，猶有考焉。」本文爲陸游爲呂希哲歲時雜記所作的跋文，闡述呂著記録節物風俗的價值，感慨士大夫偏安不振的現狀。

本文據文末自署，作於慶元三年（一一九七）二月乙卯（十一）日。時陸游奉祠家居。

【箋注】

〔一〕承平：治平相承，太平。漢書食貨志：「今累世承平，豪富吏民訾數鉅萬，而貧弱俞困。」故都節物：指汴京應節的物品。老學庵筆記卷二：「靖康初，京師織帛及婦人首飾衣服皆備四時，如節物則春旛、燈毬、競渡、艾虎、雲月之類，花則桃、杏、荷花、菊花、梅花，皆并爲一景，謂之一年景。」

〔二〕「呂公」四句：指呂著似在崇寧、大觀間已預見到後來汴京的陷落，因而記録下當時的節物風俗。

〔三〕江左：江東。原指長江下游以東地區，後東晉及南朝統治地區被稱爲江左。此指南宋統治地區。

〔四〕新亭對泣：指懷念故國、憂國傷時的情感。典出世説新語言語：「過江諸人，每至美日，輒相邀新亭，藉卉飲宴。周侯中坐而歎曰：『風景不殊，正自有山河之異！』皆相視流淚。唯王丞相愀然變色曰：『當共戮力王室，克復神州，何至作楚囚相對！』」

跋許用晦丁卯集

許用晦居於丹陽之丁卯橋，故其詩名丁卯集，在大中以後〔一〕，亦可爲傑作。自是而後，唐之詩益衰矣。悲夫！慶元丁巳六月四日，放翁識。

【題解】

許用晦，即許渾（八〇〇？—八五八？），字用晦，一作仲晦，唐潤州丹陽（今屬江蘇）人。大和六年進士。任當塗尉、攝太平令。授監察御史，出爲潤州司馬，遷郢州刺史。詩作長於律體，多登臨懷古之作。著有丁卯集。唐才子傳卷七有傳。丁卯集，直齋書録解題卷十九著録二卷，并稱「丁卯者，其所居之地有丁卯橋。蜀本又有拾遺二卷。」本文爲陸游爲許渾丁卯集所作的跋文，評價其詩爲晚唐「傑作」，感慨其後唐詩的衰落。

本文據文末自署，作於慶元三年（一一九七，丁巳）六月四日。時陸游奉祠家居。

【箋注】

〔一〕大中：唐宣宗年號，八四七至八六〇年。

跋李涪刊誤

王行瑜作亂〔一〕，宗正卿李涪盛陳其忠，必悔過。及行瑜傳首京師，涪亦放死嶺南〔二〕，疑即此人也。丁巳七月十六日識。

【題解】

李涪，唐人，曾任國子祭酒。博學，尤精通禮樂舊典，時人稱之爲「周禮庫」。刊誤，新唐書藝文志著録二卷，爲刊正古今舛誤的著述。李氏自序稱：「余嘗於學古問政之暇，而究風俗之不正者，或未造其理，則病之於心。爰自秦漢迨於近世，凡曰乖盭，豈可勝道哉？前儒廣學刊正固已多矣。然尚多漏略，頗惑將來。則書傳深旨，莫測精微。而沿習舛儀，得陳愚淺，撰成五十篇，號曰刊誤。雖欲自申專志，亦如路瑟以掇其譏也。」本文爲陸游爲李涪刊誤所作的跋文，考證李涪事迹。

本文據文末自署，作於慶元三年（一一九七，丁巳）七月十六日。時陸游奉祠家居。

【箋注】

〔一〕王行瑜（？—八九五）：邠州（今陝西彬縣）人。唐末將領，原爲邠寧節度使朱玫的部將，後朱玫反叛，王行瑜倒戈殺之，唐僖宗命其爲邠寧節度使。唐昭宗時，王行瑜擅權，欲任尚書令未果，攻入長安，殺死宰相，并謀廢昭宗。後爲李克用所敗，爲部屬所殺。新唐書卷二二四叛臣下有傳。

〔二〕「宗正卿」四句：新唐書王行瑜傳：「始，行瑜亂，宗正卿李涪盛陳其忠，必悔過。至是帝怒，放死嶺南。」

跋歸去來白蓮社圖

予在蜀得此二卷，蓋名筆，規模龍眠〔一〕，而有自得處。季子子聿手自裝褫藏之〔二〕。慶元丁巳中秋前三日，放翁識。

【題解】

歸去來，原爲陶淵明辭賦名，此指晁補之。晁補之晚年以陶淵明爲師，尤賞其名篇歸去來辭。晁氏撰有歸來子名緡城所居記：「讀陶潛歸去來詞，覺已不似而願師之，買田故緡城，自謂歸來子，廬舍登覽游息之地，一戶一牖，皆欲致歸去來之意，故頗摭陶詞以名之：爲堂，面園之草木，曰松菊，『松菊猶存』也。爲軒，達其屏，使虛以來風，曰舒嘯，『登東皋以舒嘯』也。爲亭，廣其趾，使庳以瞰池，曰臨賦，『臨清流以賦詩』也。封土爲臺，架屋其顛，若樓瞰百里，曰遐觀；穿室其腹，若洞深五步，曰流憩，『策扶老以流憩，時矯首而遐觀』也。爲庵，抱陽而圓之以嬉晝，『倚南窗以寄傲』也，曰寄傲。爲庵，負陰而方之以休夜，『鳥倦飛而知還』也，曰倦飛。顧所居，遠山水，非柴桑比，門直通道，有長阪亘其前數十里，故渠縈之，蒲柳蓊然，魚鳥之所聚，有丘壑意，俯而就其深爲亭，曰窈窕，『既窈窕以尋壑』也。跂而即其高爲亭，曰崎嶇，『亦崎嶇而經丘』也。凡因其詞以名之者九。既牓而書之，日往來其間，則若淵明卧起與俱；仰牓而味其詞，則如與淵明晤語，皆躊躇自

得，無往而不歸來矣。」（雞肋集卷三一）

白蓮社圖，爲李公麟用白描筆法畫東晉高僧慧遠在廬山虎溪東林寺結盟白蓮社的故事。因寺内種白蓮，故稱蓮社。參加蓮社者爲慧遠、慧持、竺道生、雷次宗、宗炳、周續之、張野等十八人，均爲當時名流。另有社外名人陶淵明、陸修静、謝靈運、殷仲堪四人。此後多有模擬李公麟名畫的同題之作。晁補之亦有擬作，并撰有白蓮社圖記稱：「今龍眠李公麟爲此圖，筆最勝，然恨其略也，故餘稍附益之。凡社中十八人，非社中士四，從者若干，馬六。蓋人物因龍眠之舊者十五，他皆新意也。菩薩像仿侯翌，雲氣仿吳道元，受塔天王圖、松石以關仝，堂殿、雜草樹以周昉、郭忠恕，卧槎、垂藤以李成，崖壁、瘦木以許道寧，湍流、山嶺、騎從、鞬服以魏賢，馬以韓幹，虎以包鼎，猿猴、鹿以易元吉，鶴、白鷴、若鳥鼠以崔白。余自以意，先爲山石，位置向背，物皆作粉本，以授畫史孟仲寧，使模寫潤色之。」（雞肋集卷三〇）文中將各種人、物模仿對象，及仿作程式，交代得一清二楚。

本文爲陸游爲晁補之模仿的白蓮社圖所作的跋文，交代其來歷，及作簡要評價。

本文據文末自署，作於慶元三年（一一九七，丁巳）八月十二日。時陸游奉祠家居。

【箋注】

〔一〕規模：摹仿，取法。司空圖容城侯傳：「能强記天象地形草木蟲介萬殊之狀，皆視諸掌握，蓋其術亦規模洪範耳。」龍眠：即李公麟（一〇四九—一一〇六），字伯時，祖籍安徽桐城。

因長居桐城龍眠山，自號龍眠居士、龍眠山人。宋代名畫家，擅長人物、駿馬。

〔二〕季子：小兒子。子聿：即子遹。裝褫：裝裱書畫。

跋釋氏通紀

予少時避兵東陽山中，有沈師者，丞相恭惠公之裔〔一〕。近有僧來往天衣山〔二〕，自言歐陽文忠公家。今又得修公所著釋氏通紀觀之，則建炎樞臣盧公諸孫也〔三〕。近世不以世類求人〔四〕，名門大家，散而爲方外道人者多矣。如修公既棄衣冠，猶能博學强記，寓史氏法於是書，亦賢矣夫！慶元丁巳重九日，放翁陸某務觀識。

【題解】

釋氏通紀，德修所撰佛教通史類著述。佛祖統紀通例修書旁引載：「德修，淳熙間居金華，撰釋氏通紀。其紀釋迦，則附以慈恩三時之教，一代化事，最爲疏略。又以五運圖、石柱銘、三寳録，言佛生皆不同。糅雜於佛紀正文，甚失撰述之體。其叙時事，與琇本互有出入，而徒取乎冗長之辭也。」本文爲陸游爲釋氏通紀所作的跋文，揭示其著者爲盧益諸孫，肯定其「寓史氏法於是書」，感慨「名門大家，散而爲方外道人者多矣」。

本文據文末自署，作於慶元三年（一一九七，丁巳）九月九日。時陸游奉祠家居。

【箋注】

〔一〕丞相恭惠公：即沈倫（九〇九—九八七），字順宜，開封太康（今屬河南）人。後周時入趙匡胤幕府。宋初爲户部郎中，遷給事中，爲陝西轉運使。開寶六年拜中書侍郎平章事。太平興國初加右僕射兼門下侍郎，七年罷相。卒贈侍中，謚恭惠。宋史卷二六四有傳。

〔二〕天衣山：山名。在山陰。嘉泰會稽志卷六冢墓山陰縣：「李太尉顯忠墓在天衣山。」

〔三〕建炎樞臣盧公：指盧益。據宋史卷二一三宰輔表四：「（建炎二年）十二月己巳，盧益自試兵部尚書遷太中大夫，除簽書樞密院事。（建炎三年）三月辛巳，盧益自中大夫、同知樞密院事除尚書左丞。」樞臣，指宰輔重臣。諸孫：本家孫輩。

〔四〕世類：家世品類，即出身。漢書樊酈滕灌等傳贊：「仲尼稱『犁牛之子騂且角，雖欲勿用，山川其舍諸？』言士不繫於世類也。」

跋毛仲益所藏蘭亭

龍乘雲氣而上天，鳳凰翔於千仞。吾見舊定本蘭亭〔一〕，其猶龍鳳耶？慶元丁巳十一月二十日，笠澤陸某務觀書。

【題解】

毛仲益，生平不詳。朱熹晦庵集卷三四答吕伯恭有「毛仲益自江西來」句，或毛氏爲朱熹弟子。蘭亭，指王羲之書蘭亭集序的摹刻本。本文爲陸游爲毛仲益所藏蘭亭摹刻本所作的跋文，稱道定武本爲蘭亭摹刻本中的龍鳳。

本文據文末自署，作於慶元三年（一一九七，丁巳）十一月二十日。時陸游奉祠家居。

【箋注】

〔一〕舊定本蘭亭：蘭亭序帖石刻名。唐太宗喜愛王羲之父子書法，得蘭亭序真迹，命人臨拓，刻於學士院。五代梁時移置汴都，後經戰亂而遺失。北宋慶曆間發現，置於定州州治。大觀中，徽宗命取其石，置於宣和殿。北宋亡，石亦散失不傳。定州在宋時屬定武軍，故稱此石刻及其拓本爲「定武蘭亭」或「定武石刻」。其拓本簡稱「定本」。毛仲益所藏蘭亭是否定本蘭亭，語意未詳。

跋魏先生草堂集

按國史〔一〕，野，陝人。沈存中筆談以爲蜀人〔二〕，居陝州，不知何所據也。予在蜀十年，亦不聞野爲蜀人，筆談蓋誤也。慶元戊午，得之書肆。十月十九日，龜堂病叟手識，時年七十有四矣。

【題解】

魏先生，即魏野（九六〇—一〇二〇），字仲先，號草堂居士。陜州陜（今河南陜縣）人。世爲農，居東郊，自築草堂，彈琴賦詩其中。真宗聞其名，召之不出。宋史卷四五七有傳。直齋書録解題卷二十著録其草堂集二卷。本文爲陸游爲魏野草堂集所作的跋文，質疑沈括夢溪筆談稱其先爲蜀人之説。

本文據文末自署，作於慶元四年（一一九八，戊午）十月十九日。時陸游奉祠家居。

【箋注】

〔一〕國史：此指宋人修纂的本朝歷史。

〔二〕沈存中：即沈括（一〇三一—一〇九五），字存中，杭州錢塘人。嘉祐進士。任館閣校勘，參與熙寧變法。擢知制誥，出使遼國。遷翰林學士，權三司使。熙寧末遭貶。沈括博學多聞，晚居潤州夢溪園，撰成夢溪筆談。宋史卷三三一有傳。筆談：即夢溪筆談，直齋書録解題卷十一著録夢溪筆談二十六卷。

跋王輔嗣老子

晁以道謂王輔嗣老子「題曰道德經，不析乎道、德而上下之，猶近於古〔一〕」。此本乃已析矣，安知其他無妄加竄定者乎〔二〕？慶元戊午十月晦書〔三〕。

【題解】

王輔嗣，即王弼（二二六—二四九），字輔嗣，三國魏時山陽高平（今山東鄒縣）人。曾任尚書郎。魏晉玄學代表人物。曾注老子、周易等。老子，指王弼的老子注。本文爲陸游爲王弼老子注所作的跋文，引用晁説之跋語考證此本已經竄定。

本文據文末自署，作於慶元四年（一一九八，戊午）十月三十日。時陸游奉祠家居。

【箋注】

〔一〕晁以道：即晁説之（一〇五九—一一二九），字以道。參見卷十四晁伯咎詩集序注〔一〕。晁説之撰有王弼老子注跋：「王弼老子道德經二卷，真得老子之學歟？蓋嚴君平指歸之流也。其言仁義與禮，不能自用，必待道以用之，天地萬物各得於一，豈特有功於老子哉。凡百學者，蓋不可不知乎此也。予於是知弼本深於老子，而易則末矣。其於易，多假諸老子之旨，而老子無資於易者，其有餘不足之迹，斷可見也。嗚呼，學其難哉！弼知『佳兵者不祥之器，至於戰勝，以喪禮處之』，非老子之言，乃不知『常善救人，故無棄人；常善救物，故無棄物』，獨得諸河上公，而古本無有也。賴傅奕能辯之爾。然弼題是書曰道德經，不析乎道、德，而上下之，猶近於古歟！其文字則多謬誤，殆有不可讀者，令人惜之。嘗謂，弼之於老子，張湛之於列子，郭象之於莊子，杜預之於左氏，范甯之於穀梁，毛萇之於詩，郭璞之於爾雅，完然成一家之學，後世雖有作者，未易加也。予既繕寫弼書，并以記之。政和乙未十月丁丑，嵩山晁説之鄜畤記。」今本道德經分上下兩篇，原本上篇德經、下篇道經，不分章，後改爲道經三十七章在前，第三十八章之後爲德經，共分爲八十一章。

〔二〕竄定：删改訂正。新唐書楊師道傳：「師道再拜，少選輒成，無所竄定，一坐嗟伏。」

〔三〕晦：晦日，農曆每月的最後一天。公羊傳僖公十六年：「何以不日？晦日也。」

跋前漢通用古字韻編

古人讀書多，故作文時偶用一二古字，初不以爲工，亦自不知孰爲古、孰爲今也。近時乃或鈔綴史、漢中字入文辭中〔一〕，自謂工妙，不知有笑之者。偶見此書，爲之太息，書以爲後生戒。己未三月二十四日，龜堂識。

【題解】

前漢通用古字韻編，小學類著述。直齋書録解題卷三：「前漢古字韻編五卷，侍郎宣城陳天麟季陵撰。取漢書所用古字，以今韻編入之。」前漢，指前漢書，即漢書。陳天麟（一一一六—一一七七），字季陵，宣州宣城（今屬安徽）人。紹興十八年進士。累官集賢殿修撰，歷知饒州、襄陽、贛州。未幾罷。起集英殿修撰卒。著有易三傳、西漢南北史左氏綴節等。事迹見宋詩紀事卷四七。本文爲陸游爲前漢通用古字韻編所作的跋文，指出作文用古字的利弊。

本文據文末自署，作於慶元五年（一一九九，己未）三月二十四日。時陸游奉祠家居。

【箋注】

〔一〕鈔綴：鈔録，連綴。

跋胡少汲小集

少汲之兄名僧孺，字唐臣，在元祐、紹聖間，亦知名士也〔一〕。少汲十詩中一篇所謂「阿兄驚世才」者是也。周秀實名蔚〔二〕，予亡姑之子，及與元祐前輩游，紹興十六七年猶亡恙，有文集數十卷，王性之作序〔三〕。少汲倡酬最多〔四〕，班班見於此集〔五〕。秀實有子名曇文者，乃翁每稱其穎異。自先少師捐館〔六〕，兩家相去地遠，不復相聞，每爲之惻愴於懷也〔七〕。因讀少汲小集，并書之。慶元己未七月一日，老學庵書。

【題解】

胡少汲，即胡直孺。參見卷二六高皇御書注〔一〕。小集，指作者部分作品積聚成的書册，一般篇幅較小。本文爲陸游爲胡直孺小集所作的跋文，追憶少時與胡家及周家交往，抒寫惻愴之情。

本文據文末自署，作於慶元五年（一一九九，己未）七月一日。時陸游致仕家居。

【箋注】

〔一〕「少汲」四句：雍正江西通志卷六六：「胡僧孺，字唐臣，奉新人。直孺之兄，在元祐、紹聖間聲稱甚著。」

〔二〕周秀實：生平不詳。

〔三〕王性之：即王銍，字性之。參見卷二七跋彩選注〔五〕。

〔四〕倡酬：指以詩詞相酬答。

〔五〕班班：明顯貌。後漢書趙壹傳：「余畏禁，不敢班班顯言，竊爲窮鳥賦一篇。」李賢注：「班班，明貌。」

〔六〕先少師：指陸游之父陸宰。捐館：拋棄館舍。死亡的婉辭。顏真卿鮮于公神道碑銘：「公之捐館也，萬里迎喪。」

〔七〕惻愴：哀傷。荀悦漢紀文帝紀論：「夫賈誼過湘水，吊屈原，惻愴慟懷，豈徒忿怨而已哉！」

跋曉師顯應録

法華之爲書，天不足以喻其大，海不足以喻其深。利根之士〔一〕，一經目，一歷耳，自不能捨，雖舉天下沮之，彼且不動，尚何勸相之有哉〔二〕？然人之根性利鈍，蓋有如天淵者〔三〕。善知識諄諄告語，誘之以福報〔四〕，懼之以禍罰，亦有不得已者。譬之世法〔五〕，道德風化固足坐致唐虞三代之治矣，而賞以進善，罰以懲惡，亦烏可廢哉！觀曉師顯應録者，當作是觀。慶元己未立秋日，山陰陸某書。

【題解】

曉師，即宗曉（一一五一—一二一四），俗姓王，字達先，號石芝，四明（今浙江寧波）人。十八歲受具足戒。先後師從具庵强公、雲庵洪公。住持四明昌國翠蘿寺，學者雲集。後退隱西山，日課法華經。游浙西諸刹，還居延慶寺首座，潛心著述，編著有法華顯應録、樂邦文類、四明教行録等。顯應録，即法華經顯應録，載録誦法華經者靈驗故事。樓鑰慶元四年序稱：「法華經凡三譯，而鳩摩羅什所譯舉世誦之，功德效驗昭然顯著，傳記所載非一。蓋此經實如來祕密之藏，非思量分别之所能解，故其神異如此。鄉僧宗曉朝夕誦習書寫，嘗刺血書之，又集古今簡策之言凡二百餘事，遂成巨編，皆有依據。將版行於時，以助流通。」本文爲陸游爲宗曉法華經顯應録所作的跋文，認爲佛教因果報應之説，俗世亦不可廢。

本文據文末自署，作於慶元五年（一一九九，己未）立秋日。時陸游致仕家居。

【箋注】

〔一〕利根之士：佛教指具有慧性之人。利根，鋭利之根器、天性。法華經妙音菩薩品：「精進勇猛攝諸善法，利根智慧善答問難。」

〔二〕勸相：勸助，勸勉。易井：「君子以勞民勸相。」孔穎達疏：「君子以勞來之恩，勤恤民隱，勸助百姓，使有成功，則此養而不窮也。」

〔三〕天淵：高天和深淵。比喻相隔極遠，差别極大。張耒超然臺賦：「何善惡之足較兮，固天淵之異區。」

〔四〕福報：福德報應。史記張儀列傳：「夫造禍而求其福報，計淺而怨深，逆秦而順楚，雖欲毋亡，不可得也。」

〔五〕世法：世人典範，社會沿用的常規。桓寬鹽鐵論相刺：「居則爲人師，用則爲世法。」

跋范巨山家訓

人莫不愛其子孫，愛而不知教之，猶弗愛也。人莫不思其父祖，思而不知奉其教，猶弗思也。使爲人父祖者，皆如范氏之先，爲人子孫者，皆如吾友巨山，世其有不興者乎？吾所謂興者，天地鬼神與之，鄉人慕之，學者尊之，是爲興。不然，雖門列戟〔一〕，牀堆笏〔二〕，德弗稱焉，何興之有？巨山之子，既以文章擢高科，公卿將相之儲也。故予思廣其意，而書其家訓後如此，巨山父子不以予爲老悖〔三〕，則將有感也夫。巨山名中立，其子名薰。慶元己未八月晦，山陰陸某謹書。

【題解】

范巨山，名中立，字巨山。劍南詩稿卷四十秋晚有云：「只怪勝遊頻入夢，今朝蜀客話青城。」自注：「故人范中立巨山自青城來見訪。」則范中立乃陸游在蜀中結識的舊友。慶元五年秋，范中立自青城至山陰造訪故友，并出家訓求序。本文爲陸游爲范中立家訓所作的跋文，盛贊其家教有方，闡述「家和萬事興」的内涵。

本文據文末自署，作於慶元五年（一一九九，己未）八月三十日。時陸游致仕家居。

【箋注】

〔一〕門列戟：官府及顯貴之家陳戟門前，以爲儀仗。舊唐書德宗紀下：「壬戌，詔以太尉、中書令、西平郡王李晟長子愿爲銀青光禄大夫、太子賓客，賜勳上柱國，與晟門並列戟。」

〔二〕牀堆笏：牀上堆滿笏版。指權貴之家高官滿座。舊唐書崔神慶傳：「開元中，神慶子琳等皆至大官，群從數十人，趨奏省闥。每歲時家宴，組佩輝映，以一榻置笏，重疊於其上。」笏，古代大臣上朝所持手板，用玉、象牙或竹片製成，上面可記事。

〔三〕老悖：年老昏亂，不明事理。戰國策楚策四：「襄王曰：『先生老悖乎？將以爲楚國祅祥乎？』」吴師道補正：「悖，亂也。言老而耄亂也。」

跋張安國家問

東坡先生書遍天下，而黄門公所藏至寡〔一〕，蓋常以爲易得，雖爲人持去，不甚惜也。紫微張舍人書帖〔二〕，爲時所貴重，錦囊玉軸，無家無之。今大宗伯兄弟自爲知己〔三〕，家書往來，蓋以百計矣，相稱相勉，期以遠者，亦何可勝計，而今所存財五紙耳〔四〕。方紫微亡恙時，豈亦以爲易得，故多散逸耶？某昔者及爲紫微客〔五〕，今老病卧家，而大宗伯猶以世舊寄此卷〔六〕，命寓姓名於後〔七〕。某自浮玉别紫微〔八〕，三十六年之間，摧頽抵此〔九〕。紫微若尚在而見之，且不能識，則大宗伯尚何取哉？援筆至此，慨然不知衰涕之集也〔一〇〕。慶元五年十一月戊申，笠澤陸某書。

【題解】

張安國，即張孝祥（一一三二—一一七〇）字安國，號于湖居士，歷陽烏江（今安徽和縣）人。

紹興二十四年狀元。除秘書省正字，遷校書郎、禮部員外郎，爲起居舍人、中書舍人。張浚出兵北伐，兼建康留守。出知静江府、潭州等。以顯謨閣直學士致仕。張孝祥文章過人，尤工翰墨。宋史卷三八九有傳。家問，即家書。隆興、乾道間，陸游通判鎮江，與張孝祥交遊。慶元五年，張孝祥從弟張孝伯以其兄家書手卷寄陸游。本文爲陸游爲張孝祥家書所作的跋文，追憶當年孝祥翰墨流傳天下及後散佚情況，感慨三十六年時光流逝。

本文據文末自署，作於慶元五年（一一九九）十一月戊申（二十）日。時陸游致仕家居。

【箋注】

〔一〕黄門公：指蘇轍。因其曾任門下侍郎（副相），門下侍郎舊稱黄門侍郎，故有「黄門公」之稱。老學庵筆記卷一：「東坡先生與黄門公南遷，相遇於梧、藤間。」

〔二〕紫微張舍人：即張孝祥。因其曾任中書舍人，中書省舊稱紫微省，故有「紫微舍人」之稱。

〔三〕大宗伯：指張孝伯，字伯子，張孝祥從弟。隆興元年進士。歷任國子監丞、監察御史。慶元四年爲吏部侍郎，五年除禮部尚書。嘉泰三年除同知樞密院事，四年四月兼參知政事，八月罷。大宗伯，周官名，春官之長，掌邦國祭祀、典禮等事。此指禮部尚書。張孝伯慶元五年除禮部尚書，故稱。

〔四〕財：通「才」。

〔五〕「某昔者」句：指陸游曾任鎮江通判，而張孝祥時任建康留守。

〔六〕世舊：世交舊誼。蘇軾辨舉王鞏劄子：「鞏與臣世舊，幼小相知，從臣爲學，何名諂事？」

〔七〕命寓姓名於後：指題寫跋文。

〔八〕浮玉：指浮玉山，即今鎮江之金山、焦山。周必大二老堂雜誌記鎮江府金山：「焦山大江環遶，每風濤四起，勢欲飛動，故南朝謂之浮玉山。」此代指鎮江。

〔九〕摧頹：摧折，衰敗。

〔一〇〕衰涕：老淚。

跋坐忘論

此一篇，劉虚谷刻石在廬山〔一〕。以予觀之，司馬子微所著八篇，今昔賢達之所共傳，後學豈容置疑於其間？此一篇雖曰簡略，詳其義味〔二〕，安得與八篇爲比？兼既謂出於子微，乃復指八篇爲道士趙堅所著〔三〕，則堅乃子微以前人，所著書淵奥如此〔四〕，道書仙傳豈無姓名？此尤可驗其妄。予故書其後，以祛觀者之惑。己未十一月二十一日，放翁書。

【題解】坐忘論是道教講述修習次第的著作。參見卷二六跋坐忘論。此指劉虚谷刻本。本文爲陸游爲劉刻坐忘論所作的跋文，辨析驗證其妄。

本文據文末自署，作於慶元五年（一一九九，己未）十一月二十一日。時陸游致仕家居。

參考卷二六跋坐忘論。

【箋注】

〔一〕劉虛谷：廬山太平興國宫道士。乾道九年坐化。曾與朱熹、張孝祥、王炎等交遊。將坐忘論在廬山刻石。

〔二〕義味：文章的意味、情趣。文心雕龍總術：「數逢其極，機入其巧，則義味騰躍而生，辭氣叢雜而至。」

〔三〕趙堅：即趙志堅，唐代道士，著有道德真經疏義六卷。

〔四〕淵奥：深奥。抱朴子行品：「甄墳索之淵奥，該前言以窮理者，儒人也。」

跋唐盧肇集

子發嘗謫春州〔一〕，而集中誤作「青州」〔二〕，蓋字之誤也。題清遠峽觀音院詩作「青州遠峽」，則又因州名而妄竄定也。前輩謂印本之害，一誤之後，遂無别本可證。真知言哉！病馬詩云：「塵土卧多毛已暗，風霜受盡眼猶明。」足爲當時佳句。此本乃以「已」爲「色」、「猶」爲「光」，壞盡一篇語意，未必非妄校者之罪也，可勝歎哉！慶元庚申二月三日，放翁燈下書。

【題解】

盧肇（八一八—八八二），字子發，唐代袁州宜春（今屬江西）人。會昌三年狀元。歷官秘書省著作郎、集賢院直學士。咸通時，先後任歙、宣、池、吉四州刺史。詩、文、賦俱佳，海潮賦歷二十年而成，爲時所稱。宋史藝文志著録盧肇文標集三卷。本文爲陸游爲盧肇文集所作的跋文，指出版本妄校竄改之誤。

本文據文末自署，作於慶元六年（一二〇〇，庚申）二月三日。時陸游致仕家居。

【箋注】

〔一〕春州：唐代武德四年（六二一）置春州，隸屬嶺南道，州治陽春縣（今廣東陽春）。後稱南陵郡。

〔二〕青州：唐代屬北海郡。今屬山東。

跋居家雜儀

王性之言〔一〕：熙寧初，有朝士集於相藍之燒朱院〔二〕，俄有一人末至，問之，則王元澤也〔三〕。時荆公方有召命〔四〕，衆人問：「舍人不堅辭否？」元澤言：「大人亦不敢不來，然未有一居處。」衆言居處固不難得，元澤曰：「不然。大人之意，乃欲與司馬十二丈卜鄰〔五〕，以其修身齊家，事事可爲子弟法也。」某聞此語六十年矣，偶讀居家雜儀，遂識之。慶元庚申五月四日書。

【題解】

居家雜儀，司馬光所撰家庭禮儀類著述。直齋書録解題卷六禮注類著録居家雜禮一卷。朱熹家禮卷一録入，并稱：「此章本在昏禮之後。今按：此乃家居平日之事，所以正倫理、篤恩愛者，其本皆在於此。必能行此，然後其儀章度數有可觀焉。不然，則節文雖具而本實無取，君子所不貴也。故亦列於首篇，使覽者知所先焉。」本文爲陸游爲居家雜儀所作的跋文，追憶王銍之語，稱道司馬光修身齊家可法。

本文據文末自署，作於慶元六年（一二〇〇，庚申）五月四日。時陸游致仕家居。

【箋注】

〔一〕王性之：即王銍，字性之。參見卷二七跋彩選注〔五〕。

〔二〕相藍：汴京大相國寺的省稱。藍，梵語「僧伽藍摩」的略稱，意爲僧院，後用以稱佛寺。王明清玉照新志卷四：「刊板印售於相藍，中人得之，遂干乙覽。」燒朱院：在大相國寺内。張舜民畫墁録：「舊日有僧惠明，善庖，炙豬肉尤佳，一頓五觔。楊大年與之往還，多率同舍具飧。一日大年曰：『爾爲僧，遠近皆呼燒豬院，安乎？』惠明曰：『奈何？』大年曰：『不若呼燒朱院也。』都人亦自此改呼。」

〔三〕王元澤：即王雱（一〇四四—一〇七六），字元澤，王安石之子。治平進士。歷太子中允、崇政殿説書，擢天章閣待制兼侍講。遷龍圖閣直學士。卒贈左諫議大夫。宋史卷三二七有傳。

〔四〕荆公：即王安石。下文「舍人」、「大人」均指王安石。

〔五〕司馬十二丈：即司馬光。因其排行十二，故稱。卜鄰：表示願爲鄰居。王安石送陳諤：「鄉閭孝友莫如子，我願卜鄰非一日。」

跋皇甫先生文集

右一詩〔一〕，在浯溪中興頌傍石間〔二〕，持正集中無詩，詩見於世者，此一篇耳，然自是傑作。近時有容齋隨筆亦載此詩，乃云風格殊無可采〔三〕。人之所見，恐不應如此，或是傳寫誤爾。慶元六年五月十七日，龜堂書〔四〕。

【題解】

皇甫先生，即皇甫湜（七七七—八三五），字持正，唐代睦州新安（今浙江建德）人。元和進士，再登賢良方正科。官至工部郎中、東都判官。與李翺同師韓愈學古文，以奇崛爲特色。新唐書卷一七六有傳。直齋書録解題卷十六著録皇甫持正集六卷。本文爲陸游爲皇甫湜文集所作的跋文，肯定其唯一詩作乃「傑作」，并對文本提出質疑。

本文據文末自署，作於慶元六年（一二〇〇）五月十七日。時陸游致仕家居。

【箋注】

〔一〕右一詩：此詩或另題於皇甫湜文集之後，因文集中無詩。陸游跋文則專論此詩。

〔二〕浯溪中興頌：即浯溪摩崖上的大唐中興頌，元結撰文，顏真卿書丹。

〔三〕「近時」三句：洪邁容齋隨筆卷八皇甫湜詩：「皇甫湜、李翺，雖爲韓門弟子，而皆不能詩。浯溪石間有湜一詩，爲元結而作，其詞云：『次山有文章，可惋只在碎。然長於指叙，約潔多餘態。心語適相應，出句多分外。於諸作者間，拔戟成一隊。中行雖富劇，粹美君可蓋。子昂感遇佳，未若君雅裁。退之全而神，上與千年對。李杜才海翻，高下非可概。文於一氣間，爲物莫爲大。先王路不荒，豈不仰吾輩。石屏立衙衙，溪口揚素瀨。我思何人知，徒倚如有待。』味此詩乃論唐人文章耳，風格殊無可采也。」

〔四〕龜堂：陸游晚年自號，又稱「老龜堂」、「龜堂叟」、「龜堂病叟」、「龜堂老人」。「龜」有「老」、

「壽」、「閒」諸義。

跋南堂語

予入蜀時，南堂入滅已久〔一〕，獨有一二弟子在，然皆破齋犯律〔二〕，諸禪皆詆呰之〔三〕。予亦以衆毁意薄其爲人。及其死也，乃卓然穎脱〔四〕，人亦不得而議，是誠未易測也。庚申五月壬戌書於龜堂。

【題解】

南堂語，即南堂興和尚語要，南堂道興禪師撰。道興原名元静，俗姓趙，閬州玉山（今屬四川）人。幼時因病出家，元祐三年得度。從五祖法演禪師參學，并承其法嗣。始於五祖山之南堂開法接衆，名冠寰海，歷任成都昭覺寺及能仁、大隨諸寺住持。紹興五年示寂。本文爲陸游爲南堂興和尚語要所作的跋文，記述自己對道興禪師及其弟子認識的變化。

本文據文末自署，作於慶元六年（一二〇〇，庚申）五月壬戌（初八）日。時陸游致仕家居。

【箋注】

〔一〕入滅：佛教指達到不生不滅的境界。指僧尼死去。壇經付囑品：「法海上座再拜問曰：『和尚入滅之後，衣法當付何人？』」

〔二〕破齋：八齋戒以不過中食的齋法爲主，如受戒後違犯，稱爲破戒。犯律：違犯戒律。

〔三〕詆訾：譭謗，非議。史記老子韓非列傳：「故（莊子）其著書十餘萬言，大抵率寓言也。作漁父、盜蹠、胠篋。以詆訾孔子之徒，以明老子之術。」

〔四〕穎脱：指超脱世俗拘束。晉書陶潛傳：「潛少懷高尚，博學善屬文，穎脱不羈，任真自得，爲鄉鄰所貴。」

跋注心賦

世之未通佛説者，觀此亦得其梗概矣。慶元庚申七月庚申，龜堂老人書。

【題解】

注心賦，又名心賦注，凡四卷，永明延壽禪師撰。本書依據楞伽經中「佛語心爲宗，無門爲法門」一語進行發揮，引用諸經論自作注釋。延壽字仲玄，俗姓王，餘杭（今浙江杭州）人。賜號智覺禪師，天台德韶禪師法嗣。宋太祖建隆二年（九六一）始住持永明寺十五年，開寶八年（九七五）示寂。本文爲陸游爲注心賦所作的跋文，説明其能得佛説梗概。

本文據文末自署，作於慶元六年（一二〇〇，庚申）七月庚申（初六）日。時陸游致仕家居。

跋朱新仲舍人自作墓誌

秦丞相擅國十九年〔一〕，而朱公竄嶠南者十有四年〔二〕，僅免僵仆於炎瘴中耳〔三〕。以此胸中浩然無愧，將終，自識其墓，辭氣山立〔四〕。向使公諂附以苟富貴，至莫年世事一變〔五〕，方憂愧内積，惟恐聞人道其平日事，其能慨然奮筆自叙如此乎？慶元六年秋社日〔六〕，笠澤陸某謹書。

【題解】

朱新仲舍人，即朱翌（一〇九七—一一六七），字新仲，號灊山居士、省事老人，舒州懷寧（今屬安徽）人，卜居四明鄞縣（今屬浙江）。政和八年賜同上舍出身。紹興八年除秘書省正字，遷校書郎兼實録院檢討官、秘書少監、起居舍人。十一年，擢中書舍人。因忤秦檜，謫居韶州十九年。檜死，充祕閣修撰，出知嚴州、宣州、平江府。宋史翼有傳。朱翌自作墓誌，今佚。本文爲陸游爲朱翌自撰墓誌所作的跋文，稱道其「慨然奮筆」、「辭氣山立」。

本文據文末自署，作於慶元六年（一二〇〇）秋社日。時陸游致仕家居。

【箋注】

〔一〕秦丞相：指秦檜。擅國：獨攬國政。逸周書史記解：「昔者有巢氏有亂臣而貴，任之以國，假之以權，擅國而主斷。君已而奪之，臣怒而生變，有巢以亡。」

〔二〕嶠南：指嶺南。柳宗元桂州裴中丞作訾家洲亭記：「凡嶠南之山川，達於海上，於是畢出，而古今莫能知。」

〔三〕炎瘴：南方濕熱致病的瘴氣。杜甫寄岳州賈司馬六丈巴州嚴八使君兩閣老五十韻：「地僻昏炎瘴，山稠隘石泉。」

〔四〕山立：像高山屹立不動。禮記玉藻：「立容，辨卑毋讇，頭頸必中，山立時行。」孔穎達疏：「山立者，若住立則嶷如山之固，不搖動也。」

〔五〕莫年：暮年。

〔六〕秋社日：古代秋季祭祀土神的日子，爲立秋後第五個戊日。

跋黄魯直書

老子曰：「豫兮若冬涉川，猶兮若畏四鄰〔一〕。」山谷此卷，蓋有得於此。慶元庚申重九日，笠澤陸某書。

【題解】黄魯直書，指黄庭堅的書帖。本文爲陸游爲黄庭堅書帖所作的跋文，指出其有得於道德經謹慎、警戒之意。

本文據文末自署，作於慶元六年（一二〇〇，庚申）九月九日。時陸游致仕家居。

【箋注】

〔一〕「老子曰」句：語出道德經第十五章：「古之善爲士者，微妙玄通，深不可識。夫不唯不可識，故强爲之容：豫兮若冬涉川，猶兮若畏四鄰，儼兮其若客，涣兮其若冰之將釋，敦兮其若樸，曠兮其若谷，混兮其若濁。孰能濁以静之徐清？孰能安以久動之徐生？保此道者，不欲盈。夫唯不盈，故能蔽不新成。」豫，獸名，性好疑慮。遲疑慎重貌。冬涉川：形容戰戰兢兢、如臨深淵。猶，亦獸名，性警覺。警覺戒備貌。畏四鄰，防備四鄰攻擊。

渭南文集箋校卷第二十九

跋

【釋體】本卷文體同卷二六，收録跋文四十一首。

跋蘭亭序

觀蘭亭當如禪宗勘辨，入門便了。若待渠開口，堪作什麽〔一〕。識者一開卷已見精粗，或者推求點畫，參以耳鑑〔二〕，瞞俗人則可，但恐王内史不肯爾〔三〕。余平生見佳本亦多，然如武子所藏〔四〕，不過三四，真可寶也。慶元庚申重九日，笠澤陸某書。

【題解】

蘭亭序，即王羲之蘭亭序法帖。參見卷二八跋蘭亭樂毅論并趙岐王帖題解。此指施宿所藏本。本文爲陸游爲施宿所藏蘭亭序所作的跋文，闡述鑒賞蘭亭序的法門，并肯定其爲「佳本」。

本文據文末自署，作於慶元六年（一二〇〇，庚申）九月九日。時陸游致仕家居。

【箋注】

〔一〕「觀蘭亭」四句：指觀賞蘭亭序必須如禪宗勘辨，先掌握門徑，否則難得真諦。勘辨，指禪林中禪師判别修行者之力量或學者探問禪師的邪正。入門，指獲得學問或技藝的門徑。語出論語子張：「夫子之牆數仞，不得其門而入。」

〔二〕耳鑑：指鑒藏書畫，但憑耳聞，并無真識。沈括夢溪筆談書畫：「藏書畫者多取空名，偶傳爲鍾、王、顧、陸之筆，見者争售，此所謂『耳鑒』。」

〔三〕王内史：即王羲之。

〔四〕武子：即施宿，字武子。施元之之子。參見卷十四會稽志序注〔一一〕。

跋李少卿帖

宣城李氏，自推官至今八九世，詩人不絶，蓋時有如少卿者振起之也〔一〕。慶元庚申九月二十日，笠澤陸某書。

【題解】

李少卿，即李兼（？—一二〇八），字孟達，號雪巖，宣城（今安徽宣州）人。歷官進賢縣丞、知台州。嘉定元年除宗正丞，未行，卒。編有宣城總集、嘉定宣城志及李氏祖先詩集等。陸游與李兼爲友，曾爲其所編宣城李虞部詩作序。本文爲陸游爲李兼帖子所作的跋文。

本文據文末自署，作於慶元六年（一二〇〇，庚申）九月二十日。時陸游致仕家居。

【箋注】

〔一〕「宣城」四句：從晚唐李咸用、北宋李閱，再到南宋李兼，宣城李氏「詩人不絶」。參見卷十五宣城李虞部詩序題解。推官，指李咸用。

跋樂毅論

樂毅論横縱馳騁，不似小字；瘞鶴銘法度森嚴〔一〕，不似大字。此後世作者所以不可仰望也。庚申重九，陸某書。

【題解】

樂毅論，王羲之小楷名帖，四十四行。褚遂良晉右軍王羲之書目將其列爲第一。陶弘景云：

「右軍名迹，合有數首：黄庭經、曹娥碑、樂毅論是也。」王羲之書皆有真迹，惟此帖只有石刻。樂毅論原文爲三國魏夏侯玄所撰。本文爲陸游爲樂毅論碑帖所作的跋文，比較其與瘞鶴銘之不同風格。

本文據文末自署，作於慶元六年（一二〇〇，庚申）九月九日。時陸游致仕家居。

【箋注】

〔一〕瘞鶴銘：楷書帖，原刻於鎮江焦山西麓摩崖上，作者衆説紛紜，參見卷二六跋瘞鶴銘題解。

跋李朝議帖

胡唐臣僧孺、少汲直孺兄弟〔一〕，爲江西名士，其朋友亦皆知名。朝議公蓋其一也。慶元庚申重九日，陸某書。

【題解】

李朝議，名字不詳，曾官朝議大夫，爲江西名士胡僧孺、胡直孺兄弟的朋友。朝議，朝議大夫的省稱。文散官名，正五品下。本文爲陸游爲李朝議帖子所作的跋文，指出其亦爲名士。

本文據文末自署，作於慶元六年（一二〇〇，庚申）九月九日。時陸游致仕家居。

【箋注】

〔一〕少汲：即胡直孺，字少汲。參見卷二六高皇御書注〔一〕。

跋東方朔畫贊

元豐間，有德州士人携畫贊示東坡〔一〕，自言二百年前本，家藏數世矣。東坡爲題之曰：「畫贊世多本，惟德州者第一，君所藏又爲德州第一。」或曉之曰：「此言君是德州人耳。」其人雖不伏〔二〕，亦大笑止。因觀武子所藏〔三〕，聊識卷末。慶元六年九月甲子，陸某務觀書。

【題解】

東方朔畫贊，即東方朔畫像贊，楷書名帖。有兩件，其一傳爲王羲之小楷，另一爲顔真卿大楷。蘇軾題云：「顔魯公平生寫碑，唯此碑爲清雄。字間不失清遠，其後見王右軍本，乃知字字臨此書，雖大小相懸，而氣韻良是。」此本爲施宿所藏，大楷或小楷未詳。東方朔畫像贊原文爲晉夏侯湛所撰。本文爲陸游爲施宿所藏東方朔畫像贊所作的跋文，記載有關蘇軾與此帖的軼聞。

本文據文末自署，作於慶元六年（一二〇〇）九月甲子（十一）日。時陸游致仕家居。

【箋注】

〔一〕德州：在今山東西北。北宋分屬河北東路、京東東路。

〔二〕不伏：同不服。

〔三〕武子：即施宿。參見卷十四會稽志序注〔一〕。

跋李虞部與范忠宣公啓

某家藏先大父遺書〔一〕，其櫝背多當時士大夫牋啓〔二〕，刺字不過曰尚書左丞，或曰左丞中大而已〔三〕，數十百人無一人異者。此建中靖國之元也，上距元祐又十餘年，風俗淳厚可知，況丞相忠宣公與虞部李公之相與親厚者乎〔四〕！宜其不爲諂也。諸公或以今日耳目求之〔五〕，過矣夫。慶元庚申九月二十一日，陸某書。

【題解】

李虞部，即李閌，宣城人，曾任虞部郎中。參見卷十五宣城李虞部詩序題解。范忠宣公，即范純仁（一〇二七—一一〇一），字堯夫，吴縣（今江蘇蘇州）人。范仲淹次子。皇祐進士。父死始出仕，歷任知州、監司。神宗時遷同知諫院，反對新法。哲宗立，除給事中。元祐元年同知樞密院事，三年拜相，次年出知潁昌、太原、河南等府。八年復相。哲宗親政，累貶永州安置。徽宗時歸許養疾。卒謚忠宣。宋史卷三一四有傳。本文爲陸游爲李閎致范純仁啓文所作的跋文，追記北宋後期士大夫間的淳厚風俗。

本文據文末自署，作於慶元六年（一二〇〇，庚申）九月二十一日。時陸游致仕家居。

【箋注】

〔一〕先大父：指陸游祖父陸佃。

〔二〕櫝背：書櫃背面。　牋啓：下達上的牋記、書啓。

〔三〕「刺字」二句：指名刺上署名十分簡要。刺字，寫在名刺上的官職、姓名等文字。後漢書禰衡傳：「建安初，來游許下。始達潁川，乃陰懷一刺，既而無所之適，至於刺字漫滅。」中大，中大夫，陸佃曾因論事罷爲中大夫、知亳州。

〔四〕親厚：關係親密，感情深厚。朱浮爲幽州牧與彭寵書：「凡舉事無爲親厚者所痛，而爲見讎者所快。」

〔五〕耳目：視聽、見聞。引申爲審察、瞭解。國語晉語五：「若先，則恐國人之屬耳目於我也，故不敢。」

跋范文正公書

觀文正范公書札，如欲與韓魏公同薦李泰伯〔一〕，見其進賢之誠；戒余安道、石守道避禍〔二〕，見其愛惜人材之意。於虖賢哉！然泰伯卒棄不用，安道、守道俱陷患難，或至死不解，志士仁人至今以爲歎。信乎明哲保身之難也。慶元庚申九月二十九日，笠澤病叟陸某書。

【題解】

范文正公，即范仲淹。本文爲陸游讀范仲淹書札後所作的跋文，感歎范公愛惜、舉薦人才之誠和人才明哲保身之難。

本文據文末自署，作於慶元六年（一二〇〇，庚申）九月二十九日。時陸游致仕家居。

【箋注】

〔一〕韓魏公：即韓琦（一〇〇八—一〇七五），字稚圭，相州安陽（今屬河南）人。天聖進士。歷樞密院直學士、陝西四路經略安撫招討使。與范仲淹同禦西夏，名重一時。嘉祐元年任樞密使，三年拜同中書門下平章事。英宗時拜右僕射，封魏國公。神宗立，拜司空兼侍中，出知相州、大名府等。卒謚忠獻。著有安陽集五十卷。宋史卷三一二有傳。李泰伯：即李覯（一〇〇九—一〇五九），字泰伯，建昌軍南城（今屬江西）人。舉制科不第，創立盱江書院講學。范仲淹薦爲試太學助教，歷任太學説書、直講，權同管勾太學。著有直講先生文集。宋史卷四三二有傳。

〔二〕余安道：即余靖（一〇〇〇—一〇六四），字安道，韶州曲江（今廣東韶關）人。天聖進士。歷官集賢校理，右正言。使契丹還，遷知制誥、史館修撰。曾棄官返里，起知桂州、經制廣南東西路盜賊。以尚書左丞知廣州。著有武溪集。事迹見歐陽文忠公集卷二三神道碑。石守道：即石介（一〇〇五—一〇四五），字守道，兖州奉符（今山東泰安）人。世稱徂徠先生。天聖進士。歷鄆州觀察推官等。入爲國子直講、直集賢院。著有徂徠集。宋史卷四三二有傳。

跋東坡帖

成都西樓下有汪聖錫所刻東坡帖三十卷〔一〕，其間與吕給事陶一帖，大略與此帖同，是時時事已可知矣〔二〕。公不以一身禍福易其憂國之心，千載之下，生氣凛然，忠臣烈士所當取法也。予謂武子當求善工堅石刻之〔三〕，與西樓之帖並傳天下，不當獨私囊褚〔四〕，使見者有恨也。

【題解】

東坡帖，蘇軾書法的碑帖。此指施宿所藏蘇軾與吕陶書帖。本文爲陸游爲施宿所藏蘇軾碑帖所作的跋文，稱道蘇軾「憂國之心」，希望施宿刻石傳播。

本文未署作年，據文集編例，或作於慶元、嘉泰間（一二〇〇至一二〇一）。時陸游致仕家居。

【箋注】

〔一〕「成都西樓」句：「西樓蘇帖」爲蘇軾的集帖拓本。共五册，收入蘇軾二十九至六十六歲的詩文六十餘篇，行、草、楷三體均有。帖尾有汪應辰所刻題記：「右東坡蘇公帖三十卷，每搜訪所得，即以入石，不復銓次也。乾道四年三月一日汪應辰書。」現藏天津市藝術博物館。汪應辰（一一一八—一一七六），初名洋，字聖錫，信州玉山（今江西上饒）人。紹興五年狀元。除秘書省正字，因忤秦檜被貶。檜死還朝，官四川制置使、知成都府，入爲吏部尚書，兼翰林學士并侍讀。出知平江府，致仕不起。卒謚文定。宋史卷三八七有傳。

〔二〕「其間」三句：蘇軾答吕元鈞三首之二或即此帖：「中間承進職，雖少慰人望，然公當在廟堂，此豈足賀也。此間語言紛紛，比來尤甚，士大夫相顧避罪而已，何暇及中外利害大計乎？示諭，但閔然而已。非久，季常人行，當盡區區。」（蘇軾文集卷五九）吕陶（一〇二七—一一〇三），字元鈞，成都人。皇祐進士。舉制科，爲蜀州通判，知彭州。因反對新法被貶。哲宗即位，擢殿中侍御史，遷左司諫，官至中書舍人。坐元祐黨籍遭貶。徽宗時，復集賢殿修撰，知梓州，致仕。宋史卷三四六有傳。

〔三〕武子：即施宿。參見卷十四會稽志序注〔一一〕。

〔四〕獨私囊褚：私藏囊袋。

跋盧衷父絶句

「客懷耿耿自難寬，老傍京塵更鮮歡〔一〕。遠夢已回窗不曉，杏花同度五更寒。」盧衷父絶句。衷父名蹈，青社人〔二〕，今寓犍爲郡夾江縣〔三〕，佳士也。

【題解】

盧衷父，即盧蹈，字衷父。生平不詳。本文爲陸游爲盧蹈絶句所作的跋文，點名其籍貫、住址，評價其爲「佳士」。

本文未署作年，據文集編例，或作於慶元、嘉泰間（一二〇〇至一二〇一）。時陸游致仕家居。

【箋注】

〔一〕京塵：亦謂京洛塵。比喻功名利禄之類塵俗之事。語本陸機爲顧彦先贈婦之一：「京洛多風塵，素衣化爲緇。」蘇軾次韻孫巨源見寄五絶：「不羨京塵騎馬客，羨他淮月弄舟人。」

〔二〕青社：借指青州，在今山東北部，齊國故地。梅堯臣送張諷寺丞赴青州幕：「富公鎮青社，有來咸鞠育。」

〔三〕夾江縣：縣名。今屬四川樂山。

跋四三叔父文集

先楚公捐館時〔一〕，叔父未成童，已從章貢黄先生安時學喪禮，覆講無小差〔二〕，蓋天資精敏如此〔三〕。謹附書於遺文之後，以示後人。

【題解】

四三叔父，指陸佃第六子陸宥，在陸珪之孫輩中排行第四十三。本文爲陸游爲叔父陸宥文集所作的跋文，追憶其幼時天資精敏。

本文未署作年，據文集編例，或作於慶元、嘉泰間（一二〇〇至一二〇一）。時陸游致仕家居。

【箋注】

〔一〕先楚公：指陸游祖父陸佃。　捐館：死亡的婉辭。

〔二〕章貢：章水和貢水的並稱，亦泛指贛江流域。蘇軾鬱孤臺：「日麗崆峒曉，風酣章貢秋。」黄先生安時：即黄安，字安時，陸佃弟子。老學庵筆記卷五：「靖康兵亂，宣和舊臣悉已遠竄。黄安時居壽春，歎曰：『造禍者全家盡去嶺外避地，却令我輩横尸路隅耶！』安時卒死於兵，可哀也。」喪禮：有關喪事的禮儀、禮制。禮記曲禮：「居喪未葬，讀喪禮。既葬，讀祭禮。」孔穎達疏：「喪禮，謂朝夕奠下室，朔望奠殯宮，及葬等禮也。」覆講：復述。小差：稍有誤差。

〔三〕精敏：精細敏捷。漢書丁寬傳：「時寬爲項生從者，讀易精敏，材過項生。」

跋王右丞集

余年十七八時，讀摩詰詩最熟，後遂置之者幾六十年。今年七十七，永晝無事〔一〕，再取讀之，如見舊師友，恨間闊之久也〔二〕。嘉泰辛酉五月六日，龜堂南窗書。

【題解】

王右丞集，唐代王維文集。王維（六九二？—七六一），字摩詰，太原祁縣（今屬山西）人，遷居蒲州（今山西永濟）。開元九年進士。歷官右拾遺、左補闕、侍御史、給事中。安史叛軍陷京，被迫受僞職。兩京收復後，弟縉爲其贖罪。旋遷中書舍人，復拜給事中，轉尚書右丞。舊唐書卷一九〇、新唐書卷二〇二有傳。王維是盛唐山水田園詩的代表詩人，兼通音樂、繪畫、書法。王右丞集，直齋書録解題卷十六著録爲十卷，并稱：「建昌本與蜀本次序皆不同，大抵蜀刻唐六十家集多異於他處本，而此集編次尤無倫。」本文爲陸游爲王右丞集所作的跋文，記録自己六十年後重讀王維詩的親切之情。

本文據文末自署，作於嘉泰元年（一二〇一，辛酉）五月六日。時陸游致仕家居。

【箋注】

〔一〕永晝：漫長的白天。李清照醉花陰詞：「薄霧濃雲愁永晝，瑞腦銷金獸。」

〔二〕間闊：久别，遠離。

跋歐陽文忠公疏草

慶曆之盛，蓋庶幾漢文、景矣〔一〕，而賢人君子猶如是之難。文忠公之奏議，非獨不明諸公之讒也，身亦墮排陷中〔二〕，滁州之謫是已〔三〕。於虖悲夫！嘉泰二年人日〔四〕，笠澤陸某書。

【題解】

歐陽文忠公疏草，指歐陽修奏疏的稿本。本文爲陸游爲歐陽修奏疏稿本所作的跋文，感歎賢人君子即使在盛世也難逃誣陷。

本文據文末自署，作於嘉泰二年（一二〇二）正月初七日。時陸游致仕家居。

【箋注】

〔一〕「慶曆」二句：此將宋仁宗慶曆盛世，比爲漢代文帝、景帝時的「文景之治」。

〔二〕排陷：排擠陷害。漢書嚴主父嚴賈等傳贊：「主父求欲鼎亨而得族，嚴、賈出入禁門招權利，死皆其所也，亦何排陷之恨哉！」

〔三〕滁州之謫：指慶曆三年，歐陽修參與范仲淹、韓琦、富弼等推行的「慶曆新政」。但在守舊派阻撓下，新政失敗。五年，范、韓、富等相繼被貶。歐陽修因上書分辯，被貶爲滁州太守。

〔四〕人日：農曆正月初七。宗懔荆楚歲時記：「正月初七爲人日。以七種菜爲羹，剪綵爲人或鏤金箔爲人，以貼屏風，亦戴之頭鬢。又造華勝以相遺，登高賦詩。」

跋盤澗圖

紹興己卯、庚辰之間〔一〕，予爲福州決曹，延平張仲欽爲閩縣大夫〔二〕，朝暮相從。後四年，予佐京口，仲欽佐金陵，數以檄往來於鍾阜、浮玉間〔三〕，把酒道舊甚樂。又二十年，予使閩中，仲欽閒居延平〔四〕，數相聞。方約相過，而予蒙恩召還〔五〕，遂有死生之異。言之悵然。仲欽之子爲西和守〔六〕，寄此軸來求詩，蓋又二十餘年，予年七十有七矣。嘉泰改元歲辛酉五月十九日，陸某書。時予納禄已三年〔七〕，居會稽山陰之三山。

【題解】

陸游之友張維，於故鄉延平劍溪之南山水間，疏泉發石，號曰盤澗，并繪成盤澗圖。張維之子向陸游寄圖軸求詩。陸游作有寄題張仲欽左司槃澗詩：「劍溪之南有佳處，山靈尸之不輕付。張公鼻祖晉司空，談笑得地開窗户。溪光如鏡新拂拭，白雲青嶂無朝暮。伏几讀書時舉頭，萬象争陣陶謝句。公今仙去有嗣子，關塞崎嶇方叱馭。山城何曾歎如斗，瞰瞰不受世俗汙。君不見伾文往者勢如山，朝士幾人無汗顔？尊公遺事不須述，但看當時出處間。」（劍南詩稿卷四五）本文爲陸游在賦詩後爲盤澗圖所作的跋文，追憶與張維的多次交遊，慨歎時光之流逝。

本文據文末自署，作於嘉泰元年（一二〇一）五月十九日。時陸游致仕家居。

【箋注】

〔一〕紹興己卯庚辰：即紹興二十九年、三十年（一一五九、一一六〇）。

〔二〕延平：縣名。三國時稱南平，晉代改爲延平，後或稱南平，或稱龍津。宋代爲南劍州劍浦縣。今隸屬福建南平。張仲欽：即張維，字仲欽，一字振綱，南劍州劍浦人。紹興八年進士。知福州閩縣，後主管崇道觀以歸。又辟爲建康府通判府事，入爲尚書左司郎中，屢與權倖忤，被論罷。前已結廬延平山水間，號爲盤澗，至是徜徉其間，縱觀古書以自娱。有爲請祠官，得主管武夷山沖佑觀（見朱熹左司張公墓誌銘）。閩縣大夫：指知閩縣。

〔三〕鍾阜：指紫金山，在建康。浮玉：即焦山，在鎮江。

〔四〕予使閩中：指陸游淳熙五年秋至六年秋出任提舉福建常平茶事。仲欽閒居延平：指張維在盤澗徜徉，讀書自娱。

〔五〕予蒙恩召還：指陸游淳熙六年秋奉召離建安。

〔六〕「仲欽之子」句：即題解引陸游詩句：「公今仙去有嗣子，關塞崎嶇方叱馭。」西和：南宋時州名，在今甘肅隴南。

〔七〕納禄已三年：指陸游自慶元五年（一一九九）致仕至此時（一二〇一）已跨三年。納禄，歸還俸禄，指致仕。國語魯語上：「若罪也，則請納禄與車服而違署。」韋昭注：「納，歸也；禄，田邑也。」

跋爲琛師書維摩經

鄉僧琛上座求予書維摩詰所説法〔一〕，欲刻石施四衆，以薦其母〔二〕。會予病，不能即如其請。琛十返不厭〔三〕。孝哉此僧，吾徒所樂從也，乃力疾爲書〔四〕。嘉泰壬戌正月二十一日，放翁書。

【題解】

琛師爲鄉間寺僧。維摩經又稱維摩詰經，全稱維摩詰所説經，佛教經典。後秦鳩摩羅什譯，凡三卷，十四品。琛師請陸游書寫維摩經，欲刻石施衆，爲母親超度亡靈。陸游爲其孝心感動，抱病爲其書寫。本文爲陸游爲琛師書寫維摩經後所作的跋文，記録書寫緣由，稱道琛師孝心。

本文據文末自署，作於嘉泰二年（一二〇二，壬戌）正月二十一日。時陸游致仕家居。

【箋注】

〔一〕上座：僧寺中位於住持之下的職位。

〔二〕薦：指請和尚道士念經拜懺以超度亡靈。

〔三〕十返：亦作十反。指反復或往返多次。列子黄帝：「列子師老商氏，友伯高子；進二子之道，乘風而歸。尹生聞之，從列子居，數月不省舍。因間請蘄其術者，十反而十不告。」

〔四〕力疾：勉强支撑病體。三國志曹爽傳：「臣輒力疾，將兵屯洛水浮橋，伺察非常。」

跋東坡諫疏草

天下自有公論，非愛憎異同能奪也。如東坡之論時事，豈獨天下服其忠，高其辯，使荆公見之，其有不撫几太息者乎？東坡自黄州歸，見荆公於半山，劇談累日不厭，至約卜鄰以老焉〔一〕。公論之不可揜如此，而紹聖諸人乃遂其忮心，投之嶺海必死之地〔二〕，何哉？此疏藏馮氏三世八十年矣〔三〕，真可寶哉！嘉泰壬戌二月七日，笠澤陸某謹書。

【題解】

東坡諫疏草，蘇軾諫諍奏疏的稿本。此指馮氏三世八十年所藏本。本文爲陸游爲馮氏藏本蘇軾諫疏稿本所作的跋文，稱道蘇軾論時事天下信服，痛斥紹聖政敵的嫉恨之心。

本文據文末自署，作於嘉泰二年（一二〇二，壬戌）二月七日。時陸游致仕家居。

【箋注】

〔一〕「東坡」四句：胡仔苕溪漁隱叢話前集卷三五引西清詩話：「元豐中，王文公在金陵，東坡自黄北遷，日與公遊，盡論古昔文字，閒即俱味禪説。公歎息謂人曰：『不知更幾百年，方有如此人物。』」又引潘子真詩話：「東坡得請宜興，道過鍾山，見荆公。時公病方愈，令坡誦近作，因爲手寫一通以爲贈。復自誦詩，俾坡書以贈己。仍約坡卜居秦淮。故坡和公詩云：『騎驢渺渺入荒陂，想見先生未病時。勸我試求三畝宅，從公已覺十年遲。』」劇談，暢談。卜鄰，求爲鄰居。

〔二〕紹聖諸人：指紹聖年間哲宗親政後，重新起用章惇爲首的新黨集團，對舊黨進行了殘酷打擊。忮心：嫉恨之心。莊子達生：「雖有忮心者，不怨飄瓦。」投之嶺海：指將蘇軾貶至惠州（今屬廣東），再貶至儋州（今屬海南）。

〔三〕馮氏：此馮氏何人不詳。

跋東坡代張文定上疏草

張安道實一時偉人，以其論新法，諫用兵，則不得不爲忠。以其力排吴育〔一〕，深惡石介〔二〕，歐陽文忠公、司馬文正公斥之於前，吕正獻公抑之於後〔三〕，則又似有可議者。然東坡此疏，則自與日月争光，安道之爲人不與焉。元祐初，盡起舊老，安道獨置不問，近臣請加恩禮，亦不報，更奪其宣徽使〔四〕，議者以爲多出正獻公之意云。嘉泰壬戌二月七日，笠澤陸某謹書。

【題解】

東坡代張文定上疏，即熙寧十年蘇軾代張方平諫用兵書，見蘇軾文集卷三七。文章論述好兵如好色，最終導致亡國滅身，并列舉秦始皇、漢武帝、隋文帝、唐太宗及本朝事例進行論證，説明人君應順應天理民意。張文定，即張方平（一〇〇七—一〇九一）字安道，號樂全居士，應天府宋城

(今河南商丘)人。景祐間中制科。直集賢院,知諫院。歷知制誥、權知開封府,進翰林學士,拜御史中丞。坐事罷知滁州等地,召爲三司使。神宗即位,除參知政事,反對新法,極論其害。罷爲宣徽使、判應天府,致仕。卒謚文定。宋史卷三一八有傳。本文爲陸游爲蘇軾代張方平諫用書稿本所作的跋文,肯定其可「與日月争光」,分析張方平之爲人及結局。

本文據文末自署,作於嘉泰二年(一二〇二,壬戌)二月七日。時陸游致仕家居。

【箋注】

〔一〕吴育(一〇〇四—一〇五八):字春卿,建安(今屬福建)人。天聖進士。舉制科。擢著作郎、直集賢院,知太常禮院,遷知開封府。慶曆五年拜右諫議大夫、樞密副使,改參知政事。出知許州等,遷禮部侍郎,召兼翰林侍讀學士。知河中府,徙河南。卒謚正肅。宋史卷二九一有傳。

〔二〕石介:字守道。參見本卷跋范文正公書注〔二〕。

〔三〕歐陽文忠公:即歐陽修。司馬文正公:即司馬光。吕正獻公:即吕公著,參見卷二六跋武威先生語録注〔二〕。

〔四〕宣徽使:宋承唐制,置宣徽南、北院,長官爲宣徽南院使與北院使,用以安排罷政的勳舊大臣。

跋楊處士村居感興

一壺村酒膠去牙酸，十數胡皴徹骨乾〔一〕。隨着四婆裙子後，杖頭挑去賽蠶官〔二〕。

右畢仲荀景儒所記楊處士詩也〔三〕。四婆，即處士之配也。蘇嶠季真家有處士夫妻像〔四〕，野逸如生，恨不曾傳摹得之。它日見蘇氏子孫，尚可畢此志也。嘉泰癸亥，放翁書於三山老學庵北窗。

【題解】

楊處士，即楊璞（九二一—一〇〇三），一作楊樸，字契玄，鄭州新鄭（今屬河南）人。善歌詩。與畢士安尤相善，每乘牛往來郭店，自稱東里遺民。真宗召見，作歸耕賦以見志。宋史卷四五七有傳。處士，指有才德而隱居不仕者。本文爲陸游爲楊璞村居感興詩所作的跋文，交代來歷并作銓釋。

本文據文末自署，作於嘉泰三年（一二〇三，癸亥），月日不明。嘉泰二年五月至三年五月，陸游被召入都修史，本文或作於五月中去國返鄉後。

【箋注】

〔一〕膠牙：膠，去聲。宗懔荆楚歲時記「進屠蘇酒、膠牙餳」，引周處風土記：「膠牙者，蓋以使其牢固不動。」胡皴：牛頷下鬆弛有皺紋的皮。老學庵筆記卷十：「楊樸處士詩云：『數箇胡皴徹骨乾，一壺村酒膠牙酸。』南楚新聞亦云：『一楪氈根數十皴，盤中猶自有紅鱗。』不知皴爲何物，疑是餅餌之屬。」明郎瑛七修類稿續稿辯證皴：「殊不知胡皴乃牛頷下之垂皮，對之酸酒，楊言其味之惡也。」

〔二〕蠶官：司蠶之神。

〔三〕畢仲荀：一作畢仲詢，字景儒。畢士安之曾孫。元豐初爲嵐州推官。善書。著有幕府燕閒録、續紀年通譜等。

〔四〕蘇嶠：字季真，蘇軾曾孫。

跋朱氏易傳

易道廣大，非一人所能盡，堅守一家之説，未爲得也。元晦尊程氏至矣〔一〕，然其爲説亦已大異，讀者當自知之。嘉泰壬戌四月十二日，老學庵識。

【題解】

朱氏易傳，指朱熹所撰易傳。直齋書録解題卷一著録朱熹撰易傳十一卷、本義十二卷、易學啓蒙一卷，并云：「初爲易傳，用王弼本。復以吕氏古易經爲本義，其大旨略同，而加詳焉，首列九圖，末著揲法大略，兼義理、占象而言。」本文爲陸游爲朱熹易傳所作的跋文，主張易道不宜堅守一家之説，指出朱熹傳易與程頤已「大異」。

本文據文末自署，作於嘉泰二年（一二〇二，壬戌）四月十二日。時陸游致仕家居。

【箋注】

〔一〕元晦：即朱熹，字元晦。程氏：指程頤，著有伊川易解六卷。直齋書録解題卷一著録，并稱：「止解六十四卦，不解大傳，而以序卦分置諸卦之首。蓋唐李鼎祚集解亦然。伊川平生著述惟易傳爲深，而亦不解大傳。」

跋晁以道書傳

晁以道著書，專意排先儒，故其言多而不通，然亦博矣。凡予家所録本，多得於以道孫子闔〔一〕。子闔本自多誤，予方有吏役，故所録失誤又多，不暇校定。及謝事居山陰〔二〕，欲得别本參考，又不能致，可恨也。壬戌四月十八日，老學庵記，時年七十八。

【題解】晁以道，即晁説之，字以道。參見卷十四晁伯咎詩集序注〔一〕。晁説之書傳，郡齋、直齋及宋史藝文志均不載。此是陸氏家録本。本文爲陸游爲家録本晁説之書傳所作的跋文，評判其博而不通及傳本失誤又多。

本文據文末自署，作於嘉泰二年（一二〇二，壬戌）四月十八日。時陸游致仕家居。

【箋注】

〔一〕子闔：晁説之孫。官連江令、朝奉郎、通判廬州、朝請郎（參見李朝軍宋代晁氏家族文學研究）。

〔二〕謝事：辭職，免除俗事。蘇轍贈致仕王景純寺丞：「潛山隱君七十四，紺瞳緑髮方謝事。」

跋嵩山景迂集

景迂鄜畤排悶詩云：「莫言無妙麗，土稚動金門。〔一〕」蓋鄜人善作土偶兒精巧，雖都下莫能及〔二〕，宫禁及貴戚家争以高價取之。喪亂隔絶，南人不復知，此句遂亦難解。可歎！嘉泰壬戌四月二十四日，放翁識。

【題解】

嵩山景迂集，晁説之文集。曾隱居嵩山，故稱。郡齋讀書志卷四著録晁氏景迂集十二卷，并稱：「右從父詹事公也。諱説之，字以道，文元公元孫。少慕司馬温公爲人，自號景迂生。年未三十，蘇子瞻以著述科薦之。元符中上書，居邪中等。博極群書，通六經，尤精於易，傳邵堯夫之學，著太極傳，縉紳高其節行。嘗守成州，時民訴歲旱，公以爲十分，盡蠲其税。轉運使大怒，督責甚峻，因丐老而歸。靖康初，以著作郎召，遷秘書監，免試，除中書舍人兼太子詹事，俄以論不合去國。建炎初，終於徽猷閣待制。」直齋書録解題卷十八著録景迂集二十卷，并稱：「又本止刊前十卷。説之平生著述至多，兵火散逸。其孫子健裒其遺文，得十二卷，續廣之爲二十卷。別本刊前十卷而止者，不知何説也。劉跂斯立墓誌，景迂所撰，見學易集後，而此集無之，計其逸者多矣。」

本文爲陸游爲晁説之景迂集所作的跋文，解釋集中一詩句的典故。

本文據文末自署，作於嘉泰二年（一二〇二，壬戌）四月二十四日。時陸游致仕家居。

【箋注】

〔一〕鄜畤：東周時秦文公祭白帝之處，在今陝西洛川。　土稚：泥娃娃。　金門：代指富貴人家。魏書常景傳：「夫如是，故綺閣金門，可安其宅；錦衣玉食，可頤其形。」

〔二〕都下：京都。三國志呂據傳：「又遣從兄憲以都下兵逆據於江都。」

跋任德翁乘桴集

德翁感遇篇云：「言行身不用，無乃我所欲。長沙地卑濕，正可高閣足〔一〕。」其議賈生〔二〕，可謂善矣。所抱如此，排擯至死〔三〕，天下之不幸也。壬戌五月一日，老學庵書。

【題解】

任德翁，即任伯雨（一〇四七—一一一九），字德翁，眉州眉山（今屬四川）人。元豐進士。歷清江主簿、知雍丘。召爲大宗正丞，擢左正言。條疏章惇、蔡卞罪狀，致其貶官，大臣畏其言。出知虢州，崇寧初以黨事編管通州，徙昌化軍，居海上三年而歸。宣和初卒。淳熙中謚忠敏。宋史卷三四五有傳。乘桴集爲任伯雨文集。本文爲陸游爲任伯雨乘桴集所作的跋文，用伯雨議賈誼詩句悼其不幸。

本文據文末自署，作於嘉泰二年（一二〇二，壬戌）五月一日。時陸游致仕家居。

【箋注】

〔一〕卑濕：地勢低下潮濕。史記貨殖列傳：「江南卑濕，丈夫早夭。」高閣足：比喻高蹈世外。

閣，同「擱」。

〔二〕賈生：指賈誼。賈誼年少才高，不爲文帝所用，被貶長沙。因長沙卑濕，自以壽不得長，爲賦以吊屈原。

〔三〕排擯：排斥擯棄。史記平津侯主父列傳：「齊諸儒生相與排擯，不容於齊。」

跋洪慶善帖

某兒童時，以先少師之命〔一〕，獲給掃灑丹陽先生之門〔二〕。退與子威講學〔三〕，則兄弟如也。每見子威言洪成季、慶善學行〔四〕，然皆不及識。今獲觀慶善遺墨，亦足少慰。衰病廢學，負師友之訓，如愧何！嘉泰二年五月丁卯，陸某謹題。

【題解】洪慶善，即洪興祖（一〇九〇—一一五五），字慶善，鎮江丹陽（今屬江蘇）人。政和八年上舍及第。初爲湖州士曹，尋改宣教郎。建炎三年被召試秘書省正字，遷太常博士。紹興四年遷駕部郎官，提點江東刑獄，知真州，徙饒州。秦檜當國，編管韶州卒。著有楚辭補注、楚辭考異等。宋史卷四三三有傳。本文爲陸游爲洪興祖帖子所作的跋文，追憶幼時師從葛勝仲、初聞洪興祖往事。

本文據文末自署，作於嘉泰二年（一二〇二）五月丁卯（二十四）日。時陸游致仕家居。

【箋注】

〔一〕先少師：指陸游之父陸宰。

〔二〕「獲給」句：得到師從葛勝仲的機會。丹陽先生，即葛勝仲（一〇七二—一一四四），字魯卿，丹陽（今屬江蘇）人。紹聖進士。中詞科，入爲太學正，提舉議曆所檢討官兼宗正丞，遷禮部員外郎、太常少卿。徙太府少卿，國子祭酒。知汝州，改湖州，徙鄧州，罷歸。建炎初復知湖州。丐祠歸，卒。謚文康。宋史卷四四五有傳。葛氏與陸游祖、父均有交往。

〔三〕子威：即許伯虎，字子威。陸游兒時學友。卷四三入蜀記第一：「伯虎字子威，余兒時筆硯之舊也。」

〔四〕洪成季：即洪擬（一〇七一—一一四五），字成季，丹陽人，洪興祖叔父。進士登第。崇寧中爲國子博士，宣和中爲監察御史，進殿中侍御史。知桂陽軍，改海州。高宗時爲中書舍人，遷給事中、吏部尚書。知温州，召爲禮部尚書，遷吏部。罷爲提舉江州太平觀、亳州明道宮，卒。謚文憲。宋史卷三八一有傳。

跋蒲郎中易老解

易學自漢以後寖微〔一〕，自晉以後與老子並行，其説愈高，愈非易之舊。宋興，有酸棗先生以易名家〔三〕。同時种豹林亦開門傳授〔三〕，傳至邵康節〔四〕，遂大行於時。然康節欲以授伊川程先生〔五〕，乃拒弗受，而伊川每稱胡安定、王荆公易傳〔六〕，以爲今學者所宜讀，惟此二家。王公乃自毁其説，以爲不足傳，著論悔之〔七〕。易之難知如此。夜讀蜀蒲公易傳、老子解，喟然歎曰：「公於易與老子，蓋各自立説，迹若與晉諸人同而實異也。」書以遺其族孫申仲〔八〕，試以予言請問，信何如也？嘉泰二年九月丁卯，笠澤陸某書。

【題解】

蒲郎中，爲誰不詳，蜀人，曾任郎中。郎中爲地位次於尚書丞及所屬各部侍郎之下的官員。本文爲陸游爲蒲郎中所著易傳、老子解所作的跋文，梳理宋代易學演進歷史，慨歎易之難知，指出蒲郎中治易與老子「各自立説」的成就。

本文據文末自署，作於嘉泰二年（一二〇二）九月丁卯（二十六）日。時陸游在實録院同修撰兼同修國史任上。

【箋注】

〔一〕寖微：逐漸衰微。漢書董仲舒傳：「故朕垂問乎天人之應，上嘉唐虞，下悼桀紂，寖微寖滅寖明寖昌之道，虚心以改。」

〔二〕酸棗先生：即王昭素（八九四—九八二），開封酸棗（今河南延津）人。博通九經，兼究莊、老，尤精詩、易。著易論二十三篇。不慕榮利，樂善好施。太祖曾召見，賜國子博士致仕。宋史卷四三一有傳。郡齋讀書志卷一著録王昭素易論三十三卷，并稱：「昭素居酸棗，太祖時嘗召令講易。其書以注疏異同，互相詰難，蔽以己意。昭素隱居求志，行義甚高。史臣以王烈、管寧比之。」

〔三〕种豹林：即种放（九五六—一〇一五），字明逸，自稱退士，河南洛陽人。與母隱居終南山豹林谷，講學授徒。母卒始出山應詔，累拜起居舍人、右諫議大夫、給事中、工部侍郎。屢隱屢仕。求歸山，賜宴遣之。一日，焚章疏，服道衣，與諸生飲酒而卒。宋史卷四五七有傳。

〔四〕邵康節：即邵雍（一〇一一—一〇七七），字堯夫，范陽（今河北涿縣）人。少居蘇門山刻苦爲學，出遊河、汾、淮、漢，從李之才受河圖、洛書及象數之學。晚居洛陽，反對新政。嘉祐及熙寧中先後被召，不赴。卒謚康節。著有皇極經世、伊川擊壤集等。宋史卷四二七有傳。宋史朱震傳：「陳摶以先天圖傳种放，放傳穆修，穆修傳李之才，之才傳邵雍。」

〔五〕伊川程先生：即程頤，字正叔，世稱伊川先生。郡齋讀書志卷一著録程氏易十卷。直齋書録解題卷一著録伊川易解六卷。

〔六〕胡安定：即胡瑗（九九三—一〇五九），字翼之，世稱安定先生，泰州海陵（今江蘇泰州）人。以經術教授吴中，後教授湖州，學生常數百人，教學有法。更定雅樂。皇祐中任國子監直講。嘉祐初擢太子中允、天章閣侍講，主持太學。以太常博士致仕。宋史卷四三二有傳。郡齋讀書志卷一著録胡先生易傳十卷。直齋書録解題卷一著録胡瑗撰周易口義十三卷。

王荆公：即王安石。郡齋讀書志卷一著録王介甫易義二十卷。直齋書録解題卷一著録王安石撰易解十四卷。

〔七〕「王公」三句：王安石答韓求仁書：「某嘗學易矣，讀而思之，自以爲如此，則書之以待知易者質其義。當是時，未可以學易也，惟無師友之故，不得其序，以過於進取。乃今而後知昔之爲可悔，而其書往往已爲不知者所傳，追思之未嘗不愧也。」

〔八〕申仲：蒲郎中族孫。

跋陸子彊家書

吾友伯政持其先君子家問來〔一〕，讀之累日不厭。使學者皆能如此，孰得而訾病之〔二〕？雖有訾者，吾可以無愧矣。乃令子聿鈔一通〔三〕，置篋中，時覽觀焉。嘉泰壬戌十月二十三日，宗人某書〔四〕。

【題解】

陸子彊，即陸九思（一一一五—一一九六），字子彊，金溪（今江西撫州）人。陸賀長子，兄弟六人，幼弟九淵視之如父。初與鄉舉，後授從政郎。著有家問一卷，教育子孫要識禮義，其語殷勤懇切。朱熹爲之序。題中「家書」即爲家問。本文爲陸游爲陸九思家問所作的跋文，給予高度評價。

本文據文末自署，作於嘉泰二年（一二〇二，壬戌）十月二十三日。時陸游在實録院同修撰兼同修國史任上。

【箋注】

〔一〕伯政：即陸焕之（一一四〇—一二〇三），字伯章，又字伯政。金溪人。陸九思子。與季父陸九淵同歲生。州里重其學行，稱曰山堂先生。著有山堂集，陸游爲之序，并爲其作墓誌銘。先君子：指陸焕之之父陸九思。

〔二〕訾病：指摘。

〔三〕子聿：即陸游幼子陸子遹。

〔四〕宗人：同族之人。陸游認金溪陸氏爲同族。

跋子聿所藏國史補

子聿喜蓄書，至輟衣食〔一〕，不少吝也。吾世其有興者乎！嘉泰壬戌閏月幾望〔二〕，放翁記。時年七十有八，以同修國史兼秘書監居六官宅第六位〔三〕。

【題解】

子聿，即陸游幼子陸子遹。國史補，亦稱唐國史補，唐李肇撰。載唐代開元至長慶百年間事。直齋書録解題卷五著録國史補三卷。本文爲陸游爲陸子遹所藏的國史補所作的跋文，贊賞幼子喜蓄書，并寄予厚望。

本文據文末自署，作於嘉泰二年（一二〇二，壬戌）閏十二月十四日。時陸游在同修國史兼秘書監任上。

【箋注】

〔一〕輟：中止，停止。

〔二〕閏月：嘉泰二年（一二〇二）爲閏十二月。幾望：稱農曆月之十四日。幾，近。易中孚：「六四，月幾望，馬匹亡，無咎。」孔穎達疏：「充乎陰德之盛，如月之近望，故曰『月幾望』也。」

〔三〕秘書監：秘書省長官，掌古今經籍圖書、國史、實録、天文曆數等。少監爲其副，下屬有秘書丞、著作郎、著作佐郎、秘書郎、校書郎、正字等。所有職務皆稱館職，爲文臣清貴之選。

跋火池碑①

予昔在征西幕府〔一〕，嘗得小校言火山軍地枯燥〔二〕，不可耕，鋤犁入地不及尺，烈火隨出。今江吴間穿地尺餘則見水〔三〕，北人聞之，亦未必信也。夜讀蜀彭君火井碑，乃知天地間何所不有，亦喜彭君之善記事也。嘉泰壬戌閏月十有五日，山陰陸某務觀書。

【題解】

火池碑，即文中所言「火井碑」。火井碑，蜀地彭君所撰，記載火井之事。彭君，生平不詳。火井，指出産可燃天然氣的井。古代多用以煮鹽。文選左思蜀都賦：「火井沉熒於幽泉，高爓飛煽於天垂。」劉逵注：「蜀郡有火井，在臨邛縣西南。火井，鹽井也。」明宋應星天工開物井鹽：「西川有火井，事奇甚，其井居然冷水，絶無火氣。但以竹剖開去節，合縫漆布，一頭插入井底，其上曲接，以口緊對釜臍，注鹵水釜中，只見火意烘烘，水即滚沸。」曹學佺蜀中廣記卷六六亦有詳載。本文爲陸游爲彭君火井碑所作的跋文，以親身耳聞證實火井奇觀，并稱贊彭君善記事。

本文據文末自署，作於嘉泰二年（一二〇二，壬戌）閏十二月十五日。時陸游在同修國史兼秘書監任上。

【校記】

①「火池」，汲古閣本作「火井」。

【箋注】

〔一〕征西幕府：指陸游乾道八年（一一七二）在四川宣撫使王炎幕府。

〔二〕火山軍：宋代行政區劃名，并置火山縣爲軍治。在今山西河曲。

〔三〕江吴：指長江下游吴郡一帶。

跋韓晉公牛

予居鏡湖北渚，每見村童牧牛於風林煙草之間〔一〕，便覺身在圖畫。自奉詔紬史〔二〕，逾年不復見此，寢飯皆無味。今行且奏書矣〔三〕，奏後三日，不力求去，求不聽輒止者，有如日〔四〕。嘉泰癸亥四月一日，笠澤陸某務觀書。

【題解】

韓晉公，即韓滉（七二三—七八七），字太沖，唐京兆長安（今陝西西安）人。歷官吏部員外郎、户部侍郎、判度支。貞元初，加檢校左僕射、同中書門下平章事、江淮轉運使，封晉國公。卒謚忠肅。工書法，得張旭筆法。善畫人物及農村風物，繪牛、羊等尤佳。畫有五牛圖、文苑圖等傳世。舊唐書卷一二九、新唐書卷一二六有傳。本文爲陸游爲韓滉所畫牛所作的跋文，由圖畫聯想起鄉居生活，表達了堅決辭歸的決心。

本文據文末自署，作於嘉泰三年（一二〇三，癸亥）四月一日。時陸游在同修國史兼秘書監、寶謨閣待制任上。

【箋注】

〔一〕風林煙草：風吹林木，霧籠草叢。

〔二〕紬史：即修史。紬，綴輯。此指修撰孝宗、光宗兩朝實録。

〔三〕行且：將要。奏書：進書，指完成實録修撰後進奏。參見卷四乞致仕劄子癸亥年二首。

〔四〕有如日：用於誓詞，意爲有此日可鑒。詩王風大車：「穀則異室，死則同穴。謂予不信，有如皦日。」朱熹集傳：「有如皦日，約誓之辭也。」

跋畫橙

嘉泰癸亥四月十六日，兩朝實録將進書〔一〕，予以史官兼秘書監，宿衛於道山堂之東直舍〔二〕，茶罷取此軸摩挲，久之〔三〕，覺香透指爪。此物著霜時〔四〕，予歸鏡湖小園久矣。山陰陸某務觀書。

【題解】

畫橙，指繪有橙子的畫軸。本文爲陸游爲畫橙所作的跋文，想像橙子著霜時得歸鏡湖的情景。

本文據文首自署，作於嘉泰三年（一二〇三，癸亥）四月十六日。時陸游在同修國史兼秘書監、寶謨閣待制任上。

【箋注】

〔一〕兩朝實録：指孝宗實録五百卷和光宗實録一百卷。將進書：進書在次日，即四月十七日。

〔二〕宿衛：值宿宫禁，擔任警衛。史記齊悼惠王世家：「後四年，封章弟興居爲東牟侯，皆宿衛長安中。」

〔三〕摩挲：撫摸，把玩。釋名釋姿容：「摩挲，猶末殺也，手上下之言也。」

〔四〕著霜：蒙霜。橙子果期約在農曆九月，恰逢白露節氣。則陸游估計秋季當歸鏡湖。

跋臨帖

此書用筆①，靄靄多態度〔一〕，如雙鈎鍾、王遺書〔二〕，可寶藏也。笠澤陸務觀跋。時年七十九，當嘉泰癸亥四月二十八日，居於六官宅老學行庵。

【題解】

臨帖，仿寫的字帖，書者不詳。本文爲陸游爲臨帖所作的跋文，肯定其臨摹傳神。

本文據文末自署，作於嘉泰三年（一二〇三，癸亥）四月二十八日。時陸游修史完畢，請求致仕。

【校記】

①「書」，原作「晝」，形近而誤。據弘治本、汲古閣本改。

【箋注】

〔一〕藹藹：猶「藹藹」，盛多貌。詩大雅卷阿：「藹藹王多吉士。」態度：姿態，氣勢。陸龜蒙送侯道士還太白山序：「侯生嘗應舉，名彤，作七言詩，甚有態度。」

〔二〕雙鈎：用線條鈎畫所摹文字筆劃四周，形成空心字體。此指臨摹傳神。姜夔續書譜臨：「雙鈎之法，須得墨暈不出字外，或郭填其内，或朱其背，正得肥瘦之本體。」鍾王：指鍾繇、王羲之。

跋米老畫

畫自是妙迹，其爲元章無疑者。但字却是元暉所作〔一〕，觀者乃并畫疑之，可歎也。嘉泰癸亥四月二十九日，陸務觀書。

【題解】

米老，指米芾，字元章，北宋書法四大家之一。參見卷二一湖州常照院記注〔一六〕。本文爲陸游爲米芾畫作所作的跋文，肯定畫作無疑，而題字者乃其子。

本文據文末自署，作於嘉泰三年（一二〇三，癸亥）四月二十九日。時陸游修史完畢，請求致仕。

【箋注】

〔一〕元暉：即米友仁（一〇七二—一一五一），一名尹仁，字元暉。米芾長子，與其父並稱「大小米」。書畫皆承家學，宣和四年應選入掌書學，南渡後備受高宗優遇，官至兵部侍郎、敷文閣直學士。工書法，雖不逮其父，卻自有一種風格。其山水畫脱盡古人窠臼，發展了米芾技法，自成一家。

跋潘豳老帖

潘豳老詩妙絶世〔一〕，恨不見其字。今見此卷，無復遺恨矣。癸亥五月一日，笠澤陸某書。

【題解】

潘豳老，即潘大臨，字君孚，一字豳老，又作邠老，黄州（今湖北黄岡）人。元豐進士。與弟潘大觀皆以詩名。善詩文，又工書，從蘇軾、黄庭堅、張耒遊。爲人風度恬適。宋史翼卷十九有傳。

本文爲陸游爲潘大臨帖子所作的跋文，稱道其詩妙字佳。

本文據文末自署，作於嘉泰三年（一二〇三，癸亥）五月一日。時陸游修史完畢，請求致仕。

【箋注】

〔一〕詩妙絶世：惠洪冷齋夜話卷四載：「黄州潘大臨工詩，多佳句，然甚貧。東坡、山谷尤喜之。臨川謝無逸以書問：『有新作否？』潘答書曰：『秋來景物，件件是佳句，恨爲俗氛所蔽翳。昨日清卧，聞攪林風雨聲，遂題壁曰：「滿城風雨近重陽。」忽催租人至，遂敗意。只此一句奉寄。』聞者笑其迂闊。」

跋薌林帖

先少師使淮南〔一〕，實與薌林向公爲代。薌林作雍熙堂於廨中〔二〕，堂之前有井，泉甘寒，宜茶。洪駒父聞之〔三〕，寄詩云：「何如唤取陸鴻漸〔四〕，石鼎風爐來試茶。」詩與除代堂帖同日到〔五〕，薌林大以爲異，手書報先少師，今尚在也。伏觀公移文奏牘稿，大節貫金石，然諸公所書，已可傳世，贅書之亦屋下架屋耳〔六〕。而某家世所傳，足補薌林逸事者，則不可不書以遺後人。嘉泰三年五月十日，陸某謹書。

【題解】

薌林，即向子諲（一〇八五—一一五二），字伯恭，號薌林居士，臨江（今江西清江）人。元符三年以蔭補官。宣和間累官京畿轉運副使兼發運副使。建炎間遷江淮發運使。後落職。起知潭州，金兵圍城，子諲率軍民堅守八日。紹興中累官户部侍郎，知平江府，因反對秦檜議和，落職居臨江。向子諲曾致書接替其職務的陸游之父陸宰，本文爲陸游爲向子諲帖子所作的跋文，交代帖子來源，補記向子諲逸事。

本文據文末自署，作於嘉泰三年（一二〇三，癸亥）五月十日。時陸游修史完畢，請求致仕。

【箋注】

〔一〕先少師：指陸游之父陸宰。　使淮南：指宣和六年（一一二四）陸宰接替向子諲任淮南東路轉運判官。

〔二〕廨：官署，舊時官吏辦公處所的通稱。

〔三〕洪駒父：即洪芻（一〇六六—一一三〇），字駒父，南昌（今屬江西）人。黄庭堅之甥。與兄朋，弟炎、羽並稱「四洪」。紹聖進士。因入黨籍貶謫閩南。靖康元年官諫議大夫。建炎元年坐事長流沙門島，卒於貶所。

〔四〕陸鴻漸：即陸羽（七三三—八〇四），字鴻漸；一名疾，字季疵；道號竟陵子、桑苧翁、東岡子，又號茶山御史。復州竟陵（今湖北天門）人。一生嗜茶，精於茶道。隱居江南各地，撰茶經三卷，被尊爲「茶聖」，祀爲「茶神」。

〔五〕堂帖：又稱堂帖子。唐代宰相簽押下達的文書。李肇國史補卷下：「宰相判四方之事有堂案，處分百司有堂帖。」

〔六〕屋下架屋：比喻重複他人所爲，無所創新。世説新語文學：「庾仲初作揚都賦成，以呈庾亮，亮以親族之懷，大爲其名價，云可三二京，四三都。於此人人競寫，都下紙爲之貴。謝太傅云：『不得爾，此是屋下架屋耳。事事擬學，而不免儉狹。』」

跋陳魯公所草親征詔

紹興辛巳、壬午之間〔一〕，某由書局西府掾〔二〕，親見丞相魯公經綸庶務〔三〕，鎮服中外，有人所不可及者，然猶不知此詔爲出於公也。後四十有三年，某行年且八十，偶幸未先犬馬〔四〕，獲見公手稿。於虖！公之謙厚不伐〔五〕，與露才揚己者〔六〕，相去何啻千萬哉！追懷盛德大度，如巨山喬嶽，凛然猶在目前，爲之霣涕。嘉泰三年五月十二日，門人、前史官陸某謹書。〔七〕

【題解】

陳魯公，即陳康伯，字長卿，封魯國公。參見卷七除編修官謝丞相啓題解。親征詔，宋史陳康伯傳：「（紹興三十一年十月）一日，（高宗）忽降手詔：『如敵未退，散百官。』康伯焚之而後奏曰：『百官散，主勢孤矣。』上意既堅，請下詔親征，以葉義問督江淮軍，虞允文參謀軍事。……允文尋敗敵於采石，金主亮爲其臣下所斃而還。」陳康伯在凝聚人心、促成親征、最終退敵的過程中發揮了重要作用。四十三年後，陸游獲見陳康伯所草親征詔手稿。本文爲陸游爲親征詔手稿所作的跋文，重現當年親見的陳丞相風采，追懷其盛德大度。

本文據文末自署，作於嘉泰三年（一二〇三，癸亥）五月十二日。時陸游修史完畢，請求致仕。

【箋注】

〔一〕紹興辛巳壬午之間：即紹興三十一至三十二年。

〔二〕書局：指官府編書之機構。西府掾：樞密院佐助官吏。此句指紹興三十二年九月，陸游任職樞密院編修官。其時陳康伯任左相。

〔三〕經綸：整理絲縷、理出絲緒、編絲成繩，統稱經綸。引申爲籌畫治理國家大事。易屯象傳曰：「雲雷屯，君子以經綸。」孔穎達疏：「經謂經緯，綸爲綱綸，言君子法此屯象有爲之時，以經綸天下，約束於物。」　庶務：各種政務。

〔四〕犬馬：古代大夫生病的婉辭。公羊傳桓公十六年：「屬負兹舍，不即罪爾」，何休注：「天子有疾稱不豫，諸侯稱負兹，大夫稱犬馬，士稱負薪。」徐彦疏：「大夫言犬馬者，代人勞苦，行役遠方，故致疾。」

〔五〕謙厚不伐：謙遜厚道，不自誇耀。易繫辭上：「勞而不伐，有功而不德，厚之至也。」

〔六〕露才揚己：顯露才能，表現自己。班固離騷序：「今若屈原，露才揚己，競乎危國群小之間，以離讒賊。」

〔七〕門人前史官：陸游在陳康伯任左相時得除樞密院編修官，故稱「門人、前史官」。

跋蔡忠懷送將歸賦

予讀送將歸之賦，爲之流涕，不爲蔡氏也。宋興百餘年，累聖致治之美，庶幾三代〔一〕。熙寧、元祐所任大臣，蓋有孟、楊之學，稷、卨之忠〔二〕，而朋黨反因之以起，至不可復解。一家之禍福曲直，不足言也，爲之子孫者，能力學進德，不爲偏詖〔三〕，則承家報國，皆在其中矣。嘉泰三年五月十五日，山陰陸某書於浙江亭〔四〕。

【題解】

蔡忠懷，即蔡確（一〇三七—一〇九三），字持正，泉州晉江（今屬福建）人。舉進士。擢監察御史裏行。初附王安石，及安石罷相，即論其過失。以起獄奪人位，自知制誥至御史中丞、參知政事。元豐五年任尚書右僕射。哲宗立，遷左僕射。被劾出知陳州，奪職徙安州。因謗譏貶英州別駕，安置新州，卒於貶所。紹聖間謚忠懷。宋史卷四七一奸臣類有傳。送將歸賦，蔡確撰，鋪陳貶謫的悲涼心態，充滿身世之感。開篇有云：「昔人之言秋意也，曰『若在遠行，登山臨水送將歸』，此其平日遊。此子之所悲，怨慕悽愴，尚不能自支，而況於予乎？」（見宋文鑒卷九）本文爲陸游爲蔡確送將歸賦所作的跋文，反思宋代朋黨問題，抒發力學進德、承家報國的情懷。

本文據文末自署，作於嘉泰三年（一二〇三，癸亥）五月十五日。時陸游正在去國還鄉途中。

【箋注】

〔一〕致治：使國家在政治上安定清明。史記范雎蔡澤列傳：「公孫鞅之事孝公也……設刀鋸以禁奸邪，信賞罰以致治。」庶幾三代：差不多與夏、商、周三代相并列。

〔二〕孟楊之學：指孟軻、楊朱的學問。均爲先秦諸子，學問相互對立。孟子滕文公下：「聖王不作，諸侯放恣，處士橫議，楊朱、墨翟之言盈天下。天下之言不歸楊，即歸墨。楊氏爲我，是無君也；墨氏兼愛，是父也。無父無君，是禽獸也。」稷禼之忠：指虞舜的兩位忠臣。稷爲農師，禼爲司徒。

〔三〕偏詖：邪僻不正。南史齊桂陽王鑠傳：「（蕭鑠）性理偏詖，遇其賞興，則詩酒連日，情有所廢，則兄弟不通。」

〔四〕浙江亭：施諤淳祐臨安志卷六：「浙江亭，舊爲樟亭驛。祥符舊經云：在錢塘舊治南，到縣一十五里。府尹趙公愳重建。」浙江亭爲陸游由京城回鄉必經之地。

跋東坡書髓

成都西樓下石刻東坡法帖十卷，擇其尤奇逸者爲一編[一]，號東坡書髓。三十年間，未嘗釋手。去歲在都下[二]，脱敗甚，乃再裝緝之。嘉泰三年歲在癸亥九月三日，務觀老學庵北窗手記。

【題解】

東坡書髓，蘇軾法帖精髓。陸游珍藏三十年，重新裝緝。本文爲陸游爲重新裝緝的東坡書髓所作的跋文，記録收藏始末。

本文據文末自署，作於嘉泰三年（一二〇三）九月三日。時陸游去國家居。

參考卷二八跋東坡帖、卷二九跋東坡帖。

【箋注】

〔一〕奇逸：奇特超俗。後漢書孔融傳：「鴻豫亦稱文舉奇逸博聞，誠怪今者與始相違。」

〔二〕都下：指臨安。

跋范元卿舍人書陳公實長短句後

紹興庚申、辛酉間[一]，予年十六七，與公實遊。時予從兄伯山、仲高、葉晦叔、范元卿皆同場屋[二]，六人者蓋莫逆也[三]。公實謂予「小陸兄」。後六十餘年，五人皆已隔存殁[四]，予年七十九，而公實郎君宮字伯廣者出此軸，恍然如與公實、元卿聯杖屨，均茵憑也[五]。爲之太息彌日，因識其末。雖然，使死而有知，吾六人者安知不復相從如紹興間乎？會當相與挈手一笑，尚何歎？嘉泰癸亥十月二十九日，笠澤釣叟陸某書。

【題解】

范元卿舍人，即范端臣，字元卿，婺州蘭溪（今屬浙江）人。紹興二十四年進士。官至中書舍人。工詩，善篆楷草隸書，學者稱蒙齋先生。金華先民傳卷七有傳。陳公實，生平不詳。陸游少年時有五位莫逆之交，六十餘年後均已亡故。陳公實之子以父親詞作卷軸示陸游。本文爲陸游爲陳公實詞作所作的跋文，追憶六人當年的莫逆之交，感歎存殁之隔。

本文據文末自署，作於嘉泰三年（一二〇三，癸亥）十月二十九日。時陸游去國家居。

【箋注】

〔一〕紹興庚申辛酉間：指紹興十年、十一年（一一四〇至一一四一年）之間。

〔二〕伯山：即陸静之，字伯山。陸珪曾孫，佖孫，長民長子，與陸游同曾祖，長游十四歲。陸游爲作浙東安撫司參議陸公墓誌銘（見卷三三）。仲高：即陸升之，字仲高，伯山弟。葉晦叔：即葉黯，字晦叔，處州松陽（今浙江麗水）人。紹興十二年進士。曾任敕令所删定官等。

同場屋：指同赴科舉。

〔三〕莫逆：指彼此志同道合，交誼深厚。莊子大宗師：「（子祀、子輿、子犂、子來）四人相視而笑，莫逆於心，遂相與爲友。」

〔四〕隔存殁：生死相隔，指亡故。

〔五〕聯杖屨：手杖和鞋子相連，禮記曲禮上：「侍坐於君子，君子欠伸，撰杖屨，視日蚤莫，侍坐者請出矣。」鄭玄注：「撰猶持也。」　均茵憑：坐席和靠墊平分。茵憑，又作茵馮。漢書周陽由傳：「汲黯爲忮，司馬安之文惡，俱在二千石列，同車未嘗敢均茵馮。」顔師古注：「茵，車中蓐也。馮，車中所馮者也。」馮，同「憑」。

跋謝師厚書

謝師厚早歲與歐陽兗公、王荆公、梅直講、江記注諸人遊〔一〕，名甚盛。晚更蹭蹬〔二〕，居穰下二十餘年〔三〕，學愈進，文章愈成，獨後諸公死。子愔、悰，甥黄魯直〔四〕，皆知名天下。然年運而往〔五〕，士大夫鮮能知師厚者。今觀吾友傅漢孺所藏其上世墓刻〔六〕，實師厚遺文。至送行詩，雜之宛陵詩中〔七〕，殆不可辨，字則宋宣獻父子之流亞也〔八〕。爲之太息。嘉泰癸亥立春後四日〔九〕，笠澤陸某書，時年七十九。

【題解】

謝師厚，即謝景初（一〇二〇—一〇八四），字師厚，號今是翁，富陽（今浙江杭州）人。慶曆進士。知餘姚縣，歷通判秀、汾、唐、海諸州，遷湖北轉運判官、成都府提刑。熙寧初，上疏反對新法，遭劾免。博學能文，尤長於詩。宋史翼卷三有傳。陸游友傅稚所藏先輩碑帖，爲謝景初遺文。本文爲陸游爲傅稚所藏謝景初書帖所作的跋文，記載謝氏當年與名家交遊，肯定其詩作和書法的成就。

本文據文末自署，作於嘉泰三年（一二〇三，癸亥）冬。時陸游去國家居。

【箋注】

〔一〕歐陽兖公：即歐陽修。王荆公：即王安石。梅直講：即梅堯臣。江記注：即江休復（一〇〇五—一〇六〇），字鄰幾，開封陳留（今屬河南）人。登進士第。歷藍山尉、大理寺丞、殿中丞。擢集賢校理，與修起居注。累進至刑部郎中。博學善詩工書。事迹見歐陽修所撰墓誌銘。

〔二〕蹭蹬：困頓，失意。杜甫上水遣懷：「蹭蹬多拙爲，安得不皓首。」

〔三〕穰下：即穰縣，屬南陽郡。在今河南鄧縣。

〔四〕黄魯直：即黄庭堅。

〔五〕年運而往：指歲月流逝。

〔六〕傅漢孺：即傅稚，字漢孺，湖州（今屬浙江）人。傅崧卿孫。善歐書，施宿刻其父施元之所注東坡詩，使書之。墓刻：墓碑刻文。

〔七〕宛陵：指梅堯臣。

〔八〕宋宣獻父子：即宋綬及其子宋敏求。宋綬字公垂，趙州平棘（今河北趙縣）人。參見卷二六跋蔡君謨帖注〔一〕。宋敏求（一〇一九—一〇七九）字次道。賜進士第。爲館閣校勘，擢編修官，預修新唐書。歷同知太常禮院、通判西京。治平中擢知制誥、判太常寺。加龍圖閣直學士，修兩朝正史。輯有唐大詔令集。家富藏書，熟悉典故。宋史卷二九一有傳。流亞：同一類人。

〔九〕立春後四日：該年立春當在年終冬日。

跋雲丘詩集後

宋興，詩僧不愧唐人，然皆因諸巨公以名天下。林和靖之於天台長吉〔一〕，宋文安之於淩雲惟則〔二〕，歐陽文忠公之於孤山惠勤〔三〕，石曼卿之於東都秘演〔四〕，蘇翰林之於西湖道潛〔五〕，徐師川之於廬山祖可〔六〕，蓋不可殫紀。潛、可得名最重，然世亦以蘇、徐兩公許之太過爲病，餘則徒得所附托，故聞後世，非能巋然自傳也〔七〕。予觀雲丘詩，平淡閒暇，蓋庶幾可以自傳者。政使不遇吕居仁、蘇養直、朱希真、王性之、范至能，亦決不泯没〔八〕，況如予者，烏足爲斯人重哉？其徒覺淨以遺稿來，求題其後，十款吾門不厭〔九〕，故爲之書。嘉泰四年二月乙巳，笠澤陸某書。

【題解】

雲丘，南宋詩僧。生平不詳。其徒覺淨以雲丘詩集遺稿求跋於陸游。本文爲陸游爲雲丘詩集所作的跋文，梳理宋代詩僧以巨公名天下之例，肯定雲丘詩平淡閒暇，可以自傳。

本文據文末自署，作於嘉泰四年（一二〇四）二月乙巳（十一）日。時陸游去國家居。

【箋注】

〔一〕林和靖：即林逋（九六七—一〇二八），字君復，杭州錢塘人。性孤高自好，喜恬淡，弗趨榮利。曾漫遊江淮間，後隱居杭州西湖，結廬孤山。終生不仕不娶，惟喜植梅養鶴，自謂「以梅爲妻，以鶴爲子」，人稱「梅妻鶴子」。卒賜謚和靖先生。宋史卷四五七有傳。天台長吉：即釋梵才，台州臨海人。住持北固山淨名庵。天聖中游京師，詔入譯經館，與編釋教總録三十卷。七年書成，賜號梵才大師。得宋庠等百餘人所書般若經，歸建般若臺以藏。與范仲淹、宋庠、宋祁等名公交遊，其歸天台時，得錢惟演、宋庠等贈詩數十首。

〔二〕宋文安：即宋白（九三六—一〇一二），字太素，一字素臣，大名（今屬河北）人。建隆進士。太宗時擢左拾遺，預修太祖實録。拜中書舍人。嘗三掌貢舉，頗致譏議。入爲翰林學士，加禮部侍郎。遷户部侍郎，兼秘書監。拜禮部尚書，改刑部，以兵部尚書致仕，進吏部尚書。奉召纂文苑英華、續通典等。卒謚文憲。宋史卷四三九有傳。凌雲惟則：生平不詳。

〔三〕歐陽文忠公：即歐陽修。孤山惠勤：從歐陽修游三十餘年，歐公稱之爲「聰明才智有學問者」，尤長於詩。歐公有送惠勤。

〔四〕石曼卿：即石延年，字曼卿。參見卷十五梅聖俞别集序注〔六〕。東都秘演：歐陽修釋秘演詩集序：「浮屠秘演者，與曼卿交最久，亦能遺外世俗，以氣節自高。二人歡然無所間。曼卿隱於酒，秘演隱於浮屠，皆奇男子也，然喜爲歌詩以自娱。當其極飲大醉，歌吟笑呼，以適天下之樂，何其壯也！一時賢士，皆願從其遊，予亦時至其室。……夫曼卿詩辭清絶，尤稱秘演之作，以爲雅健有詩人之意。秘演狀貌雄傑，其胸中浩然，既習於佛，無所用，獨其詩可行於世，而懶不自惜。已老，胠其橐，尚得三四百篇，皆可喜者。」

〔五〕蘇翰林：即蘇軾。西湖道潛（一〇四三—一一〇六）：俗姓何，字參寥，賜號妙總大師。於潛（今浙江臨安）人。自幼出家。元祐中，住杭州智果禪院。與蘇軾諸人交好，軾謫居黄州時，曾專程探望。因寫詩語涉譏刺，被勒令還俗。後得昭雪，復削髮爲僧。著有參寥子詩集。蘇軾稱其「詩句清絶，可與林逋相上下，而通了道義，見之令人蕭然」。

〔六〕徐師川：即徐俯（一〇七四—一一四〇），字師川。洪州分寧（今江西修水）人。黄庭堅之甥。因父死於國事，授通直郎，累官右諫議大夫。紹興二年賜進士出身。三年遷翰林學士，擢端明殿學士，簽書樞密院事，官至參知政事。後以事提舉洞霄宫。宋史卷三七二有傳。廬山祖可：字正平，俗名蘇序，蘇庠弟。有癩病，人稱癩可。與陳師道、謝逸等結江西詩社。

〔七〕巋然：獨立貌。莊子天下：「人皆取實，己獨取虚，無藏也故有餘，巋然而有餘。」成玄英疏：「巋然，獨立之謂也。」

〔八〕政使：同正使。縱使，即使。吕居仁：即吕本中，字居仁，參見卷十四吕居仁集序題解。蘇養直：即蘇庠（一〇六五—一一四七），字養直，澧州人，徙居丹陽後湖，號後湖居士。少能詩，得蘇軾賞識。紹興間居廬山，被召固辭不赴。工詩詞。宋史卷四五九有傳。朱希真：即朱敦儒（一〇八一—一一五九），字希真，號巖壑老人，河南人。紹興二年賜進士出身。任秘書省正字、浙東路提刑。因專立異論被罷。寓居嘉禾（今嘉興）。晚年受秦檜籠絡，出爲鴻臚少卿，爲時論所譏。檜死被廢。工詞。宋史卷四四五有傳。王性之：即王銍，字性之。參見卷二七跋彩選注〔五〕。范至能：即范成大，字至能。泯没：埋没。

柳宗元貞符：「念終泯没蠻夷，不聞於時，獨不爲也。」

〔九〕十款吾門：多次叩門請求。款，敲打，叩。

跋吕舍人九經堂詩

前輩以文章名世者，名愈高，則求者愈衆，故其間亦有徇人情而作者。有識之士，多以爲恨。如吕公九經堂詩，蓋自少時與昭德尊老諸公〔一〕，師友淵源〔二〕，講習漸漬所得〔三〕，又爲其子孫而發〔四〕，故雄筆大論如此。於虖，凛乎其可敬畏也哉！嘉泰四年六月庚子，陸某書。

【題解】

吕舍人，即吕本中，字居仁。曾任中書舍人，故稱。參見卷十四吕居仁集序題解。九經堂詩，即吕本中東萊詩集卷十九晁公詩九經堂：「人家有屋但堆錢，君家有屋定不然。一堂無物四壁立，六藝三傳相周旋。人言君貧君不顧，以此辛勤立門户。聖人遺意要沉思，暫脱楚騷辭漢賦。他年相見問何如？且説九經得力處。」九經堂在金溪（今江西撫州），爲晁氏後裔晁公詩所建聚書講學之地，名重一時。本文爲陸游爲吕本中晁公詩九經堂所作的跋文，稱頌吕、晁師友淵源，評論詩作「雄筆大論」，足以「敬畏」。

本文據文末自署，作於嘉泰四年（一二〇四）六月庚子（初九）日。時陸游致仕家居。

【箋注】

〔一〕昭德：指宋代源於澶州清豐的晁氏家族。晁迥官至翰林學士承旨，深得真宗器重，賜第於京師昭德坊，其後裔亦多居於此，故稱昭德晁氏。尊老諸公：指晁氏「端、之、公」輩，如晁端禮、晁沖之、晁補之、晁説之、晁公邁、晁公武、晁公遡等，晁公詩亦在其列。

〔二〕師友淵源：吕本中撰有師友淵源録。

〔三〕漸漬：浸潤，感化。史記禮書：「而況中庸以下，漸漬於失教，被服於成俗乎？」

〔四〕爲其子孫而發：晁公詩九經堂詩乃是揭示晁氏以九經傳家立門户的傳統。

跋韓忠獻帖

方曩霄犯邊時〔一〕，忠獻王首當禦戎重任，功冠諸公。後入輔帷幄，陳謨畫策，駕馭人材，鎮服虜情，自曾集賢以降〔二〕，皆協贊而已〔三〕。觀此帖，可概見也。嘉泰四祀六月辛丑，故史官山陰陸某謹識。

【題解】

韓忠獻，即韓琦，字稚圭。卒謚忠獻，故稱。參見本卷跋范文正公書注〔一〕。本文爲陸游爲韓琦帖子所作的跋文，概括韓氏禦戎戍邊和入輔帷幄的功績。

本文據文末自署，作於嘉泰四年（一二〇四）六月辛丑（初十）日。時陸游致仕家居。

【箋注】

〔一〕曩霄：即李元昊（一〇〇四—一〇四八），党項族，党項爲漢西羌之別種，唐時内附。安史之亂後徙靈、慶、銀、夏等州。因協助鎮壓黄巢起義，被唐朝賜姓李氏。元昊，西夏開國皇帝。北宋明道元年（一〇三二）稱帝，改姓立號，自名曩霄。建年號，建都，製文字，并大敗宋軍和遼軍，奠定了宋、遼、夏三分天下的格局。宋史卷四八五有傳。

〔二〕曾集賢：即曾公亮（九九九—一〇七八），字明仲，泉州晉江（今屬福建）人。天聖進士。歷知制誥兼史館修撰、翰林學士、知開封府，嘉祐初擢參知政事，歷樞密使，六年拜同平章事。爲宰輔十五年，歷仁宗、英宗、神宗三朝。助王安石變法，熙寧三年罷相，以太傅致仕。宋史卷三一二有傳。

〔三〕協贊：協助，輔佐。三國志來敏傳：「（來忠）與尚書向充等并能協贊大將軍姜維。」

跋高大卿家書

子長大卿娶予表從母之女〔一〕，故自少時相從。後又同入征西大幕〔二〕，情分至厚。讀此數書，如見其長身蒼髯，意象軒舉也〔三〕。嘉泰甲子歲夏六月壬寅，放翁陸某書。

【題解】

高大卿，即高子長，名不詳。宋代俗稱中央各寺的正職長官爲大卿，則高子長曾任大卿。本文爲陸游爲高子長家書所作的跋文，記載與其關係情分，聯想其形貌風神。

本文據文末自署，作於嘉泰四年（一二〇四，甲子）六月壬寅（十一）日。時陸游致仕家居。

【箋注】

〔一〕表從母：即表姨母。

〔二〕征西大幕：指乾道八年四川宣撫使王炎幕府。

〔三〕軒舉：軒昂貌。庾信周上柱國齊王憲神道碑：「儀範清泠，風神軒舉。」